文学中国评论集

贺绍俊 著

中国书籍出版社
China Book Press

图书在版编目（CIP）数据

文学中国评论集 / 贺绍俊著 . -- 北京 : 中国书籍出版社 , 2020.12
　　ISBN 978-7-5068-8241-5

　　Ⅰ . ①文… Ⅱ . ①贺… Ⅲ . ①中国文学－当代文学－文学评论－文集 Ⅳ . ① I206.7-53

中国版本图书馆 CIP 数据核字 (2020) 第 254358 号

文学中国评论集

贺绍俊　著

图书策划	成晓春　崔付建
责任编辑	杨铠瑞
责任印制	孙马飞　马　芝
出版发行	中国书籍出版社
地　　址	北京市丰台区三路居路 97 号（邮编：100073）
电　　话	（010）52257143（总编室）（010）52257140（发行部）
电子邮箱	eo@chinabp.com.cn
经　　销	全国新华书店
印　　刷	阳谷毕升印务有限公司
开　　本	650 毫米 × 940 毫米　1/16
字　　数	275 千字
印　　张	22.5
版　　次	2021 年 2 月第 1 版　2021 年 2 月第 1 次印刷
书　　号	ISBN 978-7-5068-8241-5
定　　价	65.00 元

版权所有　翻印必究

目 录

我心中的文学中国 / 001
无处不在的现实主义 / 005
现实主义笔记 / 012
文体与文风 / 019
都市文学方兴未艾 / 024
写出典型人物是文学的高目标 / 029
性别差异了吗？/ 034
重述乡土的可能性 / 041
主旋律的变奏 / 056
以现实主义度量当代小说四十年 / 068
从小说到电影，更是一个艺术哲学的问题 / 080
归来收获的是爱情 / 084

一个"当代英雄"的自我救赎 / 089

寻找在现代性中丢失的敬畏和珍惜 / 102

中庸之美 / 111

寻找心灵的沟通 / 124

陕西与新疆的热恋 / 128

一部现实主义力作 / 133

用自己的眼睛看历史,以文学的方式写历史 / 138

迷在浓郁的政治情怀 / 144

老实街上不老实 / 150

以小说的方式布道弘法 / 158

丁力特色:逻辑、经济、深圳 / 168

面对经济时代的新文学思维 / 174

精神现象分析和谜的叙述 / 179

发自灵魂的倾诉 / 185

向纵容腐败的"平庸之恶"挑战 / 189

碎片化时代的宏大叙事 / 194

审美新世界 / 198

人类在羞耻中死亡，也在羞耻中新生 / 202
心灵真实结出的果实 / 206
墨如雨下，文章欤？革命欤？ / 211
从自恋到自省 / 217
陈河：文学的世界革命 / 222
不安静的安静先生 / 230
狗道主义和人道主义的较量 / 235
碎片化时代的叙述 / 239
写一个灵魂未开窍的失败者 / 243
给人性的弱点点一盏灯 / 248
一段浓缩了的情感体验 / 253
好的文学就是一座精神寺庙 / 257
既向下沉潜，也仰望星空 / 260
对《出租车司机》的多层解读 / 264
短篇小说：铁凝的福地 / 269
"审理"式的诗词鉴赏 / 276
漂移不定的灵魂以及火车与马 / 281

读得懂的诗意 / 289
让粤商来阐释"中国经验" / 293
现代派的非虚构 / 297
秉承好男孩主义的翌平 / 300
陈晓明文学批评的理论空间 / 305
一头认真的批评"大象" / 319
揭示中国现代文学的开放性和世界性 / 323
在谨慎的反思中守护诗意 / 326
美学热：新时期文学批评的理论准备 / 330

我心中的文学中国

文学与中国这个议题，可以做出多种解读。在我的理解中，它应该表达这样一层意思：文学从中国的现实中获取越来越多的资源，文学又会以自己的创造来反哺中国。另外，文学与中国的话题还铺垫着一个中国与世界的话题。我们是在中国与世界的背景下来讨论文学与中国的。中国日益融入世界，中国向世界日益开放，中国也必须让世界获得最真切的了解。当我们这样说的时候，就会发现，文学是最佳的窗口。世界通过文学可以更容易也更深入地认识中国。因此我们要认真处理好文学与中国的关系，并在此基础上，向世界提供一个文学的中国。

文学的中国至少包含三层内涵：文学记录现实中国，文学重建精神中国，文学畅想理想中国。

其一，文学记录现实中国。

文学是现实的一面镜子，尽管镜子有多种形态，但现实都会通过镜子反映出来，我们尤其需要那种不失真的平面镜。在这一方面，我们特别推崇法国的现实主义作家巴尔扎克。巴尔扎克曾经说过，他就是一名时代的书记员，也就是说，他是要通过小说真实地记录现实发生的事情，他的小说的确也达到了这一目的。

因此恩格斯由衷地赞叹巴尔扎克的小说"给我们提供了一部法国'社会'特别是巴黎'上流社会'的卓越的现实主义历史",在谈到巴尔扎克的价值时,恩格斯说"他汇集了法国社会的全部历史,我从这里,甚至在经济细节方面(如革命以后动产和不动产的重新分配)所学到的东西,也要比从当时所有职业的历史学家、经济学家和统计学家那里学到的全部东西还要多"。中国文学具有强大的现实主义传统,当代文学也一直与现实保持着密切联系,虽然我们还没有一位巴尔扎克这样可以汇集中国社会的全部历史的伟大作家,但我以为,如果把当代文学的整体看成一部作品的话,它仍然起到了这样的作用,特别是新时期以来的文学,从反映现实的层面来看,是起到了"汇集了中国社会改革开放全部历史"这样的效果的。现在人们似乎普遍有一种情绪,认为今天的文学离现实远了,不像80年代的文学那样,能够因为强烈的现实性而引起全社会的热烈反应。那么是今天的作家丧失了现实的热情吗?不是。我觉得从整体上说,当代作家并没有丧失对现实的热情,也许有些作家缺乏现实的热情,这也没关系,我们不必要求每一个作家都做巴尔扎克,当代文学应该有各种风格各种类型的作家。至于为什么在人们的印象中文学离现实远了,我觉得一个重要原因是今天的信息传播方式发生了巨大变化,人们获得现实资讯的途径非常丰富,根本不把文学当成很重要的途径了。但这样说,并不意味着作家不需要做时代的书记员了,而是意味着,作为时代的书记员,作家关注现实的眼界应该更加开阔。过去我们侧重在反映宏大的现实和巨变的现实,甚至都形成了一种反映现实的思维习惯和书写模式,所以尽管现实千变万化,但在作家笔下写出来,却是一样的面孔,一样的结果。所以文学记录现实中国，不能停留在宏大的现实和巨变的现实，更需要有日常的现实和情感的现实。日常的现实和情感的现实所具有的价值往往被人们所忽略，事实上，日常中透出巨变，情感中包容着宏大。这就需要文学去发现，去挖掘。

其二，文学重建精神中国。

现实中国是一个有形的和物质的形象，但仅有现实层面的形象还不能全面反映中国，还需要从精神层面去书写中国，展现中国人的精神世界，而这又正是文学最擅长的。精神是一个民族的灵魂，一个民族哪怕遭遇天大的灾难，只要精神不死，就有希望。但有形的和物质的现实有时会遮掩精神的真相。比方一百多年前，中国遭受西方国家的侵略和欺负，现实的中国给人们留下一个愚昧落后就该受欺负的印象。这时候，一位学贯中西的学者辜鸿铭用英文写了一本《中国人的精神》，将中国人精神生活的真相告诉西方，他说，中国人同时具备深刻、博大、简朴和灵性四种美德，中华民族是一个永不衰老的民族。据说辜鸿铭的这本书当时在西方的反响很大，还被译成了多种文字。今天的中国完全不同于一百多年前的中国，我们在物质上变得非常强大，令世界注目。但随着物质层面的中国形象变得越来越光彩夺目，中国的精神形象却没有得到大的改观，这既有外人看不到精神真相的原因，也有我们自己的精神在堕落的原因。事实证明，物质的繁荣并不会直接带来精神的提升。精神应该具有一种神圣性和超越性。今天倒是有一个明显的现象，越是经济发达的地方，寺庙里的香火烧得越旺。但几乎每一炷香火都负载着一个非常功利化和欲望化的诉求。我们不能指望寺庙的香火重建起一个神圣的精神中国。而文学应该在重建精神中国方面发挥巨大作用。

其三，文学畅想理想中国。

我想以革命烈士方志敏的故事作为这一节的开头。方志敏处在那样一个灾难深重的现实中国，又明知自己死期不远，但仍掩不住他对理想中国的憧憬。他写下了《可爱的中国》，畅想他心中的理想中国："到那时，到处都是日新月异的进步，欢歌将代替了悲叹，笑脸将代替了哭脸，富裕将代替了贫穷，健康将代替了疾苦，智慧将代替了愚昧，友爱将代替了仇杀，生之快乐将代替了死之悲哀，明媚的花园，将代替了凄凉的荒地！"《可爱的中国》一直成为激励人们爱国精神的范本。今天的现实中国基本上实现了方志敏在书中所畅想的理想，但现实中又出现许多新的问题，我们应该设立更高远的理想，因此也需要我们的作家站在时代的高度写出今天的"可爱的中国"。我们所畅想的理想应该是建立在现实中的理想，在现实中露出端倪的理想，是用信念勾画的理想。但我更想强调的是，文学畅想理想中国，首先应该是长在作家头脑里的理想，是融入了作家自己情感和体验的理想。学者许纪霖在一次读书讲座中，遇到一位听讲座的读者向他提问，问他能否具体描述一下心中的理想中国是什么样子？许纪霖回答说："我理想中的中国，其实并不理想，乃很卑微也。我期望每一个中国人虽不必是君子，也非小人，乃是做人行事有底线的正派人；每一个官员做不到全心全意为人民服务，但有操守，有敬畏感，伤天害理的事情不敢做。我期望无论是富人还是穷人，都活得有尊严，自己看得起自己，也得到别人的尊重。"许纪霖说他心中的理想很卑微，但在我看来，这才是文学畅想理想中国的最合适的姿态和最正确的方式。

总之，现实中国、精神中国和理想中国，才能构成一个最完整的文学中国。

无处不在的现实主义

罗伯－格里耶是法国新小说派的创立人之一，他挑战传统现实主义，主张打倒巴尔扎克，并建立起一套反对现实主义的小说理论。尽管如此，我始终记得他在《从现实主义到现实》这篇文章的第一句话："每个作家都认为他是一个现实主义者"。人们似乎轻易放过了这个开头，甚至将其看成是一种揶揄的手法。但我以为他说这句话时是认真的，甚至可以说，这句话正是他的一切理论主张的出发点，因为现实主义是无处不在的。

罗伯－格里耶谈到了现实主义的多种面孔，他说："现实主义是一种意识形态，每个信奉者都利用这种意识形态来对付邻人；它还是一种品质，一种每个人都认为只有自己才拥有的品质。历史上的情况历来如此，每一个新的流派都是打着现实主义的旗号来攻击它以前的流派：现实主义是浪漫派反对古典派的口号，继而又成为自然主义者反对浪漫派的号角，甚至超现实主义者也自称他们只关心现实世界。在作家的阵营里，现实主义就像笛卡尔的'理性'一样天生优越。"罗伯－格里耶提示我们，一个作家在创作方法上可能是非现实主义的，但他的世界观中仍然包含着现实主义的要素。也就是说，现实主义文学是以现实主义的世观为根本原则的。比如，罗伯－格里耶激烈反对巴尔扎克，并非要否定以现实主义的方式看世界，而只是认为巴尔扎克镜子式的反映现实世界的方式已经落伍了，他不希望文学仅仅成为一面客观的镜子，而是要让作家的主体在反映现实的过程中发挥更大的作用，他所倡导的新小说派就是要通过主观对现实的重新认识而建构起一个主观化的现实世界。因此有人将罗伯－格里耶的小说称之为主观的现实主义。

现实主义作为一种看世界的方式，应该是一种最古老也最通用的方式，它遵循着常情、常理和常态的基本原则。古希腊人强调"艺术乃自然的直接复现或对自然的模仿"，比如哲学家亚里士多德便将模仿看成是人的天性，因此"惟妙惟肖的图像看上去却能引起我们的快感"。模仿便是现实主义的雏形，它产生了人类最早的文学艺术。在文学发展的辉煌历史中，现实主义的身影无处不在。现实主义文学也积累起丰富的精神遗产，后来者可以在此基础上继续创造出新的成果。但是，正如罗伯－格里耶所意识到的："现实主义是一种意识形态"，它在文学活动中承载了越来越多的使命，这让人们在谈论现实主义时逐渐远离了它原初的意义。18 世纪之后现实主义作为一种文学思潮席卷欧洲文坛，巴尔扎克成为这股思潮的代表性作家，但现实主义从此也就被固化在某一节点上。及至后来现代主义和后现代主义兴起的时候，自然就把现实主义作为保守的对象加以反对和否定。从此，在很多作家的眼里，现实主义成为一个落后、保守、陈旧的代名词，而他们在写作中往往有一种焦虑，即如何让自己的作品与现实主义保持距离，因此他们热衷于玩弄一些新奇的手法和反常规的叙述方式。但是，他们就没有想到，现实主义是无处不在的。当我们面对现实，要表达我们对于现实的观察和思考时，我们就进入了现实主义的范畴之中。然而一些人带着反对和否定现实主义的心理，也就很难有效地处理现实和书写现实。

现实主义经典的力量

现实主义无处不在的事实，首先体现在经典的力量上。

现实主义作为一种历史最为久远的创作方法之一，产生了大量的经典作品，这些经典作品不仅呈现出现实主义的千姿百态，而且仍然具有典范的作用。当代作家通过对经典的学习和借鉴，开启自己的文学空间。贺享雍的创作便是一个很好的例子。贺享雍有三十年的创作经历，完全走的是一条传统现实主义的路子。但我们仍能从他的创作实践中看到他在现实主义方面不断学习而获得的进步。贺享雍从80年代起一直写他家乡的故事，但也找不到一个突破点。后来，他立意要写一个"乡村志"的系列长篇小说，以小说的方式忠实记录下家乡在半个多世纪特别是改革开放以来的生存状态和社会变迁，通过十来年的努力，他为乡村立志的初衷基本上实现了。从他的写作中，我能发现古典现实主义作家巴尔扎克的身影。"乡村志"的故事都发生在一个叫贺家湾的乡村里。贺家湾虽小，但就像一只具有典型意义的"麻雀"，贺享雍细致解剖了这只麻雀，非常生动地展示了中国农村改革开放以来的发展轨迹，揭示了发展过程中的种种社会和民生问题。这一点可以与巴尔扎克当年立志写"人间喜剧"相比较。巴尔扎克在创作进入成熟期后，认为小说家必须面向现实生活，使自己成为当代社会的风俗史家，于是他开始了"人间喜剧"的系列创作。在这个系列创作中，巴尔扎克以"编年史的方式"描述了法国社会的急剧变化，他的这一系列作品被誉为"资本主义的百科全书"。恩格斯称赞《人间喜剧》"给我们提供了一部法国社会，特别是巴黎上流社会的卓越的现实主义历史"，说他从这里学到的东西要比从"所有职业的历史学家、经济学家和统计学家那里学到的全部东西还要多"。贺享雍在创作方法和创作意图上与巴尔扎克有相似之处，他的"乡村志"系列在反映当代农村变化的方面也具有"农村改革开放的百科全书"的效果。另外，贺享雍的现实主义还有赵树理的痕迹。这不仅是因为二者共同具备的浓郁的民间民俗性，而且还因为二者共同坚持的乡村知识分子的身份和视界。赵树理在延安时期被看成是代表了文学的方向，这个方向就是文学为人民的方向。赵树理的小说的确是站在农民的立场，讲述普通农民的故事。但后来发现，二者还是有差异的，人民的方向中的"人民"是一个高度政治化的概念，具有强烈的政治意识形态性。而赵树理笔下的农民是具体的、生活化的农民。赵树理作为一位乡村知识分子，了解农民的弱点和缺点，也懂得他们的内心诉求。所以在赵树理眼里，具体的农民常常会和抽象的人民产生矛盾。他把这种矛盾写进了小说，由此在那个极"左"的年代遭到了批判。我把贺享雍与赵树理相比，是因为贺享雍的小说中也包含着这样的矛盾。所幸的是，我们不再以极"左"的方式否定贺享雍的书写。他在小说中讨论的问题的真问题，真正触及农民的痛处。同样，他所书写的乡村人物也是最能体现乡村真相的人物。

还可以举出无数类似的例子，足以证明现实主义不仅无处不在，而且千姿百态。

突破总是以现实或反现实的名义

现实主义无处不在，还体现在文学突破总是以现实或反现实的名义进行的。

20世纪初，中国的文学完全不能适应社会的急速发展，一批思想者要建立起以白话文为基础的新文学，打的就是要紧贴现实的旗号。陈独秀明确提出："吾国文艺犹在古典主义理想主义时代，今后当趋向写实主义。"在启蒙思想的引导下，"五四"新文学开创出反映社会人生、改造国民精神的现实主义文学新传统。现实主义成为中国现当代文学的大潮，有高潮，有低谷；有收获，也有挫折。但无论如何，现实主义始终处在变化发展之中。当然，随着现实主义成为主潮，因为各种原因，现实主义也被狭窄化、意识形态化、工具化，甚至在一定时期内，它约束了文学的自由想象。这也正是新时期之初的文学现状，因此当时寻求文学突破的主要思路仍然是从现实主义入手。这一思路又朝着两个方向进行：一是为现实主义正名，恢复现实主义的本来面目；二是以反现实主义的姿态另辟蹊径。后者带来了80年代的先锋文学潮。先锋文学潮的思想资源基本上是西方现代主义。现代主义和后现代主义对当代文学的冲击非常大，尤其是年轻一代的作家，几乎都是从模仿和学习西方现代派文学开始写作的。但反现实的结果并非否定和抛弃现实主义，而是拓宽现实主义的表现空间。莫言的创作历程就是一个典型的例子。他开始创作时明显受到当时风行的现代派影响，也是先锋文学潮中的活跃作家，但他的创作基础仍是现实主义的，因此莫言在创作过程中会存在一个与马尔克斯、福克纳"搏斗"的问题，他说他那一段时间里"一直在千方百计地逃离他们"。从写第二个长篇小说《天堂蒜薹之歌》起，他有意要回归到现实主义上来。然而莫言此刻的现实主义已经吸纳了大量的现代派元素，呈现出一副新的面貌。诺贝尔文学奖授予莫言，在授奖词中特意为莫言的现实主义文学创造了一个新词：幻觉现实主义（hallucinatory realism）。从这个新词也可以看出，莫言对于现实主义的拓展是引起诺奖评委兴趣的聚焦点。莫言的幻觉现实主义的素材来自民间，民间故事和传说的特殊想象和异类思维嫁接在现实主义叙述中，开出了幻觉之花。如今，现实主义文学与现代主义文学相互融洽、并行不悖，形成了中国当代文学的多元局面。

现实主义是文学写作的基本功

现实主义是文学写作的基本功，因此它也必然是无处不在的。也就是说，一个作家如果缺乏现实主义这一基本功的训练，他以后搭建起来的文学大厦哪怕再富丽堂皇也会是不牢靠的。

戏曲界有一句名言："台上一分钟，台下十年功。"就是强调了基本功的重要性。文学写作同样应该进行基本功的训练，文学写作的基本功不仅包括文字的表达能力，也包括对世界的观察能力，观察世界首先是从对世界的客观性辨析开始的，因此它完全依托于现实主义，因为现实主义的本质就是对自然的忠诚。但大多数人并没有把对世界的观察能力视为一种文学写作的基本功，这在过去也许不是太大的问题，因为过去基本上以现实主义文学为主流，人们浸润在现实主义的语境之中，无形之中也会接受现实主义世界观的训练。但现在现代主义逐渐成为文学的时尚，特别是年轻的作家基本上都偏爱于西方现代小说，都是从学习现代小说开始自己的创作的，他们以为先锋和时尚就是反传统和反现实主义，因此也就不会去有意地培养和训练自己客观观察世界和客观描述世界的能力，其后果便是连一个故事也讲不流畅，连一个客观物体也不能清晰准确地描述出来，光在胡编乱造上做文章。事实上，卡夫卡也好，普鲁斯特也好，他们都具备讲好故事和准确描述客观物体的写实能力，而这种建立在现实主义基础之上的写实能力又是成就他们现代小说辉煌的重要条件。最近我读到"90后"作家周朝军的小说《抢面灯》《雁荡山果酒与阿根廷天堂》等，具有明显的现代派特征，应该是比较成功的作品。但我同时发现，周朝军也是一位对现代派保持着警惕的年轻作家，他很早就主动地从传统的现实主义文学中吸取养分，培养自己的叙述能力。他称他骨子里喜欢那些"被很多人认为已经落伍"的现实主义文学作品；他表示他既崇拜先锋派作家，但也"毫不掩饰对路遥《平凡的世界》的喜爱"。周朝军最早的写作带有模仿和学习的目的，如仿古代笔记体小说的《沂州笔记六题》，如纯粹讲故事的《左手的响指》等，其实他的这类写作就是在进行现实主义基本功的训练，这种训练为他后来写作先锋性的小说做了很好的铺垫，因此他的先锋性小说并没有不少年轻作家所犯的空洞化的毛病。我相信像周朝军这样自觉进行现实主义基本功训练的年轻作家，其写作的后劲更足，也一定能够走得更远。

现实主义无处不在，关键是作家如何准确把握现实主义。

现实主义笔记

　　现实主义与中国现当代文学结下不解之缘，在讨论当代小说创作时，现实主义显然是一个绕不开的话题。当代作家对待现实主义有一种复杂的情感，有的爱之尤深，有的恨之入骨，但无论以何种情感对待，每一个作家都没有走出现实主义这株大树的树荫。从这个角度说，即使在今天各种现代主义后现代主义思潮已经变得像家常便饭一般，现实主义仍是值得我们正视的话题，然而也由于我们情感之复杂状况折射到现实主义上面，使现实主义的面貌变得暧昧不清，如果我们从现实主义的角度来考量当代小说创作的话，就会发现人们对现实主义的理解和表达不仅存在着越来越深的困惑，而且在这种理解和表达中逐渐丢失掉了一些现实主义最重要的东西。

　　现实主义是一个外来词语。在19世纪末20世纪初那一段时间内，长久封闭的中国国门大开，一大批为中国未来而担忧的志士文人积极引进和推介西方思想理论，文学的变革也势在必行。但在众多的理论概念中，现实主义受到了特别的礼遇，这显然与当时中国社会激烈的政治改革的现实有关。政治家思想家寻求改革的新途，把文学也纳入政治的行列。梁启超于1902年发表在《新小说》创刊号上的《论小说与群治之关系》一文,现在被广泛征引。在这篇文章中,梁启超强调了文学为政治服务的特殊功能,他说"欲新政治,必新小说""欲改良群治,必自小说界革命始;欲新民,必自新小说始",可以说是为新文学的启蒙主题定下了基调。现实主义是欧洲19世纪兴起的艺术理论,最初是由法国一些画家提出来的,后来移植到文学,特别成为小说家所倡导的一种理论。而这种强调与现实世界关系的小说理论很快被以启蒙为己任的文学家和思想家所看重。当现实主义与启蒙、革命结合起来后,情况就逐渐发生了改变,现实主义被赋予了多重的含义,它不再仅仅是一种小说理论了。更重要的是,现实主义在与政治和革命的密切结合中,越来越加重其意识形态性,因而它对于文学创作的影响就大大超出文学理论的范畴了。现实主义的确是检视当代小说创作成果的重要标尺。自新时期以来,在二十余年的探索、突破、发展的过程中,作家们逐渐卸下现实主义厚厚的意识形态外衣,在现实主义的叙述中融入更多的现代性意识,大大丰富了现实主义的表现能力。在创作观念越来越开放的背景下,我们应该认真总结现实主义在艺术表现上的无限可能性。因为从一定意义上说,现实主义是最适宜于小说的叙述方式。现实主义遵循的是常识、常情、常理的叙述原则,这不是一个艺术风格或艺术观的问题,而是一种讲故事的基本法则。所以小说家进行革命,哪怕采取反小说的极端方式,革命可能带来艺术上的重大突破,但最终小说叙述还是会回归到现实主义上来(当然回归的现实主义与过去的现实主义相比已经有所变化)。

＊ ＊ ＊ ＊ ＊ ＊

我们对现实主义有一种误解，以为现实主义的作品最容易写，只要有了生活或者选对了题材就成功了的一大半。岂不知，现实主义是一种最艰苦、最不能讨巧，也丝毫不能偷工减料的创作方法，它需要付出特别辛劳的思考才能触及现实的真谛，缺乏思考的作品顶多只能算是给现实拍了一张没有剪裁的照片而已。所幸的是，现实主义作为当代长篇小说的主流，仍然显示出它强大的生命力。而这种生命力首先来自作家的思想深度。陶纯的《浪漫沧桑》和王凯的《导弹与向日葵》都遵循了典型的现实主义写作方法，而且两位作家都是军旅作家。我发现军旅作家在对待现实主义的态度上往往更加严肃认真，这是否与军队更注重铁的纪律与不能马虎敷衍的训练有关系呢？两位作家对军旅生活非常熟悉，也为创作做足了功课，但更重要的是，他们有着自己的思考。陶纯写革命战争有自己的反思。他塑造了一个特别的女性李兰贞，她竟然为了追求浪漫爱情而投身革命，一生坎坷，伤痕累累，似乎最终爱情也不如意。陶纯在这个人物身上似乎寄寓了这样一层意思：爱情和革命，都是浪漫的事情，既然浪漫，就无关索取，而是生命之火的燃烧。王凯写的是在沙漠中执行任务的当代军人，他对军人硬朗的生活有着感同身受的理解，也对最基层的军人有着高度的认同感。他不似以往书写英雄人物那样书写年轻的军人，因此小说中的军人形象并不"高大上"，然而他们的青春和热血是与英雄一脉相承的。

现实主义必须认真倾听社会共识。所谓社会共识，是指人们从公共价值系统出发而形成的得到社会普遍认可的是非评价。现实性的小说往往是在导引出社会共识，但在社会共识形成后，作家再次讲述同一现实问题的故事时，有可能就只是在重复表达已有的共识，这时候作家就难以避免重复的烦恼。那么，是否同一现实问题的故事只能讲述一次呢？作家如何才能做到既不想与社会共识发生冲突，又能将同一现实问题的故事讲出新意来呢？我以为关键还是要对现实有深刻的思考。从一些作家成功的实践来看，作家要善于使自己的思路在已有的共识路径上再延伸开去。比如写矿难的小说比较多见，矿难所带来的愤怒和思考也基本上达成了共识，胡学文的中篇小说《装在瓦罐里的声音》看似是以矿难为题材的，但他力图从关于矿难的共识中延伸开来，于是他写频繁的矿难造就了寡妇村，寡妇村的出现虽然是悲伤的事情，却解决了农村光棍的难题。农村的光棍"嫁"到寡妇村，还算计着寡妇从矿难中获得的赔偿金。这不仅延伸了矿难的故事，而且也揭示了矿难存在的复杂原因。刘庆邦的中篇小说《哑炮》同样也写到了矿难。但他完全放弃了社会苦难的考量，而是趋向于去探询人类的共同性的问题。乔新枝知道江水君是杀害自己丈夫的凶手，但她最终原谅了他。更重要的是，乔新枝传达给我们的不仅仅是"原谅"。原谅，宽恕，这类主题也曾在许多文学经典中作过精彩的表现。乔新枝不急于原谅，是因为她把内心隐痛看成是埋藏在江水君内心的精神"哑炮"，她知道如果引爆了这颗"哑炮"，将会对江水君的精神带来摧毁性的打击，于是她总是牵着江水君的手引他小心地绕过这颗精神"哑炮"。她这么做，自然出自她善良的本性和豁达的胸怀，还有她内秀般的聪慧。可以说，刘庆邦在这篇小说里为我们塑造了一位看似平常实则不同寻常的善良聪明的女性形象。小说最有新意的思想发现也就在这里。当善与恶的幽灵在我们的内心世界里游走时，也许不经意间就在我们的心底埋下了一颗精神"哑炮"。所以我们得提防着，我们也得小心地处置精神"哑炮"。我以为，这就是一个人类共同性的问题。

* * * * * *

现实主义必须发展，对此人们似乎没有疑义。因此现实主义作家也在为如何创新与突破而焦虑。我希望作家多一些焦虑，因为作家的焦虑正是推进现实主义不断发展的动力。但作家们多半是从技巧和手法上寻找突破口，却忽略了思想上的突破。现实主义之所以能够具有旺盛的生命力，就在于它能够直面现实，对现实中发生的新变具有高度的敏感，能够随着现实的变化调整自己的思路。所以寻求突破的现实主义作家更应该到现实中去寻找思想的突破口。比如我们经历过一次大的社会转型，由过去的阶级斗争为纲转为以经济建设为中心。如此巨大的社会变化必然要给文学带来深远的影响。这种影响当然首先会体现在经济生活在作品中所占的比重越来越大，而且经济题材可能会成为一种重要的题材类型。但最值得我们关注的影响也许悄悄发生在思想层面。我注意到深圳作家丁力，他过去一直在企业工作，对深圳的经济潮流充满了热情，他所写的小说多与经济活动有关。我读他的小说，就发现他改变了我们在经济题材上的文学思维，在处理经济题材时，不少作家仍停留在革命时代的思维。革命时代的思维基本上是从物质与精神的二元对立模式出发来对待经济的。这样的思维深刻揭示了人类社会发展进程中所付出的沉重代价以及人性的弱点。但我以为，它并不能引导我们认识经济活动的全部，特别是在以经济建设为中心的时代下，如果仍固执于这样的思维去观察世界，获得的只会是一种失真的镜像。丁力完全没有采取这样的思维，比如在他最近的一部小说《中国式股东》里，他以客观和理性的态度对待股份、资本、金钱等这些经济活动的基本元素，当这些元素在一个合理的经济环境中运行时，能产生积极的结果，而这些元素对于人的影响，既有激发奋进的一面，也有引诱堕落的一面。丁力的着力点放在做人上，也就是放在人性和人生上。他并不认为资本、股份、金钱等是可恶可怕的东西。那么他是彻底否定了以往经典性作品对于资本和金钱的批判吗？我以为不是。丁力的小说中不乏批判性，只是他要把造成恶与罪孽的原因辨析得更清楚。责任并不在资本、股份、金钱本身，而在掌控这些东西的人以及社会经济运行法则上。在经济活动中，人性中的善与恶都在进行积极的表演，作家不仅要从中发现恶，也要从中发现善，更要由此告诉人们，怎样才能让善在现实中得到最大的张扬。可以说，丁力的小说提供了一种积极面对经济时代的新文学思维，这同时又是一种充分体现出现实主义精神的新文学思维。

* * * * * *

中国现实主义传统最早可以追溯到《诗经》的"风雅颂"。但后来我们谈现实主义传统，却只谈《诗经》中的风，好像风才是真正的现实主义传统，我觉得应该把三者看作统一体。风是土风歌谣，来自民间。雅是贵族文人的审美，带来典雅的东西。颂是在庙堂祭祀歌颂祖先功业的,有赞美的意思在内。所谓现实主义不是说我们写了现实生活就是现实主义的,而是说我们面对现实的姿态,是指作家看世界的方式。风雅颂的传统告诉了我们,赞美歌颂的姿态早在两千多年前的《诗经》时代就被确立了下来,我们看世界时不会忽略那些应该被我们赞颂的内容。自从《诗经》确立了"风雅颂"的传统后,中国文人一直保持着良好的赞美歌颂的姿态,以这种姿态书写的文学作品也不乏优秀之作。当然,在当下的现实主义书写中,我们同样能够感受到作家的赞美歌颂的姿态,于是给小说带来一种温暖、善意和阳光的色调。我以为迟子建就是一位非常善于,也非常成功地采取赞美歌颂姿态的作家。她在小说中构建起一个温暖的世界。她以温暖善良的意愿接近普通人的内心,她乐于与普通人的世界交流,在交流中表达深深的爱意。她代表着温暖,代表着善良,代表着热爱生活、热爱生命的强者。但这一切并不妨碍她的现实的批判和揭露。

文体与文风

在中国古代文学传统里是很重视文体的。古代没有"文学"这个词，却有"文体"这个词，而且古人说："文以体制为先"。就是说，你必须严格按固有的文体来作文，作文先要考虑好用什么样的文体，文体定下来了，作文才能作好。文体意识在古人那里是很强的，刘勰的《文心雕龙》被认为是中国第一部成系统的文学理论著作，但刘勰在这部文学理论著作中，首先拿出上半部专门讨论文体，下半部才论述创作和批评的问题。看来古代的文学理论家和文学批评家如果缺乏文体意识是成不了气候的。文体意识之所以重要，是由文体在读写中的独特功能决定的。文体为文学创作提供了编码程序，同时也为阅读时的解码起到了暗示的作用。这就是文体的独特功能。构成文体的代码种类繁多，比如法国文学批评家巴尔特在分析巴尔扎克的小说时，认为其中包含了五种代码：有释义性代码、语义素或能指代码、象征代码、行动代码和文化代码。文体模式是代码组合的一定方式，作者和读者通过文体模式达到对代码的共同理解，从而使信息的传递得到保证。

文体意识的淡薄，在当代文学中是一个普遍性的问题，既包括文学批评，也包括文学创作，但二者在当下的呈现方式完全不一样。在文学创作中呈现的是文体的错乱和文体的混淆，完全没有了文体的界限，以为文体可以任意拼贴，以为拼贴就是创新，还命其名为"跨文体"。曾经跨文体写作成为非常时髦的行为，一些刊物大加提倡，但最终跨文体写作留下的文本并没有产生他们所预期的反响，倒是给人们留下了值得在文体上进行反思的反例。表面上看，这种跨文体的想法应该是主动强调文体的作用，似乎证明了作家们的文体意识很强，但这种想法是一种对文体还没有真正弄懂的前提下的想法，缺乏理性和学理的支持，因此带来的只会是在创作上的莽撞行为，或许可以将其诊断为文体意识的高烧症。高烧症的后果至今仍在蔓延。比如对虚构的无边界化，将小说文体中的虚构随意地挪用到非虚构类文体如散文、纪实文学中，这就完全违背了写作伦理，但这些作家却堂而皇之地以打破文体界限的借口来为这种违背写作伦理的行为辩护。关于文学创作中的文体意识问题暂不去讨论，回到文学批评上来，文学批评的文体意识患的是另一种病症。如果将文学创作中的文体意识状态比喻为高烧症的话，文学批评中的文体意识状态则是冷漠症，因此在文学批评中呈现的是文体的单一化和僵尸化。所谓单一化，是指批评文体在结构、语言等方面缺乏变化，模式单一。而僵尸化则是指批评只有适应单一化批评文体的结构和文字，却缺乏批评的真情实感，缺乏思想的活力，仿佛是一堆批评的概念和理论的符号犹如僵尸般地在游走。一个正常的文学批评环境应该是由不同的批评文体组成的。因为文学批评不是法院的判决书，也不是提供阅读指南的说明书，它是包含着思想智慧和审美感悟的复杂的精神活动，一个批评家会以不同的思维状态进入到批评活动中，他要寻求最佳的语言代码来表达他的批评思维。不同的语言代码也就对应着不同的批评文体，有的文体强调了一种思想、观点或主张，有的文体呈现为直觉、情绪或情感，有的文体则凸显为一种生动的形象。多样的批评文体当然包括了以学理为基础的论文体，同时还包括有对话体、随感体、杂文体、书信体等。文学批评不是仅仅板着面孔讲道理，而是嬉笑怒骂皆可为之。但在当下的文学批评中，我们很难看到批评家的嬉笑怒骂，很难感受到批评家的真情实感。

文学批评在文体上的单一化和僵尸化又集中反映在文学批评刊物上。这说明文体问题首先直接与中国现在学术体制的问题有关。从这个角度说，文学批评的文体问题并不是一个高深的理论问题，而是一个学术体制的现实问题。但我想并不能因此将责任推卸到批评刊物身上，批评刊物不过是被动的接受者，学术体制的恶性规定导致了批评刊物在文体上的取舍，所以解决文体问题必须从学术体制这个根子上开刀。事实上，不少批评刊物也在尝试着以自己的努力来改变文学批评的单一和贫乏。我们曾经与《文艺争鸣》联合举办过一次"学术期刊和学术生产研讨会"，会议首先是由《文艺争鸣》的同仁们倡议的，目的就是想要探讨如何建设起学术期刊良性发展的路径。文体的问题最终还要与物质和生存问题联在一起，从根本上说，也就是学术生产的问题。记得我为这次研讨会写了这样一段话："如何建立起一个切实可行的学术生产模式，这是一个为了更好地发挥各类学术期刊的作用所必须解决的问题，同时，这也关系到能否保存好这笔社会主义文学的重要财富并使其发扬光大。学术生产，虽然称之为生产，但它不同于一般的物质生产，它关乎一个国家和民族的精神文明建设和文化素养的提高，显然我们应该以处理精神文明建设的方式来处理学术生产。如今却流行着一种看法，觉得要用市场经济的方式来对待学术生产，要把所有的文学刊物包括学术期刊都推向市场，用市场来决定刊物的生死。我以为，这是一种对历史和民族不负责任的看法，甚至可以说，是一种对人民犯罪的看法，如果真的以这种看法来处理这笔中国社会主义文学的重要财富的话，其结果只会是让一笔宝贵的财富付诸东流。这样看来，我们这次研讨会所要研讨的内容具有现实的紧迫性，我们应该针对这种流行的看法，在学术生产上提出我们自己的建设性意见。"这一次《文艺争鸣》又组织了关于文学批评与文体意识的研讨，可以说是对上一次研讨的继续和深入，也就是说将学术生产问题具体化，具体到文学批评的文体问题。它同时也提醒我们，文体问题不是一个孤立的问题，只有将其放在学术生产的大背景下，与其他问题综合起来看，才会触摸到问题的实质，才会找到解决问题的答案。

　　由此便说到文风问题。文体问题与文风问题是相互关联的。文学批评在文体上的单一化和僵尸化，必然会形成一种枯燥的、八股文式的文风。记得有一段时间特别强调文风问题，于是各级部门都把文风问题当成一件大事来抓。尽管呼声很大，拥护者众，但效果甚微。为什么？因为恶劣文风的土壤还很肥沃。这块土壤就是单一化和僵尸化的批评文体。而单一化和僵尸化的批评文体尽管被众人贬斥却能广为流行，又因为学术生产为其提供了保护伞。

　　最后还要说说文学批评家自身。我们不能因为学术体制的问题很大就把文学批评家的责任撇得干干净净。选择什么样的文体是由批评家自己来做主的，一个批评家如果有了精彩的思想要表达，难道他不知道要选择最适合的文体来表达吗？但问题恰恰在于，我们的批评家们没有精彩的思想要表达。因此，无论是文体问题还是文风问题，归根结底，它反映出我们的文学批评思想太贫乏。因为我们的思想贫乏，所以只能用一种形式主义的东西来掩盖。单一化和僵尸化的文体可以让平庸、懒惰的批评家大行其道。但一个批评家的思想真正有活力的话，他要表达出来，是不会被单一化和僵尸化的批评文体所阻止的，他会自然地选择一种最恰当的文体。这说明，与有活力的思想相伴随的是自觉的文体意识。其实文学批评界有不少人是相当喜欢单一化和僵尸化的批评文体的，因为他缺乏思想，或者说他也不必去费劲地思想，但借助单一化和僵尸化的文体，他仍能在我们的学术体制下活得相当滋润。总之，一个有思想的文学批评家，首先应该是一个文体论家；文学批评家的文体意识，要靠他的有见地的批评思想来滋养。

都市文学方兴未艾

都市文学日渐兴盛，这是一个明摆着的现实。翻开各种文学期刊，书写都市生活的小说占据了更多的版面。乡土文学曾是中国现当代文学的重镇，所以难以接受都市文学兴盛的现实，仍有不少人认为，即使乡土文学的版图大面积失守，但都市文学的质量远远不如乡土文学。我以为这样的观点是需要商榷的，也许我们的一些批评家已经习惯于站在乡土的立场臧否文学，故而轻看了都市文学的价值和意义。事实上，都市文学不仅改变了已有的文学版图，而且也在悄悄地改变着文学理念。

都市文学取代乡土文学，这是人类文明发展的必然结果，因为都市文学是与现代化时代相关联的。全球化和现代化的双重合力，已经使我们的城市发生了根本性的变化。在这种背景下，我们需要自己真正独立的都市文学。不必担心都市文学在兴起之初的稚嫩，随着我们社会现代化的不断深入，都市文学也会逐渐走向成熟，并且形成自己的都市文学传统。都市精神正在成为当代作家、特别是年轻作家的思想出发点，它从而改变了以往小说的叙述基调和叙述立场，更重要的是，作家们看待世界的眼光和立场也发生了改变，因此对于都市文学来说，最让我们感到惊喜的是，现代性的思想光芒在文本之中越来越耀眼。现代性思想在都市文学中所带来的文学理念的变化主要体现在四个方面：

一是平等意识。都市化也是平等、民主等现代精神的推广，表现在都市文学中，则是对普通人的关注和重视，日常生活叙述成为都市文学的基本表达方式，而普通人也就成为故事的主角。以普通人为主角，不仅是对世俗情感的肯定，而且也从普通人身上挖掘出关于人性、人的本质、人的存在价值等方面的价值深度。书写小人物，揭示大精神，这一趋势在都市小说中表现得比较突出。比如陈彦的《装台》就是写小人物的，小说所写的装台人是从事一项特殊职业的群体，他们为剧团和社会的各种表演活动装台，这是一种苦力活。装台人为唱戏的人装台，唱戏人在舞台上演出的是人生大戏，而陈彦借这一舞台重新阐释了中国普通百姓的人生哲学。他所写的主人公刁顺子并不因此而对人生失去希望，不会因此而悲观消沉。在刁顺子眼里，一次又一次的装台，就是一次又一次的出苦力，但每一次的出苦力，无非是生命的一道坎，是生活的一盘菜。陈彦意识到，这样的生活"很自尊、很庄严、尤其是很坚定"。年轻作家对于平等、民主等现代精神的诉求更加强烈。如石一枫近些年的小说几乎都包含着同一个主题：对社会不平等的揭露和批判。《世间已无陈金芳》写了一个暴富的草根为了变身为贵族而失去自我。《地球之眼》揭露了社会贫富差距造成的新的阶层差异和阶级冲突。《营救麦克黄》则讲述了不同阶层的文化差异带来的价值观念的冲突。

二是个体意识。都市文明带来对个体的尊重和自我意识的觉醒。从自我出发，去面对世界，真实地表达自我的感受和认知。个体意识为都市文学的丰富性提供了最大的可能性。在都市文学中，作家无论是反思历史还是书写现实，都强调了自我的眼光，但又能较好地将"小我"与大历史和大时代沟通起来。弋舟的《我们的踟蹰》很好地说明了这一点。小说写的是几个"沧桑男女"相互依存、相互纠结的故事，作者所要表达的是他对"70后"一代人爱情观的认识和批判，他在检讨自己在情感上的踟蹰不前。但他将这种踟蹰不前界定为"我们"的，显然他既有"我"，也有"我们"，他是以"我"的眼睛去看"我们"的，既看到"我"在"我们"之中，又能够身处"我们"之中不忘记"我"的身份。张悦然作为"80后"的代表性作家，曾是青春文学的领军人物，她的《茧》以"80后"的现实眼光去重新审视父辈的历史，虽然个体性仍然非常强烈，但仍能看出明显的变化，这就是从青春文学的自恋性和平面化彻底走出来，向历史的厚重与世界的复杂靠拢。

  三是工人文化。工人文化在现实生活中被冷落，但它是城市文明建设中不可或缺的内容，也应该成为都市文学的思想资源之一。这一点对于中国当代文学来说具有特别的意义。因为，从思想资源上看，写都市文学的作家，特别是年轻作家，多半还是以西方现代主义文学作为参照的，但真正要建立起自己的传统，还必须依赖自己的经验和精神遗产。因此我们更需要关注我们在都市化进程中那些具有"中国特色"的东西。中国作为现代化的后发国家，工业仍是我们城市生活的重要内容，因此，工业经验和工人文化应该是建立我们自己的都市文学传统的重要因素。不同的城市会因为不同的城市化进程而酝酿出不同的都市文学形象。比如广州、深圳这样的改革开放前沿城市，民企、外企的兴盛，农民工的潮流，使得打工文学成为这里的一道重要的文学风景线。

而辽宁的一些作家，如李铁，孙春平等，在他们的反映都市生活的小说中，则明显感受到一种老工业基地的厚重感和历史感。这些都市文学形象都包含着工人文化的元素。遗憾的是，作家们对工人文化关注得还不够，其思路也没有完全从过去的重意识形态化的工业题材思路中走出来。但路内的《慈悲》让我们看到了工人文化的魅力，这是一部真正从现实出发而不是从概念和题材出发的写工人的小说。

　　四是先锋精神。当代文学的都市叙述具有一定的先锋性。这是因为都市叙述的兴起与中国的社会变革密切相关。回过头看20世纪80年代的先锋小说，我们就会发现，先锋小说作家们的先锋意识和试验性是与他们有限的城市经验连在一起的。1985年以后重大的经济改革，重要的文化事件几乎都是在城市中发生和进行的。另外，80年代的先锋小说潮流，又为90年代的都市文学作了思想上的铺垫。因为先锋小说创作是在西方现代主义文学思潮的影响下开始的，先锋小说作家在很大程度上是在借鉴和模仿西方现代主义，而西方现代主义本身就是西方都市化和现代化的产物，是体现为都市精神、代表都市方向的文化思潮。吕新作为先锋文学的代表性作家，其先锋意识突出体现在他始终是在表现他的内心体验。《下弦月》是吕新这种体验最集中的表现，是至今对"文革"的表现和书写最深刻的一部。北村的《安慰书》从文本上看完全是一个写实性的破案故事，甚至还借用了类型小说的套路。但小说的精神内核却仍然沿袭着作者的先锋理念，这体现在作者对精神性的特别追求上。《安慰书》所说的安慰，其实就是精神安慰，包括罪与罚，包括人的救赎，都寄托在他对于小说中那些人物在受害与被害的不断反转的过程之中。80年代的先锋文学运动已经成为一种新的文学传统，这一文学传统在都市文学中表现得尤其活跃。如晓航的《霾永远在我们心中》表面上看是一篇非常写实的小说，但骨子里却透着现代性的先锋意识。故事在两个虚拟的城市间游走，不仅影射当下中国严重的环境污染，而且撕开了人们陷入精神危机的假象。

现代性理念充实了都市文学内涵，我们有信心对都市文学充满期待。

写出典型人物是文学的高目标

记得最早学习文学理论，记住了小说有三个要素：人物、故事情节和环境，其中又以人物为最重要。尽管后来的现代小说观对传统的文学理论充满了颠覆性，现代派的小说家也完全可以不按人们公认的小说样式来写小说，但我始终觉得人物这个要素对小说来说至关重要。我们常常会引用高尔基说过的一句话："文学即人学"，我理解这句话的意思，其实就是说文学是观察人、研究人和书写人的。半个多世纪前，我国文学理论家钱谷融在《论文学是人学》这篇著名的文章中，对文学为什么要以人为中心，为什么要以表现人物作为文学的评判标准等问题做了最透彻的理论阐释。钱谷融强调文学必须通过人来反映现实和时代，来表达价值评判。他说："除非作家写不出真正的人来，假如写出了真正的人，就必然也写出了这个人所生活的时代、社会和当时的复杂的社会阶级关系。"但作家应该不仅仅满足于在小说中是以人为中心，并把人物写活了，而且还应该立下更高的文学目标，这就是要写出典型人物。典型人物是指小说中具有代表性人物的个性特征。黑格尔说："一个艺术家的地位愈高，他也就愈深刻地表现出心情和灵魂的深度。"我以为，黑格尔所说的"心情和灵魂的深度"往往聚焦于小说的典型人物身上，作家的表现越是具有深刻性，所塑造的人物便越是具有典型性。

近二十年来作家们在对待典型人物的态度上似乎出现一些反复。比如在新写实的潮流中，作家们为了要摆脱宏大主题的约束，便强调写"一地鸡毛"的琐碎生活，写碌碌无为的小人物，虽然他们的小说也生动地描摹出众生相，但显然缺乏能够体现作者对于生活深刻见解的典型人物。不过应该承认，从主流倾向来看，作家们仍然看重对典型人物的塑造，一些得到人们广泛认同的优秀小说，也为我们提供了新的典型人物形象。比如陈忠实的《白鹿原》，其成功之处在很大程度上就因为作者精心塑造了白嘉轩这一典型人物形象。白嘉轩可以说是中国最后一个乡绅的典型形象。中国乡村现实的文化贫瘠化，一个重要的原因就是乡村社会的乡绅阶层的彻底消失。陈忠实也写出了一个乡绅在社会衰败期的复杂性格，他丝毫不掩饰乡绅在原始积累上的罪孽，写白嘉轩没有种植罂粟的经历，就难以从众多普通农民中出人头地。但他更强调了白嘉轩在精神上的充分准备，写他遵循着儒家的"仁义"，恪守着"学为好人"的信仰，让我们看到白嘉轩在道德上的操守和践行，其实就是为当地开通了一条让文化之泉水流淌的渠道。当然，在白嘉轩这个典型人物身上，我们也看到了作者陈忠实的"心情和灵魂的深度"，这是对中国文化传统重新认识的深度。

在谈到典型人物时，我还想专门说说英雄人物形象的塑造。英雄人物形象可以说是典型人物中的典型。自从人类开始自己的文明进程起，英雄便始终成为一面旗帜，一种动力，鼓舞着人类的进取心，所以有人说，英雄的形象就意味着人类向往更完美的精神发展。但也许正是由于英雄形象在思想内涵上的标高，决定了要塑造出成功的英雄人物形象非常不容易。加之我们过去对于英雄形象的塑造存在着一些不合理的要求，因此就带来一个尴尬的后果：作家重点塑造的英雄形象或正面形象不成功，反而是本来是作为英雄形象陪衬的次要人物给人留下深刻印象。但是，作家们不能因为塑造英雄形象有难度而放弃这份责任。从一定意义上说，塑造出引领时代潮流的英雄形象，也是任何一个时代的作家应该为这个时代担当的一份责任。事实上，当代作家在这方面也做出了自己的努力。

一个时代会有一个时代的英雄，英雄形象必然会打上时代的烙印，也会受到时代的局限。但是，英雄主义精神是人类始终景仰的一种精神，寄寓着人类的理想，因而又具有一种超越性，因此在英雄形象身上能够看出这种超越性，不同时代的英雄在本质上具有许多不变的共性，比如说，献身精神便是英雄的一种基本精神。在这一方面我们尤其要注意的是如何追求社会核心价值与人类普遍价值的辩证统一。张新科的长篇小说《苍茫大地》以一位革命烈士为原型，成功塑造了一个感人的英雄形象许子鹤。许子鹤这一形象不仅具有共产党人形象必备的思想品格和阶级本色，而且亲切感人，充满智慧、情感丰沛。这一形象的成功在很大程度得益于作者对英雄主义主题的深入发掘。一方面，他给主人公许子鹤确定了符合共产党人思想原则的中规中矩的底色：忠诚、信仰、使命、志向、责任感、牺牲精神，而另一方面，他又注意将共产党的核心价值与人类共同的价值内涵有机地结合起来，如孝顺、爱情的忠诚、与人友善、古道热肠，等等。因此作者花了不少笔墨来写许子鹤对待父母特别是对待养母的感人故事，也妥善地写到他与叶瑛的爱情、婚姻，以及他与德国姑娘克劳娅的微妙的情感关系。这部作品也说明，中国的社会主义核心价值系统与人类普遍认同的价值之间具有密切的辩证关系。建立在中国特色社会主义基础上的核心价值体系，充分体现出对人类普遍认同价值的认同和推广，是人类普遍认同价值在中国当代社会的具体呈现。

以往文学作品中的英雄形象往往带有某种神性，英雄作为一种景仰的、崇拜的对象，相对于普通群众来说，是高高在上的，是鹤立鸡群的。当代英雄形象则逐渐取消了英雄头上神性的光环，这是与现代民主意识的觉醒和普及相适应的。因此当代作家在塑造英雄形象时，更加强调英雄的平民性；这一方面表现在赋予英雄形象以体恤平民的意识和浓郁的平等精神，另一方面则表现在直接塑造出身平民的英雄形象。陈彦的《装台》就塑造了一名平民化的英雄形象。这部小说所写的装台人是从事一项特殊职业的群体，他们为剧团和社会的各种表演活动装台，这是一种苦力活，干这种活的人都是生活在底层的小人物。小说的主人公刁顺子是一个装台队的队长。陈彦长年工作在剧团，与装台人有着亲密的接触，并在他们身上发现了英雄的性格，对他们充满了尊敬之情。因此他也将刁顺子塑造为一个具有英雄性格的小人物形象。刁顺子虽然干的活很苦，生活中的麻烦不断，但他并不因此而对人生失去希望，不会因此而悲观消沉。在刁顺子眼里，一次又一次的装台，就是一次又一次的出苦力，但每一次的出苦力，无非是生命的一道坎，是生活的一盘菜。因此即使生活多艰苦，他遇到了心仪的女子，该娶回家照样娶回家。刁顺子爱看戏台上演的苦情戏，因为他在苦情戏中能获得情感上的共鸣，但他又不学戏中的主角那样对不幸生活充满着哀怨和宣泄，而是要在人物的不幸经历中获得一种对于生命坚毅性的探询和感叹。陈彦感叹道,像刁顺子这样的生活态度"很自尊、很庄严,尤其是很坚定"。

放眼当下文坛,是一片繁荣景象,每年新涌现的长篇小说都是以数千部,但其中为我们提供的真正具有独创性的、能够真正长久活在读者心中的典型人物却是少之又少,我希望作家们能将此作为一个问题来对待,在自己心中树起一个塑造典型人物的文学目标。

性别差异了吗？
——关于女性文学研究的随想

女性文学研究，在当代文学学科领域内，还是很年轻的一支。它的正式起步要从20世纪80年代初算起，标志之一就是西方的女性主义开始介绍到中国内地，而那个时候，整个社会的女性意识才刚刚萌动。但短短的三十余年，中国当代文学的女性文学就发展为一片郁郁葱葱的大森林，女性文学研究也是硕果累累。我的判断是，尽管中国当代女性文学研究是在西方女性主义思潮引进介绍过来后起步的，但中国的步履迈得特别大，如今，中国的女性文学研究完全与西方站在一个平台上了，也就是说，中国当下的女性文学研究已由过去的被动接受的关系转变为相互对话的关系。但我在这里并不是要为中国的女性文学研究唱赞歌，而是想提醒人们，长得太快的东西总会有弱点。

西方女性主义是在19世纪的启蒙思潮的催化下兴起的，具有鲜明的政治诉求，最初呈现为一种社会理论和政治运动。因此，在西方，女性主义就是一种不容忽视的政治意识形态。这也就难怪，西方普遍流行的政治正确的禁忌里，女性主义占有相当大的比重。比方我看到这样一条新闻，美国一名议员的公关主任劳坦写文章，批评总统奥巴马的第一千金在一次公众场合上穿着太不得体，说"你们不是上酒吧"。马上有人站出来指责劳坦是对"女性侮辱，物化"。最终女性主义的政治正确占了上风，劳坦被迫辞职，并公开道歉。西方社会强调政治正确，劳坦大概就是政治不正确吧。我觉得他必须回学校好好学习一下女性主义理论。西方的政治正确的确让女性主义扬眉吐气，也让女性主义可以非常任性。女性主义批评则是女性主义思潮风起云涌的产物，批评者痛感主流话语中缺少女性的声音，而文学作品中的女性不过是在说着男性所愿意听的话，因此必须展开对父权制话语的批评。由此看来，女性主义批评从一开始就带有强大的政治基因。女性主义作为一种政治意识形态，也使得女性文学批评和研究具有一种参与现实的倾向性，反过来说，参与现实的倾向性也为西方女性主义批评和研究的发展提供了更便利的条件。

但中国的女性文学研究并没有这种便利的条件，也没有"政治正确"来为它壮胆助威。不过这丝毫没有阻挡住中国女性文学研究的步伐。相反，我倒是觉得，中国的女性文学研究因为不会像西方那样的任性，所以能够一心一意地在学术上做文章。这不是我的恭维之辞，这是我在阅读当下关于女性文学研究的论文时最突出的感受。比方说，不久前我参加了一次女性文学的学术研讨会，看到研讨会的议题后，我心里就感叹，哇，太学术了！大会议题中出现了"性别内涵"这样的词，我肯定是没有用过的，我不仅感到新鲜，而且还在想，性别内涵与gender（社会性别）有什么区别。我最初学习到gender的相关知识时，很是佩服女性主义理论家，他们将一个古老的语法概念变得现代化和时尚化了。

从此我们谈论性的问题,再说 sex 就 out 了,要说 gender。当然,中国的女性文学研究,不仅学术性强,而且也是紧贴中国现实的。当代女性文学就明显具有强烈的现实主义精神。就中国的现实而言,女性文学研究不仅可做的文章很多,而且也是责任重大。最近我就看到一条新闻,一位叫丁璇的女老师,专门开设女德讲座,教女人如何做一个好女人。但她所传授的方法真是让人瞠目结舌,比如"女孩最好的嫁妆就是贞操""女人衣着暴露易失身"等。如果这些话出自一位道貌岸然的男人之口倒不足为奇,但在现代文明日益彰显的今天,一个女人以学者的身份竟这样来训诫女人们,就真的值得我们深思了。我以为,这条新闻说明了一个很现实的问题,在中国,女性的自我解放远远没有完成。如果女性的自我解放还没有完成,她们又怎么可能去解放社会呢?所以,我觉得,让女性获得自我的解放,这是中国的女性文学最迫切的任务,也是女性文学研究最迫切的任务。

相对于西方女性文学研究,我们的女性文学研究淡化了政治意识形态色彩,这只是二者不同的一个方面,还应看到另一方面的不同,这就是西方女性主义从一开始就采取了与主流话语对抗的姿态,而中国的女性主义从表面上看也接纳了西方的对抗姿态,但实际上却是与主流话语握手言和。这也许是中国的女性主义思潮与西方女性主义思潮的根本不同。但这不是因为中国女性主义者丧失斗志,而是因为中国女性主义的语境与西方不同所造成的结果。女权主义早在 20 世纪新文化运动时就被介绍到中国来了,它融入中国的革命运动之中,并置换成革命运动中的"妇女解放"话语系统。但革命成功后,女权主义则成了一个贬义词,革命建立起来的新中国只能说妇女解放,并且从来不把妇女解放看成是与女权主义同一性质的东西。有专家就说："在共产党的文献中，'女权主义'一词总是伴随着'资产阶级'这个修饰语，并且经常与'西方的'这个限定词一起出现。将女权主义从官方话语中驱逐出去不仅从公众头脑中抹去了中国女权主义的历史，并且构成了中国共产党是中国妇女解放者的论调。"所以，新中国成立后的三十来年里，中国没有女权主义理论存在的土壤，但中国有着强大的妇女解放运动，以及由此建立起来的妇女解放理论。从社会理论的层面看，中国的妇女解放理论就是中国自己的女性主义理论，它也有效地贯彻在中国的政治事务中。应该看到，在妇女解放运动下，中国的妇女地位和生存状况发生的巨大的变化。应该看到妇女解放与女权主义有着某种相通之处，因此女性主义风靡中国只是一个迟早的事情。比方说，"主体性"是评价社会主义妇女解放实践的一个核心标准，妇女解放也带来了中国妇女的主体性的觉悟。有的女权主义的学者就对社会主义时期动员妇女参加生产给予了很高的评价，女性从家庭妇女转变为生产者时，因为经济独立而带来一种自豪感。我觉得也不要一味地对于文学叙述中的铁姑娘形象加以贬低，铁姑娘形象反映了当时的妇女解放的实际状况。也就是说，妇女解放有妇女被国家组织运动、工具性的一面，但同时也有确立妇女主体性的一面。新时期的思想解放是一个契机，一方面主流意识形态纠正了过去的极左倾向，另一方面，大量的西方女性主义最新理论观点被翻译介绍过来。于是，新时期以来正式起步的中国女性文学研究就顺其自然地与主流话语以及政治意识形态达到了某种程度的协调。体现这种协调最具标志性的事件便是1995年在北京举行的世界妇女大会。既然与主流寻找到了共同的语言，那么女性文学研究发展的道路就少了很多的障碍。短短二十多年，女性文学创作和研究便有了我在前面所说的一片郁郁葱葱的大森林。但问题也来了，在与主流取得共同语言的情景下，女性主义批评固有的政治基因也就缺乏生长的条件，其政治对抗性自然也就消失了。所幸的是，女性主义批评仍然关注着中国社会的现实，在批判现实的环节中仍能显露出女性主义的锋芒。除此之外，中国的女性主义批评者就是在学术上下功夫了。

但它也造就了不少虚假的女性主义批评文章。之所以称这些文章为虚假的女性主义批评，是因为其批评路径、立场、方法以及价值观与非女性文学研究的文本基本上相一致，没有本质上的区别，只是研究的对象包含着女性的特征，比如是专门研究女性作家的作品，或者是专门研究作品中的女性形象，等等。自然，将这些研究称之为女性文学研究，也并非不对，但如果女性文学研究仅仅止步于此，显然就不构成实际的意义，尤其对于已经形成的研究体系并不构成挑战性乃至革命性的意义。女性主义批评是如此，女性文学研究更是如此。

我们有理由要求女性文学研究去伪存真。

去伪存真的方式就是强调性别差异。

"性别分析"是女性主义的学术基石。女性主义作为一种为全体女性争取解放和自由的理论主张，始终就遭到人们的攻击和否定，人们首先要否定的就是女性本身，比如有学者就认为，所谓的女性写作是"来自男性世界内的妇女世界的建构"，是在用"妇女的男性语言"歇斯底里地谈论女性的经验。因此在我看来，强调性别差异是女性主义批评的立身之本，也是女性文学研究的求真之道。

伊丽格瑞认为，性别差异是一个本体论事实。她批评西方的哲学传统是一个无视女性存在的传统，这表现在或是在本体论意义上忽视女性的存在和独立性，或是以男性体验来代替人类的体验，把女性仅仅看成与男性、男性的欲望或者需要相关；或是把女性视为不完整的人，是不成功的和不充分的男性；抑或是以哲学是性别中立的为由抹杀女性的体验和利益。因此她断言，现有的哲学、心理学和政治学无法为性别差异提供基础，必须开展一场思想革命，为性别差异分析寻找新的理论资源。尽管性别差异作为一种女性主义的理论观点，存在着不同的看法，比如巴特勒就认为性别差异是一个本体论事实。但不同的看法在这一点上则是没有分歧的："性别差异"对于女性主义、女性的主体与身份具有重要的意义。

从性别差异的分析出发，我觉得可以将女性文学研究划分为三个递进的层次。第一个层次，是指那些对文学中具有女性身份特征的内容作为研究对象但研究方法和研究思维方式并不具有女性主义理论基础的研究；在这一层次也许存在着大量的虚假的女性文学研究，对它们有必要进行去伪存真，但去伪存真的目的并不是要消灭它们，而是要让人们认识到"真"在哪里，它们占据在第一层次也不是坏事，因为有些研究就是逐渐由"伪"过渡到"真"的。第二个层次则是指建立在女性主义理论基础之上的研究；在这一层次里，我们能够感受到的是，具有鲜明女性意识的女性立场，具有理论自觉的女性视角，凸显了女性的主体性。在这个层次里，理论自觉尤为重要。所谓理论自觉，不是说必须严格遵循女性主义理论来进行文本阐释，而是说要以女性主义理论为基石，去统领理论思维。即便采取的是社会学、人道主义、现代性观念等理论方法，也应该将其纳入到女性主义理论的空间里展开理论想象。进入到第二个层次的研究，已经离不开性别差异的分析了。而第三个层次，则是要在研究的基础上，建构性别差异的文学理论。这也正是伊格丽瑞的理论期待。这是一个宏大的学术目标，我以为它值得所有女性文学研究者去追求。

重述乡土的可能性

提出重述乡土的话题，是因为一直以来有一种观点很流行，即认为随着中国现代化和城市化的进程日益深化，乡村文明的衰落已是不争的事实，这是社会发展的必然趋势，反映在文学上，则是乡村叙述的日渐式微。乡土文学一直是中国现当代文学的主要角色，但如今确实已不像以前那么风光。特别是年轻一代作家更擅长也更感兴趣的是城市叙述，翻开最新一期的文学刊物，小说中所讲述的也多半是发生在城市里的故事。尽管如此，我们也没有理由放弃乡土文学这一曾经非常强大的传统。孟繁华曾写过一篇《乡村文明的崩溃与"50后"的终结》的文章，引起了一些争议，但他就是在这篇文章里也认为："乡村文明的危机或崩溃，并不意味着乡土文学的终结。对这一危机或崩溃的反映，同样可以成就伟大的作品，就像封建社会大厦将倾却成就了《红楼梦》一样。但是，这样的期待当下的文学创作还没有为我们兑现。"既然还有这样一个伟大作品的期待，我们就有理由提出一个重述乡土的文学话题。

乡土叙述的小说被称为乡土文学。最早提出乡土文学概念的是鲁迅。鲁迅在编辑《中国新文学大系》时将塞先艾等作家的讲述家乡故事的小说称之为乡土文学。但鲁迅并未对乡土文学这个概念做出正面的定义。后来茅盾在20世纪30年代对乡土文学说了这么一段话:"关于'乡土文学',我以为单有了特殊的风土人情的描写,只不过像看一幅风情的画,虽能引起我们的惊异,然而给我们的,只是好奇心的餍足。因此在特殊的风土人情而外,应当还有普遍性的与我们共同的对于运命的挣扎。一个只具有游历家的眼光的作者,往往只能给我们以前者,必须是一个具有一定的世界观与人生观的作者方能把后者作为主要的一点而给予了我们。"显然,茅盾的意思是强调了乡土文学中作家的主体性。他认为不要以为写了乡土的自然风光就是乡土文学,那只不过是旅游者的文字。我觉得,茅盾的提醒还是很重要的,这其实意味着,在乡土叙述中,乡土已经不是一个纯客观的景象了,乡土是植入到作家内心的乡土,是承载作家思想和情感的乡土。正是在这样的前提下,乡土叙述才有可能起到为中国新文学奠基的作用。因为,"五四"前后,绝大多数文学革命和思想革命的先驱者,都是从乡土社会来到北京、上海这些大都市的。在极大的文化和文明的反差中,他们第一次感受到了作为"人"的觉醒。那些挥之不去的童年印象,为他们留下了眷恋故土的情结,同时也让他们产生了极强的忧患意识。

新世纪以来的一个大的文化背景是,随着现代化和城市化的加速,乡村日益凋敝成为我们社会最严酷的现实,乡土文明也处于崩溃的边缘。人们自然会认为,乡土叙述逐渐衰落就是这种社会变化的必然结果。但实际上,社会和文学是不会同步发展的。要说到乡村凋敝,早在20世纪二三十年代就开始了,而那个时期正是乡土文学兴旺发展的时期。1930年,学者周谷城撰文说:"都市日益繁荣，农村日益衰落。"有学者总结了十年来的农业状况，得出的结论是中国农业"无疑的已经发生了极端严重的危机"。而1930年前后，也正是中国的乡土文学重要的收获期，一些经典性的乡土文学作品如鲁迅的《故乡》《祝福》，王鲁彦的《菊英的出嫁》，蹇先艾的《到家的晚上》等，都是写作于这一时期。也正是这一时期内，通过作家们的努力，基本上形成了乡土文学的传统，这一传统一直延伸到当下。眷念乡土以及关怀式的批判，借以表达人文启蒙精神，是这一文学传统的主流表达方向。新世纪以来的乡土文学作品并不少，而且体量更宏大，景观更丰富，形式更现代，但其表达方向基本上还没有逾越出乡土文学传统一路发展下来的路径。这类乡土叙述真实记录了乡村社会生活与文化的解构和衰败。比如贾平凹的《秦腔》可以说是作者唱的一曲乡土文化的挽歌。对比半个多世纪前的乡土文学，所反映的其实都是中国乡村正在经历着从生产方式、生活方式到文化思想，特别是思维方式和行为方式的历史转换过程，只不过新世纪以后这种转换更加剧烈，中国的城市化更加凸显出不可逆转的趋势。因此，新世纪以来的乡土叙述具有更加鲜明的现代化视域。在现代化视域下，有的作家也消解了乡土叙述与城市叙述之间的界限，比如"乡下人进城"的故事模式，有人还将此称为"亚乡土文化叙事"。以上所述说明了，在我们的乡土文学发展史中，基本上采取了大致相似的乡土叙述方式，有的似乎是摆脱了原有的乡土叙述方式，却是将文学引入非典型的乡土叙述道路上去。因此，我们有必要提出"重述乡土"的口号。重述乡土，就是要珍惜我们丰富的乡土资源，尊重我们的乡亲乡邻，也尊重我们的乡土文学传统。重述乡土，就是要改变我们在乡土叙述中的思维定式，寻找到新的处理乡土资源和乡村经验的思想方式和观照乡村的新视角。事实上，我们的作家已经在这样做了。从一些新的乡土文学作品中，我们可以发现重述乡土的端倪。创作实践在证明，重述乡土具有充分的可能性。我就以几部作品为例，来看看这种可能性的不同呈现方式。

一　从日常性中思考乡土

日常性就是关注生活常态，关注在时间长河中保持相对稳定的因素，就是要在生活中寻找那些恒久不变的东西。日常性显然不如传奇性、故事性具有强烈的震撼力和吸引力。但日常性是经历了岁月淘洗和沉淀后的结果，因此聪明的作家能够透过日常性，触摸到事物的本质。

付秀莹的《陌上》写的就是日常性。她写的是自己的家乡河北平原上的一个村庄，她将其命名为芳村。《陌上》是一幅芳村的风俗画，而且是日常生活的风俗画。为了突出风俗画的效果，付秀莹采取了一种特别的小说叙述方式。她不是安排一个情节性强的故事，也没有一个贯穿始终的中心人物，而是以散点透视的方法记录下芳村里各家各户的生活场景。她像一名芳村的主人，热情地邀请读者到每一家去串门做客。或者说她就像一名贴心的心理师，倾听每一位兄弟姐妹的唠叨，他们在诉说夫妻间、婆媳间的矛盾，以及生活中的困难和烦恼，而付秀莹则能一一解开他们的心结。《陌上》说起来不过讲述的是村子里的家事琐事，很小很小，但乡村老百姓的日子不就是这样过来的吗？付秀莹就把乡村老百姓的过日子写进了她的小说。这正是付秀莹的厉害之处。

作家写小说总指望小说能给读者带来惊异，所以要把日常生活传奇化、戏剧化。付秀莹偏偏只写普通农民日常地过日子，她写的是家长里短、柴米油盐，写院里的鸡，写屋里的娃；她与小说中的人物一起过日子，她告诉人们："日子过得好与坏，农家有本难念的经。"作家一般都尽量避开平常写神奇，而付秀莹却直奔平常而去。她之所以敢于这么写，是因为她悟到了日常生活的韵味。小说的情节看上去很散，相互之间也没有太多的关联，这是乡村老百姓过日子的常态，但付秀莹把常态中的韵味充分写了出来，这种韵味就像黏合剂，它赋予乡村日常生活的黏稠感。在我看来，这种黏合剂就是乡村的伦理精神。

乡村伦理精神显然就是一种在时间的作用下变得越来越稳定的东西，它支配着人们的言行，让人们的日子有秩序地运行下去。我觉得这正是小说名《陌上》的寓意所在。陌上是一个在古代文言文中常见的词语，现代汉语几乎不使用它了。但这部小说写的是当代乡村生活，如果把书名翻译成当代白话，就应该是"乡间小路上"。从"陌上"走到"乡间小路上"，走了上千年，这期间早已物换星移，沧海桑田，然而那条乡间小路隐约还在，因此付秀莹的这部写华北某一村子日常生活的小说，却冠以陌上的名称，倒不是说今日的乡村还遗留着古人行走的小路，而是不妨将此看成是一个隐喻。它隐喻着一条精神上的乡村之路，穿越了现代化的狂风暴雨，直到今天，仍然蜿蜒在我们的文学版图中。付秀莹虽然很年轻，但她并没有像众多年轻人那样追逐城市的现代生活，而是愿意驻足在这条路上，她告诉人们，"陌上"的人情依然很温暖。付秀莹是聪明的，她不去追逐现代化的思维模式，对现代化既不崇拜也不焦虑，而是以回望的方式，寻找那条曾经蜿蜒了上千年的"陌上"。她并不是没有看到现代化给乡村造成的变化，但她同时也发现："年深日久，一些东西变了，一些东西没有变。或许，是永不再变的了吧。"付秀莹以这种方式证明了乡土文学仍然具有开拓和发展的空间，她只是转换了一下身姿，便看到了另一番美妙的风景。那么她所看到的风景便是乡村伦理精神是如何支撑着普通老百姓好好过日子的，这一乡村伦理精神也正是付秀莹所发现的"永不再变的"的东西。

从另一方面说，付秀莹不过是写了乡村的过日子。恰好最近年轻的学者陈辉出版了他的研究著作《过日子：农民的生活伦理》，这是他对陕西某个村庄进行社会调查的成果。这部著作仿佛就是给小说《陌上》所做的理论注脚。乡村是以家庭为中心的生产生活方式，人们看重过日子，"过日子"既是对农民日常生活逻辑的生动写照，又是对传统小农生活伦理的高度概括。在陈辉看来，农民"过日子"不仅仅要解决生存问题，还必须有一种超越性的追求。如何让有死的一生具有价值，这是任何人必须面对的终极意义问题。对于农民而言，这种人生价值的基础有两个，一个是血缘，一个是地缘。正是血缘和地缘构成了乡村伦理精神的主调。付秀莹以小说的方式同样得出了这样的结论，而且她为过日子加进了更多的情感的因素，她让我们感受到，生活伦理最终要以情感的状态呈现出来，也以情感的状态解决问题。因为情感，便使得平常的日子变得更加滋润。当然，对于付秀莹来说，也许她过于依赖于感性，她的人生经验的丰富性和深邃性缺乏理性的梳理，因而没有得到充分的展现。

二 把乡恋与乡愁结合起来

曹多勇的《淮水谣》同样是写自己家乡的小说，同样也是写乡村的日常性，但他能从日常性中有所发现。他发现了，生活在乡村的人其实都想离开乡村。其实这也谈不上是重要的发现，因为一说出来大家基本都认同，相对于城市来说，乡村更艰苦，谁不想生活得更好些呢？问题是这一普遍的观念作家们似乎都忽略了它，作家们似乎更愿意写乡村的人如何眷念乡村、眷念土地，似乎不愿意去挑破这一普遍的观念。但曹多勇要来挑破它，而这部小说的价值也由此生成了。小说的故事也许可以概括为韩立海一家离开乡村的故事。韩立海虽然最终没有离开乡村，但他从孩子一出生起，就在计划着怎么让孩子离开乡村。每一章都写他们是怎么离开乡村的。韩立海最初也是想离开乡村的，他报名到煤矿去，差点离开了，因为有了吴水月他留下来了，当然不仅仅是有了吴水月，还因为他受不了煤矿之苦。我当年是下乡知青，记得我在农村的时候，农村人无不羡慕我们这些城市里来的人，他们都想到城镇去，有些农村的孩子在企业工作很辛苦，虽然很艰苦，但是他们也不愿意回到乡村来。可以说曹多勇的《淮水谣》写了乡村人的普遍愿望：向往更好的生活，既然城市生活比乡村生活好，自然就有了离乡的愿望。曹多勇一直都在写乡村生活，他过去的小说似乎并不强调离乡情结，写得更多的则是恋乡的主题。他充满深情地写童年记忆、写对家乡的热爱，这些都是他的恋乡情结的流露。可以说，曹多勇的乡土叙述有一个基本的主题，这就是文化乡愁和乡恋。这是一个很普遍的文学母题。那么是不是曹多勇的观念发生的重大改变，不再恋乡，而是要离乡了呢？

并非如此，不是曹多勇的观念发生了改变，而是他对恋乡有了更深入的了解。他其实是从离乡的角度来写恋乡，他将离开乡村和乡愁、乡恋放在一起，二者构成了一种互文的关系。也就是说，离乡情结与恋乡情结是乡愁的一体两面，只有当二者会合到一起时，乡愁主题才完美了。恰好在这一点上，曹多勇的思索有了新的开拓。可能我们在以前的乡村小说中，没看到这样一种表现方式。当然，有的作家也会写到农村人想办法离开乡村，他们要逃避乡村的苦难，但这类小说多半是从另外一种角度去反映现代化进程的，是写城市文明对乡村文明的挤压，写乡村文明的崩溃，这种写作思路蕴含着这样一种观念——城市文明肯定比乡村文明要先进，城市文明终究要取代乡村文明，现代化的进程必然走到这一步。当然这个思路也不能说它错了，但这种思路只能看到问题的一方面。曹多勇的《淮水谣》为我们提供了另外一种切入乡村现实的思路：人与土地的关系不是简单地追求更好生活的问题，离乡的直接原因固然是被先进的城市文明所吸引，然而，先进的城市文明尽管能够安置好身体，却不见得就能够安置好精神。今天我们为什么还留恋乡土、向往乡村？我们不能摆脱内心的土地情结，是因为土地造就了一种生活方式以及生活方式背后的文化定势。这与先进与落后没有关系，如果思想局限在先进和落后上，有时候会走极端。就像城市的人到了乡村，看到质朴的生活就会感叹：我们要回到乡村质朴生活。这时候从乡土质朴生活走出来的人就很反感这一点：你们在城市过着优裕的生活，享受着现代文明，到乡村发点文化感慨，你就没想到生活在这儿的人是多么苦，生活多么艰难！的确，从先进与落后角度看问题，我们就会走到这样一个死胡同。多勇恰好不回避这一点，其实乡村的人知道什么生活更美好,世俗一点说就是更舒服。城市里的人拿着工资想买什么就买什么,不舒服么?所以,《淮水谣》绝对不是写两代人的差异,绝不是说韩立海和吴水月留恋乡土,只有他们的后辈才想去城市。曹多勇不是要构成两代人之间的对立关系,而是要告诉人们,想离开乡村是人之共性,这也是可以理解的,谁不希望自己的生活更美好一点呢?但问题是土地造就了一种文化,当这种文化成为你的生活方式,你就会留恋这种生活方式,你也摆脱不了这种生活方式的约束。所以吴水月死了都要葬在大河湾村,而韩立海那么穷也要养猪,通过养猪把孩子送往城市,但是他还留恋土地,留恋土地是因为他的生活方式造就了他的文化性格。所以当孩子说把吴水月的坟迁到公墓里时,韩立海不同意,因为只有吴水月葬在这里,全家一年才能聚在一起。小说由此写到了"家"的问题。小说看上去写了一个又一个的人物,但这些人物不是分散的,最后汇聚起来,共同塑造了一个完整的形象,这个完整的形象就是"家"。家是中国社会和乡土文化中最基本的元素。因为家在传统社会是一个基本元素,有强大的凝聚力。家也许会在现代化的进程中慢慢地淡化,不像过去有那么大的凝聚力。小说《淮水谣》其实通过一个具体家庭的离乡与回乡,表达了这一忧思。可贵的是,曹多勇尽管忧虑家的凝聚力在淡化,但他并没有简单地将这看成是一种悲剧,也许这是人类文明进程中回避不了的问题。他把更多的思考留给了读者。

顺便说说《淮水谣》的结构。小说以人物为结构,每一章以一个人物为中心,围绕这个人物讲述故事。开始以为是比较老套的写法——就像是要通过不同人物的素描和特写,拼盘成一个村子的图景。但当你读进去以后就发现不是这样的,这是一种凝结了作者深刻想法的结构。当然，这个结构并不是现代结构，因此从形态上说《淮水谣》仍是传统现实主义的小说，然而，尽管传统，却新意十足。仅从这一点来说我就很佩服曹多勇。今天我们的小说家热衷于从现代小说和后现代小说中学习技巧，好像必须在学习现代小说、后现代小说技巧的基础上才能创新。在这样的趋势下，一些传统写法的作家为了显出自己的不落伍，也一定要在自己习惯了的传统写法上生硬地加进现代派的技巧。曹多勇敢于坚持传统写法，就在于他明白在传统小说的基础上，同样也可以创新。《淮水谣》就看出他在这方面的努力，他在一个传统的结构里镶嵌了对乡村新的理解，让一个旧的结构焕发出新意来。《淮水谣》的结构就是在观察和剖析写作对象中生发出的结构，我把它叫作从伦理上进行结构的小说。它写的是一个家庭，先从第一辈的父母写起，再写大儿子、二儿子、三儿子、小女儿、儿媳、女婿等。它意味着这部小说的故事是在伦理秩序框架下发生的故事。

三　从文明差异看阶级斗争乡村史

何玉茹的《前街后街》充分发挥了作者的写作优势。她的写作优势是细腻的日常生活叙述和深入人物内心的心理把握。但这部小说又不仅仅是写一个村子的家长里短，日常琐事，而是通过这些日常生活叙述触及了一个时代的内核，给人的感觉是：秤砣虽小拨千斤。所谓"拨千斤"是指通过南村的前街后街不同身份的人群的相互往来，揭示了阶级斗争时代的农民的生活状态和精神状态。从反映阶级斗争为纲时代的生活的小说并不少见，但还没有一部小说像何玉茹这样以日常生活的常态去写，也没有一部小说像何玉茹这样以一种淡定的视角去观察其复杂性。反映阶级斗争生活的小说往往会采用戏剧化的方式，强调斗争性、残酷性、非常态性。要么是肯定阶级斗争的合法性和正义性，要么是揭露阶级斗争为纲的荒诞性或反人性。这几乎成了当代小说的思维定式。何玉茹完全跳出了这一思维定式，她找到了一个很有意思的角度：从文明差异看阶级斗争。阶级斗争作为一种社会理论和政治理论，是有其现实依据的，因为一个社会由于生存方式的不同便形成了不同的阶层，不同阶层的文化习惯、文明修养也不相同，关于这方面有大量的社会学和政治学理论进行阐释，何玉茹则设计了一个村子的前街后街将其非常形象地讲述了出来。小说的构思也很巧妙，通过三个女性的交往和友情将前街后街大致代表两个阶层的人群的矛盾冲突串了起来。小说所要表达的主题也不是简单的二元对立的结论，小说要我们看到，阶级的差异是存在的，但阶级的差异不仅仅造成冲突和斗争，同时不同阶级之间的沟通和相互影响、相互渗透也是可能的。这既有人性的共同性，也有文化的共同性作为基础。

何玉茹是一位不愿意在小说中强调思想性的作家，但她笔下的形象会让读者联想到这些思想性的问题，那么她自己是否也认同我对这部小说的思想分析呢？我觉得她应该基本会认同，因为她在小说中也有所暗示，但显然她也不是在有了非常明确的思想认识后才开始构思的。这是一种思想朦胧的创作状态，很多作家都是处在这种状态下开始写作的，这种状态的好处是使小说的形象更为原生态。但这种状态常常会让作家错失提炼作品的宝贵机会。以《前街后街》为例，我以为何玉茹就是失去了塑造一个文学典型形象的机会。小说重点写了明悦、小慧和二妮这三个好闺密。小慧代表了前街，二妮代表了后街。从物理空间来说，明悦是前街和后街的衔接处，起到了给前街和后街沟通和搭桥的作用。无论世事如何变化，她们三人终究还是好朋友，虽然有矛盾，但能够体谅、和解。小说将这一点充分表现出来了。然而从人物形象上说，这三个人物都称不上具有独创意义的典型人物。但是，明悦这个人物具备了成为一个具有独创意义的典型人物的要素。明悦住在前街和后街之间的马道，这一特殊的空间使她能够接纳来自不同阶层的人。这也是何玉茹设计的用意，她也充分展开了这一用意。但即使展开得很充分，也只是突出了明悦的沟通和接纳、宽容和作用，并没有赋予其更深厚的精神价值。何玉茹还将明悦设计为一个不能说话的人，我以为这完全是神来之笔。说话能力是一个文明人的基本能力，但作为一种文学想象，应该使说话能力具有更丰富的能指，或者说应该使明悦的不能说话具有更深的象征意义。结合这部小说的基本情节来看，它关乎对文明的认识。说话也就是语言的表达和交流，语言是人类文明的结晶，一方面，文明使人类进步，另一方面，文明也是造成阶级差异的重要原因。在社会现实中，人们摆脱不了功利、世俗的牵制，文明便被用来作为功利和世俗的工具和面具。因此文明具有两重性。语言是文明的结晶，而说话则将文明与世俗和现实衔接起来，因此人们说话常常表现出是在将文明功利化和庸俗化。明悦的不能说话，其实是有意为明悦切断了将文明功利化和庸俗化的条件，她变得心地单纯、干净，她面对生活中的众语喧哗看上去呆萌萌，其实洞若观火。她也不会用假话伪饰自己，不会凭恶语去与人争斗。关键是，她让语言直接与内心对话，让文明与人性之美、之善连上线。于是在三个闺密中，明悦不仅起到沟通的作用，而且是一个精神标高。她默默无语，也没有高大的身躯，但她有一种无形的向心力，让小慧和二妮心悦诚服。我觉得，明悦这个人物的塑造，可以让其有一种神圣感，特别是通过闺密的关系来写这种神圣感，可以写成一种非常亲切的神圣感，一种平易近人的神圣感。明悦这个人物形象最终也是在回答关于文明的问题：只有摆脱了世俗的干扰，文明才不会成为人们身份的外衣，而真正提升人们的精神境界。另外，也要避免将这个形象写得很单薄，她会经常遭遇到世俗现实的打击，无论前街还是后街的人，有些人会因为她的不会说话就欺负她、欺骗她，甚至利用她的不会说话使坏，也就是说，人们有可能借助说话来发挥文明的副作用，但是这一切并不会改变明悦对世界的善良愿望。而最终，人们也终于认识到了明悦心灵是高尚的。小说略感不足的是，作者在这一点上用力不够，明悦这一形象没有完全树立起来。

四　虚写现实，实写精神

范小青的《我的名字叫王村》写乡村的故事，具有很强的现实性，现实生活中发生的不少问题都在小说中得到了表现。比如开办工厂带来的环境污染，乡村民主选举中的腐败，土地荒芜，土地买卖，等等。所以有人说这部小说反映了乡村百态。但作者没有把这些现实性的线索都放在背景下虚写，而是以人物的精神状态为主线进行实写。她以一个精神病患者作为小说的主人公，这个主人公是一个妄想狂，这个妄想狂认为自己有一个弟弟。而作者则让妄想狂所妄想的弟弟也变成小说中的一个人物，于是就有了一个主人公"我",他叫王全;还有一个则是王全的弟弟,但这个弟弟其实是王全妄想出来的弟弟;这两个人物在小说中相互依赖相互纠缠。王全与弟弟这两个人物如影相随,故事由此变得非常诡奇,王全妄想中的弟弟也是妄想狂,他妄想自己是一只老鼠,弟弟把自己当成老鼠,这给大家带来烦恼,于是,王全代表全家要将弟弟带出去丢掉。丢掉后他又内疚,又要去寻找。丢掉,寻找,便成为这部小说的基本线索。但随着故事的展开,我们越来越对弟弟这个人物是否存在表示怀疑。事实上,弟弟只存在于王全的头脑里,范小青也一再地暗示读者:"我就是我弟弟,我就是王全,王全就是我弟弟。"此刻我们便明白了范小青用意,她所写的弟弟是一个寓意,一个象征。弟弟存在于王全的头脑里,弟弟对王全而言,是他的主体性。由此,我们也就触及了这部小说的主题,这是一个关于主体性的主题,范小青从乡村现实中发现了人的主体性丧失的问题。弟弟从根本上说就是王全的主体性。其实,我们每一个人都有一个"弟弟"——我们的主体性。读了这部小说,我们都可以认真想一想,我们是不是也丢失了自己的"弟弟"。

当下现实的人们之所以会丢失"弟弟",是因为片面的现代化和城市化让人们疯狂追逐经济利益,导致社会的道德秩序毁坏,生活信念被颠覆。小说中的王村,只是一个小小的村庄,但完全可以看成是当代社会的一个缩影。在王村,人们似乎无法安于现状地生活下去,人人十分惶惑,不知道未来的走向。王全每一次出走寻找弟弟,再一次回到王村时就会发现很多变化。一会儿前村长在村选中贿赂大家,一会儿全村人都把幸福押在了大蒜精上,把地也征了,把厂房也盖起来了,人们就像城里人一样都跑到大蒜精厂来上班。一会儿又有上级来个禁令，大蒜精厂停了，人们的发财愿望打了水泡。一会儿村长又在串联全村人签名反对土地流转。一会儿全村人都在争抢着去办离婚，因为离了婚多一份户口，就多一份征地款。一次变化就会有一次剪彩，一会儿剪彩办工业园，一会儿剪彩办文化园，而最终的结果是，"小王村不见了"，因为地全部都被征走了，房屋都拆了，"小王村的大片土地都荒芜着，闲置着"。范小青的这一笔实在是太深刻了，她由此深化了主体性的主题，也就是说，她点出了主体性与家园和大地的关系。她一再强调，王全要找到丢失的弟弟，找到以后要把弟弟带回家。因此，一直游离在王全身体之外的主体性——弟弟，最终被王全找到并带回家时，弟弟说出了一句最关键的话，他说他的名字叫王村。这意味着，失去了家园的人也就会失去主体性。而我的理解是，这个家园既是指人们安居乐业的家园，也是指人们的精神家园。小说警示人们，主体性是与我们的家园连在一起的，失去主体性，最终就会失去家园，这既是安居乐业的物质家园，也是安放灵魂的精神家园。

尽管如此，我还是对范小青的处理感到不满足。一方面我们可以看到小说的现实针对性，主体性的丧失，是缘于社会现实的精神价值出了问题。但我并不希望范小青就将其写成一部现实批判性的小说，因为主体性是一个非常抽象的哲学概念，《我的名字叫王村》显然充满哲学意味。我是谁？这是一个千古的哲学命题。而丢失弟弟的书写不仅包含着对"我是谁"的诠释，而且将"我是谁"的哲学命题与现实困境有机地结合了起来。我想，为什么范小青不把它写成一部哲学小说呢？

主旋律的变奏

　　主旋律是一个音乐术语，指在一部音乐作品或一个乐章行进过程中再现或变奏的主要乐句或音型。毫无疑问，主旋律将决定一部作品的基调。但主旋律如今早已越出音乐的范畴，成为一个常在我们耳边回响的文学词汇。作为一个常用的文学词汇，主旋律是指一般文艺作品的主要精神或基调。主旋律是一个普遍的文学现象，一个国家、一个民族，在不同的时代都会有自己的主旋律。中国的文学传统就非常强调主旋律。古人曾说过"文以载道"，所谓"道"，其实就是被古代文人广泛认可的主旋律。我们在欣赏美国好莱坞大片的同时也在接受美国主旋律的熏陶。好莱坞大片无疑是成功的，它的成功也说明了一点，主旋律并不必然地与艺术性相冲突，关键是如何去表现主旋律。在中国当代的长篇小说中，主旋律占有相当大的分量，但毋庸讳言，特别成功的主旋律作品很少。这与我们对主旋律长期怀有的一些不正确认识有关。比如说，认为主旋律仅仅关乎思想性，甚至因为它是一种预设的思想性，就认为它必然与创作的自由精神相冲突，也就必然要伤害作者的艺术品格。从这样的认识出发，有的作家为了保持创作的自由，干脆就采取拒绝主旋律的态度。有的作家则以一种投机取巧的方式来处理主旋律的创作，以为只要抓住了一个主旋律的题材，就能得到有关部门的承认，作品自然就成功了。主旋律在中国的遭遇很微妙，一方面文坛内外把主旋律叫得很响亮，另一方面，我们又缺乏对主旋律创作正常和有效的研究和探讨。这也是我写这篇文章的缘由之一，我想就以今年以来所读到的一些主旋律作品为例，谈谈我对主旋律创作的一些看法。

为什么讨论的是主旋律的变奏？因为主旋律只有通过不断地变奏才能成为一部完整的艺术作品。讨论变奏，其实也就是讨论如何才能更好地呈现主旋律。

●主旋律创作首先要处理好核心价值与人类普遍认同的价值之间的辩证关系

核心价值是一个国家和民族从时代和现实的需要出发，提出的体现了社会主潮的价值内涵，中国的社会主义核心价值系统就是我们把握中国社会主义现实特点和实质的基本纬度，人类普遍认同的价值是人类文明长期积累的积极成果，体现了人类生存和文明存续的普遍需要，它具有内在的合理性，更具有普遍的适用性。我们需要注意的是，这二者之间具有密切的辩证关系。建立在中国特色社会主义基础上的核心价值体系，充分体现出对人类普遍认同价值的认同和推广，也可以说，是人类普遍认同价值在中国当代社会的具体呈现。以人为本，和谐社会，这些提法蕴含着人类普遍认同价值的丰富性。过去我们指责资产阶级提倡"平等、博爱、自由"是虚伪的，这说明人类普遍认同价值具有历史的相对性，但我们不能因为这种指责就把"平等、博爱、自由"

这些美好的字眼舍弃不用，把这些美好字眼拱手让给资产阶级由他们独享，以为这些美好字眼只与资产阶级有关。今天，处在一个全球化时代，我们更应该彰显我们核心价值体系中所蕴含的人类普遍认同价值，以这样的方式去表达我们在主旋律作品中的价值追求。

张新科的《苍茫大地》是一部表现南京雨花台烈士英雄事迹的长篇小说。作者选择这一题材实际上也就确定了主旋律的主题：书写革命英雄，弘扬英雄主义精神。而这部作品最大的成功就在于塑造了一个崭新的共产党人形象许子鹤，这一形象不仅具有共产党人形象必备的思想品格和阶级本色，而且亲切感人，充满智慧、情感丰沛。这一形象的成功在很大程度得益于作者能够处理好核心价值与人类普遍认同价值之间的辩证关系。一方面，他给主人公许子鹤确定了符合共产党人思想原则的中规中矩的底色：忠诚、信仰、使命、志向、责任感、牺牲精神，而另一方面，他又注意将共产党的核心价值与人类共同的价值内涵有机地结合起来，如孝顺、爱情的忠诚、与人友善、古道热肠，等等。因此作者花了不少笔墨来写许子鹤对待父母特别是对待养母的感人故事，也妥善地写到他与叶瑛的爱情婚姻以及他与德国姑娘克劳娅的微妙的情感关系。可以说，张新科为我们塑造了一个既伟岸又亲切的英雄形象，高扬了时代的主旋律。

●主旋律创作不能失去作家的主体性

范小青的《桂香街》可以说是一部命题作文式的作品。小说以江苏一位居委会干部模范的事迹为基础，当地政府希望范小青能以文学的方式宣扬这位模范人物的先进事迹。范小青接受了这一任务，但她并没有将此写成一篇单纯歌颂好人好事的作品，而是将这一主旋律的主题纳入自己的文学思路之中。范小青的文学思路之一便是寻找。对于范小青来说，寻找不仅仅是为了编织一个情节复杂的故事，而且也是她孜孜以求的精神。寻找精神是人类文明的一种重要的精神意向，人类不就是在不断寻找的过程中开拓和丰富人类文明的资源吗？范小青有着强烈的寻找精神，她以寻找铺延了自己的一条文学旅程。如她在《文火煨肥羊》里寻找会昆曲的老人，在《城乡简史》里寻找账本和精油，在《我的名字叫王村》里寻找弟弟，等等，在每一部作品里，范小青寻找的对象是具体的，也是各不相同的，但所有的寻找都映射着一个大的寻找，即范小青对于未来和理想的追问和寻找。范小青自己也说过："寻找曾经是我的主题，但当小说完成的时候，主题已经发生变化了。"我理解范小青这段话的意思是说，她写作每一部小说时都有一个寻找的对象，小说写作的过程就是寻找的过程，小说完成意味着寻找的工作解决了，但新的寻找又在她的心中产生了。从寻找的文学思路出发，范小青写《桂香街》就不是直接、正面地书写这一形象，而是设置了一个寻找的主线索：寻找居委会新来的蒋主任。《桂香街》的寻找是多方位的。寻找蒋主任是小说的主线，围绕这条主线，主人公林又红逐渐走进了桂香街居委会，她一再面临需要寻找的事情，如寻找城管打人的真相，寻找问题牛肉的进货渠道……林又红一次又一次的寻找，最后寻找到了居委会的核心，这个核心就是长在桂香街上的老桂树。老桂树的桂香，香飘四处，沁人心脾。这也是范小青最要寻找的东西：现实中的英模人物为什么能够受到人们的拥戴，因为他们就像是长在人们身边的一株桂树，范小青将这种精神命名为"桂香精神"，用小说中潘师傅的话说，"居委会的工作，零零散散，点点滴滴，就像桂花香，虽然看不见，摸不着，但是能渗入人心，能够渗透到每一个角落"。

所谓作家的主体性，也就是说在面对主旋律时，作家要有自己的眼光和视角。

周梅森的《人民的名义》在今年初出版后曾引起极大的反响，首先就在于小说直接而且尖锐地写到了现实生活中的反腐斗争。反腐和从严治党是当前的主旋律，在这一大的政治形势的推动下，一种主旋律式的反腐小说类型应运而生。这类小说的特点是在思想主题上严格遵循主旋律的要求，在思想表达上毫不逾矩，而在故事情节上抓住人们对反腐内幕的好奇性，追求戏剧性和隐秘性，以此吸引读者。从整体上说，这类反腐小说在精神价值上乏善可陈。周梅森的《人民的名义》尽管其思想倾向上符合主旋律的要求，但作者并不是单纯为写反腐而写反腐，尽管他掌握了一个很精彩的反腐故事，但他并没有将其写成完全类型化的反腐小说，他在面对反腐斗争时尽管高度认同党中央的决策，但同时也有自己的眼光和视角，因此，小说不仅写出了当下反腐斗争的复杂性、艰巨性、多面性，更将其提高到了依靠文化、法律、制度进行反腐的高度上，由此揭示了当下中国的政治生态的恶化。政治生态，这是我们理解《人民的名义》这部小说的关键词。中国官场为什么贪腐屡禁不止，越演越烈，就在于我们的政治生态遭到了严重的破坏。小说通过某省的一桩反腐大案，充分反映出政治生态恶化的状况，正是政治生态恶化，腐败才有了肆无忌惮生长的条件。政治生态恶化最突出的表现就是官场关系网纵横交错，小说中的官员要么属于秘书帮，要么属于政法帮，如果你不属于哪个山头、帮派，就等于没有政治资源，哪怕你干得再好，也无法得到升迁，易学习就是这样一名官员。王大路这个人物则反映了政治生态恶化的另一种形态，他辞去官职下海经商，经商中发现经商绕不开官场权力，便有了"一位高官倒台，多少商人陪绑"的叹息。小说还写到政治生态恶化带来官员婚姻和家庭的不正常，无论是吴慧芬与高育良，还是李达康与欧阳菁，其夫妻关系的变态和虚伪令人震惊。显然这些人物和故事的设计，并不是为写破案的，而是为强调政治生态这一主题的。而小说最后也结束在政治生态的意象上，作者特意设计了一个细节，侯亮平和季昌明坐着车从生态园区开出，眼前的景象则从一片片绿色植被转变为一派灰褐的田野，他们在车上感叹道，如果大家都能做陈岩石，"我省的书面和政治生态何至于如此不堪啊！"

● **主旋律创作既要紧贴大地，也要保持距离**

　　主旋律创作是一种命题作文，带有主题先行的特点，很容易纯粹从观念出发，陷入概念化写作的窠臼之中。紧贴大地也许是使我们避免概念化的途径之一。所谓紧贴大地，就是说要与生活保持密切的联系，要让自己的生活体验直接进入写作之中，但仅仅有紧贴大地还不够，因为作者头脑中预设的观念不是来自本人对于生活经验的总结和思考，观念与经验是脱节的，如果作者习惯于主题先行的思维，有可能将鲜活的生活经验纳入观念的框架之中，以预设的观念去生硬地诠释经验、肢解经验；或者就是被现实牵着鼻子走，缺少消化和理解生活经验的过程。因此在紧贴大地的同时，又要做到保持距离。

　　苗秀侠的《皖北大地》是一部现实感非常强的作品。小说将我们带入当下的皖北乡村，感受到浓郁的生活气息。这部小说也是苗秀侠深入生活的成果，她在农村挂职一年多，感受到农村的新变化，也掌握了当下农村工作的重点和难度，她把这一切都写进了小说，而且小说的主题就与挂职有着直接的联系，小说的主题很明确，即进行社会主义新农村建设的目标和问题。伴随这一主题，小说涉及当前农村现实问题的方方面面，如三农问题，土地流转，新农村建设，皖北大地上的禁烧、上访工作，等等。围绕农民的出走及回乡，作者重点塑造了农瓦房和安玉枫这两个农村新人形象，两个人物写得活灵活现，突出了人物身上的可贵精神。特别是农瓦房，他热爱土地和庄稼，他身上的农业的工匠精神，写得很传神。小说里很少有这样去书写农业和劳动的，一般是描述劳动的艰苦，而农瓦房爱种地爱到痴迷，他种庄稼是一种享受，像做行为艺术，比如栽红芋，挖坑埋红芋苗，埋得整整齐齐，像列队的士兵；比如他爱土地，种地像绣花一样精细，写得很不一般。从这部小说的生动故事中可以看到苗秀侠在紧贴大地上做得非常好，但同时我也感到她因为未能在保持距离上做出必要的努力，就使她未能站在文学的角度，对生活进行更深的思考。小说中有很多可以开掘的东西，还没有开掘下去，这不能不说是一种遗憾。比如写新农村建设，农村新人还处于成长状态，还缺乏足够扎实的生活原型，那么就需要作家依照生活的逻辑和对生活的理解去想象，去设计。但小说在这方面做得还不够。比如，安玉枫和杨二香，还不是现代化所期待的新型农民，还需要挖掘。又比如禁烧情节在小说中写得非常精彩、生动，像一场战争。但禁烧秸秆毕竟只是当前农村工作中的一项时效性很强的工作，之所以被强调，是因为与各级领导的政绩考核直接挂钩，但小说以此作为建设新农村的核心情节，显然就很不合适，它反而让故事远离了新农村建设的主要内涵。

● 要从主旋律的模式化思维中走出来

主旋律一直受到重视，也一直以各种方式加以提倡，它似乎也具有一种优势，得到各种优待。这无可厚非，但我们同时也应该看到，在这样的背景下，主旋律创作缺乏自省和完善的良好环境，在无形中就会形成一些模式化的思维，这些模式化思维是阻碍主旋律创作得到提高和突破的主要因素。那么，什么是主旋律的模式化思维，也许我们很快就能够概括出一二三来，但它似乎又很难用一二三的方式来概括，它有时候就像是"二十二条军规"，看似不存在，却又无处不在。所以我们的主旋律作品都难免留下模式化思维的痕迹。对于作家来说，如何摆脱模式化思维的影响，是一个值得高度重视的问题。以《苍茫大地》为例，尽管我在前面充分肯定了这部小说在塑造新的英雄形象上所作出的努力，但即使如此，我仍感到主旋律模式化思维在英雄形象塑造上留下的痕迹，这突出体现在他对许子鹤妻子叶瑛的理解和书写上。受主旋律模式化思维的影响，作者就完全忽视了叶瑛这一人物的悲剧性，把她写成了一个缺乏自我意识的符号性人物，只是以她来陪衬许子鹤的政治意志。

我想重点说说两部小说，一部是范稳的《重庆之眼》，一部是海飞的《惊蛰》。这两部小说都是以抗日战争为题材的。抗日战争题材无疑是主旋律创作的重要内容，我们一直在书写，但真正有分量的作品很少，更遑论进入世界性战争文学经典系列之中。因此，一方面我们需要充分发掘抗日战争这一重要的文学资源，另一方面我们又迫切需要在抗日战争题材中有所突破。《重庆之眼》和《惊蛰》的两位作者都在突破上下了功夫，也带来突破之喜。《重庆之眼》写的是重庆大轰炸，抗日战争期间，日军对重庆实施了反复的大轰炸，造成巨大的战争灾难。但范稳并没有简单地将其写成一部揭露和控诉侵略罪行的小说，也没有简单地按照主旋律的要求，通过书写重庆大轰炸来表达爱国主义之情。而是通过重庆大轰炸以及对后人的影响，来反思战争与和平之间、国家和人民之间的复杂而又辩证的关系。因此他在小说中设置了两条线索，一条是重庆大轰炸的历史呈现，一条是今天人们向日本政府起诉战争赔偿的诉讼。两条线索不仅将历史与现实勾连起来，而且也通过现实的诉讼直戳历史的核心。中国律师赵铁和日本律师梅泽一郎为重庆大轰炸的起诉而走到了一起，但他们两人对战争的认知是有矛盾的，终于他们争论了起来，他们的争论正是这部小说的立意所在。梅泽一郎说自己是一个彻底的世界主义者与和平主义者，所以当他听到赵铁要结合重庆大轰炸这段史事在大学生中进行爱国主义教育和国防教育时"脸色马上阴沉起来"。虽然两位律师互相都说服了对方，虽然作者也不刻意偏袒任何一方，但耐人寻味的是，当梅泽一郎在法庭上听到宣判中国的受难者败诉之后，范稳写到他的反应是"像中枪一样瘫坐在椅子上"，而后又写到他站起来，走到中间，"向法庭里的中国人鞠躬、致歉"。梅泽一郎并没有改变自己的观点，但他的这些举动显然要比他改变观点更有震撼力。这样的构思表现出作者范稳国际化的视野和现代性的思想高度。海飞的《惊蛰》在主题上中规中矩，但他将一个主旋律的主题安置在谍战小说的叙事模式上，并能较好地将谍战小说的情节性和主旋律的思想性融为一体，他从革命者的成长经历中去表达主题，在《惊蛰》中塑造了一位特殊的成长者陈山。陈山不过是上海街头的一名混混，被日军逼迫做他们的间谍，但在生与死的严酷现实的敲打中，他终于一步步成长为一名勇敢的爱国战士。尽管这两部小说都有各自的突破之喜，但又受到同样的主旋律模式化思维的影响，这就是写抗日战争必写国共斗争不可的模式化思维。正是这一模式化思维，给两部小说带来了一定的思想缺陷。在《重庆之眼》里，写延安潜入国民党内部的地下党员如何成功地策反了国民党飞行大队的飞行员刘云翔，孤立地看，似乎是在写刘云翔的阶级觉悟，但放在重庆大轰炸的背景下，这样的情节就很成问题，刘云翔正在参加抵抗日军轰炸的军事行动，他第一次参战就击落了一架日机，成为重庆家喻户晓的英雄。这个时候策反，到底是为了抗日还是在帮日军的忙呢？而在《惊蛰》里，陈山前后发生的根本性的变化，固然体现了地下党的成功策反，也体现出一个革命者的成长，但也不能为了强化前后对比而一味将陈山以前的表现设定得过于低下，尤其不能因此而无视道德的红线。比如写陈山开始抱着只要能救妹妹便什么都不顾的念头去当日军的间谍，当他潜入国民党军队内部，盗出重庆高射炮的布防图时，他事实上就已经堕落为一名汉奸，犯下了卖国罪。因此，无论小说怎样强调地下党对他的教育，怎样写他加入革命队伍的坚定，我作为一名读者仍然无法原谅他的犯罪。

●结语：从重新认识赵树理的意义出发

主旋律是高亢雄壮的，每一个时代都需要这样的主旋律，但主旋律的弘扬有赖于在变奏上做文章，否则主旋律就成为一种单调的音响。我发现，主旋律的变奏并非易事，它考验着作家的思想智慧和艺术功力。有不少前辈作家为主旋律的变奏做出了辛勤的努力，为我们留下了宝贵的经验。我想起了被誉为人民作家的赵树理。人们多半是从"山药蛋派""乡土文学"的角度来谈赵树理，但为什么不从主旋律变奏的角度来重新认识赵树理的意义呢？要知道，赵树理的一生都在为如何进行主旋律的变奏而苦苦地思索。延安时期的文学最初带有强烈的知识分子情结，主旋律的声音难以得到表达。正是在这样的背景下，赵树理涌现出来了。赵树理站在农民的立场，讲述普通农民的故事，与当时所强调的主旋律相吻合，因此，党的文学理论家陈荒煤兴奋地表示，主旋律文学就是要"向赵树理方向迈进"。但赵树理并没有被赵树理方向的提法所陶醉，相反，当他被赋予"方向"的意义后，他在创作中更能敏锐地感受到主旋律的要求与人民诉求之间有时存在着矛盾，他的创作并不回避这种矛盾，而是努力在主旋律的变奏中有效地协调矛盾，表达人民的诉求。赵树理正是通过这种努力，使其作品具有更丰富、更新颖的思想价值。日本的著名学者竹内好就此提出"新颖的赵树理文学"，认为"赵树理具有一种特殊的地位，他的性质既不同于其他的所谓人民作家，更不同于现代文学的遗产"。但是，赵树理为此也付出了很大的代价，在政治过分干预文学的背景下，赵树理的努力不被理解，他的有效变奏不断遭到批判，在20世纪60年代最严峻的时期，赵树理不得不痛苦地放弃了写作。今天，我们应该重新认识赵树理的意义，他最大的意义就在于他对主旋律变奏的探索和实践。主旋律变奏的一些核心问题，赵树理都涉及了，但在当时的政治氛围下，他的探索不得不中止。我们应该在赵树理中止的地方重新出发。主旋律是当代文学的重要组成部分，我们应该将其作为文学的真问题来研究，珍惜前辈作家在这方面付出的心血，形成主旋律文学的传统，让主旋律的变奏为时代演绎出最优雅动听的乐章。

以现实主义度量当代小说四十年

现实主义与中国现当代文学结下不解之缘，在讨论当代小说创作时，现实主义显然是一个绕不开的话题。只要我们不带着情绪和偏见来看从 1976 年"文革"结束后的 40 多年的小说创作，就会发现，现实主义的确是检视当代小说创作成果的重要标尺。小说的很多突破都是在重新认识现实主义的基础上进行的，在 40 年的探索、突破、发展的过程中，作家们逐渐卸下现实主义厚厚的意识形态外衣，在现实主义的叙述中融入更多的现代性意识，大大丰富了现实主义的表现能力。在创作观念越来越开放的背景下，我们应该认真总结现实主义在艺术表现上的无限可能性。因为从一定意义上说，现实主义是最适宜于小说的叙述方式。现实主义遵循的是常识、常情、常理的叙述原则，这不是一个艺术风格或艺术观的问题，而是一种讲故事的基本法则。所以，小说家进行革命，哪怕采取反小说的极端方式，革命可能带来艺术上的重大突破，但最终小说叙述还是会回归到现实主义上来（当然回归的现实主义与过去的现实主义相比已经有所变化）。

●文学的复苏从恢复现实主义本来面目开始

改革开放使一度停滞不前的当代文学得以复苏和振兴，而这种复苏和振兴首先是从恢复现实主义本来面目开始的。在"文革"时期，现实主义被过度地从政治的角度加以阐释，从而使现实主义变得越来越面目不清。"文革"之后，文学界展开了持续的关于现实主义的大讨论。新时期关于现实主义的讨论经常是从对具体作品的批评而开始的。比如1978年卢新华的小说《伤痕》发表以后，上海《文汇报》就围绕如何评价"伤痕文学"而展开了争论，由此又引发出关于文学应该"向前看"还是"向后看"的争论，文学是"歌德"还是"缺德"的争论。在恢复现实主义精神应有之义的影响之下，一批紧密贴近现实、回应社会问题的小说源源不断地创作出来，并在社会上引起热烈反响。如茹志鹃的《剪辑错了的故事》、张贤亮的《灵与肉》《绿化树》、张一弓的《犯人李铜钟的故事》、鲁彦周的《天云山传奇》等小说涉及反右扩大化、大跃进、反右倾和"四清"运动，如张弦的《被爱情遗忘的角落》、叶蔚林的《五个女人和一根绳子》、韩少功的《西望茅草地》等小说深入到人们的心灵世界去剖露社会历史的沉疴，如李国文的《冬天里的春天》、王蒙的《悠悠寸草心》《蝴蝶》等表达了对党和人民的关系的反思和对官僚主义的批判，如高晓声的《陈奂生上城》、陆文夫的《美食家》等小说延续了五四新文学中"国民性批判"的主题。从"伤痕文学"到"反思文学"，均张扬了作家基于启蒙理性的信仰，展现了现实主义的力量，为新时期文学开了一个好头。

现实主义深化了新时期文学的主题。人性、人情和人道主义是20世纪80年代小说最大的主题。如谌容的《人到中年》第一次在小说中正面强调了人的尊严与价值。对于人性美的歌颂，则在爱情的领域里得到最集中的表现，如张洁的《爱，是不能忘记的》、张弦的《被爱情遗忘的角落》、张贤亮的《绿化树》等；新时期对"人"的呼唤还体现为个体自我意识的觉醒，确立了一种反封建的自我精神。诸如刘索拉的《你别无选择》、马原的《冈底斯的诱惑》、徐星的《无主题变奏》、韩少功的《爸爸爸》等作品不同程度地再现了非理性主义"自我"的生存世界和生存状态。

●现实主义在重建意义中再显辉煌

中国进入到以经济建设为中心的时代，这是一个完全不同于过去的时代，对现实主义文学提出了挑战。显然，那种完全形而下的叙事，是不可能真正再现这一现实的。作家们首先需要对时代特征做出新的意义阐释，于是，现实主义文学开始了重建意义的探索。这个重建意义是建立在对时代的新的认知的基础之上的，它大大开阔了现实主义的叙述空间和叙述能力，也大大丰富了现实主义的表现方式。

重建意义是建立在中国现实新的生活和新的社会形态上的。面对日新月异的生活，作家们有一种热情拥抱现实的冲动，徐坤创作《八月狂想曲》的过程就典型地说明了这一点。这是一个"遵命文学"的命题，在北京举办奥运前夕，有关部门希望作家能为北京奥运写一部长篇小说。徐坤接受了这一挑战，但她并没有将此当成一个应景的宣传任务，而是作为一次阐释中国经验的机会。她将北京举办奥运置于中国崛起的时代大背景下，"打造青春中国的理念，给青春中国以激情"，塑造了一批年轻的建设者，他们在为奥运建筑新的比赛场馆，同时也是在建设中国的美好未来。"中国经验"对现实主义作家来说尤其重要，所谓"重建意义"，对于中国作家来说，一个重要的内容就是要从中国经验的特殊性中找到自己的叙事。刘醒龙的《天行者》就是这样一部作品。这部小说是写民办教师的，民办教师是中国教育事业在特殊阶段涌现出的一种现象。刘醒龙早在二十多年前就关注民办教师，并对那些生活在艰苦环境中的民办教师充满了敬意。他怀着这一敬意写出了中篇小说《凤凰琴》，正是这篇小说，让一直默默奉献在山乡村落的民办教师站在了全国民众的面前。到了写《天行者》，则主要是一种思想的表达了，因为他对民办教师这一中国特有的现象做出了自己的思考。在他看来，民办教师是"二十世纪后半叶中国大地上默默苦行的民间英雄"，他通过自己的叙述，揭示出民办教师的历史价值。可以说，《天行者》是刘醒龙对民办教师这一"中国经验"进行长期思考的结晶。在刘醒龙写作《天行者》时，全国的民办教师逐渐退出了历史舞台，刘醒龙以他的小说为中国的民办教师立下了一块文学之碑，让人们铭记他们的历史功绩。

现实主义并不是简单地反映了客观现实，现实主义是一种观察世界的方式，也是一种处理现实经验的能力。我们对现实主义有一种误解，以为现实主义的作品最容易写，只要有了生活或者选对了题材就成功了的一大半。岂不知，现实主义是一种最艰苦、最不能讨巧，也丝毫不能偷工减料的创作方法，它需要付出特别辛劳的思考才能触及现实的真谛，缺乏思考的作品顶多只能算是给现实拍了一张没有剪裁的照片而已。所幸的是，现实主义作为当代长篇小说的主流,仍然显示出它强大的生命力。而这种生命力首先来自作家的思想深度。以去年出版的三部小说为例:陶纯的《浪漫沧桑》、王凯的《导弹与向日葵》和卢一萍的《白山》都是典型的现实主义方法,而且三位作家都是军旅作家。我发现军旅作家在对待现实主义的态度上往往更加严肃认真,这是否与军队更注重铁的纪律与不能马虎敷衍的训练有关系呢?三位作家对军旅生活非常熟悉,也为创作做足了功课,但更重要的是,他们有着自己的思考。陶纯写革命战争有自己的反思。他塑造了一个特别的女性李兰贞,她竟然是为了追求浪漫爱情而投身革命,一生坎坷走来,伤痕累累,似乎最终爱情也不如意。陶纯在这个人物身上似乎寄寓了这样一层意思:爱情和革命,都是浪漫的事情,既然浪漫,就无关索取,而是生命之火的燃烧。王凯写的是在沙漠中执行任务的当代军人,他对军人硬朗的生活有着感同身受的理解,也对最基层的军人有着高度的认同感。他不似以往书写英雄人物那样书写年轻的军人,因此,小说中的军人形象并不"高大上",然而他们的青春和热血是与英雄一脉相承的。《白山》稍微特殊些,作者现在退役了,但他写的仍是军队生活,是他几十年军旅生涯的一次集大成写作。而且《白山》又明显地借鉴了现代派观念,有很多现代派的表现方式,但基本是现实主义写作。

●既有现实主义传统,也有现代主义传统

现实主义是中国现当代文学的重要传统,这是毫无疑问的。中国现代文学的诞生就与现实主义有着密不可分的关系。20世纪初,中国的文学完全不能适应社会的急速发展,一批思想者要建

立起以白话文为基础的新文学，打的就是要紧贴现实的旗号。陈独秀明确提出："吾国文艺犹在古典主义理想主义时代，今后当趋向写实主义。"在启蒙思想的引导下，"五四"新文学开创出反映社会人生、改造国民精神的现实主义文学新传统。现实主义成为中国现当代文学的大潮，有高潮，有低谷；有收获，也有挫折。但无论如何，现实主义始终处在变化发展之中。在中国现代文学史上，产生了一大批优秀的现实主义文学作品，真实而又深刻地反映了中国现代革命的进程，奠定了现实主义文学传统在中国现当代文学中的核心位置。

20世纪80年代对于现实主义来说，是一个重要的转折期。从一定意义上说，中国现代文学就是在现实主义精神的指引下诞生的，至今仍在小说创作中发挥重要作用。但是，另一方面，除了现实主义以外，我们还要看到现代主义对小说创作越来越强大的影响。这种影响首先是从20世纪80年代开始的。随着现实主义成为主潮，因为各种原因，现实主义也被狭窄化、意识形态化、工具化，甚至在一定时期内，它约束了文学的自由想象。这也正是20世纪80年代初的文学现状，因此当时寻求文学突破的主要思路仍然是从现实主义入手。这一思路又朝着两个方向进行：一是为现实主义正名，恢复现实主义的本来面目；二是以反现实主义的姿态另辟蹊径。后者带来了80年代的先锋文学潮。先锋文学潮的思想资源基本上是西方现代主义。现代主义和后现代主义对当代文学的冲击非常大，尤其是年轻一代的作家，几乎都是从模仿和学习西方现代派文学开始写作的。但反现实的结果并非否定和抛弃现实主义，而是拓宽现实主义的表现空间。80年代的先锋文学实践，其先锋性是有具体所指的。余华、马原、格非、残雪等这些年轻的实践者完全以一种反叛的姿态进行小说写作，他们反叛的对象非常明确，那就是当时正统的、已成为人们习惯性阅读期待的所谓现实主义叙述的小说。他们反叛的武器同样也很明确，那就是西方现代派文学。毫无疑问，当年他们的小说给人们带来陌生感和新鲜感，尽管今天我们对这种陌生感和新鲜感已经习以为常，但当年这种陌生感和新鲜感不亚于给文坛扔下一颗重型炸弹，因为在这种陌生感和新鲜感的背后是小说观的颠覆性改变，新的小说观仿佛为小说打开了另一扇窗户，让人们看到了与过去不一样的文学空间。当然，80年代的先锋文学试验只是小范围的，客观地说，那些当时给人们带来陌生感的作品并不见得都是经典之作，也许这些作品因为开创性的意义而成了文学史上必谈的作品，但它们在艺术上的幼稚和不足也是被公认的。然而不能否认它们从此起到了无可挽回的"破坏"作用，即对现实主义大一统的文学格局的彻底破坏，或者说，它打破了传统写实模式和主流意识形态的垄断地位，终结了一个被政治权威控制着的小说时代，中国的小说创作，从此呈现出多元化的态势。

80年代的先锋文学作为一次潮流已经过去，如今现代主义也不再具有先锋性，而是成为作家们的家常便饭。但先锋文学潮流的影响至今未消失，因为先锋文学的实践已经形成了一种新的文学传统，这就是现代主义文学传统，这一新的传统也融入了我们的文学之中。比方，被作为先锋文学的一些显著标志，如意识流、时空错位、零度情感叙述、叙事的圈套，等等，在20世纪90年代以后逐渐成为一种正常的写作技巧被作家们广泛运用，现实主义叙述同样并不拒绝这些先锋文学的标志，相反，因为这些技巧的注入，现实主义叙述的空间反而变得更加开阔。现在我们的现实主义完全不是过去那种单一的写实性的现实主义，而是一种开放型的现实主义，能够很自如地与现代主义的表现方式衔接到一起。现代主义也不再把现实主义当成对立面来对抗了，那些先锋小说家也知道如何借用现实主义的长处和优势了。也就是说，无论是在现实主义作家笔下，还是在现代主义作家笔下，我们都能感受到现代主义传统在起作用。

●现实主义文学与现代主义文学走向大会师

现代主义最初作为先锋文学的思想武器，强调了对现实主义的对抗性。但随着现代主义文学成为一种文学传统后，这种对抗性逐渐被淡化，现实主义文学传统和现代主义文学传统这两支队伍最终走向了大会师。

莫言的创作历程就是一个典型的例子。他开始创作时明显受到当时风行的现代派影响，但他的创作基础仍是现实主义的，因此莫言在创作过程中会存在一个与马尔克斯、福克纳"搏斗"的问题，他说他那一段时间里"一直在千方百计地逃离他们"。从写第二个长篇小说《天堂蒜薹之歌》起，他有意要回归到现实主义上来。然而莫言此刻的现实主义已经吸纳了大量的现代派元素，呈现出一副新的面貌。诺贝尔文学奖授予莫言，在授奖词中特意为莫言的现实主义文学创造了一个新词：幻觉现实主义（hallucinatory realism）。从这个新词也可以看出，莫言对于现实主义的拓展是引起海外读者兴趣的聚焦点。莫言的幻觉现实主义的素材来自民间，民间故事和传说的特殊想象和异类思维嫁接在现实主义叙述中，开出了幻觉之花。更多的在先锋文学潮中涌现出的代表性作家进入 90 年代以后都出现了向现实主义转型的创作趋势。比如余华在这一时期写的《活着》就被视为转型后的作品。《活着》中的现实主义元素的确很突出，但小说明显保留着余华的文学个性，具有强烈的现代主义精神。这也说明，现代主义文学已经成熟起来，不再需要采取与现实主义对抗的方式来显示自己的存在，而是可以吸收现实主义文学的写实优势，让读者更宜于接受其现代主义精神的表达。

现实主义文学更是以开放的姿态接受现代主义文学传统的影响和渗透。在不少现实主义文学作品中，都加进了一些超现实或非现实的元素。陈应松作为一位现实主义作家，因为长年扎根于神农架，那里神奇诡秘的环境使他对现代主义又有了一种亲近感，因此，他的小说叙述中经常会出现一些超现实的想象。《还魂记》的构思完全建立在超现实的基础上，作者采用亡灵叙事，让死于非命的柴燃灯灵魂返乡，通过亡灵的眼睛，作家能够更自如地揭露出现实世界中种种隐蔽和潜藏的不合理现象。小说通过现代主义的表现方式，表达了这样一层主题：现实中的不合理和不公平才是必须彻底否定的"超现实"。孙惠芬在创作中一直坚持非常正统的现实主义叙述方式，但在《后上塘书》中她同样大胆借用了非现实的亡灵叙事，她让死去的徐兰以一个的亡灵身份去观察村里发生的事情。有意思的是，孙惠芬完全是以写实的叙述方式来处理这个亡灵的，因此，她笔下的亡灵几乎没有超现实的成分，但它毕竟提供了一种特别的叙述角度，使全知全能的叙述更具有立体感。张翎的《劳燕》是将亡灵叙事与主题意境结合得最为完美的一部小说。小说的主要情节是一位女性阿燕在抗日战争中的坎坷命运，有三个男人在她的命运中起着至关重要的作用，一个是她青梅竹马的恋人，一个是中美合作训练营的美国教官，一个是行医的美国牧师。作者是通过三个男人的视角来写这个女人的，女人在三个男人眼里分别是三种不同的身份。在她的未婚夫刘兆虎那里她是阿燕，而在美国牧师比利的眼里，她是斯塔拉，而美国教官伊恩则称她为温德。这样的构思已经很巧妙了，作者张翎更是巧上加巧，她以鬼魂叙事开头，让三个男人死后重聚，从而克服了写实性叙述在时空上的约束，亡灵打破的时空的局限，既可以追忆，又可以隔空对话，并进行事后的反思，三个男人超越时空表达了对同一位女人的爱与悔。小说主要还是依靠强大的现实主义细节描写完成了对一个伟大女性的塑造，是一种具有世界视野和人性深度的战争叙事。

●创造更完美和完整的文学世界

无论是现实主义，还是现代主义，都是作家把自己观察到的生活以及自己在生活中获得的经验，重新组织成文学的世界，这个文学世界既与现实世界有关联，又不同于现实世界，现实主义戴着理性的眼镜看世界，现代主义戴着非理性的眼镜看世界。当作家有了两副眼镜后，能看到世界更为复杂和微妙的层面。因此现实主义文学与现代主义文学的大会师，应该为作家提供了更便利的条件，从而创造出更为完美和完整的文学世界。

张炜是新时期涌现出的作家，他的文学创作伴随改革开放40年一直坚定地走在现实主义的道路上，奉献了《古船》《九月寓言》《你在高原》等一批优秀的现实主义作品。但他并不拒绝现代主义思想资源，因此他的现实主义也变得更加丰富多彩，如2018

年初出版的长篇小说新作《艾约堡秘史》作为一部现实主义作品，又具有强烈的象征性，可以将其称之为象征性现实主义。小说通过一座豪宅来写一位富豪，张炜赋予这座豪宅太多的象征意义，他花大量笔墨来写艾约堡这座豪宅，豪宅与富豪同为一体，写豪宅其实就是在写富豪，而象征性的表现方式才能更加透彻地揭示主人公复杂纠结的内心。艾约堡这个神秘而又封闭的建筑，作为淳于宝册的化身也就暗喻着当一个企业家把自己的事业做到特别庞大、足以富可敌国时，他们的内心会变得越来越隐秘，张炜就像一位心理分析师一样走进艾约堡，小心翼翼地启开淳于宝册的心扉。透过这个人物隐秘的内心世界，我们也感受到了时代一步步走过来的足迹。淳于宝册首先是一个平民化的"当代英雄"。淳于宝册作为"当代英雄"的另一质地就是荒凉病。荒凉病，这是张炜在这部小说最令人叫绝的神来之笔。所谓荒凉病其实是淳于宝册的心理出现了问题。当巨大的力量将淳于宝册推向经济帝国的最高位置时，他也就逐渐褪去了平民化的质地，他被强大的欲望、权力、争斗所包裹，一颗平民化的心从此没有了着落。张炜重点写了淳于宝册的一次自我救赎的努力。

　　叶兆言被认为是新历史小说的代表性作家，他处理历史的方式深受现代主义影响。他始终以历史为写作对象，但他的历史叙述越来越趋于写实和客观。如他的新作《刻骨铭心》写南京民国期间的历史，写的都是一个一个有血有肉的人，写他们的情感生活和他们琐碎的人际交往，小说涉及许多重要的历史大事件和大人物，比如北伐战争、西安事变、南京大屠杀，等等，但他并不是简单地复述历史，因此，他在讲述历史故事前特意安排了讲述现实故事的第一章，这一章以第一人称叙述讲了两个现实的故事，与后面的历史故事毫不搭界，但正是这样一种错位式的结构，使读者在进入历史之前先背上一个现实的包袱，让你在阅读历史时会不断联想起现实的故事，逐渐发现历史与现实的若隐若现的关系。

另一位现实主义色彩更纯正的作家张平，最近出了一部新的长篇小说《重新生活》，从这部小说可以看出，他是怎么在思考现实方面寻求突破的。反腐是张平最擅长写的题材，但这次他换了一个视角，他不是从正面表现反腐斗争，而是从侧面入手去追问腐败的社会依存性。因此，张平将视线转向了腐败官员的亲属们，写腐败官员被抓后对他们带来的影响。张平将批判的锋芒直指当下的社会现实，认为我们的社会生态有问题，普遍存在着一种纵容腐败的社会风气。如同小说中所描述的那样，无论是学校的校长，还是年轻的班主任；无论是做房地产的经理，还是小饭铺的老板，他们都费尽心机要沾上一些特权的光，从腐败官员中获取一点好处。这是一种平庸之恶泛滥的社会生态，令人担忧的是，人们一方面反感平庸之恶，一方面又不由自主地身陷平庸之恶之中。因此，要彻底反腐败，就必须将平庸之恶这个温床和保护伞彻底捣毁。而捣毁平庸之恶需要我们每一个人伸出自己的手。毫无疑问，这是建立在现实主义基础之上的严肃思考，同时在这样的思考之中又闪烁着现代意识的光芒。

回首40年，可以充满自信地说，中国当代小说无愧于改革开放的伟大时代。

从小说到电影，更是一个艺术哲学的问题

小时候爱看电影，那时候电影分两种，一种叫故事片，一种叫纪录片。故事片这种叫法很有意思，它说明了电影和文学的关系是密不可分的。看电影就是去看故事，而我们读小说不也就是为了读故事吗？电影与小说这两种艺术样式有太多的同类项，相互之间的转换很容易，电影艺术家从小说中寻找故事源头，将小说改编为电影，也就成为一种普遍的、有效的电影生产方式。我看到过一个美国人写的文章，他通过统计发现，由小说改编成的电影总是最有希望获得金像奖。我看好莱坞电影最突出的感觉也是：它的文学味道特别足。说到小说与电影的关系，往往只是在讨论从小说到电影的单向性的关系，仿佛只有小说在对电影产生影响，而电影只是一个被动的接受者。但事实上二者的关系不是单向性而是互动的，也就是说，既有小说到电影的过程，也有从电影到小说的过程。电影对小说的影响同样是一个值得研究的课题。据我了解，不少小说家特别爱看电影，他们买了很多碟片，躲在家里拼命看碟，他们从电影中获得了小说构思的灵感，假如我们有心去分析他们的小说，会从中发现电影的蛛丝马迹。从电影到小说，是一个比较隐蔽的存在，应该把它揭示出来，它有助

于我们认识在现代性的文化语境中，文学艺术交流和交融的大趋势。当然这也充分证明，无论是外国电影，还是中国当代电影，其艺术发展的成就是不可低估的。

早在20世纪80年代，中国的电影界对电影现状非常不满，他们向文学界发出邀请，希望文学界能够帮助电影走出困境。我就是在那个时候得到了与电影亲密接触的机会，在中国电影家协会的大楼上和电影资料馆里看了大量的中外电影，同时也参与了电影的讨论。那时候，电影界寻找突破的愿望非常强烈，体现在如何处理电影与文学的关系上则推导出两种思路。一种思路是应该向文学学习，另一种思路则是电影必须摆脱文学的束缚。后一种思路非常重要。电影从诞生起就积极借助文学已有的成果，并培育起一种依附于文学的姿态，因此像类似于"电影也是一种文学"这样的观念一直在电影界得到广泛的认同。这种观念也许有其历史合理性，但80年代电影年轻的一代显然不希望自己成为文学的附庸，他们要从文学的约束中解放出来。这一思路是第五代导演寻求创新突破的思想基础。这一思路今天看来很重要，从根本上说，这一思路就是要确立电影的本体意识。第五代导演可以说是中国电影本体意识觉悟的一代导演。《黄土地》《一个和八个》都是第五代导演改编自文学的电影，但改编者明显在淡化电影的文学性和故事性，努力强调和凸显电影本性。如《黄土地》对黄土高原在力量上的认知，《一个和八个》对战争特殊年代心理压抑的渲染，都是力图用镜头这一特殊语汇说出故事以外的意义来。电影本体意识也就是巴拉兹所说的"电影眼睛"，"电影眼睛"这个说法非常形象，它意味着所谓电影本体意识最终将指向如何看世界，这是一个世界观的问题，但过去很多电影不是用

"电影眼睛"看世界,而是在用"文学眼睛"看世界。在电影中当然也可以用"文学眼睛"看世界,但毫无疑问它不能充分发挥电影艺术的独特性和优势。从这个角度说,第五代导演的功绩是巨大的,正是通过他们在80年代的努力,中国电影的本体意识才真正确立起来。但强调电影本体意识并不意味着"纯电影",电影与文学的关系是永远切割不开的,所以历史就会出现这样一个有趣的结果:80年代通过第五代的努力,电影本体意识逐渐强化,然而80年代末却是由"王朔电影"这一概念来为80年代电影画句号的——是以一个作家的命名,而不是以一个导演的命名,比如"陈凯歌电影""张艺谋电影"来命名,这样的结果的确耐人寻味。

从小说到电影,既是一个艺术转换的技术性问题,又是一个艺术哲学的问题。而且只有在艺术哲学层面上探讨得比较充分以后,艺术转换才会更加顺畅。从艺术哲学层面上说,从小说到电影,就包含着这样一层意思:电影向小说要什么。狭义地看,这是一个改编的问题。我以为在改编问题上,特别要强调改编中的创造性。而广义地看,则是电影艺术家如何从小说中获取艺术灵感。巴拉兹曾拍过一部非文学性的电影《一张十马克钞票的历程》,我没看到这部电影,但他说的一句话给我留下深刻印象。他说:"启发我去拍这部'非文学性'影片的第一个灵感是托尔斯泰的一部著名古典作品《假息票》。"这不很说明问题吗?他要拍一部"非文学性"电影,却是从文学中获得灵感的。在这方面中国当代电影还是有不少成功经验的。比如娄烨改编的《推拿》,我觉得他是从小说中关于超越"身体的限制"而获得灵感,他力图通过镜头去看见"看不见"的东西。这是电影成功的重要原因。

最后还想说一点。我们的世界发生着根本性的改变。我是指，人类文明逐渐从以文字思维为主导转向了以视觉思维为主导，我们接着的逻辑性是建立在视知觉的基础上的。这是新媒体、互联网飞速发展的结果。只有从这一大背景出发来思考小说与电影的关系，才会理解到我们所讨论的话题多么重要。电影与文学的关系在悄悄变化，这种变化预示着一个革命性的未来。我们只要稍微细心一点，就能从现实中发现这种革命性的端倪。比如小说与电影的关系，也许将来小说最终的完成不仅有赖于读者，而且还要有赖于电影，以及电影的观众。

归来收获的是爱情
——读宗璞的《北归记》

　　三十多年前，宗璞打开了一个野葫芦的口子，引导着我们去探寻野葫芦里的秘密，一路下来，我们先是南渡，接着东藏，接着西征，而到北归的时刻，也是我们要对秘密大揭晓的时刻了。记得当年有人问宗璞为什么这部小说要叫"野葫芦引"，她笑答因为她也不知道葫芦里卖什么药。当然这不过是作家有意与我们卖一个关子，因为这部小说在她心中已经酝酿了一生，她是要将她少年时期跟随父辈南迁大学并坚持大学教育的经历写出来。小说原型便是北京大学、清华大学在抗日战争时期南迁昆明，联合创办西南联大的一段历史。宗璞在小说中重点塑造了一批中国现代知识分子的形象，宗璞的书写共分《南渡记》《东藏记》《西征记》和《北归记》，随着一部又一部作品的完成，仿佛就像在徐徐展开一幅历史长卷，每一个人物形象越来越清晰丰满，作者的思绪也越来越深厚。"野葫芦引"的四部小说是一段历史的自然延伸，从明仑大学南迁直至抗战胜利的北归，因此人们认为宗璞写出了中国现代知识分子的精神史。

这四部小说同时也是一个人的成长史。小说虽然采用的是第三人称叙述，但还隐含着一个作者的主观视角，这一主观视角是通过小说人物孟灵已（昵称"嵋"）实现的，嵋身上带有作者本人的影子，宗璞正是借助嵋的眼睛，凝视着父辈们的身影，同时也反观自身以及同辈们的言行，带有明显的自省意识。因此，这部小说除了书写父辈一代知识分子精神形象之外，书写嵋以及她的兄弟姐妹、同学好友作为年轻的一代，跟随着父辈在颠沛、漂泊的生活中求学、成长，也是同样不可忽略的重要内容。到了《北归记》，嵋和她的同伴们已经长大了，成熟了，他们看世界的眼睛也更加敏锐了，自然而然地，他们就成为这部小说里的主角。

　　《北归记》仍然沿袭了前三卷的写作风格，文字在平实中透出典雅气，显示出作者的古典功力。宗璞不追求故事的传奇性和情节化，更看重生活细节的挖掘，有点像《红楼梦》的写法。这种写法看上去是琐碎的，完全有赖于作者的思想基调和写作心态将其粘合为一个艺术整体。作者的思想基调和写作心态越强大，作品作为一个艺术世界的整体性也就越完美。毫无疑问，在《北归记》中，我们能够感觉到作者具有强大的思想基调和写作心态。如果说作者在前三卷所持有的思想基调是对知识和崇高精神的敬畏以及对父辈的景仰，那么到了写《北归记》，因为年轻一代成长为主角了，其思想基调也调整为对青春的讴歌和对未来的热切期待了。嵋与她的同伴进入风华正茂的青春年华，爱情之花也悄悄地绽放。《北归记》写到了好几对恋人的爱情，尽管表现形态各异，但都见证了在那样一个艰难时期生长出来的爱情是多么的美丽。最先收获爱情之果的是玹子。

玹子与卫葑心心相印，在卫葑的影响下也追求进步的思想。这一天，已经参加革命队伍的卫葑终于来到玹子家，说出了要娶她为妻的话。尽管长辈们都清楚卫葑作为一名革命者随时都有性命危险，但他们仍然支持玹子的选择，因为他们认为卫葑是一个"可信可托之人"，也是一个"有信念的漂泊者"。因此，在接下来的叙述中，宗璞为他们俩安排了一场特别的婚礼。在一场跳舞会上，身穿一袭黑衣的卫葑突然走进舞场，径直走到玹子跟前邀请她跳舞，他们俩一边倾吐着心声，一边把优美的舞姿留给了众人。峨在旁边感叹道，这场跳舞会就是他们的一场奇妙的婚礼！玹子与卫葑不仅在选择他们的爱情，也在选择他们的人生道路，他们的选择是严肃认真的。因此，宗璞对他们的爱情书写传递出一种庄严感和神圣感。写峨与无因的爱情则是另一种色彩。他们俩从小就一起生活在温馨优雅的知识家园中，两小无猜，青梅竹马，他们的爱情就像是一块纯净的水晶，因此，宗璞便将他们俩互诉真情的场所安置在峨的静谧、洁净的闺室里，相互表白了心中的爱后，他们一起信步走进小树林，在淡淡的月光下畅想未来。这是一种晶莹剔透的爱情。之薇与颖书在情感上比较腼腆，因而他们的爱情带有一种羞涩感，有意思的是，他们俩都在追求革命，地下党组织分别与两人有联系，但两位恋人又各自保守着秘密，宗璞在叙述这一切时，流露出一种欣赏和叹服。峨与家毂都崇尚科学实证精神，峨在人们眼里脾气有点怪，其实是她把心思全放在了自己的植物研究上，整天关在实验室里做实验。宗璞便为峨设计了一个奇怪方式来表达爱情。这是一个大雨天，峨来到了家毂的宿舍，她的鞋都被雨淋湿了，坐下来之后，她冷冷地对家毂说："吴家毂，我们结婚吧。"一句话让吴家毂惊得几乎跳了起来。当他们一起去有关部门办理完结婚登记手续后，"雨已经停了，天上正有一道彩虹"。这真是宗璞不动声色的神来之笔——雨天，把大地洗得干干净净，彩虹预示着一个美好的晴日，这是对他们俩爱情最恰当的寓意。

宗璞的"野葫芦引"具有自传性，当她写到《北归记》时，一定会回忆起当年美好的青春岁月，因此，《北归记》的叙述少了弥漫在前几卷的沉重，多了一份阳光和明快。但即使有这种变化，思想的分量并没有减少。因为对于年轻人来说，他们的生活中并非只有爱情，还有他们逐渐成熟的社会责任感。特别在一个动荡的年代，未来和希望充满了未知数，年轻人都面临着如何选择自己人生道路的困惑。宗璞是把年轻人的爱情放在他们思考未来人生道路的过程中来写的，他们的爱情之所以值得珍惜，也与他们选择人生道路的严肃认真的态度有关系。他们有的选择了参加革命，有的准备出国留学深造，有的要到边远的基层做最实际的工作，有的还跟随父亲去台湾发展。宗璞在叙述中并不对他们的选择做出正确与否的评价。尽管可以预料到，选择不同道路的年轻人今后会有不同的遭遇，有的甚至可以肯定将命运坎坷，但宗璞一点也不愿意替他们后悔。在这里宗璞传递出她最基本的人生观，即人生的价值不应该由外界的沉浮来判断，而应该由自己的内心来判断。因此，宗璞用诗歌《永远的结》作为《北归记》的结尾，宗璞告诉人们，不要满足于人生某一阶段的成功，因为人生有一个又一个的结需要我们去解开。所以，无悔的人生就应该是怀着这样的心态："那就是新的挑战，快乐地迎上去吧。"《北归记》所讲述的一群年轻人在父辈的影响下,在向时代和社会的学习中,都不约而同地怀着这样的心态,这才是最可贵的品质。

从"南渡"到"北归",在物理空间上完成了一次大循环,在精神空间里则迎来一次大丰收的季节。年轻人收获了爱情,爱情更是一种象征,它象征着人们快乐地迎接人生新的挑战。

一个"当代英雄"的自我救赎
——读张炜的《艾约堡秘史》

张炜是一位以理性见长的现实主义作家,现实主义的功力体现在他对现实场景的描写逼真生动,以及注重塑造典型环境中的典型人物等方面。但张炜并不止步于描述现实,他的一切描述都有着明确的理性诉求。也就是说,在形象再现和理性表达二者之间,张炜更看重的还是理性表达。我这样评判张炜,并不是要把张炜归为席勒式的作家。席勒当然是理性很强大的,但席勒是把自己的理念直接在小说中宣读出来的。张炜的理性也强大,但他的小说丝毫没有说教的痕迹,他是用另外的方式来表达自己的理念。我曾把张炜的方式比喻为山东人的和面。在张炜的创作中,理念是他的发酵粉,他将理念捏碎了糅进文学形象这一大面团之中,蒸出来的馍馍因为理念的作用,会变得又大又松软。所以,我们阅读张炜的小说,享受到文学带来的"美味",也不会忽略了它的强大理念。因为理念就藏在"美味"之中,你接受了"美味",实际上也在悄悄接受作者的理念。我阅读张炜小说的体会是,在读到小说中的一些比较重要的形象时,千万不要将其仅仅当成对现实的描摹来读，在大多数的情景下，这类重要形象往往具有象征性或隐喻性。比如张炜的第一部长篇小说《古船》，这部小说创作于20世纪80年代中后期，是写改革开放后农村变化的小说，但小说的价值并不在于正面反映了农村现实，而在于这开启了思考中国文化命运的出路和历史叙述方式。张炜将这一理念凝聚为"古船"这一文学意象。读懂了"古船"这一隐喻，也才能完全理解这部小说的思想内涵。当我阅读张炜的新作《艾约堡秘史》时，我就敏锐地觉察到，小说中所描述的艾约堡绝不是一个简单的建筑，它应该是张炜专门创造的又一个文学意象，我们完全可以将艾约堡作为一种隐喻来解读，我相信，只有破解了艾约堡的隐喻，才能完全理解这部小说的核心思想。

艾约堡是一座非常奢华的私宅，它盖在一座山顶上，几乎占据了全部山包，"偌大一个艾约堡可能是天底下最庞大最怪异的私人居所"，而这座私人居所的主人淳于宝册就是这部小说的主人公。淳于宝册是一家大型企业狸金集团的董事长，狸金集团并非一般的民营企业，小说尽管没有正面细致交代狸金集团有多大的规模，但从其侧面的描写就可以感觉到，张炜是将狸金集团作为能够排入全国数一数二的民营大型企业来写的。像这样的民营大型企业完全是中国改革开放的成果。张炜正是从这一角度来书写狸金集团以及淳于宝册的，因而使狸金集团以及淳于宝册具有时代的典型性。淳于宝册出身微贱，命运乖戾，但一路也有好人相助，使他逃脱恶厄。他在改革开放兴起时抓住了机遇，一步步发展壮大，建立起狸金集团的经济帝国。狸金集团及淳于宝册的发家史，可以说是改革开放四十年的缩影。张炜抓住了这一缩影的关键点。比如，创业之艰难，原始积累的非正当性，市场竞争的激烈程度，等等，作者虽然对此着墨不多，但都很巧妙地提到。经济的飞速发展也造就了中国庞大的巨富阶层。据《2018胡润全球富豪榜》提供的数据，全球十亿美金富豪人数有 2694 人，大中华区就占去了 810 人，其中，中国大陆 688 人，香港 80 人，台湾 42 人。中国大陆以 688 人成为世界第一，领先于 571 人的美国。① 富豪阶层在中国社会具有举足轻重的作用，这是毋庸置疑的。他们同时也成为当代小说中的重要形象。张炜实际上早在二十多年前就对这个群体产生了写作的兴趣。但他迟迟没有动笔，据他本人说，他不想将其写成一个概念化的人物。的确，中国新兴的富豪们频繁出现在文艺作品特别是影视作品中，已经被塑造成一样的面孔、一样的命运。如果张炜也为我们塑造一个这样的富豪，肯定会让对他充满期待的读者们失望。但我相信《艾约堡秘史》一定不会让读者们失望的。因为张炜找到了一个新的角度，这个角度就是艾约堡。

艾约堡是淳于宝册建立起狸金商业帝国后专门为自己盖的一座私宅。这座私宅可以说就是淳于宝册的化身。这不仅是一个宏大的建筑，而且在施工和格局上都超乎寻常。这都体现了主人公的性格特征。因此张炜将二者放在一起来评论，称这个建筑"绝对是一次综合的现代高难度尝试，集中体现了主人的执拗和想象力，还有过分的任性与恣意"。② 对于中国的创业者来说，没有执拗和想象力，没有任性与恣意，是不可能在改革开放大潮中劈风斩浪，走向富豪阶层的。艾约堡显然是淳于宝册完全按照自己的喜好量身定做的，他走进艾约堡就仿佛走进了自己的心灵，所

---

① 参见http://finance.sina.com.cn/china/2018-02-28/doc-ifyrwsqk1411096.shtml。
② 张炜：《艾约堡秘史》第 13 页，湖南文艺出版社 2018 年出版。

谓艾约堡秘史，其实就是淳于宝册的秘史。淳于宝册创造了狸金集团这一超大型的经济机构，狸金的所有行动无不体现了他的意志，淳于宝册与狸金是合为一体的，因此，艾约堡既是淳于宝册的化身，也是狸金的化身。"狸金全部的力量和神秘，都由这儿蕴藏和释放。"①而承担起艾约堡主任的蛹儿就发现，艾约堡是"整个集团的心脏，它靠沉睡中的搏动维持了一个大动物的生命，却没有噪音"。②

张炜通过一座豪宅来写一位富豪，他赋予这座豪宅太多的象征意义。在普通民众眼里，富豪也是一类被窥视的对象。人们想象他们的发财暴富，背后肯定藏着很多不可告知的内幕和阴谋。富豪们的生活更是被人们想象为充满奢华、炫耀和纵欲。淳于宝册的身上同样包含着这类供人想象的因素。比如他盖艾约堡，就是一种奢华的行为，艾约堡里的生活俨然是皇宫贵族的生活；又比如狸金集团的经济扩张和吞并行为，都带着血腥的气味，但这些人们所熟悉的因素在张炜的笔下只是点到为止，张炜真正要表达的思想都隐藏在艾约堡里。艾约堡这个神秘而又封闭的建筑，作为淳于宝册的化身也就暗喻着当一个企业家把自己的事业做到特别庞大、足以富可敌国时，他们的内心会变得越来越隐秘，张炜就像一位心理分析师一样走进艾约堡，他借艾约堡主任蛹儿那妩媚而又温顺的姿态，小心翼翼地启开淳于宝册的心扉。透过这个人物隐秘的内心世界，我们也感受到了时代一步步走过来的足迹，而淳于宝册可以说是经济时代的"当代英雄"。何谓"当代英雄"？当代英雄是在一个社会发生巨大变化时被时代潮流塑造

---

① 张炜：《艾约堡秘史》第50页，湖南文艺出版社2018年出版。
② 同上。

出来的引领时尚的新群体。19世纪俄罗斯作家莱蒙托夫曾把他的小说直接起名为《当代英雄》，小说主人公毕巧林就是这样一个反映了当时俄罗斯思想倾向的文学形象。中国从20世纪80年代开始进入到一个全新的经济时代，这个时代以改革开放为旗帜，要调动全社会的积极性把经济搞上去。在这一过程中，一个新的群体——富豪诞生了。富豪自然逐渐成为当代小说的主角。但张炜似乎更透彻地看到了中国富豪们身上所具有的"当代英雄"质地，他以"当代英雄"的质地塑造了一个独特的淳于宝册。

淳于宝册首先是一个平民化的"当代英雄"。这就得说说这个私宅的称号"艾约堡"了，粗看很洋气，细究才发现它是最土的俚语。小说并没有专门解释这个称号的来历，只在一次淳于宝册与蛹儿对话时透露出一点秘密。淳于宝册盯着大呼小叫的蛹儿说了一句：你这就算"递了哎哟"？小说接着解释了，递了哎哟"是当地人挂在嘴边的一句话"，有输了、倒霉了的意思。淳于宝册以它的谐音做自己私宅的名字，显然包含着给自己敲警钟的意思，不要忘了自己的平民出身，更不要忘记一生中的那些"递了哎哟"的经历："像递上一件东西一样，双手捧上自己痛不欲生的呻吟。那意味着一个人最后的绝望和耻辱，是彻头彻尾的失败，是无路可投的哀求。几乎没有任何一句话能将可怕的人生境遇渲染得如此淋漓尽致。"[1] 既出身于平民，而且还有着不安定的经历，就会有勇气和胆量去寻求命运的改变。据《2018胡润全球富豪榜》提供的信息，我才知道，大多数上榜的中国十亿美金富豪是白手起家的。白手起家折射出中国改革开放的平民化性质和特征，也

---

[1] 张炜：《艾约堡秘史》第10页，湖南文艺出版社2018年出版。

是决定了中国富豪行为方式的先决条件之一。淳于宝册显然就是一名白手起家的富豪。小说有不少篇幅写到了淳于宝册"起家"前的苦难命运。一个人在如此苦难的遭遇中都能闯荡过来,那么还有什么困难能够阻止他的脚步吗?至于淳于宝册在"起家"以后遇到了多大的困难,小说只是从侧面透露了一些。如狸金集团的总经理老肚带回忆起在狸金工作的几十年情景,"那是拼命和苦斗,淳于宝册身先士卒,有时杀红了眼。那些难忘的场景历历在目,一切是那么惊心动魄,然而却直接痛快"。① 张炜在叙述上的侧重别有深意。按说,淳于宝册创建狸金集团的过程中有着不少惊心动魄的故事,而且这类故事更是与中国改革开放的特点密切相关,但张炜偏偏舍弃了这方面的精彩故事,我以为这大概是因为他深知精彩故事具有两面性的缘故。好故事是吸引读者的重要元素,但好故事有可能掩盖了作品的思想光芒。另一方面,叙述上的一实一虚,更加衬托出"实"的意义。张炜甚至在小说的后面还附录了三篇短文《校园记》《脱逃记》和《喜莲和山福》,这三篇短文都是记述淳于宝册成为大老板前的坎坷命运的,似乎是在专门为"白手起家"做一个补充说明:对于淳于宝册来说,"起家"前与"起家"后完全是冰火两重世界。张炜一方面要强调前后两个淳于宝册在不屈服这一点上的始终不变,另一方面也要强调成功后的淳于宝册不会忘记成功前那些"递了哎哟"的屈辱。因此,淳于宝册需要盖一个艾约堡,无论在外面如何折腾,无论狸金的竞争如何惊心动魄,一旦他走进艾约堡,将纷乱的世界关闭在大门之外,从而回想起那些"递了哎哟"的屈辱,让那些"递

---

① 张炜:《艾约堡秘史》第175页,湖南文艺出版社2018年出版。

了哎哟"的屈辱驱赶走所有与现实有关的得意、焦躁或困顿的心情，让自己的心灵平静下来。艾约堡是淳于宝册的精神栖息地。淳于宝册一生都在漂泊，寻找一个安定的栖息地也是他一贯的追求。所不同的是，"起家"前寻找一个栖息地是如此艰难，比如少年时他不得不逃离家乡，"靠讨要度日，钻草窝入眠"，所幸被盲人老婆婆误当成走失的孙儿，他才在三道岗停下了漂泊的脚步，在老婆婆的小草屋里提心吊胆地生活了十来年。又如他再次漂泊时，野外小兽的窝，或是梯田旁的大草垛，都曾经是他为身体找到的栖息地。而"起家"后身体的栖息地问题完全解决了，但尽管如此，他却越来越发现，自己的精神无法安顿妥帖，他还需要一个精神的栖息地。

淳于宝册作为"当代英雄"的另一质地就是荒凉病。荒凉病，这是张炜在这部小说最令人叫绝的神来之笔。他描述淳于宝册得了一种反复发作的病，每到秋季，淳于宝册就会受到这种病的折磨，"通常要经过一个多月痛不欲生的煎熬才算过去"。小说是这样描述荒凉病的："淳于宝册面色发青，手足抖动，两眼闪着尖利骇人的光，整夜不睡，饮酒或乱嚎。"①狸金的总经理则宣布进入非常时期，"大家要严守纪律，不得擅自离堡，不得消极怠工；不允许任何人进入，东西厅全部封闭；所有恣意滥言、走漏消息者，格杀勿论。"②尽管小说将淳于宝册患荒凉病时的情景渲染得极其紧张和神秘，但细读下来就明白，所谓荒凉病其实是淳于宝册的心理出现了问题。当巨大的力量将淳于宝册推向经济帝国的最高位置时，他也就逐渐褪去了平民化的质地，他被强

---

① 张炜：《艾约堡秘史》第53页，湖南文艺出版社2018年出版。
② 张炜：《艾约堡秘史》第54页，湖南文艺出版社2018年出版。

大的欲望、权力、争斗所包裹，一颗平民化的心从此没有了着落。可以想见，狸金成长壮大的过程，也是一次次残酷竞争和拼搏的过程，它的惨烈程度丝毫不逊于血与火的战争。狸金的一位副经理就说过"狸金的一幢幢大楼全是白骨垒成的！"张炜对于狸金这种巨大体型的民营企业看得非常透彻，当它达到一定体量时，性质就发生了改变，它不再仅仅是创造财富的单一经济体了，而是一个与政治权力、利益集团、社会体制等紧紧捆绑在一起、一荣俱荣一损俱损的综合经济体。它的威力无比强大，既能创造和积聚更多的财富，但同时也有可能积聚起社会的邪恶并加以放大。这就造成了淳于宝册灵魂与身体的分离。张炜的高明之处就在于，他并不把重点放在写灵魂与身体分离上，而是把狸金的一切活动都推到背景上，他着重书写的是这个人在灵魂与身体分离后的心理状态。当淳于宝册回到艾约堡，他暂时把自己封闭起来，让自己的平民之心得以复苏，因此，他在这里需要孤独、安静，虽然蛹儿能够随时来到他身边服侍他，他也需要一个女人的抚慰，但他更多的只是将蛹儿作为一个最适合的倾诉者，而不是作为一个情欲的对象。可以想见，在无人打搅的艾约堡内，淳于宝册看似在昏昏沉睡，但内心一定是如波涛翻腾。张炜将淳于宝册患病的时间设定在秋季，显然也是有讲究的。秋季是每年的收获季节。狸金集团在收获季节该是总结成绩、举杯庆贺的时刻了，但外面的热闹只会加深内心的荒凉感。这种荒凉感累积到收获季节时便会得到充分的爆发。此时此刻，淳于宝册更需要将自己困顿在艾约堡内，经历一番精神上的拷问和磨难。

张炜的小说进一步告诉人们，并不是所有"白手起家"的富豪都能称得上"当代英雄"，只有当他患上荒凉病后才够得上"当代英雄"的称号。"当代英雄"是富豪中的觉悟者，但他们又是不彻底的觉悟者。那些彻底的觉悟者会放弃自己的事业，走老庄之路，完全隐遁身形，做一个社会逍遥派。淳于宝册的觉悟体现在他意识到自己的身心分离，但他不愿放弃自己的事业，即使在身心分离的状态下他也要把事业做强做大。虽然张炜有意不写淳于宝册作为狸金的最大老板是如何运作的，但我们不妨将由他任命的狸金总经理老肚带视为是他的替身，这个替身是淳于宝册的侄儿，他为狸金的发展四处奔波，殚精竭虑。但这个绝顶聪明的博士并没有像淳于宝册那样处于身心分离的状态，因此，他虽然奔忙却很是享受这种富豪阶层的奔忙，脸上流露出的是得意、自豪的神情。淳于宝册肯定也曾这样得意和自豪过。应该说，他作为一位平民，一直在命运的道路上不服输地拼搏，他怀揣的梦想也通过狸金变成了现实，他为社会做出了卓越的贡献，他有理由得意和自豪。但他逐渐厌倦了这些，因为他意识到，当狸金越做越大时，就离最初的平民之心越来越远，狸金纯粹成了一个资本的机器，让资本增值是唯一的目标，资本像一台庞大的压路机一路碾过，路上的一切东西，无论是美丽的花草，还是弱小的昆虫，都被它碾得粉碎。淳于宝册意识到这一点，他把狸金比喻为一架大功率推土机，虽然他表示讨厌和憎恶这架推土机，但他也无可奈何，因为这就是资本运行的法则。当他作为狸金的老板时，他必须将自己的平民之心悬置起来，让身体跟着狸金的意志走。但他还有一座艾约堡，这使他能够回到艾约堡与自己的内心对话，让自己的灵魂不至于被黑暗笼罩。而他一旦进入艾约堡，摆脱了世俗社会无以复加的竞争、权术和欲望的诱惑，内心便会坠入无以着落的境地，感到无比地荒凉。然而正是这种荒凉感，使他不至于丧失原初的平民之心。历史与现实的脱节,身体与精神的矛盾,理想与未来的迷茫,这就是一位经济时代"当代英雄"的精神状态。

张炜重点写了淳于宝册的一次自我救赎的努力。这就是淳于宝册策划收购海边小渔村矶滩角村的过程。这对于庞大的狸金集团来说,本来是一桩很微不足道的商业行为,但进行中却遇到了极大的麻烦,因为矶滩角村的村长吴沙原坚决反对收购。淳于宝册很看重这位村长的反对,他的自我救赎就从这里开始了。他试图怀着原初的平民之心来解决他与吴沙原之间的矛盾,于是,他放下架子只身来到渔村生活了一段时间,他以一位民俗爱好者的身份在渔村请教拉网号子,还把吴沙原和研究拉网号子的学者欧驼兰一起请到艾约堡来作客。而与此同时,总经理老肚带按部就班地开始了收购的行动。他们详细制定规划,也被市里作为"战略转移"的重要工程来对待,一个又一个的难题都迎刃而解。但每当要彻底解决矶滩角村的问题时,都被淳于宝册制止了。淳于宝册在渔村感到了大自然的美好,重温了民间生活的意趣。他一改沉睡在艾约堡里的懒散状态,不辞辛苦地一遍又一遍去渔村、海岛,住进简陋的渔村小店,俨然成了渔村的一位好朋友。他坦诚地与吴沙原交换意见,甚至保证说,狸金不仅要开发矶滩角,而且还要保住这个"桃源","除了帮助矶滩角发展,让全村变得更富裕,别的目的要一概打消,一个念想都不能存!"① 但是,如此美好的承诺也不能打动吴沙原,因为他看透了狸金的本质。吴沙原的话可以说直面要害:"每个人只有一辈子,他们等不到

---

① 张炜:《艾约堡秘史》第 229 页,湖南文艺出版社 2018 年出版。

你们那个更好的'过程'。毁掉的是大家的水和空气，赚的钱全归了你们，这哪里有理可讲？如果等价交换，为生命抵偿，那也恕我直言，你们狸金创造的所有财富再加上几十倍上百倍，都不够还债的！"①欧驼兰则告诉淳于宝册，她和许多人都把狸金视为敌人，要破坏狸金的事业，"只希望它早些失败、溃败"。他们的态度深深震撼了淳于宝册，他觉得他是这个世界上最恨最爱狸金的一个人，他和一帮人一起拼死拼活创造了它，而今他又无法与它好好相处。淳于宝册最终没有说服吴沙原，他懊丧地离开了渔村。耐人寻味的是，他没有直接回到艾约堡，而是到当年蛹儿所开的书店里过夜。他面对满屋的书籍沉思，觉得自己也许这辈子全弄错了。于是，他对蛹儿说："我该和你打理这家小店，守着它过一辈子。我们都嗜读，这么多书，该满足了。"②小说写到这里戛然而止，不过结局已经明了，狸金的推土机很快就会开进矶滩角，渔村被纳入"城市化进程"中。但是淳于宝册真的就要舍弃狸金而去追随他灵魂深处的另一种志向——"创造出一片心灵的大天地"吗？这似乎还是一个未知数。如果他真的这样做了，那么他的荒凉病也就不治而愈了，但他的"当代英雄"的使命也从此终结了。

这就是张炜的思想力度，他不仅要从精神的层面去写一个中国经济时代所创造的"当代英雄"式的人物，而且要对这个时代进行整体把握。因此，他在小说中始终暗示这一点：淳于宝册在收购渔村的过程中完成了自我救赎，但他无力解决狸金的问题，狸金照样会按它既定的速度行进。因为狸金的行动符合历史的逻

---

① 张炜：《艾约堡秘史》第231页，湖南文艺出版社2018年出版。
② 张炜：《艾约堡秘史》第317页，湖南文艺出版社2018年出版。

辑，狸金本身就是历史和时代造就的。在这里，张炜再一次显示了他锐利的批判精神。他的批判锋芒直指经济时代的内核：资本和物欲。就像小说中为狸金收购渔村提出的冠冕堂皇的理由："在这样一个时代，只有资本的介入才能切实有力地保护一个古老渔村。"① 但吴沙原一针见血地指出了资本和物欲带来的危害："因为有了狸金，整整一个地区都不再相信正义和正直，也不信公理和劳动，甚至认为善有善报是满嘴胡扯。"② 狸金在张炜的笔下是经济时代的一个缩影，小说通过狸金贯穿着对唯资本和物欲至上的批判。但张炜并非要完全否定经济时代，事实上，他也充分肯定了狸金的历史贡献。因为我们民族曾经走到了非常艰难的境地，需要资本和物欲来激活社会的创造力。问题是，在这个过程中，我们只是把经济作为唯一的目标，而忽视了我们应该还有更多精神上的目标。这也是张炜从《古船》起，几乎所有的长篇小说都在表达的一个基本主题。他一直把重建民族的精神信仰作为自己的文学追求。"古船"就是一个隐喻，它预示了张炜以后的文学思维方式。张炜找到了一艘承载着古代思想精髓的船只，然后开始了自己的文学之航。在这一行程中，他不断地遭遇到现实的挑战，他总是能够从古船里寻找到他所需要的思想资源，去化解现实中的问题。而《你在高原》这部煌煌十部的长篇小说，可以说是张炜的一次精神之旅，现实显然不是他理想中的现实，于是他把他的理想安妥在西部高原。但他并不舍弃现实中的平原，他始终在平原中游走、战斗，也许是屡战屡败，但他同时又是屡败屡战，而且从来都是斗志昂扬，为什么能够屡败屡战，能够斗志昂扬，

---

① 张炜：《艾约堡秘史》第 295 页，湖南文艺出版社 2018 年出版。
② 张炜：《艾约堡秘史》第 313 页，湖南文艺出版社 2018 年出版。

因为有一个西部高原的理想在支撑着他的精神。这一追求延续到《艾约堡秘史》，他批判了现实的经济主义，同时也在民间找到了一个精神的载体，这就是拉网号子。淳于宝册在渔村一下子就对拉网号子充满了兴趣，这一方面有民俗学者欧驼兰的缘故，但更重要的是因为拉网号子唤醒了他的平民之心。拉网号子来自生产活动，连吴沙原都懂得："这里还有艺术的升华，有审美的产生。"在对拉网号子的搜集调查中，二姑娘的美丽形象逐渐明晰起来。二姑娘是拉网号子中反复出现的人物，民间对她有各种传说，人们想象她变成了仙人，专门保佑海边的人。淳于宝册将一座最好的别墅改成为海神庙，将二姑娘当成海神供奉在庙里。张炜设计的这个细节具有明确的寓意，他希望今天仍然驰骋在经济大潮中的"当代英雄"们能够为自己立一座精神之庙。我曾说过："重要的是张炜坚守的道德立场和精神信仰，他把这一切以一种文学的方式体现出来，从而构成了他的小说的丰沛的文学性。"①《艾约堡秘史》再一次证明了这一点。

---

① 贺绍俊：《五十年代生人的精神之旅》，载《当代作家评论》2011 年第 1 期。

寻找在现代性中丢失的敬畏和珍惜
——评刘庆的《唇典》

拿到刘庆的长篇小说《唇典》，首先是"唇典"这两个字吸引了我。这是一个在东北民间流行的习惯用语，专指东北土匪的黑话。说实话，我对这个习惯用语一点也不熟悉。尽管我在东北生活了十来年，但从来没有听人说过这个词，毕竟东北土匪早就销声匿迹了，谁还会把他们的黑话挂在嘴边呢？但我喜欢这两个字，搭配在一起有一种典雅感。事实上，在小说中始终没有出现唇典这个词语。直到读完了小说，我才意识到，整部小说其实就是在做一件事：诠释"唇典"这两个字。在刘庆的诠释里，唇典不再是指称东北土匪黑话，而是被赋予了崭新的意义。这个崭新的意义是关乎口头文学的，人类最早的文学就是活在嘴上，是从人们嘴唇吐出来的，人类的嘴唇创造了最早的文化，虽然后来有了越来越牢固的记载文学的方式，但嘴唇传播文学的功能并没有因此而消失，至今口头文学仍然具有特别的魅力。刘庆看到了口头文学的悠久历史，也看到了口头文学至今仍活在人们嘴上，更重要的是，他从口头文学中发现了一个丰富的世界。于是他把自己的感受凝聚在唇典这两个字上，唇典就是要向一切口头文学表达崇高的敬意。当然，口头文学的范畴非常广泛，用刘庆本人的话说，它是口口相传的民族史、民间史。刘庆充分利用了口头文学的资源，并在口头文学的基础上进行再创造，他的创造也完全遵循了"唇典"的方式和思路去展开想象，让自己的想象发挥到极致，从而建构起一个全新的历史图景。

刘庆从口头文学资源中看到了民族史和民间史，这就决定了这部小说的历史属性。当然他的口头文学资源基本上来自东北大地，这些口头文学包括东北大地上流传的创世神话、民族史诗、历史轶闻、民间传说，等等；通过这一切勾画出东北百年的文化史和心灵史。书写历史是这些年来长篇小说创作的大潮之一，家族小说是重要的表现样式，《唇典》也具有家族小说的痕迹，这条家族的线索是由郎乌春与柳枝的婚姻牵出的，他们的儿子满斗成为最后一个萨满。如果我们把萨满一代又一代的传承也赋予家族的意义，那么完全可以说这部小说写了萨满"家族"自近代以来的兴衰史。这恰是小说的独特之处。但小说更重要的价值还不在此。我们知道刘庆在这部小说中依凭的基本上是口头文学的资源，他不是从文字典籍中去寻找历史，而是要从口头文学中、从民间一张又一张说话的嘴里去寻找历史。他做了很多田野调查的工作，当然他也做了不少案头工作，但他的案头工作不是去查明核实历史史实，他的案头工作都与他对口头文学的致敬有关系。所以，他不是要还原一部文字记载的历史，他要还原的是一部口头的历史，是活在民间众人嘴边上的历史。他通过这种方式重新建构了一个历史图谱。这个历史图谱显然与我们所看到的、已经被标准化了的历史图谱不完全一样。而这不一样的历史图谱则意味着，作者刘庆在以不一样的世界观和历史观去思索人类命运的变迁，去关照世界万物。

接下来应该重点讨论一下刘庆在这部小说中所遵循的世界观和历史观。他的世界观和历史观显然来自口头文学。正如他本人所说，他把口头文学理解为口口相传的民族史、民间史。统观小说，我们会发现，萨满文化是小说的主要内容，从这里又可以看出，刘庆抓住了东北大地口头文学的灵魂，这个灵魂就是萨满文化。正是萨满文化给东北民间带来了不一样的看世界的方式。

萨满教是北方民族早期信奉的原始宗教，在东北大地上有着广泛的影响，形成了渗透在日常生活中的萨满文化，因此，萨满文化既具有鲜明的地域特征，同时也充满了宗教的神秘色彩。大凡对东北题材感兴趣的作家在接触东北民俗风情时都会发现萨满文化与东北的密切关系，也有不少小说写到了萨满文化。但是当我读到《唇典》之后便眼睛一亮，刘庆对萨满文化的书写太精彩了！这部小说是迄今为止我见到的书写萨满文化最深刻最透彻的一部小说。这突出表现在他并没有将萨满文化局限在地域性上。当然必须承认，刘庆的书写具有浓厚的地域性，那些表现民间习俗的细节非常生动，但是他并没有局限在地域性上，或者说他并不是靠地域性来增加小说的独特性。恰恰相反，他抓住了萨满文化在人类文化发展中的普遍意义。萨满文化并不是中国东北所独有的，它是人类文明处于部落文化或狩猎文明阶段时的一种共有现象。有的学者用萨满主义这一概念来描述它。萨满主义反映了人类早期思维的特点，最主要的特点是相信灵体世界的存在，这些灵体往往以动物的形式出现，并能够对人类世界产生直接的影响。萨满主义也有具体的表现形态，多半是通过歌舞、击打乐器等方法引导萨满进入另一种意识状态与灵体沟通。而在世界各个大洲都有萨满主义和萨满文化，比如海地的巫毒术、印尼的扶乩、印第安的图腾崇拜、凯尔特的德鲁伊、佩鲁的迷幻植物使用，等等，全都是萨满文化的具体呈现。萨满主义在中国主要体现在曾流行于东北的萨满教，信奉萨满教的不仅仅是满族，东北很多民族都信萨满教。虽然萨满文化或萨满主义是人类文明发展早期的产物，但并非随着人类文明的发展就必然被完全淘汰，因为作为人类早期思维方式，其中必然蕴含着人类的一些精神内核，这些精神内核就包含在萨满文化的基本特征如万物有灵论、图腾崇拜、原始信仰等方面，这些精神内核不会因为是它处于人类文明较低的层次而被否定。以萨满文化为例，它就保留了人类在创造文明初期的最天真的一面，因而也体现了一种特别的世界观和信仰形式。刘庆在这部小说里主要抓住了其中最突出一点，即相信灵魂和灵体事件的存在，而且这种灵体经常以动物的形式或植物的形式出现。这也是萨满文化的灵魂，这个灵魂可以概括为两个核心词，一个是"敬畏"，一个是"珍惜"。具体来说，就是敬畏神灵和珍惜生命。有了这两点，使得人类在那样一个文明比较低级的状态里，能够艰难地生存下来，也有了勇气去拼搏。而这一切又建立在一个基础上，就是强调了在人类与大自然的关系中人类并非是主宰一切的，人类既感受到大自然的浩瀚和神秘，同时在求生本能的驱使下充满着与大自然拼搏的勇气。我们至今仍可以想象到，人类最早的祖先是如何怀着一种敬畏神灵的心情去面对大自然，又是如何以珍惜生命的方式去面对苦难，去挑战生存之艰难。虽然充满苦难和艰难，但是处于原始部落时期的人们心地相对来说比较单纯。所谓单纯就包含这样一层意思，人们还没有形成系统的善恶意识，相互之间的体谅是部落和群体之间的润滑剂。刘庆在小说中就是围绕敬畏和珍惜这两点来展开情节的。小说重点塑造的萨满形象李良可以说是萨满文化灵魂的集中体现者，李良在所有的萨满中法力最大，被称为"萨满中的萨满"。李良与柳枝的故事在小说中占有很大的篇幅。柳枝的一生都被苦难缠绕，少女时期被人奸污，她决意自杀。嫁给郎乌春后，从来没有得到过家庭的温暖，她坚决要弄死腹中的孩子。但每到关键时刻，李良就出现在她的身边，引导她走出精神困境，燃起生的希望。他们两人的故事充分说明了："萨满就是生命的向导，可靠的护神。"萨满教其实不同于后来成体系的宗教。李良所处的时期已是萨满教衰落的时期，小说写到，大空和尚在敬信村修了一座善林寺，香火越来越旺，族人们纷纷跑去善林寺求神拜佛，所以大空和尚也有信心要说服李良认同佛祖。李良并不排斥佛祖，但他也告诉大空和尚，对于世界，"佛有佛的解释，萨满有萨满的解释，真正的萨满要想办法把懦弱的族人微不足道的生命力凝结起来，铸成一块抗住风吹雨打的石头，让他们无畏，对世界和人生鼓起勇气。"在李良的意识里，只关注现实人生以及与人相伴的自然生灵，他对来世并不感兴趣。他作为萨满施展巫术不过是一种形式，最终目的是要帮助人们从困境中走出来。而他之所以能够给人以帮助，说到底就是因为他把握了敬畏和珍惜这一精神内核。比如柳枝不能接受自己被伤害的事实，也不能接受害人者在她腹中留下的孩子。李良就是这样来劝导她的："我们应该对一切抱有敬意，包括自己受到的伤害，和伤害我们的人。"因此，说到底，敬畏和珍惜是一种看待世界和人生的方式，是一种基本的世界观，这种世界观产生于人类还不是足够强大时的文明阶段，但它凝练出具有普适价值的精神内核。刘庆在萨满文化中发现了这样的精神内核。

《唇典》对于萨满文化的书写是全面和立体的，不仅传达出萨满文化的精神内核，而且也表现了萨满文化的兴衰过程。萨满教既然是一种原始宗教，它随着社会的现代化必然走向衰落，这是文明发展的必然趋势，但在这个必然趋势的过程中，萨满文化所蕴含的人类的精神内核也遭遇到打击，在新的文明形态中逐渐被弱化，甚至消失。小说有着明晰的历史脉络，基本上是按照时间的序列一路写来的，因此，表面上看这似乎是一部家族小说，是一部通过家族的兴衰或者说通过萨满的兴衰来书写大历史的发展。小说的确涉及了中国近代史以来一系列重大的历史事件和历史时段，但事实上刘庆并不是要对历史发言，他只是在关注萨满在历史中留下的痕迹。比如，小说的另一重要人物郎乌春，他名义上是柳枝的丈夫，但从来没有履行过丈夫的职责。他如果听从萨满的劝导，就会接受心上人的污点，为也是族人们普遍遵循的生活法则。但这位年轻人已经被吹过来的新风撩拨起叛逆之心，他毅然离开族人的生活圈，开启从军的生涯。郎乌春像一匹亢奋的战马，始终奔驰在时代的前沿，但他又是一匹脱缰的战马，在纷乱的前线没有明确的方向感。他最初参加的是所谓的保乡队，后来加入反奉的武装组织，反奉失败干脆参加了奉军，后来因为认识了韩淑英，便参与到共产党的地下活动中，他还成了白瓦镇的最高军事长官。郎乌春曾在抗日还是不抗日上犹疑不定，后来又在战场上成为一名抗日的英雄，但在一次战役失败后却选择了归顺日本。所幸的是他在生命的最后几年回到了柳枝的身边，在剿匪斗争中显示出他的英武，最终悲壮地死在剿匪的征程中。郎乌春确实称得上一名磊落豪爽的英雄人物，但相比于其他文学作品中的英雄人物，他又有明显的缺陷，这缺陷并不在于他有不少性格上的毛病（现在还强调不要写完美的英雄人物哩），他最大的缺陷是在人生选择的几个关节点上的失策。他的失策表面上看是他在政治上的不成熟，但从根本上说是因为他远离族人的心态让他迷失了自我，他只能顺应时代潮流的颠簸。在这期间，尽管亲人们在寻找他、关心他，但随着萨满的式微，族人的精神不再具有强大的召唤力。在郎乌春的身上，不缺乏果敢、威猛，敢做敢当的男子汉气概，但他恰恰缺乏敬畏和珍惜。当然，这不仅仅是郎乌春所缺失的，是整个时代所缺失的。这个时代笼罩在无休止的争斗之中，争斗带来了战争和仇恨，也带来了破坏和毁灭，这不是一个人与自然和谐相处、共为一体的时代，萨满文化因此基本失去了社会基础。《唇典》真实表现了萨满文化的尴尬处境，并提出了一个严肃的话题：从文明发展的角度说，人类进步了，文明更先进了，但是也可能我们丢失了一些人类最本真的东西，这些最本真的东西曾经在原始宗教和文化中得到最充分的表现，今天我们是否应该把这些最本真的东西捡拾回来。小说的结构明显表现出作者对于文明的忧思，小说分上部和下部，上部叫玲鼓之路，下部叫失灵年代。上部重在张扬萨满文化的精神内核，所以命名为"铃鼓之路"，铃鼓是萨满的法器，做仪式用的。萨满正是通过肃穆的仪式让人进入神的境界当中，和神灵进行沟通对话。萨满的铃鼓之路就是为传播和张扬神圣精神而铺设的一条路。下部在时间上从日本侵略者冒犯中国的20世纪30年代，一直写到80年代的改革开放，重在书写这半个多世纪来社会翻天覆地的变化。"失灵年代"这一标题鲜明地表达了这样一层意思：虽然现代化带来社会巨大的进步，但同时灵体失去了。对于萨满文化来说，上部和下部意味着两个时代的转折，李灵的死去则是时代转折的标志。在失灵时代萨满文化并非完全消失，它蛰伏在民间，仍然在影响着人们的精神，这一点突出通过满斗这个人物表现出来。满斗被李良选定为做他的继承人，仿佛历史把传承萨满文化的责任强行搁在了萨满的肩上，萨满一直不情愿做一个萨满，但后来他越来越觉得应该担起这份责任，因为生活逐渐让他明白，萨满是多么的重要。但他的努力毕竟难以与时代的大趋势所抗衡。小说形象地反映萨满文化的神灵精神在一个失灵的时代是怎么与人纠缠、挣扎的。满斗堪称最后一个萨满，最后一个萨满无奈地看着，灵性在一点点地消失。

《唇典》虽然是一部讲述历史故事的小说，但他的现实性非常强。刘庆通过讲述萨满文化的兴衰历史，表达了对灵性消失的忧虑。在刘庆看来，灵性消失正是当代社会一个突出的精神问题，因此当小说的故事叙述到当下时，刘庆就会直接说出这样的话："神灵世界拒绝再和人类沟通，心灵的驿路长满荒草"，"人与自然的关系割裂了，人与家族精神的关系割裂了，人和自然不再和谐，失去精神故乡的人们将彻底流离失所"。这是刘庆最大的忧患。刘庆怀着这种忧患写了满斗在失灵年代的遭遇，满斗在当下这样一个失灵的年代里，仍然艰难地呼唤灵魂回来，他把这种愿望寄托在灵魂树。灵魂树的思想源头肯定来自李良，当年李良说过："树是有生命的，树是我们库雅喇人的助理神，每棵树都有神灵附体，树不会走路，不会飞行，但它们每一株都有魂魄，能听懂我们的语言，能看懂我们的行动。树能发出好听的声音，如果信任你，树回答你的问候，水果树结出鲜美的果实。果树开花的季节,满山遍野的白花粉花,就像云彩一样。秋天,山变红了,野果漫山遍野。"找灵魂树的情节具有明显的象征性,它象征着当下的人们在物欲的扩张下失去了灵魂,灵魂是一种神性的东西,你必须怀着敬畏之心去对待,你应该让生命自由地生长。从小说中可以看出刘庆对现实充满了忧患,但刘庆并不是悲观主义者,他看到了灵性的消失,同时也相信灵性并没有离我们远去。事实的确如此,只要我们认真去寻找,一定会在我们的身边寻找到灵性的踪迹。比如在作家刘庆的精神世界里分明就活跃着灵性的身影。灵性让他的想象变得更加灵动,灵性也使得他所描绘理想境界具有更加绚丽的色彩。找回灵性很难吗?刘庆说其实也不难,关键是看你有没有诚心。有了诚心我们就会像满斗那样痴痴地去做一件事,哪怕在这恶浊的大地上种植上灵魂树,"将每一个灵魂妥妥地安放,每一棵树,每一个人,就像童话故事里说的那样,从此以后,过上了幸福生活。"满斗怀着这样的愿望上路了。

中庸之美

——读滕贞甫的长篇小说《刀兵过》

写下中庸这两个字，心里还有一丝犹疑，因为中庸并不是一个高大上的字眼，甚至在相当长的一段时期内以及在相当多的人群中，中庸被视为一个贬义的词语，认为中庸就是推崇和稀泥、做老好人，就是走中间路线，就是甘当平庸之辈。但是，当我想到人们对中庸的这些误解之后，更加坚定了我对这部小说的理解，我一定要将"中庸之美"的评价赋予它，而且我相信人们最终都会意识到，这是一种难得的褒奖。

三圣祠与至臻至善的天道

先看看小说讲述的是一个什么样的故事。小说主人公王克笙，从小就跟随父亲学习中医，十六岁成人的那一年，父亲将家族秘密告诉了他。原来王家的祖先姓朱，因为当过大周王朝的医官，被清兵俘虏后侥幸逃脱，从此改为王姓，在天津开办名为"酩奴堂"的中医诊所，几代人隐姓埋名地生活下来。听完家史的王克笙在心里立下誓言："不复祖姓，誓不为人。"怀着这一誓言，王克笙跟随吴先生去关东，后来在一个叫碱滩的不毛之地落下脚，建起了"酪奴堂"，因为王克笙的到来，仅有四户人家的碱滩逐渐兴旺了起来。王克笙将这里改名为"九里"，小说就以九里为背景，讲述了一百年来在这里发生的故事。一百年来，中国大地经历了各种动荡，社会发生了巨大变化，战争频仍，灾难不断，九里尽管地处偏远，但各种动荡仍然会涉及这里。有时候一场突然袭来的灾难都会让类似于九里这样的小村落被彻底毁灭。然而九里一直顽强地挺过来了，究其原因，可以说，就因为九里的领头人王克笙以及他的儿子王明鹤一直坚守着"中庸之道"，从而化解了各种险恶。

在讨论这部作品的中庸之美时，我想首先应该辨析清楚"中庸"的含义。"中庸"是中国传统文化的核心观念。《论语》说："中庸之为德也，其至矣乎。"这就是说，人的道德如果能够达到中庸，就是最高的道德。中庸源自孔子，后来经过历代思想家的完善，逐渐形成关于中庸之道的完备理论，中庸之道的主题思想是教育人们自觉地进行自我修养、自我监督、自我教育、自我完善，培养一个人的理想人格，从而达到至善、至仁、至诚、至道、至德、至圣的理想境界。中庸之道的理论基础是天人合一，天地万物甚至人、神、鬼三界都在至善、至诚的境界下达到统一。《刀兵过》抓住了这一点，并由此设计了"三圣祠"这一意象。王克笙的先祖在酪奴堂挂了儒家孔子、药王孙思邈和佛教祖师达摩三位圣人的画像。为什么要将三位圣人挂在一起供奉？王克笙的父亲解释说："人无信仰，犹长夜无灯，不能夜行。孔子为儒，儒家讲心、性、命，药王是道，道家讲精、气、神。达摩乃释，释家讲戒、定、慧,三教虽殊,同归于善,参透此道,遂成君子。"这是王家追求的信仰,分明体现出天人合一的中庸之道。当王克笙决定离家去关外开设酪奴堂时,他的母亲特意临摹了三圣的画像交给他,对他说:"三圣衣钵要代代相传。"王克笙在九里落脚,得到大家的拥戴,他也当仁不让地担当起九里乡绅的职责,并在九里建起一座三圣祠,将三位圣人的画像恭恭敬敬地挂在祠堂的正面,以三圣的精神感化村民,以三圣的教导来规范村民的行为。从此三圣祠成为九里的一块神圣之地。九里有什么大事,几位主事的户主一定要来到三圣祠里商量,哪位村民在人生道路上将做出新的选择时,也要到三圣祠里烧三炷香。三圣祠培育起九里人的信仰意识,也让九里的人们养成了一种敬畏感。小说沿着时间的顺序一路写来,让我们看到九里这一偏远的海边碱滩,如何从稀落的几户人家逐渐发展成一个由三十几户人家组成的规模有致的村庄,家家都住上了青砖瓦房。而在九里的变化中始终贯穿着三圣祠的影子。小说写的是九里村民们的日常生活,但在他们的日常生活中分明浸染着信仰精神和敬畏感。三圣祠同时也为九里点亮了一盏文明的灯。小说看似漫不经心地写到一些日常生活的细节,比如写蒲娘的到来,如何改变了九里妇女们的生活习惯。有时文明的熏陶是潜移默化的,但对于王克笙这样的怀有自觉的文化信念的人来说,他们懂得文明的重要性,会将传播文明、以教化去提升地方文明水平作为自己的义务。这正是中庸之道的践行方式。蒲娘一来到九里,就发现了妇女们的很多习惯是不好的,她为了改变妇女们的习惯,费了很多巧妙的心思。比如改变妇女们抽烟的习惯,她将芦花晒干泡茶,常常约妇女们来酪奴堂喝茶,还告诉她们喝茶的好处是解毒。慢慢地,妇女们爱上了喝茶,也就把烟戒掉了。更重要还不是改掉不良的生活习惯，而是带来了人的尊严和品德。比如蒲娘编了很多蒲团，让妇女们习惯于坐蒲团，从而不再席地而坐。她这是要让妇女们学会如何端庄。她告诉姐妹们："端庄，对于一个女人来说是底色，有这层底色，粉黛是缎上锦，失了这底色，脂粉便成瓦上霜。"滕贞甫饶有兴趣地书写这些细节，是因为他相信："女人是一个地方的风标，看一个地方是否开化，只要看看当地女人的嗜好就能得出答案。"王克笙应该明白这一道理，他也一直期望九里的风化有所改良，但他不急于求成，而是等蒲娘来了以后才可以进行。这也正是中庸之道的处事方式。三圣祠的存在，更是善的存在。王克笙以及他的儿子王明鹤所坚守的中庸之道，就是引导人们抵达至善的人生之道。王克笙对三圣祠是这样解释的："三教虽不同，却可归于一道，即圣人所言之天道，儒家的畏天命，释家的见真性，道家的道法自然，要得到的都是至臻至善的天道。"所谓至臻至善，就是说不仅仅是做一点小善事、小施舍，而是关乎正义、仁慈以及家国情怀的大善。日本鬼子侵略中国，九里不能幸免，对于九里来说，这是最严酷的一次"过刀兵"，虽然王明鹤认为最好的御敌办法是不战而退刀兵，有时不得不"含垢让步"。但面对侵略者，王明鹤更懂得首先必须坚守什么，因此他为村民写下九里十戒，他写道："国破山河在，黎民忠故国，三省负铁骑，九里焉能免？淫威之下，九里父老虽为尘中埃，泥中沙，却不能随波逐流，与倭寇合污，应有莲之操守，学伯叔而耻周粟。"这就是一种大善。于是我们就看到，王明鹤尽管不能正面对抗日本侵略者的刺刀，但他能够智慧地周旋，利用一切机会予以反击。比如霍乱病流行，他表面上答应为黑木提供治病记录和设立基地，从而保全了九里不被日本鬼子的扫荡所毁灭。王明鹤也不是简单地以柔克刚，关键时刻他同样会以暴制暴。比如他为了阻止日本开拓团进驻玉虚观种植水稻，便专门设计了一次九里人庆贺酩奴堂落成60年的皮影戏堂会，趁机安排野龙和鬼蜡烛杀死了霸占玉虚观的几个日本人。

三圣祠，是一种象征物，它虽然简陋但有一种神圣感。因为三圣祠，王克笙和王明鹤便不敢懈怠自己的职责和义务；也因为三圣祠，九里的村民无论老幼便有了一种道德约束的自觉性。王克笙在设立三圣祠的同时还立了《彰善》《记过》两簿，用于劝善黜恶。村民们都知道酩奴堂有这两个簿子，他们都希望自己的言行能进入《彰善》簿而不要进入《记过》簿。九里最初的几户人家，虽然有着各自的毛病，但他们后来都知道在与人相处时，如何遮掩自己的毛病，甚至克服自己的毛病。他们非常享受这样的改变。姚大下巴是这样来总结的："用三圣之道凝聚人心，教化村民，日积月累，九里便成了街坊和睦相处、奉信守约的礼仪之乡。"这正是先哲们提出中庸之道时所期待的理想结果。九里所处的时代已经是传统思想走向衰败，新思想的洪流锐不可当，但即使如此，在九里这样一个偏远的地理环境下，只要有一位坚持传统思想的智者，就能够发挥出传统思想的作用力。小说由此证明了，传统思想并非在新的时代下就应该彻底被抛弃。

从过刀兵到刀兵过

小说虽然写的是偏远之地的故事，但作者滕贞甫的心里装的是百年来的时代和历史。他通过一个偏远之地的变迁以及一个固守自己精神信仰的普通乡绅，表达了他对中国近现代历史的反思。小说采取了年度叙述的方式，从清末的光绪七年写起，结尾于1981年，这可以说概括了中国的一段特别的历史时期，在这一段历史时期内，革命和战争持续不断。滕贞甫找到了一个民间用语来概括这段历史时期的特点，这个民间用语就是"过刀兵"。刀兵是古代的重要兵种，用来泛指军队和战争。民间将遭遇到军队的骚扰称为"过刀兵"。九里尽管地处偏远，在那样一个战争频仍的年代，同样也躲避不了过刀兵。从甲午海战，到义和团运动，到抗日战争，到国内革命战争，以及各种土匪部队，都在九里留下深深的印记，既给九里带来深重的灾难，也让九里人经受了精神的洗礼。过刀兵，经过滕贞甫的转化，成为一个比喻性的词语，它比喻在这一特别的历史时期内人们的思维方式和行为方式都具有革命和战争的痕迹，"过刀兵"式的社会思潮成为这一历史时段的主流。我们有大量反映这一历史时段的长篇小说都无一例外地描写了"过刀兵"的社会思潮所带来的巨大变化。滕贞甫在写《刀兵过》时同样正视这一主流的社会思潮，但不同之处在于，他尝试着辟出一小块地方，让一位坚守信念的人，以中庸之道的方式来治理，于是便有了九里和王克笙及他的儿子王明鹤。九里作为一个文学想象的结果，有点像一个世外桃源，或者说有点像一个乌托邦。但它又不完全是世外桃源或乌托邦，它是作家反思历史、重新认识传统文化的思想结晶。虽然作者滕贞甫并没有以理论性的叙述来表达他的历史观，但小说所提供的形象可以让我们做出以下的解读：革命和战争带来了中国社会翻天覆地的变化，破坏了一个旧世界，为建设新世界做出了充分的准备。然而，当我们被"过刀兵"的社会思潮所裹挟的时候，不要忘了还有一个九里。

九里在提醒人们，传统文化中的积极有效成分不会轻易地被摧毁，它蛰伏在民间，仍然在发挥着作用。

"过刀兵"思潮是20世纪中国社会发展和变革的思想动力。滕贞甫在肯定历史进步的前提下，对"过刀兵"思潮也进行了批判性的反省。"过刀兵"思潮强调了对旧世界的破坏，但是，在这一思潮下，不少人往往只追求破坏的痛快，却未曾对被破坏的对象进行认真的辨析。姚远这个人物就是这样一个代表性的人物。姚远在九里长大，少年时到省城读书，后来考入了北京大学，北京城闹学潮时，他成了学生领袖。他在回九里治病时，马上以其敏锐的革命嗅觉发现了这里的问题，认为"这里的平静有一种死寂的味道，像一潭多年不变的死水，需要用民主和科学的思想进行一番革命才行"。他要在这里采取革命行动，目标首先是三圣祠，他直接找了王克笙，要求他将三圣祠的塑像都撤掉，在这里办学堂，向九里子弟传播新思想、新文化。王克笙问他撤掉的理由，姚远的回答是"因为三圣祠代表旧传统"。王克笙继续追问他对旧传统知道多少，姚远倒是很坦率地说他知道并不多，但他坚持认为"旧传统禁锢人的发展"。王克笙便叹口气说："不懂传统却来反传统，这是不是盲动？"

小说还反思了"过刀兵"思潮的无限漫延所带来的社会危害。"过刀兵"是一种战争状态下的现象，但是当"过刀兵"思潮无限漫延之后，就会出现一种非战争状态下的"过刀兵"。中国社会自1949年宣布中华人民共和国成立之后，基本上进入到一个和平时期，但是整个社会似乎还难以从"过刀兵"的思潮中摆脱出来，执政者也习惯性地以"过刀兵"的思维来处理事务，于是就出现了非战争状态的"过刀兵"现象。由戚书记带队来九里进行的土改可以说是第一次非战争状态的"过刀兵"。按说土改就是进行土地改革，让"耕者有其田"，但在戚书记的眼里，土改是一场革命，他说"革命若是失去了对象，就像打仗没了对手，仗会打得不咸不淡"。所以必须在九里发现革命的敌人，找到斗争的对象。而最大的一次非战争状态的"过刀兵"，则发生在"文革"时期，"这是一支由洼里一中串联红卫兵组成的队伍"，这支不带武器的"过刀兵"其破坏程度甚至超过了带武器的"过刀兵"，王明鹤就是被这支看上去毫无危险的队伍彻底击垮了。红卫兵一来到九里就砸掉了三圣祠里的三尊塑像。三圣祠历经近百年的风云，来过不同面目的"刀兵"，他们对三圣祠有过各种非礼的行为。但不管怎么样，三圣祠还能保存下来，还能在九里发挥着精神引领的作用。但红卫兵的到来让这一切都变成了不可能。他们不仅砸掉了三圣祠的塑像，而且要把革命进行到底，便一举拆毁了三圣祠。三圣祠的被毁无疑对王明鹤构成了致命的打击，从此他变成了一个痴呆的老人。三圣祠的被毁也是一个时代的标志，它标志着"文革"对于优秀文化传统的毁灭性破坏。这种破坏不仅仅体现在当时对物质文化的毁灭，更重要的是在文化传承和文化习俗上的长远影响。小说通过喝茶一事专门点出了这种影响的严重性。王克笙来到九里，也把喝茶的习惯带到了九里。但自从红卫兵来九里造反之后，王明鹤发现九里喝茶的习惯正在淡化，他与栗娜对此有一番讨论。喝茶的习俗是王明鹤父母带来的。当时王明鹤的父亲给每家赠送一套茶具并定时送一些茶叶，王明鹤的母亲则亲手制作蓬蘽茶让那些买不起茶叶的人家也能喝上茶，栗娜评价说："这实际上是一场移风易俗运动，很了不起！"王明鹤当然懂得父母为什么要这样做："家父希望通过饮茶来引导村民知礼达仪、纯化民风确是事实，北地民风彪悍，多与饮食有关，值得欣慰的是，家父的愿望已经实现，九里民风血脉，无非一杯清茶。"接下来他对这一良好习俗为什么逐渐淡化的分析可谓一语中的。他说："现在九里已经由初级社、高级社变成公社，人人都是组织中人，自有纲纪约束，茶之礼仪便起不到那么大的作用了，最为窘迫的是，酩奴堂也无茶无器可赠，旧茶具如有损毁，缺少新器皿补充，村民自然又瓢饮碗灌了。"

小说不仅对"过刀兵"思潮盛行的时代进行了反思，而且也提出了"过刀兵"时代结束之后应该怎么办的问题。这个问题就包含在"刀兵过"这个小说标题上。"刀兵过"巧妙地利用了汉语多义性的特点，我们可以对其作两种理解。"过"既有经过的意思，也有过去了的意思，按"经过"的意思来理解，"刀兵过"指的是有刀兵经过，即"过刀兵"之义。按"过去了"的意思来理解，"刀兵过"则是指刀兵已经过去了，也就是说过刀兵的时代已经结束了，过刀兵的思维已经被放弃了。从"过刀兵"到"刀兵过"，这是历史的轨迹，也应该是人民普遍的愿望。小说从一开始就把这一人民的愿望镶嵌在情节线索里，这就是王克笙父母所嘱托的改姓的愿望。当王克笙怀着恢复祖姓的愿望要去关外创办酩奴堂时，母亲郑重叮嘱他，恢复祖姓的事情"不到河清海晏之时，不可草率为之"，所谓"河清海晏之时"其实就是"刀兵过"之时。王克笙在九里经历了一次又一次的"过刀兵"，每次刀兵过去之后，他都要判断一下，是否迎来了"河清海晏之时"。小说最后终于迎来了"河清海晏之时"，这就是以"1981年"为年度这一章所述的内容。王明鹤在他的生日午宴上，向大家郑重宣布，他不叫王明鹤，而是叫朱明鹤。这基本上吻合了历史的进程。在1978年召开的党的十一届三中全会上，正式提出了以经济建设为中心的战略思想，从此中国社会就与以阶级斗争为纲的时代告别了，这也意味着与"过刀兵"的时代告别了。"过刀兵"时代结束之后应该怎么办呢？小说有两个细节给予了回答。一个细节是三圣祠在九里重新修建起来。另一个细节是在九里出海口的槐花岛上建起了一座灯塔。三圣祠是中庸之道的象征。而灯塔的寓意更深，无论是社会进程的探索，文明的发展，还是人的命运选择，有了灯塔的照耀，才不至于迷失方向。那么，刀兵过后，我们更需要有灯塔将前进的方向照亮，在这灯塔的光芒中，应该有一道光线是中庸之道发出来的。

在叙述中传递中庸之美

滕贞甫的文学风格也体现了中庸之美。这种中庸之美也许主要来自对中国古典文学的传承。从一定程度上说，中庸之美是中国古典文学之正统、主流。比兴是中庸之美的基本表现方式。儒家在阐释《诗经》时概括出"风骚颂，赋比兴"的美学原则。郑玄说："赋之言铺，直铺陈今之政教善恶。比，见今之失，不敢斥言，取比类以言之。兴，见今之美，嫌于媚谀，取善事以劝之。"郑玄确立了"赋比兴"的儒家诗学立场，即"陈今之政教善恶"，同时又区分了赋与比兴在表达方式上的不同，比兴不采取直言，从而构成了一种"中庸之美"。在后来的诗歌创作中，比兴也逐渐成为最主要的表现方式。滕贞甫善于从中国传统文学中吸取营养，看得出来，他对比兴充满了兴趣。在《刀兵过》中，就有很多物件起到了比兴的作用。

如兔毫盏。兔毫盏是宋朝建窑最具代表性的瓷器，它在黑色釉中透出均匀细密的筋脉，因其形状好似兔子身上的毫毛一样纤细柔长而得名。在小说中，塔溪道姑将一只兔毫盏送给王克笙，并特意强调，这只茶盏是送给他未来的孩子的。王明鹤天生就与这只兔毫盏有缘，他出生后总是不安分，父母十分着急，这时拿出这只兔毫盏，在他面前晃了晃，"奇怪的一幕出现了，他不再哼哼，也不再扭动，两只眼睛很专注地看着茶盏，露出了憨憨的笑容。"显然，写兔毫盏就是为了写王明鹤。兔毫盏作为一个起兴的物件，赋予王明鹤优雅、淳厚的品格。兔毫盏是宋朝最有档次的茶具。不少诗词都写到了兔毫盏，如苏轼诗"忽惊午盏兔毫斑，打作春瓮鹅儿酒"，黄庭坚诗"松风转蟹眼，乳花明兔毛"。作者描述王明鹤的文化追求时，兔毫盏往往起到了点睛的作用。如写他十二岁生日时，父母正式将兔毫盏送给了儿子，"得到这个心爱的茶盏后，王明鹤迷上了茶，进而迷上了《茶经》。"写王明鹤与栗娜讨论饮茶对纯化民风的作用时，让王明鹤抚摸着兔毫盏"若有所思地说"。河清海晏之际，五位外出有所成就的弟子要回九里见老师，王明鹤则是换上长衫，带上兔毫盏，"坐在三圣图下品茶等待五个弟子"。

如蒲团。蒲团是一种很普通的农家用品，是用蒲草或其他植物的茎秆编织成的坐垫。它看似平常、低廉，却美观、实用。蒲团是自然与人类文明完美的结合，原材料蒲草来自大自然，但每一个蒲团都是由人编织而成，凝聚着人类的智慧，有些蒲团堪称精美的工艺品。蒲娘很擅长编蒲团，"蒲娘教妇女们编制蒲苇，把晒干的蒲苇编织成各种各样的容器、蒲团，柔韧的蒲苇茎叶在她纤指间银梭般穿来绕去，一件件精美的苇编眼看着就织成了，编织中她加上褐红色的老叶，织成蝙蝠、蝴蝶、牡丹状的图案，让苇编更加喜人。"小说中的蒲团有时便成了蒲娘的比兴物，烘托出蒲娘的质朴之美和内蕴之美。蒲娘要带儿子到户外去认识大自然，是提着两个蒲团去的，她提着两个蒲团道："《诗经》中说：谁谓荼苦，其甘如荠，你也该知道荠菜长什么样子。"蒲娘第一次见到止玉，心疼这位入道观的年轻女子，便送给她"一个带有阴阳鱼图案的蒲团"，要她打坐功课时坐在蒲团之上。蒲团的比兴之义在王明鹤身上体现得更突出。如写到"文革"后修复三圣祠，王明鹤去祠内查看修复工作，一进祠内，他就闻到一种久违的味道，"是父亲和自己都十分熟悉的野燕麦干草味"，他说这是蒲团发出的味道。最后，王明鹤还是坐在蒲团上告别人世的。他在三圣祠里一块蒲团上坐了下来，感觉这样的蒲团只有母亲才能编得出，于是眼前浮现出母亲的笑容，从心里长长叫了一声娘。他坐在蒲团上走得如此安详。

　　如宋聘号。宋聘号是一座茶庄，以生产优质普洱茶而闻名。冠以宋聘号的普洱茶都称得上是普洱的极品。塔溪道姑有饼宋聘号普洱，她打算在适当的时候将这饼宋聘号送给王明鹤。塔溪道姑所说的适当时候是指什么呢？她是指当王明鹤找到了自己的心上人，她就要将这饼宋聘号送给这个幸福的女人。宋聘号作为一个比兴物，寓意着一个美好的爱情。王明鹤的爱情同样具有中庸之美，他的爱情不是热情奔放、浪漫刺激的，而是含蓄内蕴，恰似一杯普洱茶，柔和、温润，清香久久不会弥散。他的爱情与两位女人有关。一个是栗娜，一个是止玉，但他与两位女人基本上说只是精神上的相恋。需要说明的是，这种精神相恋并不等同于柏拉图式的爱情，因为柏拉图式的爱情是刻意强调精神与肉体的对立，从而排斥肉欲。王明鹤的爱情并不是在压抑自己的肉欲，只是因为因缘不到，他以不逾矩的原则与他钟爱的女人相处，不逾矩也使得他与恋人的内心走得更近。我们知道，普洱茶最大的特点就是越陈越香。这不也正是王明鹤与栗娜、止玉之间的爱情的最大特点吗？宋聘号作为一种比兴物，在小说中显得比较隐蔽，需要仔细体会才能品出其内在的关联，但一旦品出其内在的关联，一定会有一种大美的享受。

我略感不足的是，滕贞甫对这些比兴物还过多地停留在实写的阶段，没有充分地从修辞的方式上发挥它们的比兴之功能。但尽管如此，这部小说中庸之美仍是很突出的，包括比兴的运用，结构的稳重，叙述的平和，形象的优美，等等。审美上的中庸之美更能彰显中庸之道的主题。

寻找心灵的沟通

——读孙惠芬的《寻找张展》

《寻找张展》是一部很讲究的小说，小说名对应着小说的结构。小说分为上、下两部分，上部说的是小说名的前两个字：寻找。下部则说的是小说名的后两个字：张展。下部是以书信的方式讲述了张展的成长经历，展示了一位年轻人从叛逆任性到自强奋进的变化过程。下部完全可以拎出来成为一部独立的小说，它既是典型的成长小说，也可以看作是励志小说。它所塑造的张展是一位中国官场秩序最为混乱时期的"官二代"，社会上对"官二代"几乎形成了共性的认识，"我爸是李刚"就是"官二代"最有代表性的例子。但孙惠芬写了一个"官二代"的另类，他很早就对官场权力带来的优越性表示反感，以叛逆的姿态对待父母给予的悉心照顾，最后凭借自己的努力成长为一名胸怀理想、脚踏实地的优秀青年。张展这一形象让人们对"90后"这一代人的理解将会更全面完整一些。这恰好也是孙惠芬写作这部小说的动机之一。从这个角度说，小说即使只保留下部，也可以说是大获成功了。但孙惠芬的用意还不完全在此。也就是说，当她发现人们对"90后"

的认识存在着偏见，她不仅要告诉人们一个真实的"90后"，而且她还要继续思索：人们为什么会存在着偏见，于是沿着这一思路，就开始了她的寻找之旅。

寻找不同于发现，发现是一种意外的收获，而寻找是因为人们丢失了什么东西要去将其找回来，这是一种紧张的期待。发现带给人们的将是惊喜，而寻找必须让人经历一段焦虑和艰辛的过程。小说的上部便充满了焦虑和艰辛，孙惠芬是从寻找张展开始的。这是儿子交代给母亲的一个任务，孙惠芬最初表现得似乎漫不经心，但事实上，当她发现张展也与自己有着一层隐秘的关系后，她就有了"愧疚、不安与疑虑"的心情，于是在寻找张展的过程中，她也在寻找自己丢失了的东西。随着寻找的不断铺开，她发现不仅自己把它丢失了，而且几乎所有的人都把它丢失了。人们都丢失了的这件东西就是自己和世界的正确关系。关系，这是一个沉甸甸的词语。人是社会的动物，社会就是一张关系网，人的存在是各种关系发生作用的结果。因此，如果没有一个正确的关系，人的存在必然要出现问题。事实上，许多小说家所做的事情就是揭露我们社会中不正确的关系，并试图为人们建构起一个和谐的关系。孙惠芬就是这样一位作家。这部小说提到了孙惠芬的另一篇小说《致无尽关系》，就是写复杂微妙的人际关系的。孙惠芬非常巧妙地将其作为了《寻找张展》的引子。张展的父亲在空难前夕曾向朋友推荐了孙惠芬（小说中的"我"尽管是一位虚构的作家，但她无疑代表了孙惠芬的心声，因此我宁愿将"我"的言语和心理都当成是孙惠芬本人的言语和心理）的小说《致无尽关系》。显然，父亲读了这篇小说后有所触动，他或许开始反省自己与儿子的关系。而父亲之死则让张展在震惊之中也启动了重新认识父亲的举动。对于孙惠芬来说，正是这篇小说的暗示，她在寻找张展这个人的同时也在寻找人与人之间的关系。她沮丧地发现，她在寻找过程中所结识的人，几乎没有一个是处在正常与和谐的关系状态之中的。她先找到了张展中学时期的交换妈妈，第一次见面就留下盛气凌人的印象。后来又找到滨城大学的朋友祝简，但祝简与学生的关系让她大失所望，她由此"设身处地感受了校园的坚硬和冷漠"。随着寻找的深入，孙惠芬越来越多地感受到"心与心的隔膜"，但这并没有影响她的寻找热情，相反，她反躬自省，竟然意识到也许在张展被伤害的过程中自己也负有责任。她的内心在呼喊："我们分明都既是参与者，又是受害者，却把自己当成了局外人。"于是她深入思索为什么会造成"心与心的隔膜"，这缘于我们丢失了太多精神性的东西，诸如信任、尊重、平等、等等。

孙惠芬难得的是她在思考中总是把自己摆了进去，她在乎自己是否也把这些精神丢失掉了。当她把自己摆进去时，自然思考得更多的是关于母亲的意义。诗人惠特曼说过，再没有什么能比人的母亲更为伟大。自然，我们愿意用最美的文字来赞颂母亲。但孙惠芬在寻找过程中发现，人们并没有搞清楚母亲的意义在哪里。小说中写到了好几位母亲，她们以不同的方式表达了自己的母爱，但她们的母爱是有问题的。比如闫姐的母爱是建立在物质基础之上的，她做生意没有时间管儿子，但她有钱，儿子想干什么她就用钱为其铺路。又如在特教学校里，那些不敢面对现实的母亲，或者"爱使他们恐惧"的母亲。又如祥云的母爱就是死死地管住女儿。当然，还有张展的母亲，她完全是一种强势的母爱，要把自己的价值观、生活习惯以及对未来的设计强制地塞给儿子。

母爱，是被人们赞誉为最无私、最美丽的爱，但孙惠芬对它表示了质疑。她揭示了母爱的复杂层面，母爱之爱，既有来自天性的成分，也有来自社会的成分。天性的母爱是无私的，而社会的母爱则受制于社会的文化状态。当我们社会的伦理道德、精神信仰、价值追求等方面出了问题的时候，母爱也会出问题的。孙惠芬所要寻找的，正是那种未被社会污染的最自然和本真的母爱。她甚至以自我谴责的姿态检点自己母爱中的缺失，从而"对我这个自认为一直在做儿子奴隶却从没有走进儿子心灵的母亲多么不能饶恕"。孙惠芬从母爱再次回到关系，她要寻找的便是如何让母亲与儿子从"心与心的隔膜"走向心灵的沟通。

寻找是人类文明进程中重要的精神力量，人类之所以伟大，就在于人类在不断地寻找。我曾经说过："西方对人类文明的思考，经历了三个阶段：先是从上帝那里寻找救赎，继而从哲学，如今从文学。"我从孙惠芬身上看到，东方的文学同样在为了人类文明而苦苦地寻找。说到底，孙惠芬在这部小说中所要寻找的仍然是"救赎"，不仅是对"90后"的救赎，也是对天下母亲的救赎，更是对我们这个社会的救赎。而救赎唯有通过心灵的沟通才能实现。

陕西与新疆的热恋
——读红柯的长篇小说《太阳深处的火焰》

我一直把红柯看成是当代文坛中的另类。假如小说创作也有一条宽阔的大道的话，红柯显然不是走在这条大道上的作家。走在宽阔大道上自然有走在宽阔大道上的好处，可以与这里的作家结伴而行。但红柯宁愿选择一条孤独的崎岖小路——当然，这样说只不过是在外人的眼里所看到的情景，外人看到的是他与大多数作家没有走在同一条大路上，至于他本人，也许他觉得自己选择的小路并不崎岖，而是一条康庄大道，因为几十年来他一直走在这条道路上，这条道路对于他来说宽广无比也平坦无比，他在这条道路上也收获颇丰。红柯作为另类的特征是其鲜明的浪漫主义色彩，他是如此酷爱浪漫主义，这应该与他的性格相关，同时也与他的人生经历相关。在陕西长大的红柯曾到新疆生活了十来年，正是新疆的异域风情和绚烂文化开启了红柯的浪漫主义文学之路，并为他提供了最丰富的资源。比如，《西去的骑手》中的马，《大河》中的熊，《乌尔禾》中的羊以及《生命树》中的树，都是新疆天山神秘地域播洒在红柯头脑里的文学精灵。红柯后来回到了家乡陕西,他热爱陕西,同时他也热爱新疆,于是在他的小说里,会有两个地域的对话,这使得他的不少小说具有复调的性质。红柯的这一特点在他的新作《太阳深处的火焰》得到了一次集大成式的展现,新疆与陕西不仅在亲密地对话,而且进入到热恋的阶段,红柯的思想智慧也在这种热恋的状态中迸发出火花。

《太阳深处的火焰》同样是复调式的结构,似乎又与经典的复调小说不一样,它有好几条故事线索,但同时又在故事情节的展开中穿插进几个板块。第一条线索是吴丽梅与徐济云的爱情故事,显然这是承载小说主题的一条线索。吴丽梅来自新疆塔里木盆地,徐济云来自陕西黄土高原,他们在新时期之初共同考上渭北大学,在学校他们相恋了。小说的第一章,红柯以极其飞灵的文字书写了他们相恋时的火热与畅快。但在作者笔下,他们两人的相互吸引,既不关乎颜值,也不关乎气质,而是因为他们分别代表的地域文化在远古时代就亲如一家。吴丽梅喜欢身上扑着一层黄土的徐济云,她告诉恋人,你家乡的黄土是从我家乡的塔里木盆地刮过来的,伟大的祖先周人就来自塔里木盆地,在肥沃的关中平原成功地改造了西域大漠的窝棚黄泥小屋干垒土坯房,"你就想想几万年前几十万年前大风掀起一座座黄土山脉,鲲鹏展翅九万里,扶摇直上,沿塔里木河潜行万里从巴颜喀拉山再次起飞,沿黄河呼啸而下,构建起中国北方的黄土高原黄土平原。"这就是他们之间的情话!什么样的人才会说这样的情话?只有活在作家内心的人才会说这样的情话!也就是说,吴丽梅与徐济云这两个人物属于比较虚化的人物,他们更大的功能是形象地表现作家内心的意念。吴丽梅代表了新疆,吴济云代表了陕西,这两个人物一直活在红柯的内心,也一直处在对话的状态中,他们对话的成果便是红柯的一部接一部的小说。而到了《太阳深处的火焰》，他们由对话状态进入到了热恋状态。这意味着红柯对于新疆与陕西的长期对话已经有了一个明确的结论了，这个结论就是新疆与陕西从文化渊源上是一体的。但有意思的是，这么热恋的一对，红柯却没有让他们最终走到一起。他们平静地分手，吴丽梅毕业后回到家乡塔里木盆地；徐济云毕业后留校，以后则成为渭北大学最有影响的教授。红柯为什么要这么处理？这就牵出了另一条线索，这就是徐济云的学术成长史以及他带领自己的研究生研究皮影艺术的故事。讲这个故事时，红柯收敛了自己的热烈奔放姿态，以一种冷夸张的叙述表现出他对现实的批判。无论是徐济云因为长相酷似古典文论大师佟林而成为他最得意的弟子，还是在徐济云一番策划下就将即将退休的平庸之辈周猴包装成皮影大师，读来都令人忍俊不禁。毫无疑问，目前仍身处高校的红柯对于学术生态恶化的现实有着切身体验，他在讲这个故事时完全以现实主义的方式揭露客观真相，淋漓尽致地写出了学术界在体制化、功利化的驱动下腐败堕落的丑态。在第一个故事里，徐济云是作为陕西的代表出现的，而在第二个故事里，徐济云却陷在现实的污泥之中。显然，红柯的用意是要说，那个有着辉煌传统的陕西在现实中出了问题。这也正是吴丽梅为什么最终要与徐济云分手的根本原因。

这时候，作为思想家、哲学家和历史学家的红柯出来说话了。他所说的内容就是被嵌入故事讲述过程中的几大板块所表达的内容。主要的板块是关于新疆太阳墓地，关于民间皮影艺术，关于老子出关。红柯通过他对历史的再次想象以及对古籍的重新阐释，他要告诉人们这样一层意思：新疆与陕西同一文化渊源，从地质的演变就可以证明，塔里木就是人类文明的摇篮。塔里木盆地有最炽热的太阳，只要走近塔里木，你就会吸收到太阳的阳气，从而威力无比。如火焰般的太阳，将阳气传递给人类，人类文明才兴盛发达。生命的灵魂也是火，有了火与阳气，才会有生命。我们的现实出了问题，是因为它被阴气所笼罩。我们的文明出了问题，也是因为我们过于提倡阴柔的缘故。与太阳最亲近的吴丽梅来到内地时，首先就感觉到了这一问题，她得不到在塔里木所感受到的阳光的温暖，她总觉得太冷，太冷。她也反对文化传统中的阴柔主张。她刚上大学就写了论文论老子学说的负面作用和影响。徐济云的问题显然是受阴气太重。他上中学的时候，为了在演讲《一块银元》时达到最佳效果，便喝了温度计里的水银，去体会被灌水银的童男童女的情景。虽然演讲《一块银元》大获成功，从此他的命运一直很顺畅，但他因此感觉到了死亡，他成了一个阴气太重的人。即使他与吴丽梅热恋时，被吴丽梅所焕发出来的火焰所感染，但当他们两人真正融为一体时，从他体内射出的生命之水也是冰凉的。红柯的小说写到了各种现实的问题，他批判现实的态度也很鲜明，但到了这部小说里，他不再满足于对具体问题的揭露和批判，而是要归结出现实问题的总根子。这个总根子就是传统文化中的阴柔观。他甚至以鲁迅先生写《故事新编》的方式重新编写了一个老子出关的故事，他想象着老子一直走到了塔里木，感受到了太阳的力量，从而对水之柔有了新的解释。小说中有一句话，"徐济云从吴丽梅眼神里看出她对阴柔阴沉阴暗阴险阴谋无比厌恶与愤怒"，其实，从吴丽梅眼神里所看到的也就是红柯对于阴气太重的现实的一种概括。吴丽梅在内地强烈感受到了这一点，所以她回到塔里木后，一直带着学术团队从事考察太阳墓地的工作，最后她也殉身于太阳墓地。吴丽梅在红柯的笔下完全是一个理想的化身，她自喻为罗布荒漠的牧羊女，因为"羊是大地上唯一能接近太阳的动物"。当她感受到现实的寒冷时，她大声地朗诵艾青的诗歌《太阳》："太阳向我滚来……我还活着——请给我以火，给我以火！"这大概就是红柯写作这部小说的真正动机，面对问题重重的现实呼吁：请给我以火！

把这部小说看成是新疆与陕西的热恋，还有一层意思，就是指红柯对自己几十年来的文学之旅在作一次总结，从陕西去新疆，再从新疆回陕西，他的文学思绪始终在两边游走。新疆是浪漫的，带给他火热；陕西是现实的，带给他冷峻。今天两者的热恋使他进入一个新的境界，因为在这里并不是水火不相容的状态，而是二者都有一个共同的源头，都从塔里木的阳光出发。红柯面对现实也是乐观的，因为他有"种子情结"。虽然有很多东西被埋没了，比如张载的关于民胞物与的关学，比如维吾尔古代诗人的《福乐智慧》，但这些都是种子，埋没的种子总是要发芽的。我相信，在红柯的内心，大概这些种子已经发芽了。

一部现实主义力作

——读肖亦农的长篇小说《穹庐》

《穹庐》大家都说好。有的说这是一部史诗性的鸿篇巨制，有的说这是一部具有浓郁英雄主义和爱国主义情怀的作品。但我更愿意以一个最通用的词来概括我对它的评价。这个最通用的词就是现实主义。我以为，《穹庐》是一部现实主义的力作。

我的评价显得毫无创意，因为现实主义是一个老掉牙的概念，人们听得耳朵都长茧了，就不能说点新词吗？但我以为任何新词都无法传递出肖亦农的伟大之处，因为他根本就不是靠标新立异来博取眼球，获取成功的。肖亦农以《穹庐》证明了他是一个忠诚的现实主义文学大家，他以这部作品表达了他对古典现实主义的敬意。另一方面，肖亦农的这部作品也促使我们重新认识现实主义文学的价值。尽管现实主义经常挂在人们的嘴边，但在我看来，平时我们所说的现实主义，包括不少作家所进行的现实主义创作，其实只能算是一种伪现实主义。伪现实主义不过是将现实当成一个具有优越感的符号，然后从创作或作品中寻找一些与现实符号相吻合的元素，便称之为现实主义。这完全败坏了现实主义文学的名声,也让人们对现实主义产生了误解。我之所以将《穹庐》称之为一部现实主义力作,就因为它向人们展示了,真正的现实主义文学为什么仍然具有无穷的艺术魅力。

其一,超凡的现实主义叙述能力。

尽管什么是现实主义众说纷纭,但我以为首先应该承认,现实主义是一种叙述能力。为什么强调现实主义是一种叙述能力?因为我们观察世界是从对世界的客观性辨析开始的,它完全依托于现实主义,现实主义的本质就是对自然的忠诚。叙述就是要把自己对世界的观察通过文字和语言传达出来。因此培养叙述能力首先从培养客观观察世界的能力做起。但现在现代主义逐渐成为文学的时尚,特别是年轻的作家基本上都偏爱于西方现代小说,都是从学习现代小说开始自己的创作的,他们以为先锋和时尚就是反传统和反现实主义,因此也就不会去有意地培养和训练自己客观观察世界和客观描述世界的能力,其后果便是连一个故事也讲不流畅,连一个客观物体也不能清晰准确地描述出来,光在胡编乱造上做文章。事实上,卡夫卡也好,普鲁斯特也好,他们都具备讲好故事和准确描述客观物体的写实能力,而这种建立在现实主义基础之上的写实能力又是成就他们现代小说辉煌的重要条件。肖亦农具有超凡的叙述能力,这一点在《穹庐》中得到充分的体现。《穹庐》是一种情绪饱满、形象生动的叙述,具有极强的感染力。肖亦农的叙述能力还表现在多方面,如情节设计的大胆奇崛而又合情合理;故事结构从整体上说遵循着自然的时间逻辑,甚至可以说每一个细节都是作者精心安排的,如嘎尔迪老爹请求萨瓦博士去他的布里亚特领地,为了表示自己的诚心,特意将身上一把祖传的腰刀赠送给萨瓦博士。这把腰刀只是一个小道具，后来一再发挥重要的作用，如萨瓦博士就是用这把腰刀解救了被牢牢捆绑在祭坛上的班扎尔，此刻的腰刀不仅成为救命的工具，而且被赋予丰富的思想联想。因为班扎尔是嘎尔迪的儿子，他受革命思想影响，认定父亲是布里亚特草原的万恶之源，号召人们推翻嘎尔迪的统治。而萨瓦博士用来解救班扎尔的却是一把象征着嘎尔迪在布里亚特至高无上权力的腰刀。嘎尔迪老爹开导小棕熊的细节也非常精彩，当人们看到小棕熊趴在嘎尔迪老爹的脚下，伸出舌头舔他脚上的蒙古靴子时，都被震慑得跪在地上，萨瓦博士也被惊呆了，以为嘎尔迪真有神力，在今后的相处中，萨瓦博士始终带着这一对东方神秘的迷惑。直到小说临近结尾，作者才解开了这一精心设计的大悬念。原来当时嘎尔迪在自己的靴子上涂抹了一层蜂蜜。于是萨瓦博士终于放下多少年的心理负担，不再把嘎尔迪看成是神，而是看成是人。他愿意跟着人一起去中国！这个悬念的解开，也恰好点到了小说的核心主题：是人不是神——人道主义。因此，我要由此说到现实主义的第二点。

其二，现实主义的深刻见识。

肖亦农凭的是实力，在技巧上既不标新立异，在思想见识上同样也不标新立异。这部小说没有什么现代性、颠覆性的思想，最核心的思想主题便是人道主义。人道主义是一个在文学中表现得最多的思想主题，但这丝毫不会影响到《穹庐》的思想价值。因为人道主义对于文学来说，就像爱情一样是一个永恒的主题，关键是作家如何在复杂的历史和复杂的人物活动中去表现人道主义，如何以人道主义的光芒去照亮幽暗的历史。《穹庐》所写的是20世纪初布里亚特人东归的故事，这段历史非常复杂，涉及政治、民族、文化、外交等方方面面，它所遗留下来的问题仍牵连着今天的地缘政治。肖亦农书写这段历史并没有在政治和历史评价上做文章，而是关乎在那段新与旧的激烈冲突中，各色人物是怎么表现的，他通过书写不同人物的命运遭际去探寻人性在阶级矛盾和民族矛盾的复杂状态下是如何闪耀出光亮的。肖亦农是一位具有浓郁人文情怀的作家，他的笔带着人道主义的温暖，他用这支温暖的笔去书写那一段冰冷严酷的历史时，冰雪也慢慢地融化开来。《穹庐》的人道主义精神尤其体现在女性形象的塑造上，小说写到了不同的女性，有来自俄罗斯贵族的卡捷琳娃公主，有嘎尔迪老爹钟爱的妻子索尼娅，有底层奴仆麦达尔娜和金达耶娃姐妹俩，有成为日本间谍的中国乡村姑娘三丫，等等。肖亦农并不粉饰在那样的历史条件下女性的非人处境，但他努力发现她们身上的女性之美。他所传达出来的女性观，既是现实主义的，又是历史唯物主义的。非常不容易！

其三，现实主义的思想勇气。

以现实主义的态度去处理布里亚特人，这是需要一种思想勇气的。肖亦农的面前有着一重又一重的政治的、意识形态的、思想的栅栏，他像刘翔跨栏一样勇敢地跨越了这重重栅栏，当然不仅仅是勇气，还有智慧，有时他很智慧地绕开这样的栅栏。现实主义不同于非现实主义的难度就在于，非现实主义可以化妆起来，以变形的方式、虚幻的方式回避开重重栅栏，而现实主义必须直接面对这些栅栏。肖亦农并不是颠覆历史，舍弃我们已有的思想成果，而是勇敢面对我们的历史盲区。布里亚特的真实历史就是这样的历史盲区，人们之所以不敢公开去面对，就是因为只要面对，就会触碰到重重思想栅栏。如果没有清醒的头脑、非凡的见识，就会碰得头破血流。20世纪是一个全世界范围内革命潮流席卷一切的时代,过去受二元对立思维的影响,就以革命为标准,凡是革命的就是进步的,就必须成为文学正面书写的对象。但现实世界并不是一个黑白分明的世界,现实主义作家应该正视现实的复杂性,而不能将自己禁锢在一些思想成规里。肖亦农就是这样做的。他以现实主义的秉公之心进入历史场景之中,真实呈现人物复杂的内心世界。嘎尔迪老爹一边帮布尔什维克攻打高布察克的军队,一边又要应战自己儿子所率领的布尔什维克军队。他被这样的局面深深困惑,他想不明白,靠马蹄子弯刀独步世界的蒙古人横跨欧亚的雄心到哪儿去了?难道苍狼再也不是自己心中的图腾了?小说写道:"想到这儿,嘎尔迪老爹竟然难过地流出几滴泪来。"说实在的,读到这儿,我的眼泪几乎也要溢出眼眶。这并不是因为我的情感太脆弱,而是因为现实主义的力量太强大!

用自己的眼睛看历史，
以文学的方式写历史

——读叶兆言的《刻骨铭心》

叶兆言从20世纪80年代开始写作，属于新时期文学成长起来的第一批作家系列，但他留在文坛上的印象始终是不温不火，有人为叶兆言打抱不平，但叶兆言本人并不在意，依然如故地坚持自己的写作。从这里分明透露出叶兆言的文学品质，他是一位不跟风写作的作家，在最热门的文学话题或文学潮流里几乎见不到他的身影。说到跟风，我要稍作一点解释，跟风不能说就是一个贬义词，"好风凭借力"，作家如果能够凭借某种外力将自己的文学才华发挥到极致，未尝不是一件很好的事情。作家可以有各种外力可以凭借，如主流的推重，文学的潮流，境外汉学家的喜好，等等。但这些外力都与叶兆言无关，因此他只能凭借自己的内力朝前走。为了让自己的内力更加强大，他就要保持清醒的主体性。也许这就是叶兆言的文学特点：具有清醒和自觉的主体性。这是一种难得的文学特点，尽管叶兆言在各种文学话题或文学潮流中并不红火，但如果我们的当代文学缺少了叶兆言，那将会留下一个巨大的缺陷。因为我们的文学特别需要倡导作家的主体性。像叶兆言一样，面对自己的写作资源、面对自己生长的城市，能够始终提醒自己，一定要用自己的眼睛去看待这个世界、去处理这些资源。在这样的前提下来阅读叶兆言最新的长篇小说《刻骨铭心》，也许能够更好地理解作者在这部小说中的良苦用心。

《刻骨铭心》写的是南京的历史，这始终是叶兆言的兴趣所在，南京是他的成长和生活的地方，他不断地发现在这个城市曾经发生过的故事，他把这些故事讲给大家听。但我更感兴趣的还不只是这些曾经被掩埋的故事，而是叶兆言讲述这些故事的方式，因为这是由他的主体性所决定的。他在处理这些历史故事时表现出很清醒、很成熟的历史观。他看待历史绝对不会跟着某种力量走、跟着某种观念走，他会用自己的眼睛去看历史，有自己对历史的评判标准，有自己的一种思想立场。他看重从小历史的角度去写历史。所谓小历史和大历史，在我看来，并非大小之分，而是表示了历史观的差异。小历史更看重历史的常态和日常，更看重局部和个人。而大历史看重的是全局观，看重的是重大事件和重要人物。古人所说的"究天人之际通古今之变"就是一种典型的大历史观，这种历史观强调历史的合规律性，我们所接受的历史教育基本上就是在告诉我们，历史是怎么合乎规律地一步一步发展到今天的。随着20世纪80年代的思想解放，我们逐渐从这样一个狭窄的历史观中走出来，人们对历史有了更加开放和多元的看法。当然最简单的方式就是直接否定和颠覆已有的历史结论，但这种方式从根本上说并没有带来历史观的进步，它不过是从一个极端走到另一个极端，就像是翻烙饼，翻来翻去仍是那个烙饼。叶兆言不是这样，他不在乎那个烙饼是什么状况，也就是说他不会被固有的历史宏大叙事牵着鼻子走，他要透过宏大叙事的缝隙，去寻觅历史的细枝末节，所以他看重小历史，他从历史长河中那些普通人的生活进入历史，但他的眼光又不是被这些普通人的窄小空间所局限，而是看到大历史和小历史之间的关系。他并不是以否定大历史的方式去写小历史，而是要以小历史去匡正大历史的偏见。因为这一特点，叶兆言也被视为90年代初兴起的新历史主义写作的作家之一，但细究起来，还是有所不同的。新历史主义是以逆反的姿态引人注目的，他们直接对抗革命历史小说，急于重画一张历史的版图，或者干脆采取后现代的解构方式，将历史描述为一堆没有理性没有规律的碎片。相比之下，叶兆言的姿态就温和得多，他实际上是要通过小历史去触摸大历史。《刻骨铭心》充分体现了他的这个特点，他写的都是一个一个有血有肉的人，写他们的情感生活和他们琐碎的人际交往，他不是围绕着一个宏大的事件去组织人和人之间的活动展开情节，表面看上去这些人的生活不可捉摸，但是背后其实都会触摸到这样一个大历史，通过他们各自的好像互不关联的生活，汇合到一起才组成这样一个大历史的潮流。小说涉及许多重要的历史大事件和大人物，比如北伐战争、西安事变、南京大屠杀，等等；但他不是纯粹奔着大历史，不会站出来直接告诉你历史是这样、它们的规律是这样，他只是把这一切现象呈现出来，他把每一个人的生活碎片呈现出来，又与大的历史事件交织在一起，你就会思考它们之间是一种什么样的关系，这个历史为什么会走到这样一步，而且这些人为什么会发生这样的变化。比如丽君这样一个人，她怎么一下跟汉奸走在一起，一下又跟革命党人走在一起，甚至日本鬼子投降以后她还成了国民党的国大代表，但是最后遭遇又那么的悲惨。假如你单独拎出丽君的生活，看上去是一堆碎片，但是兆言把碎片化的生活和大的历史勾连起来，你就会对这个人的命运有了一种新的理解，其实人的命运不是上帝很清清楚楚告诉你就该这么走，历史规律规定你必须这么走，人生可能就是在这种懵懵懂懂的状态中往前走，不是一切都规定好的。当我面对丽君这样的人物时的确陷入了沉思，我也看得出来，叶兆言在书写这个人物时并没有埋下一条清晰的评判路径，但他也在不动声色的叙述中将人性的复杂性和生活的丰富性呈现了出来，因此我也不敢轻率地对丽君做出价值评判。叶兆言一直对历史感兴趣，因为他不轻信已有的历史叙事，他要通过自己的努力去接近历史的真相。但他又知道，历史真相永远是一个谜。大学者钱锺书曾说过一句耐人寻味的话："历史是人写的。"叶兆言大概是认同这句话的，所以他在《刻骨铭心》的结尾说道："有人就是喜欢编造，你爱信不信。"他一方面提醒读者，一切所谓的真相也许只是有的人编造出来的，"你爱信不信"；另一方面他也坦率地告诉读者，他在这本书里所写的历史真相也只是他的编造，同样"你爱信不信"。但叶兆言通过自己沉稳的叙述，也传递出他的自信。

　　叶兆言特别讲究小说的结构。因为结构是思想的外衣。当然这句话只对有思想的作家才有效，否则就是一种卖弄技巧的结构了。讲究小说的结构，这是叶兆言主体性的又一重要体现，也就是说，他对文学同样有着自己坚定的看法，他强调小说是书写作家心中的世界，而不是复制现实生活的世界，因此小说不能直接将生活的结构形式和逻辑方式搬过来，必然找到最合适的结构，才能将心中的世界有效地呈现出来。《刻骨铭心》采取了一种错位式的结构，第一章讲了两个现实的故事，甚至给人感觉这故事就是作者本人的亲身经历，这两个现实故事与后面章节的历史内容完全不搭界，表面上看，去掉第一章丝毫不会破坏后面故事的完整性，甚至读者能够更直接地进入历史的故事中。但也许这正是叶兆言所担心的事情，他不希望读者只是把他的小说当成一个个有趣的故事来读，而忽略了他托付给这些故事的用意。我读《刻骨铭心》时就完全中了叶兆言的圈套，读完第一章就仿佛背上了一个现实的包袱，一直要在后面的故事中寻找安置这个包袱的地方。但这部小说的高明之处就在于，你始终也无法找到一个最恰当的地方来安置这个包袱。它让这个包袱在你的头脑里生了根，你忽然发现，这个包袱与叶兆言所讲的每一个人物每一个故事都有着隐隐约约的联系。有句名言说："所有的历史都是当代史。"反过来说，所有的现实都是历史的镜子。叶兆言的小说虽然让人感觉到他是一位愿意沉湎在历史陈迹里的作家，但他同时也是一位充满现实情怀的作家，他只是在讲述历史故事时把自己的现实情怀藏得很深罢了。

　　叶兆言也很讲究小说的叙述。他不满足于讲好一个故事，而是要精心处置好故事中一些有意味的元素。也就是说，他对于中国文学传统的比兴手法颇有研习，并将比兴广泛用到了小说叙述之中。所谓比兴，就是任何东西不是直截了当地说出来，而是用比喻，用含蓄、委婉、拐弯抹角的方式来表达。其实《刻骨铭心》第一章就是全书的起兴，叶兆言先言现实，然后联想到历史，而这联想的桥却隐晦不见。这恰是叶兆言的高明之处，不露痕迹的起兴和象征，让你慢慢地琢磨。其实在这样的起兴里，蕴含着他对历史的认知，特别是对民国史的认知，我只能说在小说里可以发现有很多蛛丝马迹让你去联想。既然叶兆言很在意故事中有意味的元素,那么我在阅读时也特别爱停顿在一些细节上反复咀嚼。比如有一个桃花章的细节,是说30年代搞新生活运动,妓女改行当歌女,官方要求每个歌女都佩戴一枚桃花章。桃花章在历史上真有其事,叶兆言将其写在小说里,不仅能烘托出历史真实感,而且他还顺带着描述了桃花章的图案,然后调侃道:"说它和国民党党徽有几分相似,还真没什么大错。"接着又将佩戴党徽和佩戴桃花章的不同心态作了一番引申,具有一种特殊的反讽效果。又如小说写了一个叫瑞芸的人物,是小军阀冯焕庭的小老婆,被抛弃后破罐子破摔,叶兆言写到这里时便捎带着来了一段议论:"说起来现在也算新社会,妇女要解放,还在搞新生活运动,到她那里却一切照旧。"这显然不是就事论事的议论了,可以让人联想很多。

  总之,叶兆言对历史特别感兴趣没错,但他不是简单地写历史,而是把历史当成文学的东西来写,他是用自己的眼睛看历史,以文学的方式写历史,因此他的小说值得仔细品味,要说刻骨铭心,这才是真正刻骨铭心的地方。

迷在浓郁的政治情怀
——读马笑泉的《迷城》

马笑泉的长篇小说《迷城》显然是以他曾经生活过的一座湘西小城为背景而写的。这是他的故乡，故乡往往是作家最珍贵的写作资源，马笑泉也不例外。何况他的故乡太迷人了，他情不自禁地将其称为"迷城"。事实上，这座湘西小城始终影印在他的写作之中，无论是他的成名作《愤怒青年》，还是后来的《巫地传说》和《银行档案》，都能发现他对这座小城的迷恋。而《迷城》则是他集中笔墨全面书写这座小城的作品，在小城市里却映现出一位作家的大视野和大情怀。他把小城视为自己最亲密的兄弟，在他的眼里，小城有了情感，有了血肉，就是一个复合的人。而他观察人物的时候也有了城市意象，因为一个人内心丰富的程度就像是一座微缩的城。

小说很好读，有故事，有细节，有内涵。但更让我惊奇的是，马笑泉在叙述中敢于走出险棋。第一步险棋便是他将执掌这个城市权力的最高领导作为小说的主要人物，市委常委的七个成员悉数来到马笑泉的笔下报到——这很容易将小说写成一部俗套的官场小说。但马笑泉绕开了官场小说的陷阱，因为他选择这步险棋是为了选择更为宏阔的政治视点，通过政治视点可以辐射到城市的方方面面。第二步险棋是他以常务副市长鲁乐山突然坠落在住所楼下作为小说故事的开头，并将这桩自杀或他杀的悬案作为贯穿始终的线索——这很容易写成一部流行的破案小说或反腐小说。但马笑泉同样顶住了流行的压力，他之所以要紧紧抓住这桩命案的线索，是因为他要以这桩命案为引线，将本来互不关联的事件和人物都串在一起，构成一个完整的小城版图。当然，一个作家敢于走险棋，首先他必须具有强大的定力。马笑泉是有定力的，他相信通过自己的掌控，能够准确传达出他对这个世界的认知。他做到了这一点。我觉得很有必要对马笑泉的定力做一些分析。在我看来，他的定力首先来自他浓郁的政治情怀。这也是他为什么要选择政治视点来观照一座城市的缘由。

必须承认，在作家圈里存在着一种政治恐惧症和政治淡漠症，特别是在年轻一代作家中表现更普遍，人们认为少一点政治性才会多一点文学性。难得的是，作为一名"70后"，马笑泉对政治却充满了热情，他乐于从政治的角度去观察世俗人生。那些患政治恐惧症和政治淡漠症的作家其实是对政治作了狭窄的理解，以为政治就是说权力场上的事情。政治自然离不开权力，但远比权力要复杂得多。引一句政治学的释义：政治是牵动社会全体成员的利益并支配其行为的社会力量。马笑泉的政治情怀不是由教科书或领导培育出来的，而是向民间学习的结果。他说过："在县城里，政治似乎只限县委、县政府、各局等，最多到股长为止。其实政治并非如此，官方有官方的政治，民间有民间的政治，两者互相渗透。"马笑泉就是以这样的政治情怀去观照自己生活过的城市，因此，他首先看到的是民生和民情。这也构成了《迷城》的一种特别叙述，它照应了两类故事场景，一类是由七位市委常委演绎的官场故事，一类则是市井风情和城市的历史文化，马笑泉将官员的行为围绕着后者而展开，由此非常生动地描绘出小城的社会生态。比如文庙前的"杏怀抱子"和桃花井的联想，既看出小城的文脉，也看出官样文章的有趣。比如有着家传秘方的"何记"卤菜，被敏锐的杜华章抓住，做成了一篇发展经济和旅游的大文章。我以为，一部现实性特别强的小说一定包含着作者的政治意识，或者说，能否在反映现实上达到深刻的程度，则取决于作者是否具备清晰和贴切的政治态度。《迷城》似乎印证了我的观点，它写的是一个南方小城的社会生态，却具有强烈的现实性，可以说是当代中国基层社会的缩影。

当然，马笑泉的政治情怀更集中地表现在对鲁乐山和杜华章这两位基层官员的塑造上。这是两个性格迥然有异的同事，鲁乐山是常务副市长，杜华章是主管文化和宣传的常委。鲁乐山是藏巧于拙，性情刚直；杜华章是满腹文章，雍容文雅。但他们坚守着相同的操行，秉持同样高洁的政治理想，无论在工作上还是在生活中，他们都能做到相互切磋，相互理解和尊重。这两个人物一刚一柔，一雄一雌，共同寄寓了马笑泉的政治理想。而且从这两个人物的异同上也反映出马笑泉面对政治理想既有自信也有迷惑。自信是因为他对政治理想的思想资源充满了自信。马笑泉不是从西方现代理论中寻找思想资源，而是从中华文化传统中寻找思想资源。马笑泉显然作了一番深入的学习和研究，但他并不作偏激之语，而是接受已取得广泛共识的观点，即认为中华文化传统是儒道释的有机结合，他从儒道释中获取思想资源去构建自己的政治理想，并以政治理想为标准去设计自己的人物。这一构思马笑泉通过杜华章与圆镜和尚的交谈表达得非常明确。他借用圆镜和尚之口说，像杜华章这样"身在公门"，那也是一块修行的好地方。这是《迷城》的总纲。也就是说，马笑泉是把官场当成一个修行的好地方来写的。但能不能修行成"佛"，则在于作为一名官员身上有没有"佛性"。这个"佛性"就是高洁的政治理想。在迷城的七名常委中，阮东风这样的腐败官员，把官场当成敛财的地方，最后只落得身败名裂的下场。而像雷凯歌、康忠，能够做到仕途顺利，也能有所作为，但他们摆脱不了世俗之心，自然也成不了"佛"。唯有鲁乐山和杜华章，才是真正将官场当成了修行的好地方。从一定意义上说，小说写的就是这两位官员修行的过程。他们的修行会面临种种磨难和考验，但他们都经历过来了，践行了他们的政治理想。在马笑泉的眼里，他们就是官场的"佛"。马笑泉在写这一层面的内容时是充满了自信的。但他也有迷惑，因此他要设计两个人物。这两个人物尽管其政治理想一致，但他们践行理想的方式又有所不同。鲁乐山刚正不阿，在现实的挑战面前丝毫不妥协。杜华章则强调审时度势，采取灵活的策略应对现实。有一次鲁乐山遇到极大阻力，杜华章劝他暂时忍一忍，但鲁乐山正色说道："我晓得你是为我好，你的策略也更符合迷城的政治生态。但是，宁可直中取，不可曲中求，我一贯是这样，想改也改不来。"马笑泉的迷惑便是在对二者的取舍上。鲁乐山的刚直让他敬重，但鲁乐山的结局却是命丧黄泉，最终连死的真相都难以告白于天下。他不得不认同杜华章的妥协态度，他写杜华章如何在妥协和忍让中艰难地办成了像何记卤菜这样推动全市经济发展的大事，也写杜华章在处理鲁乐山后事中的难堪和无奈。如果把官场看成是修行的场所的话，这一切应该就是修行的一部分，但我读到这些章节时，分明又能够感受到马笑泉的心疼和叹息。马笑泉的迷惑就在于，难道当下的政治生态环境恶化到如此程度，竟容不下鲁乐山的刚直？迷惑归迷惑，但出于对政治理想的自信，马笑泉必须在恶浊的政治生态环境中立起一位刚直的鲁乐山。鲁乐山不仅是杜华章的思想挚友，而且也成为杜华章的楷模和警钟。杜华章在最纠结的时候，就会想起鲁乐山，从而具有了一种自我反省的心境。

　　马笑泉的政治情怀是与民间相通的，这也是特别值得赞许的一点。但我并不是说，作家具有主流的政治情怀就不值得赞许，而是认为我们过去只注意到主流的政治情怀，没有注意到一个作家如果站在民间立场上，也能够培育起强大的政治情怀。而且这与主流的政治情怀并不必然构成矛盾，相反它能够提供一种新的视角，更加丰富我们在文学中的政治表达。我曾引用吉登斯的理论来解释不同的政治情怀。吉登斯将政治分为解放政治和生活政治。不妨从吉登斯的理论引申出两种政治情怀，一种解放政治的政治情怀，带来的便是我们熟悉的宏大叙事。而生活政治的政治情怀则是与个体和民间相通的，这也吻合吉登斯对生活政治的诠释：生活政治是"关注个体和集体水平上人类的自我实现"。《迷城》里有一段话很精彩，这是杜华章面对一些人背后玩政治权术而发的一段感慨："政治本来是正大之事，是人类智慧、理念、情怀的综合体现，这个场域中的竞争应该是光明正大的，却被许多人搞得龌龊不堪。"这段话用来批评文坛也很贴切。作家的政治情怀本来也是正大之事，也是人类智慧、理念、情怀的综合体现，但政治一词在文坛被污名化，作家表达政治情怀也变得不理直气壮了，这不应该是一件正常的事情。事实上，我们应该追问的是，作家具有什么样的政治情怀。

马笑泉早期的小说给我留下冷峻的印象，他笔下最出彩的是铮铮铁汉，同时他对社会人生的理解也带有偏激的成分。《迷城》则让我看到了一位成熟和沉稳的思想者和审美者。尽管我在这篇文章中是从政治情怀的角度来讨论作品的，但必须强调《迷城》的文学意蕴很足。特别是马笑泉将他多年研习书法的心得融入叙述之中，既直指当下书法热的现实，又让人物形象更为丰满，还使小说增添了一份浓浓的雅趣。不要轻看了马笑泉为这座小城取名为迷城，迷城之迷既在迷宫般的幽微，也在迷局般的险峻，更有对美好的迷恋和对思想的迷惑。在马笑泉的努力下，迷已经成为一种酽酽的文学表述方式。

老实街上不老实

——读王方晨的长篇小说《老实街》

　　王方晨突发奇想，要建一条老实街，让街上住的都是老实人。当然他的这个奇想无法在现实生活中实现，只能在他的小说世界里实现。于是他写了一部系列小说《老实街》。《老实街》共分十一章，每一章可以成为一个相对独立的短篇，虽然没有一个贯穿始终的故事线索，但每一章里活动着的都是老实街上的人物，讲述的也都是发生在老实街上的故事。最终，这条被赋予悠久历史的城市老街在城市化的大潮中被拆迁了，老实街上的邻居好友们也作"风流云散"。王方晨的家乡在农村，他写乡村的小说给我留下深刻的记忆。这一回，通过一条街的故事，王方晨将他长年在城市生活的体验以及他对城市的认识比较完整地呈现在读者面前。看得出来，王方晨尽管对乡村和家乡充满了热爱，但这并没有影响到他对城市的态度，他像爱家乡一样地爱着他居住的城市。王方晨更是一位恋旧的性情中人，我从他写乡村的小说中能够感到他恋旧的情感。他在城市生活中同样也是恋旧的，旧的街景，旧的市井，旧的人伦，缠绵在王方晨的心里。旧景旧情势必在城市拆迁中逐渐消失。当一座座洋溢着现代气息的高楼在拆迁的旧址上矗立起来时候，我们或许只有在王方晨的《老实街》里，寻找到城市曾经的模样。有评论家说，王方晨的《老实街》是济南这座具有悠久历史的现代都市的一个文学地标，这是非常准确的评价。

尽管王方晨懂得拆迁的目的是为了建设一个新的城市，新有新的魅力，但王方晨内心是矛盾的，他期待城市之新，又不舍城市之旧。正是这种矛盾的心理，构成了《老实街》的基调。他写《老实街》自然是看重"老实"这两个字，他在小说的一开头就为《老实街》定下了调子："老实街居民，历代以老实为立家之本。""老实之风早已化入我们悠远的传统，是我们呼吸之气，渴饮之水，果腹之食粮。"既然王方晨说得这么言之凿凿，那么他就应该在小说中清晰明了地讲述老实街上的老实人是如何老实的。但事实上，这部小说并不是一本为老实街写的评功摆好簿，甚至可以说，作者花更多的笔墨在写老实街上的不老实。当然这样说也不准确，因为随着故事的展开，我们会发现，王方晨对于什么叫"老实"也是处在犹疑不定的状态之中。老实，是关于道德、伦理、风气等概念最形象的代名词。王方晨的《老实街》就可以概括为对一座城市的市井伦理的书写。王方晨对中国乡村社会非常熟悉，乡村社会最重要的特点就是其完备和有效的伦理传统。中国乡村的伦理传统对中国的城市生活具有不可低估的影响。来自乡村的王方晨显然对此深有感触，他发现伦理在城市的市井生活中具有与乡村同样强大的黏合力。但是，现代化和都市化使得城市的人际关系发生了根本性的变化，过去的那种与乡村伦理传统有着相通性的城市伦理已经无法将城市新的人际关系黏合起来了。中国的城市自20世纪90年代以来正经历这样一个剧烈的震荡期，表面上看，整个社会处于道德沦丧、价值崩溃的状态，不少作家对此也曾表达过强烈的忧虑，忧虑固然有必要，但我以为也不必过分忧虑，因为这种状态很难简单地将其判断为是社会的倒退，它其实不过是说明了社会转型过程中也在进行道德和价值的调整，在其调整过程中，旧有道德体系逐渐在失效，而新的道德体系尚未建立并接续起社会功能来。王方晨意识到了这一点，所以他在"后记"中说，《老实街》写的是"认老理的老济南人"，他们"在经历了漫长岁月而形成的民风民俗包围之下"生活，但现在"就连他们自己也不见得就一定相信那些虚幻的道德想象，因为世道的嬗变不仅是传说，更为他们所一次次亲身经历"。王方晨正视"世道的嬗变"，忠实于"一次次亲身经历"，他才不会随大流地将老实街的变化简单地归结为城市的道德沦丧和价值崩溃。尽管这种观念很流行，甚至王方晨在一定程度上也接受了这种观念，但所幸的是，一旦进入写作阶段，王方晨并不会被观念牵着鼻子走，而是听信自己体验和情感的调遣。他既恋旧又喜新，既欣赏旧街的"老实"风尚又明白今天的"老实"已不同于往昔。这就构成了他的犹疑不定，他也坦诚地以犹疑不定来讲述"老实街"的故事。于是我们就看到了"老实街"上的不老实。

"老实街"上不老实，就在于作者把握住了老实街所处时空的特殊性。从时间上说，老实街处在一个社会转型的节点。在此之前老实街有着"济南第一"的美誉，而从这个节点起，老实街开始难负盛名之累，"老实"之风流转，直到老实街被拆迁。从空间上说，老实街是一座城市的老街，它与乡村有着千丝万缕的联系。如今，城市和乡村的裂缝越来越大，老实街犹如海洋上的一座孤岛。在这样的时空节点上，王方晨对"老实"的二重性看得格外清楚。他在一次访谈中谈到了这一认识，他说："人类最好的打扮就是道德，同时道德也是人类的生存手段。别说'济南第一'的大老实不老实，每个人都不老实。只不过老实与不老实之间，有一道门槛，而这道门槛也并不是金刚不坏。"这也就是说，老实作为道德的代名词，既体现为老实街这条街上的民风淳厚，也体现为这条街上的人们都以"老实"为荣，换句话说，"老实"只是这条街上的人们极力维护的一张"面子"。小说第一章写的就是一个"面子"问题。老实街来了一位理发的陈师傅。老实街上的老实楷模左门鼻要将一把剃刀送给陈师傅，但陈师傅认出这是一把名贵的大马士革剃刀，觉得礼物太重，不敢收受，第二天慎重退还回去，两人来来回回送了三次也退了三次，竟成为老实街上一段佳话，也足见两位老人都是高风亮节的君子。但细细琢磨就能发现两位老人还是有所不同。陈师傅是的的确确为人老实，不愿掠人之美。而左门鼻显然是一个"面子"问题，陈师傅来老实街后不仅手艺令人赞誉，而且为人也令人赞誉。左门鼻不想让陈师傅的风头压过自己的风头。"面子"受到伤害，才有了后来的虐猫事件。于是，我们就看到了"老实"的另一面，"老实"不仅教人做好事，而且也能成为一件伤害人的武器。陈师傅最终被老实街的"老实"所伤害，因为他受不了人们对他的误解和猜忌。左门鼻因为"面子"而伤害了陈师傅，他本人又未尝不是一个"面子"的受害者，因为他为了维护"面子"而使自己远离"老实"的本义。小说在不同章节都广泛涉及"面子"问题，这是旧有的伦理道德最致命的问题，旧道德面对新的现实越来越失效，因此，它作为一种精神面具的特征就更为突出。

"老实"的二重性还体现在道德要求与人的精神诉求上的不一致。老实街上的人们虽然看重道德标准，但他们并不是严酷的卫道士，他们理解人性，尊重人的精神诉求，因此他们会以一种宽容的方式来处理道德要求与人的精神诉求上的不一致。王方晨同样花了不少笔墨来写老实街上在这方面的故事。鹅是老实街上的一位漂亮女孩，年轻小伙都想娶她为妻，但她却未婚怀上了孩子，她的行为显然不合老实街的道德要求，但老实街仍然宽容地接纳了她，仍然继续同情和帮助她。至于我们如何评价鹅这个人物，其实也是在考量我们应该如何正确认识道德。道德强调了人的社会性，它必然要约束人的个人性，这种个人性也包括了人的欲望诉求，但显然又不是欲望所能涵盖的。比如鹅的故事，人们很容易将其理解为鹅敢于突破道德的约束追求自己的欲望。如果这样来理解鹅的话就窄化了这个人物。鹅对于人们的启示决不仅仅是在肯定人的欲望这一点上。鹅的父母是老实巴交的好人，以最"老实"的方式带大了鹅。鹅愿意做一个老实的女孩子，但她也有自己的爱情向往，她常说的一句话是"你青春我年少"，这句话大概就保留着她对爱情的美好回忆。她的初恋是谁，小说并没有透露，但也有一些蛛丝马迹供我们研究，如年轻时的高杰曾爬到鹅家的屋顶上不小心掉进了鹅家的茅坑，如鹅专门打扮一下到大街上去送别被执行枪决的大龙。她的初恋为什么被扼杀我们不得而知，但小说告诉我们的是，鹅从此发生了极大的改变，她成为一个敢作敢为的女人，生活再艰难，她也能寻找对策好好活着，无论现实中她遭到多少冷遇，她总能坚守着自我，让自己的内心保持着平静和温暖。我宁愿将鹅视为一位勇敢追求女性解放和心灵自由的女人。在老实街上有不少她喜欢的男人，但没有一位能够真正成为她的爱人。这并不是她的错。鹅令我们同情,也令我们惋惜,更令我们深思。鹅的遭遇并非控诉道德的无情,只不过是揭露了道德的失效和无力。鹅是老实街上最抢眼的"不老实",然而我们应该对这种"不老实"投以赞叹的眼光。由鹅还牵出了老花头的故事。老花头是老实街上最会说媒的,他的一双眼"总能看到人心深处去",凡经老花头说媒撮合的,"无不金玉良缘"。但小说并没有重点去说老花头如何成功说媒,而是重点说了他的一次失败的说媒——为鹅说媒。老花头关心鹅,一心想帮鹅找一个合适的对象,他劝过鹅,鹅很感动。他也郑重地将老常介绍给鹅,但遭到了鹅的拒绝。老花头仍然一如既往地关心鹅,直到最后老实街都拆了,已经卖掉房产与老婆一起迁到美国去的老花头还要回到老实街,寻到鹅开竹器店的旧址,睡在鹅遗弃的大竹椅上聊以自慰。老花头是一个很复杂的人物,王方晨似乎要写出这样一层意思:老花头关心和帮助鹅不仅仅是在做利他的"老实"事,而且他自己也从中获得了心理的满足和愉悦,甚至在暗中都对鹅动了欲念。这个人物从另外的层面阐述了"老实"的二重性。

但王方晨的犹疑不定也带来小说的一些问题,比如有些章节的叙述就显得语焉不详或穴位不准。举例来说,朱小葵这个人物的转变缺乏足够的铺垫,她的失踪尤其难以理解。又如小耳朵似乎是作为老实街的一个奇人来写的,他有一双奇异的耳朵,能听到"八百米下水声大作",后来有人想利用小耳朵的这一神奇功能去探听地下什么地方藏有财富,小耳朵不愿做这样的事情,又无法推托,被逼无奈只好剪掉自己的耳朵。这看似狠狠地揭露了贪恋财富的欲望,但作者对于小耳朵性格缺乏足够的铺垫,剪耳朵之举显得非常突兀。整个章节重点在写小耳朵之奇之闲，很难与后面的情节有效地衔接上。其实写出老实街如何对待一个有奇异功能的孩子，就能看出市井伦理在这条街的状态。王方晨是否觉得这样写显得太平淡了呢，因此一定要加一个自残的情节。其实，戏剧性不见得就比平淡风格要深刻，因为在平淡的下面可能涌动着一股暗流。我以为对于穆大穆二两兄弟的叙述就达到了这样的效果。穆大穆二被老实街的人叫作阿基和米德，这一方面可以看出他们的知识分子身份，另一方面也可以看出他们与老实街的特别关系。他们似乎与老实街毫无来往，老实街的人却又十分好奇他们所住的那个紧闭的门洞，并觉得有责任保护他们。而且的确正是老实街的市井伦理无形中保护了他们，因为他们家庭的复杂关系在那个政治风云浓烈的年代随时都有可能引来灾难。但也有可能老实街人的保护帮了倒忙，比方斯先生的来访就被老实街人生生地挡了回去，尽管小说没有说透斯先生的真实身份，但也许他真的是来寻找亲人的。对于穆大穆二的叙述尽管一直是在平淡的状态中进行的，但它一路又留下多少悬念和疑案，让你不断地有所期待也有所思量，其整个叙述浑然一体，与作者犹疑不定的思索构成呼应。

"老实街"上不老实，还体现在王方晨讲述故事的方式"不老实"。王方晨自称："我爱写言外之意，寄寓弦外之响，你以为我写的是这个意思，其实我另有所指，有时还会声东击西。"他的这一特点在《老实街》上表现得尤为突出。这似乎是王方晨的有意为之，因为这样一种曲折、隐晦的叙述方式能够贴切地传达出他内心的犹疑不定，能够准确地呈现现实社会的复杂诡秘。王方晨承认《老实街》"并不是一篇能够让人一眼看到底的小说"，至于为什么要这么写,他也说得很明白:"这个世界如此复杂和深不可测。直接张口说出故事的真相,是很容易的,那样又有什么叙事艺术和境界可言呢?"我很欣赏王方晨自觉的艺术追求,重要的是,他的艺术追求能够与他的思想相吻合。《老实街》的叙述者基本上是老实街上一群满街乱跑的孩子"我们","我们"到处窥视,虽然窥视是人们普遍的心理,但大人们窥视的时候内心已经变得相当阴暗,只有孩子是不会带着阴暗的心理去窥视的,他们除了好奇就是好奇。所以王方晨要以孩子的眼睛来窥视,这样就保证了叙述的干净。窥视其实揭示了市井伦理装扮门面的特点,在伦理的掩饰下,人们总想获取隐藏的真相。窥视撕开了伦理道德的面纱,能更好地表现出"老实"的二重性。窥视的叙述视角加强了叙述的神秘性、隐蔽性,有时候,就感觉王方晨是在以讲侦探故事的方式在讲述老实街上平常日子,足见王方晨在叙述上的精心。当然,"不老实"的叙述方式尽管使小说跌宕起伏,但有时候过于追求隐蔽和曲折,使本来该明了的情节也变得费解了,从而对主题的表达有所伤害。

以小说的方式布道弘法

——谈谈徐兆寿长篇小说《鸠摩罗什》

徐兆寿的长篇小说《鸠摩罗什》出版时间并不长,但作家及其作品引起的反响已经很大,而且反响远在文坛之外,这就不得不引起我们注意,一部"小说"何以有这样的力量?我想,还是要回到《鸠摩罗什》的文本中去看,回到徐兆寿的写作中去追问。

《鸠摩罗什》这本书可以看作是真实记录了徐兆寿借鸠摩罗什去问道的心路历程。徐兆寿最可贵之处就在于他始终在问道。从《荒原问道》开始,就能感觉到这是他作品中最大的特点,这也是作为一个学者很可贵的地方。他不断地让自己的思想往前走,往深处走,往广大处走。《鸠摩罗什》中有很多对中西文化、哲学、宗教的书写,且比重很大,这使得本书的思想容量特别大,也成为本书最重要的特征。所以,这本书在一定意义上也是徐兆寿布道弘法的一部书。这个道,就是中国传统文化中的道;这个法,也是中国传统文化儒道释共同的法。同时,徐兆寿的写作完成了对古典文学伟大传统的皈依,这个传统便是"文以载道"。

一、小说与大道

如果用一句话来概括《鸠摩罗什》的特殊性的话，我觉得它其实是以小说的方式来"布道弘法"。这是小说主人公鸠摩罗什所决定的。鸠摩罗什是中国历史上一个很伟大的高僧大德，用我们俗人的话说是个伟大的和尚，其实他有很多头衔，比如佛学家、思想家、翻译家、语言学家等。我看过一些有关讨论翻译问题的文章，大多都要谈到鸠摩罗什，认为鸠摩罗什形成了一个翻译史上的流派，就是直译的流派。

研究翻译史，不管你是直译也好，还是意译也好，自然都绕不开鸠摩罗什。仅从这一点来看，他确实是一个有伟大贡献的历史人物。他又跟佛教有密切的关系。今天的中国佛教遍地开花，但是如果去问那些信佛的人，鸠摩罗什你知道吗？我估计大多数人都不知道。所以他既是一个伟大的历史人物，又是一个被我们逐渐淡忘了的历史人物，这其实是一个民族的文化悲哀。我相信徐兆寿对这一点深有感触，他写这本书最大的一个心愿就是要让更多的人知道鸠摩罗什。在这一点上，徐兆寿有点像鸠摩罗什，或者说，他是在努力向鸠摩罗什看齐，他们都是把弘法传道作为自己的写作目的。徐兆寿在这本书中也讲述了自己有一个不断认识和学习理解鸠摩罗什的过程。鸠摩罗什最大的一个贡献就在于他把佛教最重要的经书推广到中国的中原大地，他把这些经书翻译介绍过来。他最辉煌的时候应该是他进入长安以后，那个时候他有3000弟子，这真有点像孔子，事实上我们完全可以将他与孔子进行类比，比如他有3000弟子，其中他最看重的弟子大概十来个，就像孔子也有几个最看重的弟子一样。鸠摩罗什当时在长安建立了译经场。现在文化创意搞一个工作坊是顶时尚的事情，要知道鸠摩罗什在一千多年前建立的译场就是最早的工作坊，他翻译了那么多的经书，单纯凭他个人的能力，是不可能完成这么巨大的工作量的，他又没有电脑，完全靠一个字一个字地翻译，这就是译经场的功劳。三千弟子在他的带领下边学习边实践。译场有很严密的程序，分工精细，制度健全，首先有译主对文本进行整体把握，然后有一个字一个字推敲的"度语"，接下来还要经过"证梵本""润文""证义""校刊"等好几个程序，而这一切都取决于鸠摩罗什对经文的理解。另外还得力于鸠摩罗什掌握了娴熟的汉语，他知道以什么对应的汉语把经文翻译过来，正是通过译经场，鸠摩罗什完成了一个伟大的工程。一共翻译了多少本？300本。300本译文都是他带着三千弟子翻译过来的，我觉得这是他最辉煌的业绩，也是最伟大的贡献。可以说，今天流传于世的经文很大一部分都出自鸠摩罗什及其弟子之手。他对佛教做出这么大的贡献，说他贡献大，并不在于他翻译了多少部经书，而在于他通过自己的努力，让佛教思想和佛教精神传播得更广，让更多的人从佛教教义中获取智慧。这就是弘法传道的工作，实际上鸠摩罗什从一开始就确定了要把弘法传道当成他自己最大的一个心愿。徐兆寿在学习中对鸠摩罗什的这一点理解得很深，也很钦佩鸠摩罗什的精神。他渐渐感觉到自己也应该担当起弘法传道的职责，于是他调整了自己的写作思路，要把鸠摩罗什的贡献和价值讲深讲透，让今天的人重新认识这样的历史伟人。这本书基本上达到了徐兆寿的目的，所以我要说，徐兆寿也像鸠摩罗什一样做了弘法传道的工作，他的这本书也是一本弘法传道的书。

徐兆寿在前言中也详细介绍了自己在写作上的转变过程。最开始他是打算写一本学术著作的。徐兆寿本人就是一名学者，吃的是学术饭，做学术研究是他的安身立命之本，从世俗功利的角度说，他写学术著作是最优选择。何况鸠摩罗什是很值得研究的学术选题，很多大学者都研究过鸠摩罗什，像汤用彤、陈寅恪、伯希和等都做过这方面的研究，日本学者也很重视鸠摩罗什的研究，他们的学问做得很细，如研究鸠摩罗什到底是哪一年出生的，这都可以作为一个选题。但是徐兆寿发现了在今天鸠摩罗什几乎从普通民众的视野里完全消失了，尽管现实中走进佛教寺庙里的人越来越多，但那些求神拜佛的人并不见得知道和了解对佛教做出伟大贡献的鸠摩罗什，即使知道他的名字，也不见得知道他的思想精髓在哪里。徐兆寿为这种情况感到忧虑，他觉得自己首先要做的工作是向广大民众介绍鸠摩罗什。这是一种文化普及的工作，显然写一部学术著作是无法达到文化普及的目的的，所以他决定放弃写学术著作，而要以小说的方式来写鸠摩罗什，小说可以让更多的人读得懂，可以让更多的人知道有一个伟大的鸠摩罗什。从这一点来说，徐兆寿真的就像鸠摩罗什。我说徐兆寿像鸠摩罗什还有另外一层意思，是指他在学习和研究鸠摩罗什的过程中，也在尝试着与鸠摩罗什进行对话，他会将自己的研究成果和对话心得融入书写过程中，于是我们就在鸠摩罗什身上看到了徐兆寿的影子，或者说，他的这本书是写了一个徐兆寿化了的鸠摩罗什，他通过这种方式记载了自己借鸠摩罗什去问道的心路。

徐兆寿用小说的方式弘法传道，在一定意义上完成了对小说文体的超越，《鸠摩罗什》所承载的东西或许超出了我们对一部小说的理解，它需要放在更大的视野中去看。大道行于天下，徐兆寿《鸠摩罗什》的写作带我们走进鸠摩罗什的传道过程，重走高僧心怀天下的传法大道，实为可贵。

二、小人物与大历史

在《鸠摩罗什》的写作中我们发现有两个人物值得关切，那就是代表大历史的鸠摩罗什与代表小人物的张志高。当然，这绝不是在标签化人物，在有关历史人物的书写中，最怕把历史人物崇高化，甚至不食人间烟火，而又容易把小人物污名化，俗不可耐。但在徐兆寿的笔下，无论是鸠摩罗什还是张志高的塑造，都是有血有肉的，特别是看似在故事之外的张志高有如神来之笔，与整个文本形成了很好的呼应。

我觉得《鸠摩罗什》并不是一部单纯客观记载鸠摩罗什生平事迹的作品，而是带有作者鲜明的主体性，而作者的主体性并没有伤害传主的客观性，作品通过作者主体性的介入，能够更有效地阐释和展开鸠摩罗什的思想和智慧。比方说我最欣赏的两个章节就比较集中地体现了这一点，一个是"舌战群僧"，一个是"与商谷论道"。这两个章节分别写了鸠摩罗什的两次经历，这两次经历都与思想论辩有关，而且在有关史籍中都有所记载，但史籍的记载很简略，基本上只是记载发生了什么事情，至于思想论辩的具体内容就没有在史籍中留下来。比如舌战群僧的事迹，在好几处史籍中都有记载，但这些记载基本上都是写当时的场面，强调鸠摩罗什当时还是一个少年，居然能够把人家驳倒，至于双方提出了什么观点，是怎么驳倒对方的，基本上没有涉及。但如果还是按照古籍上的写法仅仅渲染一下鸠摩罗什的神童传奇，显然是无助于让读者充分理解鸠摩罗什的思想内涵的。这时候，徐兆寿就让自己的主体性有效地介入，以他对佛教的理解以及他对传统文化的理解，去和鸠摩罗什对话。在此基础上，他合乎逻辑地想象了当年鸠摩罗什是如何进行论辩的，这些论辩的话其实表达的是徐兆寿本人的观点，但又令人信服地安置在鸠摩罗什的身上，因为这些观点本来就是徐兆寿学习鸠摩罗什的成果。另外，这本书写了鸠摩罗什的思想发展和成熟的过程，在书写这一点时，徐兆寿也把自己的学术思想转变融入了进来。他最开始是迷恋西方哲学思想，基本上是以西方文化观去观照中国文化思想，后来逐渐转到开始重视中国传统文化，研究传统文化是怎样在本土的环境下演变的，然后再到把西方文化与东方文化结合起来。徐兆寿也从鸠摩罗什的身上印证了自己思想转变的合理性，因此，在书写过程中也镶嵌进了自己的心路历程。总之，我觉得《鸠摩罗什》不仅是鸠摩罗什的客观记录，而且还写了一个徐兆寿化了的鸠摩罗什。所谓徐兆寿化了的鸠摩罗什，是指徐兆寿的书写有意让两个人的心路相碰撞，或者说突出徐兆寿在和鸠摩罗什进行对话。鸠摩罗什最伟大的贡献是弘扬佛法，徐兆寿在书中反复强调了这一点，我觉得对这一点我们不能作狭窄的理解，不要把佛法仅仅理解为是指具体的佛教教义。"舌战群僧"里的一段描写很能说明这个问题。有一个人问鸠摩罗什，说我们这些修行的人最后能够进入到极乐世界，这是很好的事情，但是佛法会衰败消亡吗？鸠摩罗什回答说，如果我们不去弘扬佛法，它就会消亡。虽然佛法看上去很神圣，能够将我们带入极乐世界，但是我们如果不去弘扬的话，它就会衰亡。我觉得这是一个非常深刻的思想见解，它说明永恒的东西是可以存在的，但一个东西的永恒性不会存在于静止不动中，只能存在于运动之中，运动才能带来永恒性。佛法应该是永恒的，但假如没有人去传播佛法，就不能保证有很多人继续接受佛法，当逐渐没人相信和接受佛法的时候，佛法就真的会毁灭了。这是鸠摩罗什说的。所以不要小看弘扬佛法的普遍意义。弘扬佛法的意义就是要让我们最可贵的东西、最有价值的东西能够永恒地存在下去。

从小说的角度来看，我觉得写得最弱的是关于凉州的这一部分。这一部分写得弱些首先有一个客观原因，即鸠摩罗什在凉州留下的资料是最少的。但另一方面，徐兆寿掌握凉州的其他知识可能又太丰富了，他想把这些知识尽量充实到作品中来，让凉州的内容变得更为丰满，于是在这一章里，更多的笔墨是在写当时的政治形势如何发生变化，军事斗争的情况，政治内部的阴谋，等等。但问题是这些知识与鸠摩罗什并没有实质性的或直接的关系，这样一来，鸠摩罗什就变成配角了。另外，还涉及怎么把握和理解鸠摩罗什在凉州17年的经历和行为。比方说有一种观点认为鸠摩罗什在凉州的身份不是和尚，而是一个谋士。徐兆寿并没有采纳这种观点，但这种观点的存在正说明了凉州经历的复杂性。徐兆寿的处理比较审慎妥当。其中自然不能回避他是被吕光绑架过去的史实。但徐兆寿把握了最关键的一点，即无论如何，鸠摩罗什始终不忘传教的宗旨。如何围绕鸠摩罗什的基本性格来虚构想象，从一些细节描写来看还有所欠缺。比方吕光吊打鸠摩罗什的情节设计就不是很妥当，因为这不符合吕光和鸠摩罗什之间的关系。古人的传记只是说吕光通过让鸠摩罗什骑马骑牛来羞辱之，他不会这么直接地就像抓着一个下层的人去吊打，至少吕光应该有所顾忌。从人物性格的连贯性来看，怎么抓住鸠摩罗什的几个主要性格特征也不是十分明晰。

张志高这个人物让我的心很是颤动。尽管这个人物出现在小说后面的卷外卷中，但这个当代人物以一种特别的方式照应了前面所书写的鸠摩罗什。徐兆寿通过张志高，将自己对鸠摩罗什的理解，对传统文化的理解，以及由鸠摩罗什研究引出的一些哲学话题，以非常直接的方式表达了出来。更重要的是，张志高这个人物本身又是这一系列哲学话题中的一个环节，这些哲学话题关乎宏大历史、关乎时间的永恒性，而张志高只是一个活在当下的个体，这一个体面对宏大和永恒似乎显得十分渺小与无助，但宏大和永恒又填满了这一个体的大脑中。徐兆寿在《鸠摩罗什》的写作中，将宏大的历史以亲切可感的笔触书写出来，鸠摩罗什的破戒，鸠摩罗什在一次次的精神炼狱中挣脱、跳跃，最终完成了他的历史使命。与此同时，作家徐兆寿也与文本融为一体，张志高的意义也逐渐突显出来。在对历史人物的书写中，徐兆寿开了个好头。

三、"边地"的启示

兰州地处西北，是传统意义上的边地。郜元宝曾讨论过中心与边地的关系问题，如今看来，边地与中心的概念不免粗暴，或许曾经的边地是现在新的中心。当我们今天站在现代主义的立场上，用现代性来批判现代文明的时候，我们更多地看到它的弊端和问题，而且我们在看的时候，会把精神和物质分离开来看，给人的感觉就是好像现代文明给我们带来很多糟糕的地方，人类的精神已经被破坏得很严重，照这样的逻辑，人类文明应该倒退到过去才行。实际上现代主义对现代文明的批判，其目的不是在提倡倒退，而是要让人类文明不断地完善，继续往前走。必须承认现代文明给我们生活带来很多的方便，必须看到物质文明的进步和发展本身就包含着精神上的内涵。由此我就特别看重张志高这个人物，因为他会让我们想到问题的另一面。张志高在精神世界里钻研得那么深，他对精神那么痴迷，他好像变成一个纯粹的人了，在他身上根本看不到当代社会普遍存在的精神疾病。但是无论他的精神世界多么完善，他还必须回到现实中去，他不能把日常生活完全抛弃掉，他不能全是虚，他还有实的一面。当他变成一个实的张志高的时候，他就是个失败者。他是个失败的人。比如张志高答应徐兆寿一起上北京，他们坐上飞机，飞到了北京，一下机场张志高就慌了，他被高楼大厦压垮了，他都不敢离开机场，他哀求徐兆寿替他买张回兰州的机票。这个细节的寓意非常清楚，一个在精神上非常完善的人，却被现代文明轻易压垮了。张志高其实给了我们一个提醒，我们必须思考一个问题，如何让传统文化中伟大的精神遗产和现代文明有机地融合起来，这二者不应该是冲突的关系。如果我们弘扬传统文化中的精神遗产就意味着要过清贫的生活，就意味着要对现代文明采取拒绝的态度，那完全是不可思议的事情。这就说到如何看待兰州的问题。兰州作为边地，相对于中心城市来说在现代文明上要落后一些，有些人就认为，幸亏兰州现代文明落后一些，它才没有像那些中心城市那样充斥着现代化带来的弊端和问题，它还保持着传统文化纯朴的一面。这完全是一种将精神和物质对立起来的机械主义的思维方式。兰州少了一些现代化的弊端和问题，比中心城市要纯朴一些，这固然是由于兰州作为边地在现代化进程上比中心城市来得慢一些的缘故，但我们不能因此就要求兰州拒绝现代化。相反，我们应该重视边地与中心在现代文明程度上的差距，应该在现代化上给边地以倾斜，当然在现代化上给以倾斜时我们可以充分吸收中心在现代化方面的经验教训，有意识地让边地的纯朴精神参与到现代化进程中来。否则，兰州如果始终是落后的边地，始终在现代文明的程度上比中心城市要慢好几步，兰州的那些坚守传统精神的志士文人就有可能逐渐与时代脱节。徐兆寿在这本书中专门写的卷外卷绝对不是多余的，他揭示出边地与中心差距加大的尖锐性，并认为只有通过现代文明的洗礼，传统文化的精神遗产才能在现实中发扬光大。这也说明徐兆寿在写鸠摩罗什这样一个历史人物时同样具有鲜明的现实针对性。

传统的边地现在已经是中华文明新的精神高地，徐兆寿《鸠摩罗什》的写作可以看作是对中国优秀传统文化新的召唤，如果说20世纪八九十年代人文艺术完成了新的启蒙，那么作为知识分子写作群体的代表人物徐兆寿则是对这"新"的启蒙的延续。当然，《鸠摩罗什》的超越性在于重新赋予了边地的意义，以及完成了对"文以载道"这一古典文学伟大传统的皈依。徐兆寿在问道的同时，也是在传道，《鸠摩罗什》是以小说的方式布道弘法，或许每一个《鸠摩罗什》的读者都能在阅读中体味大德高僧鸠摩罗什的荣耀与光辉。同时，阅读的过程也是一次救赎，俗世男女如能像佛经中所说的那样"破除千般执，跳出轮回苦"，便也不枉作家的一颗赤诚之心。

丁力特色：逻辑、经济、深圳

——读丁力新作有感

丁力着实让我们大吃一惊，他一连出版了三部长篇小说：《图书馆长的儿子》《深圳故事》《租友》。当然不仅是数量带来的惊奇，而且在文学思维和叙述方式上也给人耳目一新的感觉。他的小说将好几种元素整合在一起，从而构成了丁力特色。我们很有必要对丁力特色做一些深入的研究。

大致上说，丁力小说中的这几种元素是值得重视的：逻辑、经济、深圳。

先说逻辑。这大概与丁力曾经是位理工男大有关系。理工男转而来写小说的也不乏其人，但这些理工男多半本来就不是坚定的理工男，本来做理工男时就有些三心二意。但丁力不是这样，他从小就对理工知识充满兴趣，据说他在大学生时期就开始在专业刊物上发表了学术论文，后来在一个专业技术研究所做研究工作，很快就做出了成果，获得了科技成果奖。他成为这一专业有影响的工程师。这段经历很重要，培养了他的逻辑思维能力。因此，当他偶然发现自己很会讲故事，并拿起笔来写小说时，他在编写故事时特别注重逻辑性。有人总爱强调文学与科学的区别，认为文学是形象思维，凭的是丰富的感性和想象力；科学是逻辑思维，凭的是严谨的推理。其实，科学研究同样不乏想象力，只是科学的想象力不是像文学的想象力那样最终结出艺术的果实，科学想象力是科学家为发现真理而开通的一条隧道。丁力曾在科学研究中培育和磨砺过自己的想象力，这种想象力具有一种对逻辑和因果的无限追问性，当他转向文学创作时，想象力虽然改变了目标，是要结出艺术的果实，但对逻辑和因果的无限追问性这一特点并没有因此而消失，这是他讲述故事特别注重内在逻辑的主要原因。

　　再说经济。我们不要忽略了他所讲述的故事绝大多数都与经济活动有关。这一点很重要吗？我以为很重要，因为正是从这一点我们才能发现丁力的小说所具有的独特价值。中国现当代文学是在近代以来风起云涌的革命大潮中诞生和发展起来的，中国的社会以革命为中心，养成了一套革命思维的习惯。这也决定了中国现当代文学的宏大叙事主流，以及革命思维的主题表达。改革开放使中国社会实现了从以革命为中心向以经济建设为中心的大转型，也为当代文学提供了一个新的现实。我们能够在当代小说中看到新现实的人物和场景，但坦率地说，不少作家的思维仍然停留在革命时代，以革命思维来处理经济建设的新现实，尽管这样的主题表达有其警示性，但显然它很难准确把握新现实，更难以揭示出新现实之新在何处。丁力的小说不是这样的。他作为一名经济建设活动的积极参与者，不仅有着切身体验，也能自觉对其进行认真思考，他将自己的体验和思考写进了小说之中，为我们提供了认知经济时代的新的文学思维方式。丁力的这一特点在他这次新出版的《深圳故事》《租友》以及过去出版的《中国式股东》等作品中得到了充分的体现。

最后说深圳。丁力所讲的故事不仅主要与经济活动有关，而且多半发生在深圳。丁力是深圳成立特区后不久就来到这里的，是深圳改革开放的第一代移民，见证了深圳这座城市的发展和繁荣。他热爱这座城市，并且全身心地融入这座城市的生活之流中。热爱深圳，这并不是因为他是深圳经济活动中的成功者，并不是因为他在深圳的闯荡中发财致富了。事实上他在深圳的事业中经历了太多的波折，他甚至说自己总是一名失败者。但是，这种亲身经历对于丁力来说又是一份特别珍贵的精神财富。他自己就说过："写小说必须要有生活基础，可以信手拈来，必须靠骨髓里的东西，这种走马观花体验的'生活'，进不了我的骨髓，眼下，我只能写深圳的生活。因为，我来深圳快三十年了，经历过真实的深圳生活。"

这三个元素并非丁力所独有的，比如经济，随着社会的重心向经济转移，当代小说越来越关注经济题材，在丁力写作之前就有了财经小说、商界小说等各种命名，足见已有不少作家涉足于经济领域。又如深圳，深圳作为中国改革开放的前沿阵地，其前无古人的创造和惊人速度的发展，不仅养育了一批深圳本土的作家，而且也令全国作家注目。写中国改革开放的现实，几乎都绕不开深圳。如果丁力仅仅具备这三个元素中的一个，也许他照样能写出好看的故事，但绝不会造就出独一无二的丁力来。丁力的独一无二就在于他同时具备了逻辑、经济和深圳三个元素，并让这三个元素有机融合，产生化学反应，生成一种充满理性精神、体现出新的文学思维、代表着未来方向的都市小说样式来。

具体来说，丁力有着突出的经济头脑，但他并没有因此陷入财经小说或商界小说的窠臼之中，也不是像许多作家那样对经济采取一种敌视的态度，这是因为他的经济头脑能够与深圳元素相遇相知。深圳对丁力而言不仅是一个城市的概念，而且是他亲身经历经济大潮磨炼的地方，因此，他对经济的理解不是从概念出发，而是从深圳的亲身实践出发，是从深圳这座城市翻天覆地变化的现实出发。深圳的特点是经济渗透在城市的日常生活之中，丁力受其感染，也以一种平常心来处理经济化的现实。这就使他的文学思维发生了重大改变。过去的文学思维是建立在物质与经济二元对立基础之上的，有两段名言大致上代表了这一思维的态度。一是马克思在《资本论》中所说的："资本来到世间，从头到脚，每个毛孔都滴着血和肮脏的东西。"一是莎士比亚在《雅典的泰门》里所说的一段台词："金子！黄黄的、发光的、宝贵的金子！……这东西，只这一点点儿，就可以使黑的变以成白的，丑的变成美的，错的变成对的，卑贱变成尊贵，老人变成少年，懦夫变成勇士。"也就是说，资本，金钱，这些都是丑恶和罪孽的代名词。这样的思维深刻揭示了人类社会发展进程中所付出的沉重代价以及人性的弱点。但我以为，它并不能引导我们认识经济活动的全部，特别是在以经济建设为中心的时代下，如果仍固执于这样的思维去观察世界，获得的只会是一种失真的镜像。丁力完全没有采取这样的思维，因此，无论是《深圳故事》，还是《中国式股东》，他都以客观和理性的态度对待股份、资本、金钱等这些经济活动的基本元素，当这些元素在一个合理的经济环境中运行时，能产生积极的结果，而这些元素对于人的影响，既有激发奋进的一面，也有引诱堕落的一面。另外，丁力在写作中也培养起一种自觉的经济意识，他能敏感地把握住城市生活中的经济内涵。比如《租友》这部小说，故事的主体部分是写城市爱情问题的，但作者的经济意识使他从中有新的发现。主人公丁友刚在长期紧张的经济活动中也使自己的爱情心理日益干瘪、内敛。这似乎是城市情感的一种普遍现象。因此，当丁友刚在网上发出"租友"的帖子后，竟有众多人响应。网络的虚拟性貌似给人们提供了一个敞开内心的空间，但事实上，她们在网上与丁友刚交流时，各人都有不同的心理障碍，她们或深藏着另外的动机，或提防着受骗，细究起来，这些都可以说是经济意识所造成的精神困境。

深圳元素无疑让丁力更加贴近城市精神。城市文学正在兴起，但中国当代的城市文学仍处于乡土叙述的包围之中，只有完全突围出来才能真正有所建树。正是深圳元素与经济元素的有机结合，才使丁力的城市叙述少了些乡土叙述的痕迹。比如，丁力给我的感觉他是一个没有乡愁的作家。《图书馆长的儿子》是丁力所写的小说中特别具有自我意识的一部，这是一部带有自传体性质的小说，基本上以自己的人生经历为主线而虚构的故事。在这部小说中他比较明确地表达了他的故乡情绪。但这里丝毫没有乡愁的影子。马克思在谈到工人阶级的宽阔胸怀时说过："工人阶级没有祖国。"同样的道理，城市人之所以能有宽阔的胸怀，就在于他们没有乡愁。丁力在小说中也会讲述到自己的家乡，但他没有乡愁，只有乡恋。乡愁，是一个被高度神圣化了的意境，它属于农耕文明。乡愁属于乡土文学的审美形态，如果我们的城市小说不能从乡愁之中走出来，就不可能建构起真正的城市文学审美形态。文学离不开愁，新的都市文学同样需要以愁来浇灌，但不会是乡愁，而是从城市中提炼出来的愁，是一种充满现代意识的愁。

丁力有他的弱势。在我看来，他最大的弱势也许同样与他曾经是位理工男有关。这突出表现在他的小说具有强大的事理逻辑，却缺乏情理逻辑。另外，他的想象扎根在现实和经验的土壤上，是一种有着强烈现实依据的想象，但他缺乏非现实的想象。我希望丁力在小说叙述中能够加强情理逻辑和非现实想象，从而让自己笔下的故事不仅生动，而且具有灵动感。

面对经济时代的新文学思维

——读丁力的《中国式股东》

丁力很会讲故事，所以他的小说非常好读。他讲故事很在意故事的内在逻辑，这大概与他曾是一名理工男有些关系。他在大学学习的专业是冶金。毕业后从事的就是该专业的工作，他做科研还获得过科技成果奖。有人总爱强调文学与科学的区别，认为文学是形象思维，凭的是丰富的感性和想象力；科学是逻辑思维，凭的是严谨的推理。其实，科学研究同样不乏想象力，只是科学的想象力不是像文学的想象力那样最终结出艺术的果实，科学想象力是科学家为发现真理而开通的一条隧道。丁力曾在科学研究中培育和磨砺过自己的想象力，这种想象力具有一种对逻辑和因果的无限追问性，当他转向文学创作时，想象力虽然改变了目标，是要结出艺术的果实，但对逻辑和因果的无限追问性这一特点并没有因此而消失，这是他讲述故事特别注重内在逻辑的主要原因。

但丁力并非仅仅是一位会讲故事的作家，我们不要忽略了他所讲述的故事绝大多数都与经济活动有关。这一点很重要吗？我以为很重要，因为正是从这一点我们才能发现丁力的小说所具有的独特价值。中国现当代文学是在近代以来风起云涌的革命大潮中诞生和发展起来的，中国的社会以革命为中心，养成了一套革命思维的习惯。这也决定了中国现当代文学的宏大叙事主流，以及革命思维的主题表达。改革开放使中国社会实现了从以革命为中心向以经济建设为中心的大转型，也为当代文学提供了一个新的现实。我们能够在当代小说中看到新现实的人物和场景，但坦率地说，不少作家的思维仍然停留在革命时代，以革命思维来处理经济建设的新现实，尽管这样的主题表达有其警示性，但显然它很难准确把握新现实，更难以揭示出新现实之新在何处。丁力的小说不是这样的。他作为一名经济建设活动的积极参与者，不仅有着切身体验，也能自觉对其进行认真思考，他将自己的体验和思考写进了小说之中，为我们提供了认知经济时代的新的文学思维方式。丁力的这一特点在他最新出版的长篇小说《中国式股东》中得到了充分的体现。

《中国式股东》的故事发生在深圳这一中国改革开放前沿阵地。主人公吴冶平曾经是当地龙头企业深皇集团的高管，即使退休了他仍然具有不可低估的影响力，因此当他退休后，原来在工作中一直保持密切联系一位供货方老板林中继续对他毕恭毕敬，吴冶平很享受这样的恭维，便主动参与到他的企业经营中，林中非常感激吴冶平的帮助，同时也为了进一步挽留，便给予吴冶平股东的权力和威望，这就是所谓的"中国式股东"。那么，这种"中国式股东"是怎么维持的，会带来什么样的经济后果，作者以层层剥茧的方式清晰明了地讲述了出来。我读过不少以经济活动为题材的小说，这类小说往往被命名为"财经小说"或"金融小说"，但《中国式股东》是我读到的把资本运作和经济活动讲述得最清晰透彻的一部小说。它对于我这样的金融门外汉而言，简直就像是一本入门指南。当然我们是在谈论一部小说，有些作家对专业一窍不通，他只要熟悉这个专业里面的人，照样可以把小说写好。尽管如此，我仍然非常在意《中国式股东》显示的专业性，因为这表明了小说完全是建立在现实生活的基础之上的，我们不仅可以相信作者对生活的书写是有真实依据的，而且也可以相信作者在小说中表达的思想发现也是有着鲜明的现实针对性的。

我更看重丁力在这部小说中体现出的一种新的文学思维方式，而且在我看来，这种新的文学思维方式能够更加有效地处理以经济建设为中心的现实。反映当下现实生活的小说自然绕不开经济的话题。但不少作家仍停留在革命时代的思维。革命时代的思维基本上是从物质与精神的二元对立模式出发来对待经济的。有两段名言大致上代表了这一思维的态度。一是马克思在《资本论》中所说的："资本来到世间，从头到脚，每个毛孔都滴着血和肮脏的东西。"一是莎士比亚在《雅典的泰门》里所说的一段台词："金子！黄黄的、发光的、宝贵的金子！……这东西，只这一点点儿，就可以使黑的变以成白的，丑的变成美的，错的变成对的，卑贱变成尊贵，老人变成少年，懦夫变成勇士。"也就是说，资本、金钱，这些都是丑恶和罪孽的代名词。这样的思维深刻揭示了人类社会发展进程中所付出的沉重代价以及人性的弱点。但我以为，它并不能引导我们认识经济活动的全部，特别是在以经济建设为中心的时代下，如果仍固执于这样的思维去观察世界，获得的只会是一种失真的镜像。丁力完全没有采取这样的思维，因此在《中国式股东》里，他以客观和理性的态度对待股份、资本、金钱等这些经济活动的基本元素，当这些元素在一个合理的经济环境中运行时，能产生积极的结果，而这些元素对于人的影响，既有激发奋进的一面，也有引诱堕落的一面。小说中的吴冶平也好，林中也好，在资本运作的过程中，也会受到利益的诱惑，但他们多半会止步于踏向危险的境遇。这并不是他们本性善良，而是在一个合理的经济环境中，会形成各种牵制力，遏制他们的恶念扩张膨胀。这种牵制力既包括了他们自己的理性判断，也包括了合作者的相互制衡。小说并不回避"商场即战场"这一残酷的事实，也不断地酝酿出一场场恶战，但最终都是惊而不险，这就是因为在多种因素的制衡下，局面最终得以控制。最惊险的一场发生在小说结尾。林中的小心计玩得有些大，但未曾想吴冶平与付安琪成了夫妻，两个人的智慧汇合在一起，对资本运作的内幕看到更加透彻。他们共同敲打林中，让林中遏止了恶念，同时也夯实了继续合作的基础。在他们的敲打下，林中都流出了眼泪。小说写道，林中的眼泪不知是"真被感动了，还是被吓着了"。我以为，感动与吓着的因素都存在。感动是因为正常的情感还在起作用，吓着是因为正常的理性还在起作用。

　　说到底，丁力是在写人，这才是小说家最根本的职责。在《中国式股东》里，丁力所写的是在经济活动中如何去做人，以及做人在经济活动中的重要性。吴冶平显然深深懂得做人的重要性，这是他长期浸染在商界修炼磨砺出来的品质。丁力借吴冶平之口说出了在商界成功的关键是什么："关键是做人。尤其是做老板，更是做人。"做人当然是一种技巧，比如小说写到的"己所不欲，巧施于人"。但仅仅将做人当成一种技巧，就会演变为心计。林中就是一个过于玩心计的人，这既说明他有足够高的智商，同时也说明他缺少真诚和胸怀。小说写的是吴冶平与林中合作的故事，而从这个合作的故事里我们看到的则是，吴冶平如何以自己的做人方式影响和帮助了林中一步步提高自己的自我纠错能力，调整好自己的心态和胸怀。这个故事还让我们看到，做人要做得好，首先需要有一种自觉的自我反省精神。吴冶平的可贵之处就在于他无论是在顺境中还是在逆境中，始终保持着反省的姿态，因此他会说出做人最关键的是"换位思考"这样充满哲理性的话来。总之，《中国式股东》是一部教你如何做人的小说，小说中有不少警句格言式的话，这些话可以说是作者对人生智慧的高度总结。这样的总结不仅仅适用于经济活动，也适用于普遍的人生。

让我再回到文章开头所提到的丁力小说的独特价值上。商界的活动步步都与利益相关，竞争激烈时甚至性命攸关，但丁力的着力点放在做人上，也就是放在人性和人生上。他并不认为资本、股份、金钱等是可恶可怕的东西。那么他是彻底否定了以往经典性作品对于资本和金钱的批判吗？我以为不是。丁力的小说中不乏批判性，只是他要把造成恶与罪孽的原因辨析得更清楚。责任并不在资本、股份、金钱本身，而在掌控这些东西的人以及社会经济运行法则上。在经济活动中，人性中的善与恶都在进行积极的表演，作家不仅要从中发现恶，也要从中发现善，更要由此告诉人们，怎样才能让善在现实中得到最大的张扬。处于经济时代的作家应该以此作为自己的责任。丁力在小说中就是这样做的。

精神现象分析和谜的叙述

——读袁亚鸣的《影子银行》

我读到一本《影子银行》，它不是中国经济出版社出版的《影子银行》，而是作家出版社出版的《影子银行》。影子银行是一个金融学的概念，按照金融稳定理事会的定义，"影子银行是指游离于银行监管体系之外、可能引发系统性风险和监管套利等问题的信用中介体系。"我把这些专业术语的定义抄录下来，无非是想证明，尽管这两本书一本是金融学著作一本是小说，但其"影子银行"是同一个含义。我读的是小说，我是带着一丝疑惑来读的，我的疑惑是，莫非作者袁亚鸣是要用小说的方式向我们介绍影子银行吗？我看到封面上有这样的文字："中国财经小说。"据了解，袁亚鸣曾经是一位成功的期货人，他熟悉金融行业内幕，的确，这是他独一无二的写作优势，他只要真实客观地把自己的经历和体验写出来，就是货真价实的、其他作家无法复制的财经小说。我想起了恩格斯对巴尔扎克的评价，恩格斯说，他从巴尔扎克小说中所学到的东西"也要比从当时所有职业的历史学家、经济学家和统计学家那里学到的全部东西还要多"。我对袁亚鸣的小说也怀着这样的期待,读完他的《影子银行》,我很高兴我的期待得到了满足。从书写当代中国的金融现实来说,袁亚鸣的确也像巴尔扎克一样成为一名合格的"时代的书记员"。自从中国社会转型到以经济建设为中心后,财经小说便成了一个流行的概念,我曾读过一些冠名为财经小说的作品,比如梁凤仪的作品,但说实在的,这类财经小说多半是财经版的言情小说或社会问题小说。如果真要划分出一个财经小说类型的话,袁亚鸣的《影子银行》也许才真正称得上是财经小说,因为它真实地揭露了中国的金融现实,而且它是真正以财经为主题,是作者在表达他对财经本质的认识,更是作者对财经进行审美处理的结果。

首先必须强调《影子银行》的强烈现实性。何谓"影子银行",以我粗浅的理解,其实就是指那些非银行机构却干着金融行为的社会组织或营利性机构。袁亚鸣的这部小说告诉我们一个社会真相,中国经济飞速发展催生了当代中国的影子银行行为,也形成了中国影子银行的独特性。经济发展需要投资、贷款,需要金钱的快速流动,但滞后的中国银行业满足不了经济发展的需求,于是中国民间的"抬会"会疯狂复活,会涌现出亚东、双奎、范军等这类吃金融饭的人物,用小说中的话说,这些人物是"在做一件银行想做也做不到的事"。小说将中国当下金融活动的复杂性、诡秘性和多样性一一呈现在读者面前,并带着读者进入到中国金融活动的灰色地带,在这里,银行、证券、期货、实业等纠缠在一起,如一头头困兽在争斗,体制内与体制外、国有与民营相互渗透,面目变得模糊不清,既加速了经济的运作,又在酝酿着一股股暗流。这一切均构成了鲜明的中国特色。比如亚东所成立的担保公司,其操作方式可以渊源于民间传统的"抬会",但它有合法执照，有银行支持，还可以在报纸上公开做广告，很难以西方正规的金融学来归类，这就是中国式的影子银行，介乎正规银行和地下抬会之间，它表面上比市场经济自由，骨子里却是缺乏管理，存在难以预料的隐性危机。亚东是中国影子银行造就的金融奇才，然而，尽管他聪明，却也只能在中国影子银行畸形发展的大势中沉浮，最终仍逃不脱走失踪之路的悲剧。赵部长这个人物则充分表现出中国金融活动的诡秘性。赵部长看上去应该是一个执掌大权的官员，能够左右逢源，发号施令，但他的具体身份一直是个谜，仿佛他必须藏在幕后才能发挥作用，为此他还整过容，甚至连熟悉他的人有时都认不出他来。这种不可捉摸和犹抱琵琶的状态不正是权力干涉金融的最传神的写照吗？总之，将袁亚鸣的这次写作看成是一次巴尔扎克式的写作，应该是很贴切的。至少，我从这里学到的关于中国当下影子银行的知识，也要比从金融学家或社会学家的著作中所学到的知识还要多。

  当然，《影子银行》的成功不仅仅在于其强烈的现实性，而且更在于作者是在将人物的财经和金融活动作为文学审视的对象来处理的，在袁亚鸣看来，人们在影子银行里的博弈，并不单纯是一种经济行为，同时也是一种精神行为。一切精神现象将在这个地方得到浓缩和放大。人们一般会认为经济行为就是利益驱动的结果，动机来自欲望。但袁亚鸣要告诉我们的是，与欲望和利益相伴随的还有精神。比方亚东，显然是少年时代的抬会经历刺激了他，当年他帮一个抬会的会主叶腊梅做些事，还认叶腊梅做寄娘。当叶腊梅因为抬会失败被处以死刑后，他痛苦地喊道："娘，你死得冤！我要当一个银行家，为你！"亚东从此都把自己的聪明才智用在银行家这个理想上，他的许多行为在常人看来都不可理解。但亚伟能够理解他的哥哥，在亚伟看来，亚东一直专注于影子银行，是"一个最终没有在现实生活里找到至亲至爱的人"转换了他表达爱的方式，把爱转换成一种"专注"，而这样的转换"同样是强大，甚至是感人的"。小说反复写到亚东最痛恨女人，开始我还不太明白作者为什么要如此设计他的人物，但读到后来，亚东只是为了满足相恋女人秋秋当行长的愿望而做出收购美国大班岛银行的决定，我就明白了，其实亚东的痛恨女人不过是他将爱变成专注于银行家的一种表现而已，但他又不能真正熄灭他内心的爱情火种，一旦爱情之火燃烧起来，就有可能让他的头脑发烧，他的精明的金融思维也会错乱起来。袁亚鸣从影子银行中发现精神现象，并试图梳理出一条条清晰的精神轨迹。比如影子银行中的道德和信仰。从叶腊梅到李健，再到亚东、亚伟，民间的抬会形式仿佛在进行接力跑式的，始终有人接过那根烫手的接力棒，继续向前奔跑。为什么抬会能有如此顽强的生命力，也许不仅仅是因为社会经济活动的需要。当亚东得知李健还在替死去的叶腊梅还钱时吃了一惊，李健则告诉他，抬会之所以能持续几百年继承下来，就因为它有着常人难以想象的信用体系，它的信用不是靠什么制度和法律来维系，靠的"是良心，还有亲情"。后来，亚东对此有了更深的体认，他曾以自己的体认开导亚伟，说在影子银行的行为中免不了牺牲，但牺牲是一种继承，也是一种荣誉，"因为声誉而继续，因为有了继承，声誉才一直可以延续，值得一茬茬的人继承下去"。所以，这又是一部关于影子银行精神现象分析的作品。

《影子银行》的叙述也很特别。小说基本上是现实主义的叙述方式，但明显又糅进了不少主观的成分，从而使小说带有现代小说的风格。我相信袁亚鸣对西方现代主义小说并不陌生，但与其说他是在向现代主义学习，还不如说是他在寻找一种能够更加准确地表达他对财经和金融的特殊理解的叙述方式。在他看来，影子银行充满了诡秘性和不确定性，如果以纯粹的现实主义方法来讲述，当你把一切问题都讲述清楚了的时候，影子银行的诡秘性和不确定性也就消失了。于是袁亚鸣的主观感觉便加入了进来。因为事物本身就是扑朔迷离的，因果关系也是错综复杂的，真相往往会有多种面孔。小说常常进入到主观化的情境之中，那些具体的细节似乎是对客观事物的描述，但似乎又是作者的主观性想象。小说写到不少人的死亡，他们似乎是自杀，又似乎是被人精心谋杀。作者将真相的多种面孔呈现出来，每一副面孔的呈现又分明留下作者主观的印记，但他就是不作出明确的结论，而是让读者去推演其相关性。影子是一个重要的意象。袁亚鸣大概是从影子银行中的"影子"二字得到启发，其实每一个人的命运中都会发现另一个人的影子。一个人不经意间就成了另一个人的生命中的影子。他用了不少笔墨来写他们的影子。比如亚东与亚欣在公园的草坪上骑车，亚欣连车带人冲进湖里淹死了。母亲林岚认定这是亚东因为过年没有得到一件新衣服而故意害死了亚欣。是亚东的故意，还是亚欣自己的不小心，我们难以确认，但可以确认的是，从此亚欣就成了亚东精神上的一个影子。亚伟后来也有一个精神上的影子，这就是他在食堂工作时开小货车无意中撞死了一个孩子，从此孩子倒地的幻象便"成了他内心深处一幅色彩绚丽的画"。当他难以忍受影子银行的折磨时，他竟选择了在孩子出事的地段，要以孩子同样的方式来结束自己的生命。因此可以说，在袁亚鸣的主观意识里，影子即是生命的痕迹，他从影子银行中看到了:"生命是一种启示,无时无刻不在造就这样的一种气势:生活互为因果。"但袁亚鸣并不敢断言他把一切因果关系都搞清楚了,他只能说这些还是一个谜,比如他在小说结尾说:亚东的"行走一直在让人遐想,他的行走一直是个谜"。因此这部小说其实就是一部关于谜的叙述。这正是袁亚鸣叙述的特别之处。

发自灵魂的倾诉

——读长篇小说《雪祭》

我知道，党益民是一名优秀的军人，他曾经在西藏从军数十年，他的许多作品都与军人以及西藏那片土地有关。《雪祭》是他的又一部长篇小说，一看书名，我猜想党益民又要带我们去与西藏高原上令人敬仰的军人们亲近了。翻开书页，第一句话却让我大吃一惊，这句话是："在遥远的藏北高原一个名叫雪拉山的地方，有一片冰雪覆盖的墓地，其中一块墓碑上赫然写着我的名字。"我吃惊的缘由是，"我"既然已经葬在这片墓地上了，莫非一直采用现实主义方法写作的党益民这次也要以非现实的亡灵叙事来讲述西藏的故事吗？但后来发现这只是故事的一个引子，小说进入正题后，党益民依然沿袭自己的风格，以第三人称的叙述，讲述了在藏北高原雪拉山上的武警九连官兵筑路的故事。小说在最后也解答了开头第一句话埋下的疑惑：当众人以为赵天成连长在执行任务中已经牺牲，并为他立下墓碑举行葬礼时，他其实并没有死，只是在剧烈的爆炸中昏迷过去，此刻他迎着葬礼中的战友们一瘸一拐地走了过来。但不要以为，党益民写这样一个引子是在故弄玄虚。当我读完全书后，我深深理解了这个引子的寓意。作者是在暗示读者，对于"我"（也是赵天成）来说，雪拉山的经历就是一次灵魂修炼的过程，在这个过程中，灵魂得到了净化，因此，他把西藏雪拉山视为自己灵魂栖息的地方，那一片覆盖的墓地，不正是栖息着许多纯洁而高贵的灵魂吗？当他重述这段经历时，其实是他的灵魂在讲述！这正是这部小说最让人们感动的地方，一方面，它是严格的现实主义叙述，另一方面，它又是发自灵魂的倾诉。

发自灵魂的倾诉，首先表现在敢于直面现实，直面矛盾。在这部小说中，让我最为感动的就是作者袒露内心的姿态，他丝毫不遮掩军人和现实困境以及面对困境时精神抉择的难度。小说就是在代理排长刘铁突然失踪的情节中拉开了直面现实的大幕。我们看到了军人最为真实的一面。我们在文学作品中习惯于看到那些具有奉献和牺牲精神的军人形象，仿佛觉得军人的天性就是奉献和牺牲，军人这样做就是理所当然的，至于军人的个人利益、家庭困难等都被归入到奉献和牺牲的对立面，成为被贬低的对象。在《雪祭》中我们同样会被战斗在雪拉山高原的武警官兵所感动，因为他们为此做出了巨大的牺牲。但党益民对军人怀有更大的理解之心，他不仅写出了他们的奉献和牺牲，而且也赞美他们的私情。当有人要指责军人的私情时，党益民会涨红了脸，让小说中的赵天成替他大声呼喊道："军人应该讲牺牲奉献。但是军人也是人，也有妻儿老小啊！"事实上，小说用了几乎一半的篇幅讲述刘铁失踪的故事。刘铁两次接到家里的加急电报，两次向连里请假，都没有得到批准，无奈之下，他被迫采取先斩后奏，越级请假的方式回家，但他回家太晚，妻子把孩子生在麦地里，孩子出生不久就死了，妻子因此也疯了……尽管如此，刘铁在匆匆处理了家事之后，仍然尽快赶回了部队。那么，连长赵天成一再为刘铁辩护，是因为乡亲关系而"感情用事"吗？非也。小说令人信服地说明了一个不被人们重视的道理：作为一线带兵人，如果对战士的具体情况不了解，就不可能带出一支坚强的队伍。也许这正是党益民在西藏从军获得的最深刻的体会，因此当他的灵魂在倾诉时，他的这一体会便化为了最强音。

发自灵魂的倾诉，还表现在叙述中浸透了作者的真情和融入了作者的亲身经历。毫无疑问，《雪祭》是一部完整的小说，建立在虚构和想象的基础之上，但作者在正式讲述故事之前，先写下一个引子，就是想要提醒读者，他所讲述的故事绝对不是完全面壁的虚构，它直接来自亲历的生活。因此小说中所写的场景和细节，尽管是常人很难想象到的，但丝毫没有传奇式的感觉。党益民也是一名优秀的纪实文学作家，正是这一点，使他更看重从现实生活中获取的写作资源和精神资源，难得的是，他准确把握了小说写作与非虚构写作这两种文体的叙述差异，又能在小说叙述中充分发挥真实生活资源的长处，因此读《雪祭》时会有一种强烈的真实感和现场感。这部小说之所以具有极大的感染力，也与作家的真情有关。但作者并非让自己在叙述中直接站出来抒发情感，而是将其情感转化为一种尊重、理解、体谅的姿态，去面对他笔下的人物，以最合适的词汇去讲述他们的故事，当然也包括他们的私情。小说中所写的九连的官兵，一个个都是响当当的英雄，但同时他们几乎每个人都有各自的私情，比如代理指导员陆海涛竟因为一口面条被贬到基层连队，他的失落感也会影响到他的工作和生活。又如连长赵天成，家庭正面临分手的危机。有时候,我们的作家在书写这样的私情时,或者我们的评论家在评论这样的私情时,多半都会陷入这样的思维定式:这是英雄人物身上的"缺点"。但党益民不这样思考。因为他在现实中与这些英雄有着患难之交,他深深懂得他们的内心,他不会将这些私情当成"缺点"来书写。从这个角度说,《雪祭》在塑军人形象上有开拓性的意义。

向纵容腐败的"平庸之恶"挑战

——读张平的长篇小说《重新生活》

　　张平终于出新作了！这也是我一直期待的事情。十年以前，他以犀利的笔锋直面现实最尖锐的问题，为人民鼓与呼，其作品曾引起社会热烈的反响。我读到他的最后一部作品是长篇小说《国家干部》，这部作品一如既往地延续了张平强烈的现实性和社会责任感，但他的政治思考更趋成熟，他在小说结构的营造上也更趋完美，这预示着他的创作正在迈向新的境界。然而就在这个节骨眼上，张平戛然而止，默默转到别的岗位上去了。但我相信他的一颗热爱文学的心不会变，果然终于等到了他的扬眉剑出鞘时刻。读到他的新作《重新生活》十分兴奋。这部作品与张平以往的作品一样，表达的仍然是现实性非常强的主题，仍然具有极强的震撼力。这是一部向纵容腐败的"平庸之恶"挑战的反腐力作。

　　小说的故事并不复杂。延门市的市委书记魏宏刚因为严重违纪违法被双规了，魏宏枝是魏宏刚的亲姐姐，尽管她从来没有涉及弟弟的违纪违法问题，但弟弟的双规仍然波及她一家的正常生活。魏宏枝的女儿绵绵是正在准备高考的高三学生，自从魏宏刚被双规后，女儿的倒霉事便接踵而至，她的班干部资格被取消，后来又强迫她离开重点学校，于是魏宏枝和武祥夫妻俩为了女儿的读书和高考，费尽了心机。魏宏枝和武祥一家人，就因为是市委书记的亲属，曾经是多少人拼命攀的高枝，他们在安排女儿读书一事上也是一路绿灯，没想到书记一倒台，过去的优惠和便利统统变成了障碍和麻烦。故事围绕魏宏枝一家的遭遇一路写下来，他们切身感受到了反腐斗争的严肃性，这场遭遇也使他们抹去了官场特权投射在自己身上的阴影，他们恢复了信心，振作起来，准备在正常而又健康的状态下重新生活。

　　反腐是张平最擅长写的题材，但这次他换了一个视角，他不是从正面表现反腐斗争，而是从侧面入手去追问腐败的社会依存性。这部小说所写的腐败官员魏宏刚也是一位高级别的领导了，他是一个城市的市委书记，不过张平并没有把重心放在这个人物身上，因为他对反腐的思考有了新的思想收获，所以他将视线转向了这个腐败官员的亲属们——魏宏刚姐姐的一家人。如果说魏宏刚的双规是延门市官场上发生的一场大地震，那么地震的余波一直就在影响着魏宏枝一家的生活。也许在人们的印象中，腐败官员的亲属往往就是腐败的帮凶。但张平所写的魏宏枝与武祥夫妇却是富有正义感和道德感的亲属。正是从这样的人物设计中，张平对于反腐斗争的思考得以扩展开来。按说，如果亲属没有参与腐败，他们顶多接受一番组织上的调查，并不会过多影响自己正常的生活，魏宏枝和武祥也是这么想的，他们坦坦荡荡地以为，弟弟腐败是弟弟自己的事情，他们一直行得正，不应该受到牵连。但事实上并非如此，许多意想不到的事情发生了。小说重点写了他们的女儿绵绵在学校遭遇到的种种麻烦，这些麻烦自然是魏宏刚倒台的连锁反应，比如绵绵的分数不够却进了重点学校，老师通过小动作让绵绵当上班干部，为今后保送上大学创造了条件，等等。但无论是学校的校长和老师，还是作为绵绵的家长魏宏枝和武祥，都是把这一切当成正常的事情来对待的。那时候，绵绵可是延门市各个中学都在争着抢着的学生，这既不是因为绵绵有什么特长，也不是因为绵绵成绩超好，原因就是她有一个当书记的舅舅。一个中学如果有一个市委书记的宝贝外甥女来读书，"那几乎就等于拥有了可以轻松对话的经济资源和政治资本。"延门中学自从将绵绵招进来后，一些过去一直解决不了的问题便迎刃而解了，如学校想要征用一块土地为老师盖住房，终于在书记的指示下实现了。不仅是学校，就是学校旁边开的小饭铺，老板都知道利用绵绵这一资源，老板愿意花很少的钱给绵绵包饭，就因为市委书记的外甥女在这里包饭，公安也对这里有了特别的关照。但一旦书记被双规，这些曾对绵绵表现格外亲热的人马上变了另一副面孔，纷纷要与绵绵撇清关系，因为他们都担心在处理魏宏刚违纪违法问题时会牵连到自己。

　　张平在这里提出了一个非常严肃的问题：我们的社会还不同程度存在着一种纵容腐败的社会风气。如同小说中所描述的那样，无论是学校的校长，还是年轻的班主任；无论是做房地产的经理，还是小饭铺的老板，他们都费尽心机要沾上一些特权的光，从腐败官员中获取一点好处。因此当魏宏刚在台上当市委书记时，他们希望书记的位子坐得越稳越好，而当魏宏刚被双规后，他们也丝毫不会反省自己过去是否也做错了什么事情。当然，他们的行为并没有触及法律，只是利用了一点特权而已。何况他们都是基层普通的群众，获得的只是一点小恩小惠。那么我们是否就不必追究这些事情了呢？这使我想起了阿伦特所说的"平庸之恶"。阿伦特认为，罪恶分为两种，一种是极权主义统治者本身的"极端之恶"，一种是被统治者或参与者的"平庸之恶"。人们由这一观点引申开来，认为平庸之恶正是对20世纪以来普遍的道德无底线的社会现象的恰当描述。这是因为传统的道德体系不适应社会变化，新的道德体系尚未建立起来，人们处在一种无道德或非道德的状态之中，是非标准发生错乱，在这种状况下，任何人都难免陷入纵容腐败的泥淖之中。比如魏宏枝、武祥夫妇俩，一直恪守着廉洁奉公的思想意识，不仅严格要求自己，而且还反复告诫当官的魏宏刚，提醒他做一名好官。更难得的是，他们一直怀有警惕之心，有意与当官的弟弟保持着距离，小心谨慎地为人处事。但即使这样，他们俩仍然摆脱不了纵容腐败的干扰，甚至差点陷入纵容腐败的泥淖中不能自拔。幸亏在关键时刻，武祥以严酷的反省心态仔细清点与魏宏刚来往的点点滴滴，发现了问题的蛛丝马迹，从魏宏刚母亲的家里找到了一批赃物，从而还了妻子的清白。吴玉红是魏宏刚儿子丁丁的同学，家境贫寒，吴玉红出身底层，按说对腐败最为痛恨，但她同样也会受纵容腐败之害。比如学校为了达到利用丁丁的目的，就安排吴玉红每到考试的时候，悄悄给丁丁递条子告诉他正确的答案。只要吴玉红这样做了，学校就会给她发奖学金。魏宏枝、吴玉红等人从主观上说并没有想去纵容腐败，那么，我们又该如何对待像魏宏枝、武祥夫妇和吴玉红等人出现的"平庸之恶"呢？对于这个问题，张平并没有直接回答，而是通过人物的言行来回答。武祥和魏宏枝夫妇俩一开始对于组织上反复找他们还有些抵触情绪，因此魏宏枝也被纪委采取了调查措施，但武祥自从直接闯纪委办公室后，才意识到问题的严重性，马上主动采取行动，他的主动性也得到了纪委的肯定，认为他为反腐斗争立了大功。吴玉红则是在丁丁受到父亲的牵连后对自己的行为有了深深的悔意，她不仅倾情帮助丁丁渡过难关，而且还自责自己不是一个好人。无论是作为亲人的魏宏枝和武祥，还是出身底层的中学生吴玉红，都可以说是魏宏刚大肆腐败下的受害人，而小说揭示了腐败的施害者与受害人之间的共生关系。如果说官员腐败是一种"极端之恶"的话，这种"极端之恶"若不加以扼制，就有可能滋生出广泛的"平庸之恶"；反过来，平庸之恶又成为腐败最大的温床和稳固的保护伞。小说中有个细节，绵绵的父亲武祥与绵绵同学任颖的父亲在一起议论起当今社会腐败之肆无忌惮时，感叹道："你说这些人胆子怎么这么大，顶风作案不收手，为啥就不怕出事？"两位普通的父亲不知道当官的为什么胆子这么大，我们读完这部小说后就应该知道了，这是因为当今社会的平庸之恶太普遍，它形成了一种纵容腐败的社会生态。因此，要彻底反腐败，就必须将平庸之恶这个温床和保护伞彻底捣毁。而捣毁平庸之恶需要我们每一个人伸出自己的手。

小说结尾充满政治寓意，绵绵因紧张过度昏睡过去，在考场上被担架抬了出来，医生问是叫醒孩子继续考试，还是让孩子回去休息，武祥泪流满面地说，就让孩子睡吧，让孩子好好睡会儿吧……我猜想，张平写到这里时，一定满怀深情地期待，当孩子醒来时，迎接她的是和煦的阳光、清新的空气。这才是重新生活的全部含义。

碎片化时代的宏大叙事
——读长篇小说《复活的世界》

阿慈兰若心有多大，读他写的《复活的世界》就知道了。《复活的世界》由《灵魂史》和《大地史》两部小说组成，两部小说写的都是发生在西北黄土高原上的的故事。《灵魂史》将我们带到了被联合国认定的"世界上唯一最不具备人类生存基本条件"的甘肃定西黄土丘陵沟壑地，讲述了发生在这里的日常而又揪心的故事，也展示了由这片土地养育出来的坚韧性格。《大地史》将时空拉得更加宏阔和久远，与社会的联系也更加密切，小说以大营村为主要舞台，反映了三十余年改革开放对农村政治、经济、文化、伦理、思想、心理的全面影响，表现了西北农民艰苦顽强、真诚豁达、坚韧与忍受的民族品性，为改变生存条件而顽强拼搏所作出的不懈努力。显然，这是一种追求大格局和史诗性的宏大叙事。书写乡村的故事仍然是当下长篇小说的重点，但面对乡村日益衰败的景象，在讲述乡村故事的小说中很少能看见宏大叙事的文本了，作者或者沉湎于日常生活的情趣之中，或者以感伤的笔调捡拾着乡村的记忆。因此，当我读到阿慈兰若如此坚定、果敢地采取宏大叙事的方式讲述乡村故事的小说时，真的有所感动和佩服。

现代文学诞生以来，大体上形成了两大叙事传统，一种是宏大叙事，一种日常生活叙事。现代文学的思想主潮是启蒙主义，因此，宏大叙事成为主流。新时期文学的一个重大变化就是打破了宏大叙事的一统天下，日常生活叙事得到了充分的肯定和推广。日常生活叙述能够冲破宏大叙述的强大势力而普遍流行起来，还与另一股世界性思潮有重要关系。这就是后现代主义思潮。随着当代社会的后现代文化特征越来越普遍的时代，碎片化的征象凸显，日常生活叙事逐渐成为小说叙述的主流。这一点在反映现实生活的题材中表现得尤为突出。如此说来，阿慈兰若刻意强化宏大叙事，似乎是在逆行而上。但他并非回到过去导致假大空的、被政治意识形态所绑架的宏大叙事上，而是寻求日常生活叙事与宏大叙事的对话。与当前大多数的乡村题材小说一样，作者在《复活的世界》中也采取了日常生活的视角，基本情节都是围绕着乡村普通人家的家庭关系和伦理冲突而展开的。小说正是通过最平常的日子，最普通的家庭，让我们感到了这里的苦难就像空气一样与人们须臾不离，人们也只能像接受空气一样接受苦难的折磨，因为苦难已经与日子融为一体。但如果仅仅停留在日常生活的书写，那顶多也就是一种对苦难的呈现和控诉。阿慈兰若的宏大叙事体现在两点，一是更看重女人的苦难。我以为这是抓住了要害，因为女人是苦难最坚韧的承受者，这也使得女人要承受更多的苦难。一个地方越是贫穷与落后，女人所受的苦难越巨大。二是重点塑造一个不甘于受苦受难、与苦难和贫困的现实抗争的倔强女人洋芋牡丹，将"中华民族传统的智慧和善良，宽容与奉献的人性美"如此沉甸甸的精神内涵赋予这一形象。在阿慈兰若的宏大叙事中,其实揭示了一个残酷的现实生存法则:在生存最艰难的土地上生长出的就是最不平等的男女观念。《灵魂史》的开头就是白艳芳丧葬。她是因为实在受不了生活的苦难喊着"天大大呀,我苦啊"跳进水窖结束了自己的生命。她的苦难多半来自丈夫的虐待,但她不敢反抗。因为"这里的女人没有自己的意见",丈夫想要对她怎么样就怎么样。男人在女人的心目中就是天,她们哪敢越过天去?但洋芋偏偏要越过天去,她首先从违抗父亲的意旨做起,要从父亲手里夺过支配自己命运的权利。然而挑战男人是很难的事情,先是她与男人私奔失败了,被父亲绑着嫁给了一个猥琐的男人。后来她干脆彻底砸碎思想的牢笼,任自由意志像决堤的洪水无可阻挡。她以放浪形骸来报复绑架的婚姻,她为画家宋文山做裸体模特,并与他相爱。最终她找到了真正爱自己的男人罗爱会,两人共同去新疆创业,事业有成。《大地史》的故事与农村的改革开放有关,与三农有关。但故事仍是从日常生活叙事进入的,通过大营村几家农民的日常伦理关系和爱恨纠葛,揭示出在改革开放进程中,城乡矛盾对村民心理变化的影响,乡村变革的艰难和希望。小说塑造了一批乡村人物形象,集中展现了西北农民性格和心理的复杂性,并非简单地以非黑即白、非善即恶的二分法能加以评判的。作者似乎对美好的女性形象情有独钟。麦穗这一女性形象尤其闪耀着光彩。她与《灵魂史》中的洋芋牡丹有相似之处,她们都是美丽善良的姑娘,都刚柔相济。所不同的是洋芋牡丹的刚更外在,麦穗的刚更内在。我发现,作者尽管极力要将很多思想内涵赋予《复活的世界》,但他下意识中更关注乡村女性的命运,他的这种下意识弥散在小说的叙述之中,从而凝结出《复活的世界》最突出的主题：解决贫困问题首先就要解决女性受苦受难的问题。马克思说过："社会的进步，可以用女性在社会发展中的地位来精确地衡量。"恩格斯也在《反杜林论》中引用了伟大空想主义者傅立叶的一句话："女性解放的程度是衡量一个社会普遍解放的天然标尺。"阿慈兰若似乎与伟人心有灵犀，他以小说叙述形象地证明了伟人名言的正确性。

《复活的世界》是一种具有鲜明和坚定的文学观的写作。阿慈兰若的文学观是载道的文学观。他认为，"不载道的文学一定是文字游戏"，他心目中的道则是"文学的教育性和人民性"，由此我也就理解了，为什么在一个碎片化的时代，他还要执着于宏大叙事。

审美新世界

——读修白的《金川河》

修白的《金川河》是一部很有特点的小说,它首先给我的感觉是一部混淆文体界限的小说。这种混淆非常有意义。在小说尤其是在长篇小说的创作领域,至今文体意识还很淡薄,同时文体意识又很混乱。很多作家对文体意识有一种误解,以为在传统小说写作的文体中间随便加点元素就是文体革新,比如加上很多注解,或者加异体字排版,如果这就是文体革新,这文体也真是太容易革新了。这就是文体意识淡薄以及文化意识混乱所造成的写作现象。小说文体的突破依赖于作家对于文体的清晰认识和对于小说叙述功能的充分把握,这对作家来说是一个挑战。《金川河》在文体上就给我们良好的感受,它既混淆了文体界限又能形成完整的艺术结构。

我所说的混淆主要是指是小说和散文这两种文体界限的混淆。修白是一个有清晰的文体意识的作家。她的这部小说建立在故事的基础上。故事是虚构的产物。而散文和小说的最大区别就在于散文是不能虚构的,因为散文这一文体预先就对读者作了真实性的许诺。因此散文不虚构体现了作家的写作伦理。每一个阅读散文的读者都会有一个期待，期待作者从伦理上保证他所叙述的内容是真实的。但是，今天文学写作伦理已经全线崩溃了，如今散文作家不再有写作伦理的约束，他们虚构起来似乎理直气壮，因此虚构在散文中很泛滥。我读散文时只把它当成文学修辞来读，而不会把作者的叙述当成真实场景来对待。《金川河》这部小说很神奇，它有一种神秘的力量让我情不自禁地将其当散文来读，这是一种很特别的阅读感受。我感觉修白是在倾诉真实情感和真实的体验，她在给我们提供一个真实的生活，仿佛非小说的成分非常突出。从结构上看，修白不像传统小说那样先建立起故事的框架，再在这个框架内扩展内容。《金川河》是以个人经验、体验和记忆为主要线索，并通过小说的方式进行虚构，它提供了新的阅读感受和新的审美世界。这是《金川河》最大的特点以及最有价值的地方。

小说作家在文体上进行有意的尝试非常有必要。我们怎样认识小说，怎样认识文体，这不光是理论家的问题，同样也需要作家进行理性的总结。《金川河》明显感觉到作家在文体上的自觉性。这部小说在叙述上具有多样性的特点。大致上说，作者主要采用了两种叙述方式，一种是家族历史叙述，一种是个人记忆叙述，这两种叙述交织进行，有所穿插，自由潇洒，一切都符合内在的逻辑。家族历史叙述完全是客观化的冷静分析的叙述。而个人记忆叙述，特别以童年记忆为主的个人记忆叙述，有很强的主观性，是一种抒情性的文字。两种叙述如何交织、协调，必然要在结构上进行思考。修白的处理方式就是不同的章节以不同的叙述为主，单数章节是以个人记忆叙述为主，比如第一章是"童年"，第三章是"少年",第五章是"疯狂的人",第七章是"静默如哑巴的人"。双数章节则以家族历史叙述为主,比如第二章是"连云港沦陷",第四章是"鬼子与汪伪政权",第六章是"逃亡滇西"。她的这种结构布局,思路清晰,搭起一个完整的艺术结构,两种叙述交替进行,带来审美的多样性,很有特点。修白的叙述粗粗地读来,觉得是一种感性化写作,是一种个人记忆碎片化的书写。当然,感性化或碎片化,也是现在很流行的叙述方式,有些作家完全就是凭着自己的感性去写个人记忆,让直觉自然地流淌出来,这种叙述方式如果仔细加以分析,就会发现艺术结构多半是不完整的。修白的写作却不是这样,虽然表面看上去是感性的,但这些感性的文字实际上已经经过作者的理性思考的,从而形成了一个完整的艺术结构。她的个人记忆活灵活现,具有感染力,但是,她不被感性牵着走,她有自己内在的理性和逻辑。这些看似不完整的记忆碎片,你若仔细琢磨的话,就会发现背后有一条潜藏的逻辑线索,碎片与碎片之间有着内在的关联,或是递进,或为因果。

读修白的这部小说,也让我联想起20世纪90年代兴起的个人化写作,或称私人化写作,当时一些女性作家强调个人情感的自由书写,这种个人化写作有着自身局限性,它沉湎于自我,拘束于感性。修白能却能超越个人化写作的局限,就在于她在个人化的倾诉中融入了沉思,她能跳出沉湎于自我情感的状态,对记忆和体验进行一种冷静的思索,把沉思用哲理化方式表达出来。

《金川河》的小说文本带有非常丰富的内在意义。她不是单一的主题书写,而是涉及很多方面的思考。比如母亲与女儿的关系是重点内容,尤其在小说的后部分,这方面分量更足,它涉及母爱问题。修白对母爱提供了另外一种视角的书写方式,揭示母女关系的多种可能性，以批判性的姿态去书写母爱。以前有作家这样写过。徐小斌在大家廉价歌颂母爱的时候，就在她的小说中对母爱进行批判性书写。《金川河》中的母爱是很特殊的，以至于将女儿的成长置于一个非常特殊的场域之中。"我"在童年时候软弱的反抗，是成长以后至深反抗的起因。另一个方面，这个小说有新的思索空间。整个小说有着很多有意义的思考，包括怎样面对历史，小说也提供了新的方式，这就是在自然形态下进行历史书写，不要在历史观的左右下去对待历史。

修白既然在小说采用了两种叙述方式，那么她在不同的叙述语境中采取不同的方式去对待历史。讲述家族历史时完全是客观化的叙述，那么修白会顾及大历史，会看到历史有主流有中心，比如写抗日战争历史时，会正面写到人们面对侵略，怎么去处理自己。而进入个人记忆的叙述时就会以另一种姿态去面对历史。伴随着个人的童年记忆、少年的记忆，修白在叙述中所呈现的历史就变得非主流、非中心，是一种日常生活流的历史。包括她写到改革开放的这段历史，因为她书写的是在这段历史中的个人记忆，因此她不会去理睬改革开放对于社会的重要意义，不会去在意如何把握历史核心。这是一种自然形态下的历史场景书写，它让我们能够更准确地、更精细地把握历史核心是什么。改革是什么？改革就是慢慢给个人与个性提供一个自由空间，就是个人与个性如何去拓宽这个空间。修白的书写刚好触碰到这个历史的核心点。我以为，这并不修白的有意为之，而是因为她采用了一种放松的写作态度，从而使得她能够更宽容地对待她描写的对象。她不是提供一种单一的主题，这样恰好能使得小说的内在价值更加丰沛，给读者提供的思考更深刻。

人类在羞耻中死亡，也在羞耻中新生
——读安昌河的《羞耻帖》

首先注意到，安昌河称自己进行的是魔幻现实主义写作，这使我在读他的《羞耻帖》前就有了充分的心理准备。正如作者所言，拉丁美洲魔幻现实主义对中国当代文学产生了巨大影响，不少中国作家的创作中就能看到马尔克斯的影子。但不要以为，中国作家不过是在重复魔幻现实主义的老路，在这方面千万不要低估了中国作家的创造力，也许更应该将魔幻现实主义看成是中国作家的一个借口，凭此借口，可以摆脱现实的约束，放纵内心的想象。《羞耻帖》就是一部放纵想象的小说，自然可以贴上魔幻的标签，特别是作者在小说中建造了一座充满着死亡气息的"土镇"。这座土镇尽管有"魔幻"的色彩，但让我联想起的不是马尔克斯的《百年孤独》，而是卡夫卡笔下的"城堡"。卡夫卡的城堡是一个神秘处所，一个小人物想要进城堡，却怎么也进不去。安昌河的土镇同样也是一个神秘处所，这里的居民被强行迁走，停水停电，但总有人影在这里攒动，寻求死亡的人把这里看成了生命的归宿。土镇也许是安昌河创造的一个新的文学意象，我期待他的土镇像卡夫卡的城堡一样，能够不断地引发人们的文学联想。

《土镇》的故事由土正拉开帷幕。土正在古籍中是执掌土地的神，在这部小说里似乎就是上天派到土镇的土地爷。土正掌控着土镇人的生死符牒，厘清诸恶诸善。但如今也让他感到悲切的是，十二时辰后，即为土镇末日。接下来小说便写到这十二个时辰里土镇逐一发生的故事。这些故事无不涉及死亡、谎言、诈骗、淫乱、暴力、邪恶，但这一切即将随着土镇的消失而被永远地埋没在水下。显然，土镇的消失是一个阴谋，因为镇长廖伯康伙同赵舵在土镇开办化工厂，化工厂成为他们的印钞机，但土镇人被化工厂排出的污染物所毒害，都失去了生育的能力。制造灾难的人为了掩盖他们的罪行，决定造一座大坝，将土镇淹没在水下。但是，安昌河并不是要写一部单纯讲故事的小说，讲故事也许应该交给一位典型的现实主义作家去做，而对于推崇魔幻的安昌河来说，他要做的是，按照主观意念来搭建一座土镇，让它既成为现实的镜像，也寄寓幽深的精神。他选择了三个人物来完成土镇意象的建构。一个是前来土镇寻求死亡的英雄后代王书，一个是维持土镇最后秩序的派出所所长陶一民，一个是掌握了死亡侍从技巧的妓女边菊。随着这三个人物的行踪，我们一再地被"羞耻"这个敏感的词语所灼痛。我理解安昌河是将土镇作为人类社会的一个缩影，他要告诉人们的是，人类社会在那富丽堂皇的表象后面是数不清的丑恶和犯罪。每个人都深受其害，每个人又可能就是施害者。这些足以让每个人感到羞耻。但让安昌河激愤的是，人类社会竟发明了一种掩盖羞耻的方式。这就是以王书家族为代表的做法，从王书的祖父王文起，他们一代又一代把自己打扮成英雄，以英雄的荣光掩盖了他们因为恶行而带来的羞耻。以荣光掩盖羞耻，这或许就是安昌河对人类社会所作出的最致命的批判，他所批判的这种现象——以荣光掩盖羞耻，可以说是人类最大的羞耻！于是，安昌河要发送一份"羞耻帖"，将人类最大的羞耻公之于众。荣光和羞耻，构成了人生选择的两极，小说分别写了各自代表一极的人物。王书代表了荣光这一极。他们被社会所拥戴，也尽享荣光带来的优越和利益。但是，羞耻不会从他们的身上消失，他们的胸口会长出一个阳根状的突起物，只要他们活着，这个突起物就会不断地给他们制造些痛苦（安昌河似乎是把阳根视为羞耻的根源，便设计了这个象征性的突起物，甚至连王书也是由父亲胸口的突起物与母亲性交而孕育出来的）。王书终究忍受不了突起物带来的痛苦，于是他选择了死亡。代表另一极的人物是边菊和她的祖祖安白氏。安白氏在她最美好的少女时代，被强盗的凌辱击碎了她的爱情和婚姻。这时候，掌控着她命运的人对她说，她有两种选择，一是选择荣光——结束生命，为她立一块贞节碑，从此羞耻永远被遮盖；一是选择羞耻，她虽然活着，但从此失去一切荣华富贵。安白氏不惧怕死亡，但她也不愿意用谎言来掩盖羞耻。从此她沦落到底层，受尽各种屈辱和磨难。小说通过各类人物的命运遭际表达了这样一层意思：无论选择了哪一极，你也摆脱不了羞耻之痛。当然，小说写到了两种不同的羞耻，一种是由自我的淫邪造成的羞耻，如王书及其他的父辈们，廖伯康、赵舵之流，等等；一种是遭受他人邪恶伤害而带来的羞耻，如安白氏、边菊。当然人们更多的是兼有两种羞耻之痛，因为每个人身上都带有羞耻的根源，他既是施害者，也会成为受害者。尽管安昌河并没有明确区分两种羞耻的不同性质，但在他的叙述中，已经传递出他的截然不同的态度，面对自我制造的羞耻，他的态度是痛恨；而面对受伤害带来的羞耻，他的态度则是痛惜。而安昌河心中最大的痛还在于人们在羞耻面前的沉湎不悟。在这种情景下，死亡是拯救人类唯一的出路。小说便将王书寻求死亡的过程作为最主要的情节而展开，对于王书来说，"要想摆脱痛苦实现尽早死亡的方法只能是忏悔"，他在死亡侍从的照料下，对自己的家族进行了深刻的反思和忏悔，终于在死亡前夕一道金光出现在他的面前，引领他"进入美好快乐的世界"。安昌河在书中感叹："死亡是一个人和这个世界最好的和解方式。"这个结论何其悲观！但也许只有以如此悲观的结论，才能让人们从被羞耻腐蚀得积重难返的现实中惊醒过来吧。

　　小说很沉重，但作者在最后给了我们一线亮色。土镇终于发生了一场大爆炸，"爆炸将他们封印的恶魔全部泄漏了出来"，但在大爆炸声中，"我"呱呱坠地了，这似乎预示着人类的新生。于是人们炸毁了大坝，被大水淹没的村庄田野和山石树木一一显露，人们开始了家园的重建，土镇又回到了它的繁华时代。安昌河笔下的土镇通过十二个时辰的演历，让人类从死亡到新生，但这是否意味着又要进入到下一个轮回呢？难道人类就不能逃避死亡的厄运吗？主动权其实就掌握在人类自己手中，看你能否从无尽的羞耻中醒悟过来。因此，小说最后说道："世间万物，我只敬佩人类。世间万物，我只藐视人类。世间万物，我只疼爱人类。世间万物，我只憎恶人类……"

心灵真实结出的果实
——读《风吹过来》

姜耕玉写诗写评论写艺术和美学的理论文章,长年生活在大学校园里,和他聊天时就能感觉到他是逻辑思维的料,我一直把他当成学者看待。但有一天他告诉我说他写了一部长篇小说,我的第一反应是大吃一惊,原来他强大的逻辑思维背后还藏着一个不甘落后的形象思维。读了他的小说后,我以为,其实这部小说一直埋藏在他的内心,如果他不写出来是不会心安的。

我们往往以为小说都是作家编出来的故事,谁的想象力丰富,虚构能力强,谁就能写出好小说来。这其实只是小说的一种方式,还有一种方式则是与作家的自我经历和体验相关,他把自己的经历以一种伪装的方式写出来,这样的小说具有自传性,而且这种方式是现代小说的特征之一。这两种写小说的方式也带来两种叙述视角,前者是他者的视角,后者是自我的视角。姜耕玉的这部小说显然是自我的视角。自我视角的小说一般都会采用第一人称叙述。自然在这部小说中的"我"——少年白梦魁的身上留下了太多作者自我的痕迹。小说中有不少做梦的情节,看来耕玉对梦很感兴趣，他一定非常熟悉弗洛伊德的释梦理论，你看他甚至将"白梦"嵌入主人公的名字里。他在讲述白梦魁暗恋老师杨小淘的故事时，就让白梦魁一而再地做梦，通过做梦将两个人的关系捆绑得越来越紧。一切均源于人的潜意识，正如弗洛伊德所说的，梦是被压抑的欲望的非理性发泄。或许我们在少年时期都会经历与白梦魁类似的精神焦虑。当然，我说这部小说具有自传性，并非要坐实小说中的人物和事件都是真实的，必须强调这是一部小说，所以可以肯定地说，尽管白梦魁有着作者自我的痕迹，但这并不意味着白梦魁所做的事情都是在作者身上曾经发生的真实。所谓自传性是指作者从自我的体验和心理偏爱去进行文学虚构和想象。我以为，这部小说印证了姜耕玉在他青春萌动时期曾经有过美好的梦，也一定有过美丽的姑娘让他倾心。但所有的美只是埋藏在心底。他在小说里就提出了一个"冰山"理论，白梦魁在遇到杨小淘之后做了一个冰山的梦，后来他才明白冰山是一种警示，警示他追求女人杨小淘是一个禁区。其实，我们每一个人在进入青春成熟期后都会发现，有一座冰山横亘在我们的内心。有时候，我们就把一些美好的记忆雪藏在这座冰山下面，这些美好的记忆也许只是一个瞬间，一个意象，但它们刻在心上无论时间如何流逝也不会磨蚀掉。多少年后，冰山也融化了，这些美好的记忆仍然完好无损，它们就会成为作家最有价值的写作资源。有不少文学经典作品就是由这样的美好记忆培植出来的。我以为，姜耕玉的这部小说也属于这样的类型。它最大的优点就是——真，不是人物和事件的真实，而是心灵的真实。对于小说而言，心灵的真实更重要。我们的一些现实主义作家写的小说为什么不成功，就是因为他们仅仅满足于现实生活的真实性，但他们的作品缺乏心灵的真实。姜耕玉这部小说写的是"文革"时期发生的事情。说实在的,尽管不少作家写到了"文革",但至今还很少有能够让我们读了服气的作品,不服气的原因就在于,作家们虽然理直气壮地在批判"文革",他们所写的"文革"悲剧看上去是真实的,然而读起来却感到缺乏心灵的真实,这样的作品也许从政治上说是正确的,对历史的批判也是有力的。但由于缺乏心灵的真实,他们并没有真正揭示当时人们的精神和情感。姜耕玉没有像其他作家那样面对"文革"题材时,首先就被强大的政治性充斥了头脑,而是听从内心的召唤,循着心灵的真实去书写。这就保证了当他写到"文革"时不会变成一种格式化的政治批判书。可以说,这部小说就是心灵真实结出的果实。

这部小说的主线是白梦魁与杨小淘的爱情故事。小说的开头部分是典型的自我视角,是作者深层记忆中某种意象的充分发酵,把白梦魁、陈嘉等几位年轻人在性萌动期的状态描写得非常生动逼真,也为以后的故事发展铺垫了一个心灵真实的基础。重头戏还在后面。这个爱情故事发生在"文革"时期,对于姜耕玉来说,他似乎更在意这个爱情故事所承载的社会内容,或者说,爱情故事只是一个串起情节的线索,作者通过爱情故事将读者引向一场社会悲剧。与其说,杨小淘的悲剧是爱情悲剧,还不如说是社会悲剧。杨小淘不过是一名很普通的中学老师,她漂亮又有才华,自然会成为年轻男性所倾慕的对象,白梦魁暗恋上她也是很正常的事情。但杨小淘已经结婚了,白梦魁陷入单相思的窘境之中,如果社会时局不发生巨大变化,这个爱情故事发展下去也就是一场非常个人化的杯水风波。但突如其来的政治风暴,把所有的人都裹挟了进去,杨小淘也不能幸免。当一个社会失去理智和伦理约束时，每一个人的私欲可以无所顾忌地发泄，许多荒诞的事情就可能产生。白梦魁是一名造反派，最初他想利用自己的便利保护杨小淘，但最终他对杨小淘的爱恋反而成为一种罪责，尽管白梦魁敢于承担政治上的风险，他对杨小淘说："真情真爱不会因为对方遭遇不幸而动摇，因为我了解你，我有承受丧失阶级立场的精神准备。"然而白梦魁越是坚定地帮助杨小淘，越是加剧了杨小淘的苦难。它让我们感受到那个年代的恐怖：一个人可能会成为被害者，但也有可能成为害人者。白梦魁这个形象具有明显的自我性，姜耕玉是通过这个人物非常真诚地表达了他对于"文革"的反思，他的反思是把自己也包括在里面的。小说的尾声写到，白梦魁"文革"后去杨小淘的墓地，站在墓园里，他就感到有一双双窥视他灵魂的凌厉眼睛，他从内心里对自己进行了严厉的批判。小说写到这里，我们就发现，心灵的真实一直贯穿在故事之中，圆满地到达了精神的彼岸。

  杨小淘是一个有着深刻思想价值的文学形象。她最初出现在读者面前的时候，是一名普通的中学老师，但后来连她自己都不知道，她是一名私生女，她真正的父亲是一名高官，但她不仅不能因此得到权势的庇护，反而由于生父被当成走资派受到批判，她也受到连累。杨小淘的可贵之处就在于，无论命运发生了多大的变化，她始终保持着自己的生活理念，她的生活理念也很简单，就是不说假话，不做违心的事。小说一开始，聪明的白梦魁就发现了："运动中被打倒的，说真话的首当其冲。"而杨小淘也告诫白梦魁，这个社会容不下"真正美好的爱情"。杨小淘最大的悲剧就在于她太"真"，白梦魁都劝她要学会保护自己的策略，要学会伪装。但她不屑于这样做，哪怕因此而遭受了更多的苦难她也不反悔。姜耕玉赞颂杨小淘的"真",称她有一颗"柔软的心,真实的心"。但他同时认为这样的心也是脆弱的。事实上,小说的主题始终是沿着姜耕玉的心灵真实发展而来的,忠实于自己的心灵真实,也就会对世界上的"真"有着特别的敏感。因为一颗柔软和真实的心在今天仍然是脆弱的,我们是否有更好的方式来保护它不受伤害,看来今天的社会还没有为此创造良好的条件。

墨如雨下，文章欤？革命欤？
——读莫美的长篇小说《墨雨》

初读这部小说时，对"墨雨"这个书名颇为惊异，我也像小说中的教书先生吴有如一样，在猜想这或许出自某个典故。记忆中有过许多以雨组成的意象，如花雨、烟雨、红雨，但墨雨的意象第一次在小说中出现，我相信作者莫美一定对这个意象赋予了一番深意。墨雨的意象也带出了小说的主人公梅浩然，他是这个意象的发明人，他将自己的书斋命名为"墨雨斋"，"希望自己只要一提起笔来，便墨如雨下，大块锦绣文章顷刻而就。"墨雨的意象也许代表了一个旧文人的梦想，在旧文人梅浩然心目中，这该是一个非常美妙的意象。然而小说在一开始就撕裂了这个美妙的意象。现实中的杨柳镇下了一场真正的墨雨，大地留下一片淡黑的痕迹。天降墨雨引来人们的不安和恐惧，以为这是不祥的预兆，杨柳镇为此还组织了两场规模空前的祛灾法事。这是一个耐人寻味的引子，因为墨雨后不多久人们渐渐淡忘了它，真正让人们感到巨大震撼也将人们都牵涉其中的则是一场惊天动地的革命。小说是写革命的，作者给我们讲述了20世纪初中国第一次大革命时期发生在湖南湘中地区的农民运动中的故事。虽然写农民运动的小说读过不少，但莫美的《墨雨》仍带给我特别新奇的阅读感受。

  书写大革命中的农民运动可以说是当代长篇小说的重要内容之一，梳理这类长篇小说，可以看出当代文学在认知近现代历史的反复修正和不断深化的思想轨迹。《墨雨》是这一思想轨迹中的重要收获，体现了一定的思想深度。20世纪是革命的世纪，一次又一次的革命在世界范围内风起云涌，带来了世界性的根本变化。革命从本质上说就是阶级斗争的激化形式，"是一个阶级推翻另一个阶级的暴烈的行动"。从一定意义上说，这就是革命年代的历史逻辑。当代长篇小说基本上也是遵循这一历史逻辑来书写革命时期的农民运动的。《墨雨》充分注意到了这一历史逻辑，小说虽然写的是湖南湘中地区一个小镇的故事，但我们能够感觉到当时世界性的革命思潮。革命思潮能够在中国大地上兴起，是内因和外因共同作用的结果。内因是中国封建社会日趋衰落，外因则是国际共产主义运动声势浩荡，波及欧亚大陆。不少作家在写这个时期的农民运动时，往往要设置一个非常困顿、凋敝的乡村环境，民不聊生，官逼民反，革命必然地就会在这个地区发生。但《墨雨》的作者采取了迥然不同的写法，小说所写到的杨柳镇并没有天灾人祸，人们习惯了平静的日常生活，当然社会矛盾掩盖在这种平静的日常生活下面，就像一条平静的河流下面涌动着暗流。然而如果狂风不吹动河水的话，沉渣是不会泛起的。这样的描写能够更加准确地体现出中国革命运动的历史逻辑。这是《墨雨》思想深度的一个方面。另一方面，也是更重要的方面，《墨雨》揭示出仅仅以阶级论来反映革命历史是不够的，阶级论只是历史逻辑的一部分，历史逻辑的另一部分则是中国现代化。长期从事中国现代化研究的学者虞和平认为，中国的现代化与中国反帝反封建的革命是密不可分的，反帝反封建既是现代化的一个组成部分和一种重要动力，又为现代化建设解决制度和道路问题扫清障碍。这就涉及另外一对内因和外因：中国传统文明的内因和西方现代文明的外因。中国是在传统农业文明的基础上被迫开始现代化的。如果西方现代文明不是在武力的推进下进入到中国社会，中国传统农业社会尽管日趋衰落，但"百足之虫，死而不僵"。正如虞和平所指出的那样：中国现代化进程的特点是外因通过内因起作用并且变被动为主动。中国现代化的这些基本特点通过《墨雨》以小说的方式也非常形象地表现了出来。另一方面，小说还充分写出了历史逻辑推演下农民运动的复杂性。比如杨柳区农会的会长最终还是让二溜子书落壳来当了，而最地道的佃农吴思齐却始终站在老爷梅浩然的一边。这充分说明了内因的被动性，连共产国际派来的鲍顾问也宣布，要让痞子、流氓做先锋，真正农民才得起来。可以说，《墨雨》比较全面地把握了历史逻辑，对革命时期的农民运动的认知和反映也就更加符合历史真实。

  《墨雨》基本上不是按照人们熟悉的革命叙事路数来塑造人物的，因此，小说中的人物对于我这样的经常阅读革命题材小说的读者来说，就会感到既熟悉又陌生。熟悉是因为《墨雨》并非刻意去写轶事边缘事，而是正面书写革命进程，自然涉及的主要人物也是在其他革命题材小说中出现过的，如革命的领导者——党派来的知识分子，革命的积极参与者贫下中农，革命的对象地主，等等。陌生则在于，莫美并没有按照过去的套路和思路来写这些人物，他对这些人物有着自己的认识和理解，因此，这些人物在他的笔下就具有了新的面孔，就会给人带来一种陌生感。特别是书落壳、吴思齐、梅浩然这三个人物形象，集中体现了作者的历史认识高度。书落壳是农村痞子形象，也叫二溜子。在农村进行革命时，这类人物无疑是最为兴奋的，他们中的不少人成为农民运动的积极分子。当时就有一种议论，认为农民运动是"痞子运动"。毛泽东的《湖南农民运动考察报告》就是在这种背景下写出来的，当然，毛泽东的结论是"痞子运动"好得很。这类痞子形象在以往小说中的书写一般有两种方式，一种是美化的方式，一种是丑化或漫画化的方式，显然这两种方式都不可能反映出历史人物的真实性。《墨雨》的突破性意义就在此，书落壳作为一个痞子形象，真实地反映了这类人物的复杂性。书落壳的真实姓名叫张一书，曾经家道殷实，也读过一些书，父辈还指望他读书能给家庭带来荣耀，但他生性好动，不仅没给家庭带来荣耀，还成了一个败家子。他不愿意吃苦，不愿意安分守己地干农活，于是就做一些偷鸡摸狗式的苟且营生，也就被人们蔑视为痞子。其实他的出身就是农民，而且还是有点文化的农民。他积极参加革命，既有出于本性企图在革命行动中获益的一面，也有他的思想启蒙比一般的农民来得要容易一些的缘故。他在农民运动中既有冲动蛮干的一面，也有聪明机智的一面。作者以大量的真实可信的细节表现了书落壳的复杂性。比如有上面的政策比较保守时，他懂得不能太鲁莽，便保持低调，并主动在过年时节去梅浩然家拜年。面对梅浩然暗含讽刺的话语，书落壳也能机智地应对，既饱含着尊重，又悄悄地将梅浩然的儿子牵连进来，让梅浩然无话可说。更重要的是，作者强调了书落壳的悲剧性，因为当革命一旦落入低潮，最没有安全屏障、最早受到反革命报复的必将是书落壳这一类人物。吴思齐则是一个典型的安分守己的农民形象，这个形象的认识价值就在于它揭示了农民与地主的相互依存的关系，过去的小说在处理这类农民形象时，往往是将其作为农民中的落后分子来表现的，事实上简单地以落后来定位吴思齐的话肯定要对人物做出极大的误解甚至歪曲。而梅浩然则是一个乡绅形象，或者说是过去我们所界定的地主形象。当我们跳出阶级论的局限后，对地主形象的认识也就更加接近历史本质。《白鹿原》最大的突破之处就是乡绅形象的重新塑造。也因此有人将《墨雨》与《白鹿原》相比拟。这种比拟有一定的道理，因为《白鹿原》的突出成就便是精心塑造了白嘉轩这一乡绅形象，陈忠实一改过去对于地主形象塑造的思路，从文化的角度去书写乡绅在传统乡村中的功能和作用。《墨雨》在这一点上是与《白鹿原》相一致的，但又有所不同。不同之处在于，《墨雨》仍然是从总结革命历史经验的角度出发来认识梅浩然这一形象的。

莫美不是历史学家，他的小说也丝毫没有直接表达对历史认知的议论。他之所以在反映历史时能够准确把握历史逻辑，首先在于他的写作态度。莫美是以自己的家乡为背景来写的，大革命时期在这里所发生的一切被岁月分解为无数的历史记忆，仍然弥散在这片土地上，他从小就生活在家乡，随意便能捡拾到这样的历史记忆。据莫美介绍，小说中所写到的人物几乎都有历史的原型。这是非常难得的写作素材，但莫美并没有按照流行的历史叙述和思维定式轻易地处理这些写作素材，而是循着这些保持着生活原生态的历史记忆，进入到历史资料的搜集之中。他搜集的历史资料相当丰富，这些历史资料也为他描绘出一幅相当清晰的历史图景。由于所掌握的历史资料既丰富又全面，最初莫美是想编写一部历史专著,但想必是这些历史资料与一直活在他内心的那些历史传说和人物不断地碰撞出了火花,于是就有了长篇小说《墨雨》。即使是写小说,他也充分利用了这些历史资料,比如当时农民协会的章程,各级地方党组织的文件、文告,基层农会的减租公告,报刊的新闻报道,等等。莫美非常巧妙地将这些资料融入故事情节之中,因此不仅不显枯燥,反而增添了小说的历史现场感。有人评价莫美写的《墨雨》太老实,大概是说他基本上采取的是一种特别老实的写实主义方法讲述故事。老实是一种非常高的评价,因为没有叙述上的基本功是做不到老老实实地写实的。但我以为更值得赞赏的是莫美在写作态度上的老实和严肃,因为他的老实和严肃,他才能够全面把握住历史逻辑,才会触摸到历史的本质。

这部小说在客观写实的背后也隐藏着作者对历史的反思。"墨雨"的意象就是反思的结果。墨雨是梅浩然期待写出锦绣文章的美好愿望,但他的"墨"是已经无法跟上时代进步的传统文明,所以"墨雨"带给现实的只会是遍地污浊。"墨雨"是一个耐人寻味的意象,墨如雨下,文章欤?革命欤?历史似乎没有给出定论。"墨雨"的意象也提示人们,革命是伟大的,但革命也会让社会付出沉重的代价。因此,尽管梅浩然作为能够意识到社会变革大趋势的乡绅,愿意接受减租减息等革命的要求,但小说从现实中的一场墨雨始,到梅浩然做了一个被农民运动判决杀死的噩梦终,暗示着他无论如何努力也逃避不了悲剧的命运。作者莫美对梅浩然是寄予同情的,他的同情也是他的反思:革命能否让梅浩然这类人物同样获得拯救?这样的反思其实不是在责问历史,而是在警示当代。

从自恋到自省
——读古里果的《人间乐》

有人推荐我读一本小说《人间乐》。还没阅读之前,我特意查了一下资料,才知道作者古里果就是多年前曾以青春小说引人注目的作家李巍,但就在人们对她的文学天赋抱有更大的期待时,她却销声匿迹了。如今,她摇身一变,以古里果的笔名推出了她的新作。一个作家已经开创出一条畅通的大道却将其舍弃,定是她有了新的发现,因此,我相信这部小说一定是她修炼多年的结晶,我对它也抱有很大的期待。首先这个书名就引起我的兴趣。因为曾有一本古人写的《人间乐》,还被列入古代十大手抄本,这本《人间乐》我浏览过,算得上是明清时期典型的言情小说类型,故事比较奇巧,写一个才貌双全的大小姐却爱女扮男装,她以男装钓得一名美女的爱情,在洞房花烛夜,又恢复女身,还说服这名美女一起嫁与她所中意的男子。这个故事俗气得很,无非表达了男人们贪得无厌的欲念,要在洞房花烛夜里抱得两个美人归。这部小说的作者姓甚名谁都不清楚,但我断定他是一位男性,而且在他眼里大概这就算得是人间乐了。很遗憾,在我讨论古里果的小说时，却联想到了这样一部俗气的小说，但有时候正是通过对比才能彰显出一件事物的可贵之处。将古代的《人间乐》与古里果的《人间乐》作一番对比其实是很有意思的事情，因为在对比中我就发现，古里果已经完全颠覆了古人对"人间乐"的定义，在那本俗小说里，男人在新房里坐拥两位美女就是"人间乐"了，这显然只是男人心中的"人间乐"，自古以来，乐还是不乐，都是以男人的感受来定的，这是男人的权利。而古里果则要把这个权利从男人手里夺过来，所以她也要写部"人间乐"，但这个人间乐是女人的"人间乐"。她写了一个从贤妻到名妓的女人，这个女人的转变既不是生存所迫，也不是道德沦落，而是她听从生命的召唤，去获取一个女人最大的快乐。而且这个女人身边的所有男人——她的丈夫、公公、仆人、朋友以及她的未能相认的父亲，都在以各种方式来帮助她实现这一快乐。这个故事对于男人来说的确是彻底的颠覆，但仔细阅读小说，就发现，作者绝不是简单地将男人的快乐更换为女人的快乐；作者对所谓的人间乐根本不感兴趣——这或许才是最大的颠覆。

　　古里果有点像女性主义者。女性主义在中国早已不是稀罕的思想，如今大凡一个女性作家都会在小说中洒上一些女性主义的雨点。但在二十多年前，女性主义刚刚在文学中露出端倪，人们就像是遭遇到洪水猛兽般地感到惊慌。我记得林白的《一个人的战争》出来时曾引起了极大的争议。林白的这部小说的确是挑战了男权社会，她自由地表达了女性的个人欲念。但即使如此，我觉得林白当时的挑战也是小心谨慎的，她只能躲在自己闺房的帏帐里，自我欣赏自己的身体，小说从四岁的女童躲在蚊帐里进行自慰开始，而结束在一段诗意化的描述中。这段诗意化的描述甚至都成了一种经典性的描述。我把林白的挑战称为以自恋的方式挑战男权社会，这是一种绕开对手的挑战，也许林白很清楚对手的强大，如果正面出击，自己难免伤痕累累。即使如此，林白的这部小说出来以后仍然遭到了男权社会极其强悍的诋毁。或者更准确的说法应该是，林白目睹男权社会对女人肆无忌惮的伤害，她只能躲进帏帐里以自恋的方式来抚慰心灵。回望这二十年来的女性文学，不管作者自觉还是不自觉，愿意还是不愿意，基本上都是在为女性主义的政治斗争提供弹药。虽然斗争仍在继续，但女性已经夺回了大片的土地，她们将这片土地营造成女性的天堂，她们可以自由地在女性天堂里抒发情感了。啰唆了这么多，就是想说明，古里果便是女性天堂里的吟诗者。她所写的《人间乐》不是为女性主义提供弹药，而是女性天堂里的诗篇。因此读古里果的小说会有一种愉悦感，仿佛她的所有文字都是在诗意的池塘里浸泡过的。这一点完全与我读林白的《一个人的战争》相似。这说明一位女性作家一旦摆脱了男权观念的束缚，任其灵魂自由绽放的话，带给读者的一定会是诗的愉悦。我随意便能摘取诗化的句子，如"一天赋予她的身体极度的敏感，每个毛孔都生长着自行思考的大脑。所以，她的感官与众不同——男人抚摸时的指纹纹理、亲吻厮缠时舌苔上的颗粒状摩擦。她不用眼看，她的皮肤替她看得清楚"。

"每个毛孔都生长着自行思考的大脑"，这似乎是古里果的自许。因为在这部小说里，不仅有诗意，而且有智慧。这也证明了古里果在女性天堂里真正获得了思想的自由。女性主义是一种政治话语，因此无论女性主义如何诉说，背后总有一个男性的对立面而存在。古里果的智慧恰恰表现在她试图跳出这样一种对立的思想情境，任女性对世界的感知自由地表达，于是一切在女性主义那里被赋予了政治内涵的意象从政治的符码里解脱出来，获得了新的意义。比如性欲，男人的占有欲，妓女，等等。作者把一个女人的一生比作一幕大戏，因此她在正式讲述故事前先写了一段"幕起"。"幕起"其实是作者以隐喻的方式为小说做的一个导读。最值得关注的是这么一段对话："你知道天地间什么最擅长……吞噬？""大海。""不，是女人的身体——就是你。"我以为，《人间乐》就是对女性身体的自省。女性的解放是从身体解放开始的，林白的自恋首先是对身体的自恋，再由身体进入到灵魂。记得马克思曾经说过，身体的需要激发了革命。但革命终归是一种极端的行动，当女性以自己的身体作为政治的武器时，自然会一路留下纵欲和激情的点点踪迹。但到了古里果这里，身体不再是纵欲和激情的承载物，而是精神的容器，正如帕斯卡尔所说的："人只不过是一根芦苇，是自然界最脆弱的东西，但他是一根会思想的芦苇。"虽然《人间乐》的故事仍然是由身体的欲念引起的，但我更感兴趣的是古里果是如何将身体挺立成"一根会思想的芦苇"的。这个关涉身体欲念的故事其实也很特别，说的是一位美丽少妇、豪门小姐许凝脂被深藏内心的意念所唤醒，放弃家庭，出走青楼，从此将自己修炼成为名妓暮雪。许凝脂最初出现在读者面前时还是一位三观极其端正的大家闺秀，她成为昭灵山的妻子之后，过着风花雪月的生活，她沉浸在爱欲之海里，她惬意于这样的生活，但她同时也要求自己的丈夫做一个"身心都属于我的男人"，换句话说，她把自古以来男人对女人的要求反诉于男人："你得给自己立一座贞节牌坊。"在这个阶段，故事似乎还是在沿着女性文学的正常轨迹运行，我们以为夫妻双方为因为贞节与欲念之间的矛盾而发生激烈的冲突，但故事很快就溢出了正常轨道：夫妻俩合计着将凝脂推向名妓的归途。而在这个过程中，凝脂对自己的身体有了清醒的认识，她明白了身体不过是一具皮囊，这皮囊"领先大地山川、日月星辰、五谷杂粮而得以生长存在"，又"会以与'生'相同的方式回馈给人间"，也就是说，由生而死，不过是物质在发生转变，"每天都有一块皮肉在向死而生中由生至死"。明白了这一点的凝脂已经成为名妓暮雪，暮雪在青楼里体验着极乐，因为她没有了灵魂的约束，她宣布："你把灵魂放在了当铺，我任由皮囊在欲海里偷渡。"尽管如此，当她在日春屋烧毁后看到那些尸骸，想到再美妙的皮相也逃不脱由生至死的转换，便豁然意识到："既然终将成为任何一物，为何不能先爱万物。"

《人间乐》分为上下册，上册为黝黑色的封面，下册为大红色的封面，两种色彩已经暗示出各自的情感基调。上册主要讲述凝脂到暮雪的转变过程，在这个过程中，凝脂与她周遭的人们无不纠结于道德伦理、世俗习惯、灵魂信仰，结尾则是凝脂的生身父亲善忍面对她的一再暗示却不敢相认，怀着强烈的罪孽感而沉入湖水中，是一种黑色的沉重。也可以把上册看成是作者对"人间"的写照。下册主要写了两个故事，一个故事是马竹欲了断红尘成为佛家子弟善忍，却经受着情欲的煎熬，但他终于走了出来，成为寒清寺第三十三代方丈。另一个故事凝脂成为暮雪后得到众多男人的追逐，但她年逾六十时便削发为尼，作者的叙述有一种红色的艳丽，仿佛是对一个超越了人间的极乐世界的写照。

从林白的自恋，到古里果的自省，女性作家的思想空间变得越来越宏阔。

陈河：文学的世界革命

海外华文文学一下子就把中国当代文学的视野拓宽到世界的范围，它意味着，中国当代文学不仅融入世界文学之中，而且还动能地参与和推动世界文学的演变。海外华文文学，既有华文的部分，这显然是中国文化的内容，也有海外的部分，海外不仅指作家的身份，同样也包含着海外的文化内容。所以，海外华文文学是文化交流和对话的产物，是文化融合和文化碰撞的结果。当然，中国当代文学处在全球化时代，与世界各地文化进行交流和对话已是家常便饭，但是，海外华文作家显然由于直接置身于海外文化语境之中，他们在写作中所遭遇到的文化碰撞更为直接和激烈，因此也会带来神奇的效果。从这一前提出发，我想专门谈谈陈河文学思维中的世界革命情结。

读陈河的小说，越来越觉得我和他是同路人，思想深处有太多相似的地方。我们都是20世纪50年代出生的人，俗称"50后"，"50后"生长的年代是一个充满革命激情的年代，我们在革命的氛围中成长，从小就接受了革命的教育，在我们的思想深处打上了革命的烙印。但革命也让我们的胸怀变得宽广，因为当时的革命思想是关于世界革命的思想。我们被告知：世界上还有三分之二的人民生活在水深火热之中。我们从小就懂得，做一个有志向的中国青年，是要去拯救世界人民的。世界革命是20世纪国际社会主义运动的基本理论，并非中国所独有，但世界革命在全球范围的兴起是在二战前后，到60年代中期逐渐低落下来，唯有中国仍高扬着世界革命的大旗。毛泽东将反帝反修作为世界革命的主要内容，甚至可以说，他就是在其世界革命的整体框架下发动了"文化大革命"。陈河和我都是在"文化大革命"中度过少年时期的，耳濡目染了世界革命的态势，这种态势用当时流行的毛泽东诗句来形容便是："四海翻腾云水怒，五洲震荡风雷激。"我在这里并不是要从政治上或意识形态上讨论中国执政者在当时所采取的世界革命战略，很显然这一世界革命战略最终证明是失败的。但我想要提醒人们注意的是，尽管随着"文革"结束，中国的政治发生根本性的改变，世界革命也成为一个被淘汰的词语，然而世界革命作为一种时代精神，已经与"50后"的历史记忆密不可分了，他们在以后的人生历程中随时都有可能翻检出来。在陈河的大脑里，世界革命的记忆仍然非常清晰。《黑白电影里的城市》可以说就是由世界革命的历史记忆发酵出来的一篇小说。小说写的是改革开放后的中国人到世界各地做生意。小说主人公李松做生意来到了阿尔巴尼亚。他来到阿尔巴尼亚的海滨小城吉诺卡斯特，发现这座小城是拍摄电影《宁死不屈》的地方。阿尔巴尼亚和电影《宁死不屈》，正是世界革命意象中的重要符号。这些符号唤起了李松的记忆。或者说，是唤起了陈河的记忆。他在访谈时就说到了这一点，他说："但是在阿尔巴尼亚还有一种感觉，有一种特别熟悉的感觉。因为我们年轻的时候一直看阿尔巴尼亚的电影，比如《脚印》《宁死不屈》《广阔的地平线》，所以到了阿尔巴尼亚总是有一种熟悉的感觉,我到阿尔巴尼亚第一年,有一次去边境的城市,那个城市跟希腊挨着。我们去的时候是晚上,结果去了以后,进入那个城堡以后看到那边有一棵树,下面有一个少女的雕像,后来我问说这个少女雕像是什么意思,人家告诉我说这个少女雕像就是《宁死不屈》米拉的塑像,就是电影里主人公的原型。当时为这个事情我觉得蛮有意思的,因为《宁死不屈》这个电影,当时在 70 年代就看过,那是一个很远的记忆,我 1994 年的时候到了国外,又接触到电影里的原型,当时觉得蛮有意思,所以我觉得这可能就是文学的时刻。"陈河将这一记忆称之为"文学的时刻",这同样蛮有意思。所谓"文学的时刻",并不仅仅是说他从这里发现了故事的线索,而是指这一切触发了深潜在他内心的世界革命情结,这其实是一笔重要的精神资源,他可以用文学的方式来处置这笔精神资源了。这就大致决定了小说的叙述方向:以复调的叙述来处理历史与现实的对比和映照。历史包括两方面内容,一是《宁死不屈》所反映的阿尔巴尼亚在二战中的抗争,二是李松在"文革"时看《宁死不屈》后带来的精神变化。《宁死不屈》所表现的英雄主义充满着崇高感,吻合当时的中国政治激情,李松被它感染是理所当然的,米拉甚至成为他的暗恋对象。我相信,当时的李松如果有机会来到阿尔巴尼亚,一定要与米拉并肩战斗的。几十年后,李松终于来到阿尔巴尼亚,也寻到了米拉的足迹,但时代已经发生的变化。他所认识的女孩伊丽达,也像米拉一样洋溢着青春的气息,却死在了情夫的枪下。而李松这位曾经为世界革命的崇高理想激动过的中国人,在阿尔巴尼亚做生意时被欧盟的军队抓了起来,他关押的地方也正是当年米拉被关押的地方。这篇小说的复调性也使得小说思想主题有了多重指向，人们有可能对其做出不同的解读。小说曾经获得首届郁达夫小说奖，听听那些评委们的解读吧。袁敏说它"奇迹般地唤起自己曾经经历的一个时代的红色经典的深刻记忆"。而美国的王德威则说："'阿尔巴尼亚''黑白电影''五六十年代社会主义地理和艺术政治'是这篇作品的潜在关键词。"两位评委尽管从不同的角度对其进行解读，但不约而同地都抓住了小说的核心：世界革命情结。

事实上，世界革命情结可以说是"50后"的共同特点，在不少"50后"作家的创作中都有所表现，有的还残留着世界革命中尖锐的二元对立思维；有的则在刻意地回避那段记忆，或者决绝地表达自己与历史的割裂。但我更欣赏陈河的表现，他不仅充分运用了世界革命历史记忆的精神资源，而且挖掘出它的精神价值。这完全得益于他后来身处海外，摆脱了国内狭隘的文化语境和固定的历史思维，在新的文化环境中经受文化碰撞，重新审视自己的经验。在这一过程中，他的世界革命情结也得到清理和淘洗，从而带来了一个文学的世界革命。文学的世界革命，以这种方式来描述陈河的小说显得很粗暴，但很抱歉我没有找到更合适的说法。我想表达的是，因为新的文化视野和文化整合，世界革命情结在陈河的文学版图里成为一道靓丽的景观。

其一，文学的世界革命，意味着陈河能将世界革命情结从具体的历史场景和历史局限中超脱出来，张扬其中所蕴含的人类普遍认同的精神价值。比如《黑白电影里的城市》，有对历史的反思，有对现实的困惑，但这一切最终都归结到对崇高精神和理想信念的缅怀上。在陈河的笔下，女游击队员米拉对于事业的忠诚和坚定被赋予了一种庄严感和神圣感，这也是当年"50后"面对世界革命想象时所产生的心理状态。即使当年的庄严感和神圣感缺乏足够多的理性支撑，甚至可以说支撑我们信念的是完全错误的。但在陈河看来，不必去纠缠具体的是非，重要的是，庄严感和神圣感才是最为珍贵的精神遗产。因此，他在小说的结尾设计了一个情节，李松被押解着从关押地走出来，他所走的正是《宁死不屈》中米拉所走的通道，李松仿佛和米拉走在了一起："米拉和女游击队员被德国鬼子押着从这条石头的通道里走出来。在那棵生长在城门口的无花果树上，绞索已准备在那里，她们正从容走向死亡。音乐在李松心里再次升起：赶快上山吧勇士们，我们在春天加入游击队，敌人的末日即将来临，我们的战斗生活像诗篇……李松泪流满面，一阵对时间的悲喜交集的感动在心里汹涌成潮。"在陈河的小说中，充溢着古典的情怀，无论他写什么题材，都能感觉到他是怀着庄严感和神圣感去观察世界，他以这样的心态去讲述故事。把世界革命情结表现得最为充分的小说是《义乌之囚》。陈河在作品中塑造了一位仍然痴迷于实现世界革命理想的人物查理。查理本名叫杜子岩，也是在加拿大做生意的中国人。义乌是他的大本营，虽然他做生意也有挫折的时候，但他终于做得很大，"一切事情顺利得无法想象"，他也被人们称为"BIG GUY（大人物）"。不可思议的是，成功后的查理却要做格瓦拉式的英雄，他在非洲建立起根据地，渴望来一场惊天动地的"世界革命"。查理显然是陈河主观想象的人物，但他的主观想象有着历史和现实的根基。这个查理当年是中国的红卫兵，还跑到了缅甸的金三角。陈河通过查理这一人物把今天的"全球化"与历史上曾经令一代年轻人狂热的"世界革命"勾连了起来。查理说的一段话很耐人寻味，他说："我内心里面有一块黑暗区，那种黑暗的程度是你无法理解的，它是一种有毒的会毁灭一切的物质。"

其二，文学的世界革命，还意味着陈河对文学想象具有一种世界性的胸怀，他不太拘泥于某一地域文化的自我满足上，而更倾向于将多种地域文化元素并置于同一平台上加以表现。他对民族性和地域性始终是保持着警惕的。比如陈河的《沙捞越战事》，这是一部反映二战以及中国抗日战争的小说，抗战题材小说在中国内地几乎形成了固定的思维模式，要突破都很难。这些年不少海外华文作家都写到了抗日战争题材，都有不同层面的突破，明显看出文化碰撞带来的思想成果。陈河写《沙捞越战事》同样带来了突破，他的突破与世界革命情结有关。在这部反映民族战争的小说里，陈河搁置了民族主义，从民族多元化的角度来面对这场民族战争，民族之间的仇恨和战争，自然就将人们的身份认同问题凸显了出来。小说不仅将中国抗日战争置于二次世界大战的宏阔背景下，而是从文化身份认同这样一个特殊的视角拓展了战争题材的主题。小说主人公周天化的身份非常特别，打下多种民族的印记，他的血统是中国人，但出生在加拿大，以后又在日本长大，说着一口流利的日本话。他在加拿大参军，被派往东南亚对日作战，他的多重文化身份的便利使得他能够周旋于英军、日军和中国人组成的游击队之间，他怀着强烈的正义感参与战事，但多重文化身份却在消解他的正义感，最终，他死于中国人充满猜忌和不信任感的枪口下。陈河的这一笔非常残酷，也非常深刻。周天化分明有着中国血统，他的内心也酷爱着自己的祖国，他是满怀着一腔热血投入抗日战争之中，他的行动在证明他的忠诚，但当你无法证明你的血管里流的是中国人的血的话，你就不可能获得信任。周天化死得很冤枉，但陈河并没有因此谴责中国人，因为在那样一个极端残酷的环境下,危险随时都可能发生,人性的恐惧完全压过了宽容和友善。他们枪杀一名有敌人嫌疑的人又何曾不是出于正义的名义。如果说,很多作家从人性的角度深化了战争主题,那么,陈河所讲述的战争故事则告诉人们,人性是通过文化的镜子反射出来的。世界革命情结也强化了陈河的全球化意识。一般来说,海外华裔作家远离故土,更容易产生乡愁、漂泊感,后者往往也被看成是海外华文文学的重要主题,但是在陈河的小说中几乎感觉不到乡愁和漂泊感,相反他倒是有一种四海为家的豪迈。《西尼罗症》是一篇想象奇特的作品,这完全是一种地球村式的想象,一个中国家庭,移居加拿大,左邻右舍则是亚美尼亚人、美国人、印度人、韩国人,完全是一个地球村的缩影,作者的想象没有了文化乃至国界的障碍,自由地在地球村里漂移。海外移民的文化震荡和新奇感、漂泊感则是这种想象的酵母。至于他的《猹》,完全是一个关于生态问题的小说,看上去与世界革命情结无关,但仔细读来还是能发现二者的相关性。因为世界革命造就的博大胸怀,使得陈河在处理生态问题时没有去跟随生态文学的时髦,简单地对人类破坏环境的行为进行批判,而是由斯蒂芬被浣熊入侵造成的烦恼以及他为了合法驱赶浣熊而发生的种种啼笑皆非的故事,揭示出地球村越来越小,人与动物的生存竞争正在成为一个现实性问题,这更需要人类以一种博大的胸怀去处理。

在讨论陈河文学思维中的世界革命时,我有了更多的联想,这是否还意味着陈河这一批华文文学的"海外军团",正在以他们的写作酝酿着一场文学的世界革命?在我看来,由中国的作家和中国当代文学来发动一场文学的世界革命,这也许并不是痴人说梦。中国近几十年来的成就引起世界瞩目，由此也带来一个中国经验的话题，世界许多思想家和学者尝试解读和总结中国经验，中国经验必然也会为文学开拓新的精神空间。从这个角度说，它或许会刷新世界文学的格局和样态。而在这方面，中国作家占有资源的优势，应该把握这一机会，因此，由中国经验造成一次文学的世界革命，并非没有可能性。海外军团毫无疑问是这次世界革命的先头部队。他们的优势就在于，他们具有一种沟通性，消除了中国与世界其他文明之间的隔膜和障碍；同时，不同文明环境的影响，也使得他们能以一种新的眼光和思维去面对中国经验，从而克服中国语境在空间和历史上的局限，更好地挖掘出中国经验的普遍意义和永恒的精神价值。

不安静的安静先生
——关于弋舟的小说

弋舟的短篇小说《出警》获得第七届鲁迅文学奖短篇小说奖，可喜可贺。《出警》的故事发生在城市社区和派出所之间。弋舟跟随片警"出警"在生活现场的同时，也向着人的内心深处"出警"。他以绵密而富有情感的细节，揭示人际间的隔膜和疏离，探询人性的隐秘和幽暗，点亮一盏温暖的精神之灯。作者擅长小说的辩证法，在琐碎和繁复的日常工作叙述里表现出三代片警一脉相承的人文情怀，在充满喧嚣和恶念的命运沉浮中去叩问独居老人的心理荒漠。这是一篇有着文学质地和思想温度的城市书写，非常吻合鲁迅文学奖的宗旨。

我一直喜欢弋舟的小说。在"70后"作家群中，弋舟有着自己鲜明的个性，他是一位追求思想性和思辨性的作家，这也就决定了弋舟的小说不是供人消遣的轻松阅读物。《出警》尽管获奖了，但坦率地说，这一篇并没有显现出弋舟最鲜明的文学个性来。在参评的作品中还有弋舟的另一个短篇《随园》，也许这一篇更具有弋舟的典型面孔。这是一篇完全由作者精神意象孕育出来的小说，他将古代文学中的一个文化象征"随园"强制性地复原在西北的荒原，以安妥自己精神孤独。小说的思辨性很强，同时也显得过于庞杂，既有内省式的自责，也有冷峻的社会批判；既有不屈不挠的追问，也有不留情面的揭露。这一切构成了复调式的叙述，弋舟在复调式叙述里一层层剥开孤独的内核，以反省的姿态面对大千世界，并试图寻觅到精神拯救的途径。

作家属于敏感型的人群，而思辨性的作家对语言文字格外敏感。我们不妨从弋舟的小说中找到他的一些敏感词，这有助于我们理解弋舟。比如《随园》里的"戏仿"，就是这样一个敏感词。戏仿是一种模仿行为，其特点是以一种游戏般的、不很严肃或正经的态度进行模仿。戏仿被后现代主义发挥到极致，因此，戏仿几乎都成了后现代所特有的修辞格。弋舟对于戏仿的敏感，无意中暴露了他的后现代主义倾向。《随园》就是一篇后现代小说，弋舟在这篇小说里巧妙地玩了一次戏仿。首先他让小说主人公薛子仪戏仿了一次清代才子袁枚。他让薛子仪穿上中式对襟立领衬衫，很有仙风道骨的风范，也让他在祁连山上营造起一座"美轮美奂的随园"。我们尚不甚明白的是，这戏仿是嘲弄了当代文人薛子仪，还是嘲弄了古代才子袁枚。也许杨洁的一句话透露了作者的用意：杨洁看到薛子仪一副身陷失败的样子时，暗自说"我想起了袁枚，那个清代'以淫女狡童之性灵为宗'的仓山居士"。最终，弋舟要把戏仿作为一种世界观，他说："如果你真的领会了'生命是戏仿的'这个真谛，差不多所有问题都可以迎刃而解了。"他还说，世界就是"一个纯粹的戏仿"。从这个角度说，弋舟的所有小说都是他在戏仿他所理解的世界。

等深，这是弋舟的另一个敏感词。弋舟似乎对那些抽象的专业词语有一种偏爱，等深就是从一个海洋科技专业术语"等深线"转化而来的。这个抽象的专业词语看来与弋舟内心的道德情结有一种共鸣。弋舟不希望我们社会的道德水平一代又一代地沦陷下去。他便以"等深"为题写了第一篇以刘晓东为人物主人公的小说，这篇小说讲述了一个家庭因为道德失衡影响到孩子成长的故事。接下来，弋舟便沿着道德的"等深线"一路追问下去，写了刘晓东的系列中篇。从《等深》到《而黑夜已至》，再到《所有路的尽头》，弋舟几乎是以刘晓东为线索，书写了80年代一代人的精神史。刘晓东就像是一个私家侦探，他不仅在调查事件的真相，也在侦破人物精神活动的轨迹，更重要的是，他在这个过程中也完成了对自我的审判。在《所有路的尽头》中有个诗人尹彧，应该是作者精心设置的一个带有隐喻性的人物，他"代表着一个时代和一种价值观"。以诗歌和诗人代表着一种理想时代，是作家们觉得最恰当的方式，当宣布尹彧不足以进入文学史时，也就意味着他的精神之路走到了尽头。我们的现实世界呈现出精神涣散的症候，弋舟其实是在对这个世界诘问：是否所有的路都已走到了尽头。这是一个很沉重的诘问。

第三个敏感词是"踟蹰"。弋舟应该是在阅读汉代乐府《陌上桑》时一下子抓住了这个书面语感十足的词语的。《陌上桑》是一首歌颂爱情的诗歌。诗中美丽的女子罗敷面对高官和财富的诱惑不为所动，令弋舟感慨的是，今天的时代还会有像罗敷一样忠诚于爱情的女子吗？乐府中的"踟蹰"这个词为什么会让弋舟敏感？是因为他发现了同代人内心的踟蹰还是因为他自己对社会的评判还处于踟蹰的状态呢？我们很难说清楚。反正他由此写了一部小说《我们的踟蹰》。小说写的是几个"沧桑男女"相互依存、相互纠结的故事，作者所要表达的是他对"70后"一代人爱情观的认识和批判，也在检讨自己在情感上的踟蹰不前。但他将这种踟蹰不前界定为"我们"的，显然他既有"我"，也有"我们"，他是以"我"的眼睛去看"我们"的，既看到"我"在"我们"之中，又能够身处"我们"之中不忘记"我"的身份。踟蹰这样一种犹豫不决、纠结不定的迷茫和困惑的精神状态，在弋舟看来正是"70后"的普遍状态，而这种精神状态又是与"70后"的特殊成长和特定时代相关联的。一方面，弋舟对"我们的踟蹰"感同身受，另一方面他又不能像"我们"那样止步于踟蹰。这是因为还有一个"我"在不断地提醒他，你应该去寻找爱情。这个"我"就是活在他内心深处的"罗敷"，一个凝固在时间岁月中的具有爱情理想的罗敷。令弋舟伤感的是，踟蹰本来是一种古典情调，但现代的人无法分享这种情调，只能让爱情止步于踟蹰。弋舟敏感于踟蹰，是因为他内心的踟蹰始终挥之不去。

　　还可以继续找寻弋舟的敏感词。但我想还是不要继续往下做了，因为一味地以敏感词来读解弋舟的话，有一种将把弋舟肢解的危险。让我们从敏感词再回到弋舟本身。多年以前，弋舟曾写过一篇小说叫《安静的先生》。小说写了一位寻求淡泊清静生活的退休老先生，他冬天时从北方来到南方，寻一个小城镇住下来，在一个陌生的地方安静地度日，无所牵挂，也与世事无关。但世间的俗事偏偏不放过这个无所牵挂的老头，频频地来骚扰他。后来接连读到弋舟的小说，就发现原来这个安静的先生就是弋舟本人的写照。安静似乎是弋舟所欲求的人生最高境界，他心向往之。但社会是那样的喧嚣、浮躁、无序，找不到半点洁净之处。安静的内心欲求与喧嚣的外部环境构成了弋舟的精神焦虑，也就有了他一篇又一篇的小说。也就是说,他的小说是与现实密切相关的。因此,弋舟的小说不仅具有思辨性,而且也充满着现实感。他是一个内心不安静的安静先生。

狗道主义和人道主义的较量

——读石一枫的《营救麦克黄》

初看小说标题，就想莫非也像好莱坞大片《拯救大兵瑞恩》一样是要通过一个营救普通人的故事来高扬人道主义？读完小说发现我的想法基本上靠谱，只不过营救的不是一个人而是一条狗，自然高扬的不是人道主义而是狗道主义。这样说还不准确，作者并没有高扬狗道主义，而是揭露了当今社会是一个狗道主义盛行的社会。作者写出了一些道貌岸然的人如何高扬狗道主义的嘴脸。于是我们就知道了麦克黄是一条狗，它随它的主人黄蔚妮姓黄，主人给它取了一个洋味十足的名字，而且还把姓搁在名字的后面，可见这是一条身份特别高贵的狗，从狗道主义的立场看，如此名贵的狗必须营救，而且小说给了一个大团圆的结局，失踪多日的麦克黄终于又回到主人黄蔚妮的身边了。如果小说仅仅写了这么一个营救狗的故事，也许就会变得庸俗不堪。然而狡猾的作者石一枫善于玩转庸俗，他在小说中还设置了另外一个营救的故事，这个故事营救的不是狗，而是人。她是农村的小女孩郁彩彩。郁彩彩是在那场营救麦克黄的大追逐中受到伤害的，骨头都折断了，而且有可能导致终身残疾，郁彩彩同样需要被营救，当然，在颜小莉和于刚的努力下，郁彩彩也得到了营救。营救郁彩彩无疑高扬了人道主义。但问题接着就来了，既然是两个营救的故事，小说偏偏取了一个营救麦克黄的题目，为什么不能叫营救郁彩彩呢？这还用问个为什么吗？分明是营救麦克黄更有吸引力呗。这不是石一枫偏心，而是因为我们这个社会流行"狗咬人不是新闻，人咬狗才是新闻"的原则，石一枫不过是遵循了这一原则罢了。当然这些只是小说中明面上的事，暗地里石一枫却在与营救麦克黄的人较着劲，他是以反讽的方式表达了他对这些事情的不认同。由此我们也看出石一枫其实是一位社会意识特别强的作家，他的小说丝毫不高蹈，也不空灵，充满着烟火气，更具有犀利的批判锋芒，因此在他的小说里，尽管不像论文那样经常跳出平等、公正、自由等字眼，但这些字眼其实已经成为小说情节的筋骨。

石一枫在小说中偏爱于设置一对构成相互对立的形象。比如引起较大反响的《地球之眼》讲述的就是两个对立人物的故事，这两个对立人物分别代表了社会的两个相互之间具有越来越尖锐的利益冲突的阶层：一个是代表着官二代和富二代的李牧光，一个是代表底层奋斗者的安小男。《营救麦克黄》同样也设置了两个对立人物，一个是白领黄蔚妮，一个是普通打工者颜小莉。说起来，黄蔚妮还是颜小莉的恩人，颜小莉在求职中眼看就要卷铺盖走人，是黄蔚妮的坚持，她才被留了下来，颜小莉自然是对黄蔚妮感恩不尽，从此她们成了闺密，如果不是闺密，黄蔚妮在第一次营救麦克黄的行动中也不会叫上颜小莉的。两个属于不同阶层的人物竟然成了闺密，这应该是一种社会和谐的美好图景，但事实上维系她们之间友谊的纽带是很脆弱的。当然作为底层人的颜小莉会很看重这种闺密的关系，她宁可作一点小小的牺牲和妥协，也要尽量维系好这种闺密关系。然而当颜小莉面临着人与狗的选择时，她不得不扯断了这根她一直小心呵护着的闺密纽带。颜小莉显然是作者隆重推出的一个光辉形象，石一枫采取了欲扬先抑的手法，一开始以一种戏谑的笔调写颜小莉的小心计，写她也想"活成黄蔚妮那样"的愿望，分明是一个在当今社会艰难竞争环境中打拼的小人物角色。所以她尽管内心一百个不情愿，也必须装成义不容辞的样子跟着黄蔚妮一起去营救麦克黄这条狗。然而当她在行车途中隐约看到有人被车撞了以后，她的真实自我就无法沉默和掩藏了，因为这涉及"人命"，"人命啊，想到这个字眼，颜小莉浑身打起寒战来。"接下来，石一枫便悄悄地将小说从"营救麦克黄"变成了"营救郁彩彩"，他对颜小莉的书写也明显含着赞赏的色彩。也就是说，作者的立场是站在颜小莉一边的。而且，面对人与狗的选择时，一般人们都会认为人的生命更重要，这大概说得上是公共道德准则。但现实变得诡异复杂多了，在具体的日常生活中，常常是狗道主义盛行，人道主义则举步维艰。小说不仅写出了这样一种令人沮丧的现实，更点出了造成这种现实的根本原因。这就是个人利益成为我们社会的唯一诉求，因此一切都可以用金钱来衡量。黄蔚妮有一句话说得很透彻，她告诉颜小莉："良知这玩意儿也是有价码的。"黄蔚妮这话也许并没有错，如果她承担起撞人的责任，现实还真会像她所预想的那样，她的事业从此也就完蛋了。这说明，我们的社会无论是制度建设上，还是公共舆论上，都不给人道主义提供有力的支持，其结果自然是狗道主义盛行。

小说是从颜小莉与黄蔚妮的友谊开始写起的，第一句话就说：

"与黄蔚妮的友谊,被颜小莉视为她来到北京之后最大的收获。"但这份体现着阶级大融合的友谊却被一条狗破坏掉了,今后她们还会成为"闺密"吗?黄蔚妮最后给予了回答。真相大白,黄蔚妮知道了颜小莉并没有虐待她的麦克黄,只不过是想为受伤的孩子郁彩彩筹措到做手术的钱,她虽然有所感慨,但她留给颜小莉的话却是:"你走吧,以后咱们谁也不认识谁。"而曾经将两人的友谊看成是自己在北京最大收获的颜小莉也终于醒悟到:"在黄蔚妮的眼里,'我们这种人'和'你们这种人'从来都是分得很清楚的,就像北京的昆玉河与她们家那条饱受污染的臭水沟一样,永远不可能合流。那么黄蔚妮当初帮助自己,除了培养一个听话的小跟班之外,或许也是为了通过施舍来满足她那高高在上的优越感吧?"看来属于两个不同阶层的人是难以成为"闺密"的。当今社会贫富差距越来越大,从而形成了不同的阶层,不同阶层存在的利益和文化的矛盾,这是导致社会问题的重要原因。石一枫在他的多个中篇小说中都不约而同地表达了他对这一社会现象的忧思。面对这一问题,石一枫也有自己的迷茫,这种迷茫就在于,面对社会越来越剧烈的阶层差异,我们能否找到和解的最佳方案,我们能否形成一个约束不同阶层的共同道德标准。这也是石一枫这几个中篇小说探询的问题。顺便指出,因为这几个中篇小说在探询同一个问题,石一枫逐渐形成了一种相似的故事结构方式:两个属于不同阶层的人由相好到友谊破裂。这种相似性是好还是不好,也许不能简单下结论,希望石一枫能注意到这个问题。

碎片化时代的叙述

——读曹寇的《1/5040》

曹寇的小说总能让人感觉到一种隐隐的叛逆性。我将这种隐隐的叛逆性称为习惯性叛逆,这是一种文化基因。那些让大人和老师们头疼的调皮孩子大概就是这种文化基因太强大的缘故。我小时候是一名乖孩子(这让我感到很惭愧),但我与班上的几名超级调皮的同学玩得顶好。最让我恼火的是,老师常常命令我去制服他们的调皮行为,我只好阳奉阴违敷衍塞责。后来我做文学批评,慢慢发现,越是调皮的孩子越有成为大作家的潜质。我猜想曹寇小时候一定也是一个调皮捣蛋的孩子,即使不公开捣蛋,也会蔫坏。

《1/5040》在小说文体上就表现出强烈的叛逆性。作者声称这篇小说没有固定的开头和顺序,七个篇章中任何一个篇章都可以作为开头,读者也可以随意地将其组合成前后次序。当然,这种文体上的叛逆性只是针对中国当代小说强大的写实传统而言的,在西方现代派小说中,反小说的观念大行其道,小说的习惯性文体早已面目全非。把阅读的选择权交给读者的游戏并不鲜见。

比如胡利奥·科塔萨尔的《跳房子游戏》就是这样一部小说，作者说，他的小说可以像孩子们玩的游戏跳房子一样，跳来跳去地阅读。又如米洛拉德·帕维奇的《哈扎尔辞典》则是开创了辞典体小说的先河，小说也可以像读辞典一样选择词条来阅读。曹寇是偏爱现代派的，这个我很清楚，因此在我看来，也不排除是现代派让曹寇在文体上更加调皮起来了。

不过高明的作家在文体上玩花样其实是藏着深意的，我以为曹寇的这篇小说同样如此。他将小说分解为七个部分，并强调相互之间没有先后的逻辑关系，这其实是将一个整体分解为各不相干的碎片，这种做法正对应了当今碎片化的时代特征。所谓碎片化，是指传统的社会关系、市场结构及社会观念的整一性——从精神家园到信用体系，从话语方式到消费模式——瓦解了，代之以一个一个利益族群和"文化部落"的差异化诉求及社会成分的碎片化分割。碎片化带来的后果便是人们眼中的世界逐渐变成了一个支离破碎的世界，时间的延续性与空间的整体性也不复存在。曹寇选择的文体恰好非常贴切地应和了碎片化时空的特点。稍加梳理就会发现，这篇小说包含着一个时间序列非常清晰的故事母体，这曹寇却有意将其分为七段，这七段分别处在这个故事序列中的不同节点上。这是一个家族三代人传递薪火的故事。为什么只讲三代人的故事呢？因为祖父小时候在逃荒中走丢，也就与这个家族的联系中断了。但祖父小小年纪就体现出顽强的生命力，他与养父捡来的一个小姑娘共同造出了一个男孩，这个男孩就是主人公"我"的父亲。从此祖父母与父亲成为一家三口，过起了幸福的生活。父亲后来结婚生子，就有了第三代的"我"。祖父从"我"的成长中看到了迎来四世同堂的曙光，但"我"很不争气，结婚后不仅没有造出第四代，还被妻子戴上绿帽子，只好选择了离婚。祖父对他的儿子和孙子很失望，觉得他们在传宗接代上一点也不努力。最后八十岁的祖父决定结婚了，他要娶一位四十来岁的小女子为妻。这一天，"我"要请假去参加祖父的婚礼。祖父结婚以后这个家族又会有什么变化呢？小说没有再写下去了，但读者完全可以从小说提供的这些信息碎片去展开想象。

曹寇将一个分明相当完整的故事以碎片化的方式来讲述，我们阅读的时候自然是直接得到一些碎片化的信息，我们可以有多种阅读的方法。最传统的方法是将所有的碎片拼接为一个整体。正如我在前面所做的那样，尝试着拼接为一个完整的故事。碎片化是将思考的工作交给了读者，因此，我们能够从中发现很多隐喻和反讽。我在揣摸这些隐喻和反讽时，再次感觉到曹寇的叛逆性。他分明是对一切习成的观念持有一种嗤之以鼻的态度，但他似乎不屑于正面驳斥之，于是他愿意以这种隐喻和反讽的方式表明自己的态度。这也形成了他的小说风格。在这篇小说里，一个很严肃的关于传宗接代的故事被七零八落地肢解了。传宗接代的观念对中国人而言肯定是一个根深蒂固的观念，以至于我们很多事情都不由自主地要用传宗接代去衡量。但曹寇将传宗接代狠狠地嘲弄了一把。人们会说，不就是"一代不如一代"吗？鲁迅先生借九斤老太的嘴就嘲弄过。但曹寇这篇小说并不是简单地嘲弄一下"一代不如一代"。比如祖父自是生命力强大，但他是一个走丢的孩子，由此我们就要怀疑他的出身，他真有纯正的血统吗？他的出身有待考证。比如父亲，他因为阶级斗争的缘故不能与自己相爱的人结婚，于是便与爱人一起投河自杀。这意味着从父亲这一代起，爱情已经葬身大河，没有爱情的婚姻还能保证传宗接代的质量吗？至于"我"这一代，他对婚姻无所谓，在他眼里，姓氏、正宗嫡传等之类的事情都不重要，还能指望他能担当起传宗接代的重任吗？最要命的是，曹寇对传宗接代从根本上加以否定，嘲弄它完全是不靠谱的事情。为了证明其不靠谱，他竟然像一位科学家一样，通过各种数据和实验来进行论证。论证的结果很令人沮丧：父亲和"我"在家族的进化链上没有任何价值。现在只能指望祖父重振雄风了。虽然科学的数据显示，老年人的精虫活动力明显降低，但这也不排除"我"的祖父会成为像拉姆吉特－拉吉哈夫一样的特例。

当然，关于传宗接代，我们尽可以发挥联想，比方说，我们常常自诩我们有着悠久的文化传统，我们要把文化传统一代一代传承下去。可是我们是否想过这里藏着多少诡异的东西呢？当然，这只是我读小说后的一些联想，也许有悖曹寇的本意。但谁叫他采取碎片化的叙述方式呢？

写一个灵魂未开窍的失败者
——读葛水平中篇小说《嗥月》

葛水平敢爱敢恨，率真爽快，她在写小说时也从来不遮掩自己，因此，当你阅读她小说时就能明显触摸到她的体温。读她的小说仿佛就是在听她敞开心扉地诉说，爱恨情仇全在她的文字里放射出来。我曾说过，葛水平既有温柔的一面，又有刚烈的一面；柔中含刚，刚中有柔。她的小说题材也广泛，既有现实，也有历史；既有乡村，也有城市。但无论写哪种题材，她都会以赤诚的心去对待。

读到葛水平最新的中篇小说《嗥月》，难免吃了一惊，显然，她想要变一变自己的写作方式。小说最初采用狼的视角，津津有味地讲述了一头母狼的浪漫爱情。它多像人类中的一位移情别恋的已婚女子，当爱情之火燃烧起来时，竟然不顾一切危险，哪怕赴汤蹈火，也要赶去与心上人幽会，"为爱而偷情"。在葛水平的笔下，狼的浪漫丝毫不会比人类差，甚至这只母狼的浪漫还掺进了狼的野性，显得更加疯狂。葛水平用最优美的句子来描述狼的偷情："既热情奔放，又不失天地孕生之韵，被温情的潮水、被月光引着,它们翻滚着,呻吟着,它们认为所有犯下的错误都是月光的介入,都可以被赦免和原谅。"也许可以把这头母狼看作是这篇小说的第一主角。葛水平是如此喜爱她笔下的这头狼,也是因为这头狼具有非常好的品德。你看它为了爱情可以冒着生命危险去赴约,分明是爱情至上的实践者。它还是一头有责任感的母狼,当与它偷情的公狼遭遇到袭击并被猎人王泉打死带回村庄后,它不仅伤心,而且还要冒险闯入村庄去寻找公狼的踪迹。它更是一头充满着母爱的母狼,对于母狼的母爱,葛水平不惜笔墨进行了详细的描写,并由母爱来展开狼与猎人的故事。但是,葛水平在这篇小说并非专门写一头品德优秀的母狼,她的确是想变一变自己的写作方式,但并不是要变到写动物小说上去,更不是说简单地在叙述上换一个动物的视角。如果仅仅这样变一变,那变化也就来得太容易了些。也许最大的变化就体现在母狼与猎人王泉的故事之中。

猎人王泉把我们的注意力带到了哈喽村。猎人王泉是村子里唯一的猎人,他为什么不愿意像其他村民一样去种地?理由很简单,"他是一个不想和土地劳作的人"。我猜想,仅仅这一条理由葛水平就该把他否决了,因为葛水平爱土地爱得格外深沉。乡村、土地、女性,均是葛水平的温柔之乡,我曾说过,葛水平是乡村精神的守护神,在她的精神世界里,充溢着乡村田园的诗意。无论葛水平在写作上怎么变,她对乡村精神的价值选择一定是不会变的。那么,她在这篇小说里是要把猎人王泉作为乡村的对立面来写吗?似乎也不完全是。你看,猎人王泉在哈喽村有着骄傲的资本,他猎到一头狼,一张狼皮就值一年的收成。他在院子里架上大锅炖狼肉,狼肉蹿出来的一股香气让哈喽村"一年不见肉味的贫苦日子"都变得奢侈起来。事实上，葛水平并没有因为猎人王泉不爱土地和农事便彻底否决了他，相反她很欣赏猎人王泉的勇气和智慧。有一句话很关键，葛水平写道，王泉"他一直觉得自己的敌人不是人，是兽"。葛水平似乎在这篇小说中主要讲述了猎人王泉与狼斗智斗勇的故事。故事在王泉意外发现母狼生下的四只狼崽后达到了高潮。王泉用铁链锁住了狼崽，并引诱母狼每天夜晚来喂自己的狼崽。王泉为自己的成功而兴奋，想象着他即将成为哈喽村的神话人物。葛水平在讲述这一切同时，也不声不响地将猎人王泉的悲剧性揭示了出来。他的悲剧性就在于他以为自己的敌人不是人而是兽，但事实上人和兽是他的共同的敌人。他身处土地与山林之间，山林中的兽是他的敌人，而土地上的人也是他的敌人。他乐于与山林中的兽为敌，因为能在与兽为敌中获得快感；但他不擅长应对人的挑战，与人为敌时，他屡屡落败而归，甚至毫无还击能力。比如村里的队长贾政气收走了他的猎枪，从他的锅里夺走香喷喷的狼肉。又如他想反抗妻子的冷暴力，去掀开炕上的被子，但妻子的"到对面炕上去"一句话就把他打趴下了。王泉也想过逃离，他邀唯一能说上话的秃蛋儿一起离开哈喽村，但秃蛋儿不愿意。最终王泉在与母狼为敌的对抗中，被母狼咬死了。

　　猎人王泉是葛水平为我们塑造的一个很特殊的形象。他好像是一个孤独的勇者，又像是一个灵魂未开窍的失败者。但葛水平为什么要塑造这样一个特殊的形象，她企图向我们传递什么，我感觉并不是非常清晰。我努力全方位地打开头脑里的接收器，尽可能捕捉到点滴信息。王泉身上似乎包含着多重信息。王泉在哈喽村是孤独的，这种孤独显然与他对土地的疏离有关。疏离土地的结果是使他在人事的处理上严重欠缺。不要说乡亲乡邻们，就是与自己的母亲和妻儿都无法进行情感上的沟通。我以为，葛水平对王泉的描述有很准确的指向，因为中国传统社会的人伦秩序和伦理情感是建立在农业和土地之上的。但这还只是王泉悲剧性的一个方面，另一方面则在于王泉在灵魂上的不开窍。这一点是通过显通寺这条情节线表现出来的。猎人王泉每次获取猎物后都会到显通寺给佛烧炷香，但他不过是完成母亲的交代，事实上他在佛面前并无忏悔之意。他在寺庙里嘲弄法显和尚，亵渎菩萨，缺少敬畏和慈善之心。像他这样灵魂不开窍的人，也难以成为一名好猎人。事实上，他本来不会被母狼咬死的。在与母狼的反复交锋中，他并非有了绝对胜利的把握。在一次交锋中，母狼咬掉了王泉的一只袖子，但此刻母狼没有乘机咬他的脖子，而是轻轻地放开他，"那闪着绿光的眼睛居然闪过一丝只有从寺庙里出来的人眼光中才有的祥和。"显然，母狼已经意识到只有眼前这个人才能解开锁住狼崽的铁链，它放弃了杀害他，并向他发出了友好的求助信号，它眼中的"祥和"分明就是母爱的流露。凡是一个有灵魂的人都能读懂这样的眼光，都会在母爱面前变得温和。但是王泉对这一切丝毫没有感觉，他朝着残忍、冷酷的方向一味走下去。最终母狼也绝望了，它咬死自己的狼崽，反过来疯狂地扑向王泉。葛水平写道，在王泉的脖子被咬出一个豁口时，"他的灵魂从那里走出去，他开始心安，甚至看见了狼崽的灵魂，众生的灵魂，漫空是新鲜的气味，是生灵的气味。"此刻的王泉终于灵魂开窍了，但为时已晚。

小说的结尾既意想不到也耐人寻味。结尾是一幅温馨的田园画，一家人和和睦睦、亲亲热热地劳作在收获季节。这分明就是猎人王泉一家人，他的妻子改珍，他的母亲翠喜，还有他没长指甲的儿子。只不过主人王泉换成了秃蛋儿。假如再联想起小说前面的一些细节，比如"他娶这个女人是不容易的一件事情。猎人的头衔对所有女人是一个噩梦，他出了比别人多出一倍的彩礼娶回来"；比如王泉结婚五年后才有了儿子，但"村庄里的人说不是他的儿子"。我们就会发现，这背后藏着的故事还很多。葛水平不把故事讲透，似乎是不想让事情的前因后果变得那么分明，让你仿佛觉得"两情相悦，改珍一生都睡在了他身边"是冥冥之中早就有了安排似的。我说了，葛水平是乡村精神的守护神。那么这就是守护神的安排。

给人性的弱点点一盏灯

——读余一鸣的《漂洋过海来看你》

余一鸣写小说似乎都是直接取材于自己的生活经历,所以现实感极强。我猜想他小说中的人物多半都是有原型可循的。最近他写得比较多的是教育题材,这显然更是他熟悉得不能再熟悉的题材了,因为他就是南京一所名校的老师,学校的教职员工、学生以及家长都是他观察的对象,有时和他在一起,听他说起学校的事情,真的就像听故事一般。当然,他的小说写得好,并不仅仅因为他对所写题材很熟悉,还在于他对身边的生活和人物观察得细,看得很透。《漂洋过海来看你》就是一篇写教育的小说。教育是关乎千家万户的事情,现在甚至成了一个家庭的头等大事,家里有了一个孩子,从上小学起就要为他的教育操心,进什么学校要操心,成绩考得好不好要操心,为了让孩子上一个好学校,有权有势的家庭可以利用权势来解决问题,而无权无势的家庭不得不绞尽脑汁、打破脑袋千方百计达到目的。但好学校、好教师供不应求,结果只能是有人欢喜有人愁。所以对于教育,批评指责之声始终不绝于耳。作家以教育为题材的小说很多,而且呼应社会，多半写成为问题小说。问题小说很好，看得出今天的作家仍然承继着"五四"前辈的启蒙传统。余一鸣写教育的小说也是从问题进入的，但他并没有将小说当成问题小说写，这正是他的高明之处。《漂洋过海来看你》这一篇典型地体现了他的这一特点。

身处学校的余一鸣对于教育领域新的动静特别敏感，这篇小说涉及的就是在中学教育中逐渐成为一种潮流的新动静——把孩子送到国外去读中学。小说的写法就比较特别，分别以两个人物为中心展开叙述，一个是某中学的语文老师王秋月，一个是某民办培训中心的老板娘蔡遇春。她们的孩子都走了中学留学的路，但各自走的情景不一样。蔡遇春的女儿属于富二代，父母有经济实力，早早地就把她送到加拿大去读中学。这是主动型。王秋月送儿子留学则是被动型。她的儿子在中考时发挥不好没有考到重点学校的录取分数，只好一咬牙卖房为儿子准备到外国读书的学费。余一鸣可以说是抓住了一个教育的热点问题。这个问题用正规的书面语说，就是留学低龄化。且以美国为例，十多年前去美国读高中的中国学生只有四百来人，十多年后的今天就增加到一年有四万多人。小说中的蔡遇春与马不停夫妇俩就是十多年前将孩子送到国外去读中学的，正是这方面的领先者。而王秋月作为一名教初三学生的中学老师，知道该怎么去引导儿子在应试教育中取得好成绩，她费尽了心机，可是儿子还是砸锅了。在她看来，孩子如果不能上重点学校读高中，就不可能有前途。于是她不得不选择了让孩子留学的方式——她也被迫加入到了十多年后的有四万之众的浩浩荡荡的留学队伍之中。小说揭示了这一现实：留学低龄化正在成为一种趋势，得到越来越多家长的认同。这也是深入剖析中国教育问题的极好切口，比如就有专家指出："中国教育培养模式的'粗制滥造'或许才是'出国留学热'的病灶。"小说的确也触及了应试教育的弊端。但小说又不仅仅是在写中学生留学的问题，围绕着两个家庭的孩子留学，涉及了中学教育的诸多方面，也涉及了教育与社会的复杂关系，甚至不久前的某省教育厅表示要出让一批高考指标支援西北边远地区的新闻所引起的风波，也被作者巧妙地嵌入到情节之中。但余一鸣并没有把精力放在对问题的揭露和批判上，他重点关注的是人，是与种种问题打交道的人。他写到了面对问题时人们所暴露出的人性弱点。也许可以说，在这篇小说中，几乎所有的人物都被作者挖掘出了各自的人性弱点。

最值得讨论的则是余一鸣面对人性弱点时的态度。他的态度看上去比较温和，也比较宽容。因此，他在处理每一个人的人性弱点时，都不会将其推到激烈冲突乃至不可调和的程度。即使像马不停瞒着妻子与别的女人搞婚外情，这样的人性弱点在有些作家笔下往往会导致人物的彻底堕落。但余一鸣写得仍很收敛。比如写到马不停与手下的陈倩倩在宾馆幽会时，妻子蔡遇春破门而入逮了个正着，以为接下来将是一场暴风骤雨般的争斗，谁知余一鸣笔锋一转，写蔡遇春教训了两人以后高昂着头走了。但从此陈倩倩反而成了蔡遇春最贴心的人。当然，余一鸣并不是要为马不停爱拈花惹草的人性弱点进行袒护，他不过是认为，当他的这一毛病一时不能克服时，我们千万不要去火上浇油。余一鸣这种态度应该来自他对佛教的理解。他曾写过"佛旨中篇三部曲"，这三个中篇小说都以一个佛教用语为题，分别是"不二""入流""放下"。小说所写的则是乡村走向城市的进程中出现的各种"恶"人与"恶"事。但余一鸣并不是以鞭挞"恶"为快事，而是试图将"恶"化解在佛教理念之中。也就是说,余一鸣在叙述"恶"的时候,内心里却有一个"善"在呻吟着。因为他发现,那些被恶所左右着的,以及在恶行中获取利益的人物,并不是心甘情愿地屈从于"恶",他们的内心仍然有一个伦理道德的纠结。余一鸣从佛教中获得了一颗善良之心,从而奠定了他的小说基调。这篇小说同样体现了余一鸣的这一特点,他怀着善意去面对人性的弱点,从而看到了人的复杂处境,也就对人物多了一份理解,并给予人物一个改正缺点的空间和时间。王秋月、马不停、李小华是从同一个村子走出来的老乡,又都是吃的教育这碗饭,他们深知中学教育存在的问题,他们同时也身处这个问题之中。更重要的是,他们还是这个问题的受益者。因为中国的应试教育,就有了马不停所开办的考试培训公司,就连早早出国的李小华仍然看出这种考试培训公司的前途,要为马不停将公司办到国外去。他们也被应试教育的问题所困扰,特别是王秋月,处在教学第一线苦不堪言,何况还有一个要对付应试教育的儿子。她最终选择了离开体制内的学校。小说似乎也可以采取英雄叙述的路子,把王秋月塑造成一名向教育问题挑战的正面形象。这样的路子一定很解气,也能增加批判的力度,但余一鸣并没有这样做,他宁愿让人物保留生活原来的形态,另一方面他从善意的角度去体谅和理解人物,便发现一个人在人性弱点驱动下的行为,背后或许还有人性善良的动机存在。

我并不想在肯定余一鸣写法的同时慢待了作家的批判性。事实上在今天的小说创作中所表现出的批判性不是太大了而是太弱小了。我只是想说,在加强批判性方面可以有多种方式,包括余一鸣的这种方式。有作家说过,他要撕开一个口子,让人看到里面的黑暗。这是一种批判方式。余一鸣则是要在里面的黑暗中点亮一盏灯。这也是一种批判方式。在《漂洋过海来看你》这篇小说中，蔡遇春决定高龄再怀二胎，这就是余一鸣点亮的一盏灯。这条情节线表面看上去与小说关于中学生留学的主要线索没有多大关系，但正是蔡遇春的这个决定，就让人们的亲情全部释放出来了。丈夫马不停说要在邦德成立一个专家团队，不惜代价，让妻子实现自己的愿望。女儿马及及也专程从加拿大赶回来专门照顾妈妈。这盏灯不仅照亮了马不停、蔡遇春一家三口，灯光也映射到其他人物身上。孩子留学，远离亲人故土，但浓浓的亲情总是会"漂洋过海来看你"。无论是蔡遇春一家，还是王秋月一家，在孩子中考或留学的经历中，都有了一次重新的认识。至于怀二胎的情节，说不定还藏着余一鸣的一个暗喻：马不停正在组建的邦德中学，是否也是中学应试教育怀出的"二胎"呢？种种迹象表明，尽管余一鸣并没有对应试教育问题提出明确的解决方案，但种种迹象表明，他认为应试教育催生的民办培训机制必将对教育问题的解决起到积极的作用。当然这是一个专业性的讨论了，不是这篇小说要解决的问题。

一段浓缩了的情感体验

——读阿贝尔的《火溪·某年夏》

第一次读阿贝尔的小说，就被他的叙述迷住了，他将虚构的叙述非虚构化，竟让我半信半疑，读完小说后真的就上网去搜索九月号的《诗歌报月刊》。因为阿贝尔用肯定的语气说，《向日葵》这首诗登载在这一期的《诗歌报月刊》上，上网就能搜到。但即使在网上没搜到我也不沮丧，这种后阅读行为本身就在证明我对小说情境的认同，其实无论《向日葵》这首诗的真实作者是谁以及写于什么时候已经很不重要了，也许它的确是夺补伊瓦当年遭遇洪灾后一个叫白小米的人写出来的，也许它不过是作者自己这次专为这篇小说写出来的。但重要的是，诗中有这样的句子："菲菲，实际上你已经死了 然而我总感觉／你还没剥离我的身体"，如果作者内心没有经历最真切的体验，他是写不出如此刻骨铭心的诗句的。我由此也明白，小说的非虚构化效果并非一种技巧性的操作，而是因为当作者的真切体验要尽情地倾诉出来时，他无法在一种虚拟的场景中进行。也就是说，故事或人物可以是虚构的，情感却不能虚构。从这个角度说，《火溪·某年夏》是一篇情感体验小说。

情感体验小说不同于情节性小说。情节性小说是以故事情节发展的逻辑作为小说叙述的内在逻辑的,而情感体验小说是以作者的情感体验逻辑作为小说叙述的逻辑的。《火溪·某年夏》的情感体验与死有关。在一场突发其来的暴雨和洪水面前,曾经活蹦乱跳的生命就被冲击得无影无踪,生命是如此脆弱,死亡的降临是如此轻而易举!当"我"与白小米在灾后的第二天再去杀氏坎时,"玉米地没了,抬田改土砌的堡坎没了,姬小溪家的房子没了,整个沟口都变了样,看不见一株玉米、一棵草、一棵树,看见的只是一片乱石滩。"但在这之前,我们丝毫也感觉不到死亡的征兆。尤其就在前一天的晚上,小说引我们参加了在姬小溪家里的欢聚。作者似乎有意要写出人们在欢聚中尽情尽性的程度,还有年轻人之间那种爱的流露。说到底,这种书写正是在为最后的死亡作铺垫,它让我们感觉到,生与死是挨得这么近,它让我们想起郭沫若说过的话:"生死本是一条线上的东西,生是奋斗,死是休息。生是活跃,死是睡眠。"记得三岛由纪夫的《金阁寺》就是一部表达生死主题的经典之作。那个自卑的农村青年沟口为金阁之美所痴迷,却幻想着在战火中与美丽的金阁同归于尽。他日益感到金阁之美对他的精神构成了巨大的压抑,于是萌发出烧毁它的冲动。终于在一个细雨蒙蒙的夜晚,他一把火将金阁化为了灰烬,而他面对熊熊大火,才有了要活下去的愿望。沟口是这样来解释他的行为的,他要通过金阁的焚毁让人们明白"不灭"是没有任何意义的,也让人们的内心增加一种不安——明天也会崩溃的不安。阿贝尔的内心似乎就矗立着这样一座绝美的金阁。我不知道阿贝尔是否读到过三岛由纪夫的《金阁寺》,但我发现他就像三岛由纪夫笔下的沟口一样，内心充满着矛盾和纠结，他多么希望他心目中最美好的事物能够永恒地留存下来，然而他心目中最美好的事物总是在一个个崩溃倒塌。尽管阿贝尔并不是沟口，但世界上就有各种各样的沟口，他们举着火把觊觎着美好的金阁。大自然未尝不是一名叫沟口的巨人，它用神奇的力量不断地创造出美，也不断地毁灭美。无论是它的创造还是它的毁灭，都遵循着大自然生生不息的最高法则。阿贝尔大概在自己的体验中悟到了这一点，他以生生不息的最高法则来整理自己的体验，来展开自己的叙述。因此，尽管小说的主要情节是关于一场恐怖的自然灾害，是一次丧失亲朋好友的哀痛，但阿贝尔并没有将其写成对灾害的诅咒，或对亲友的悲悼，而是让自己的叙述凝结成哲理般的诗句："灾难不会让你泯灭 这些象征的意义／与真理之境像太阳的光芒。"

但我更感兴趣的是藏在阿贝尔心目中的那座美丽的"金阁"。在某年夏的那场自然灾害中，主人公"我"和白小米丧失了各自的恋人，"金阁"里当然少不了爱情的内容。然而仅仅是爱情还支撑不起一座绝美的"金阁"，我相信，阿贝尔不会因为一次邂逅般的爱情而如此长久地魂牵梦绕。在小说中，我发现了两块指路标牌，它们引导我寻到了通往"金阁"的路径。一块指路标牌是"白马人"。白马人生活在四川阿坝山区，小说所述地域正是白马人居住的集中地。"我"要去平武的原因不仅是去看他的同学白小米，还因为白小米正在搜集白马人的资料，"我"也想去看看白马人，"他们头上插鸡毛的样子是不是很原始、很可爱"。白马人被认为是藏族，但事实上，白马人的习俗、服饰、宗教信仰等与藏族迥然有别。有一种观点认为，白马人应该是失落了

1600年的氏族部落后裔，是中华民族的第57个民族。阿贝尔大概就是带着这样的观点去书写白马人的。他写白马人身上特别的秉性，也写白马人习惯了民族性被消失的现实生活。从这一角度看，白马人一直就驻在阿贝尔心目中的"金阁"里。白马人作为一个古老的民族在现实中被消失了，同样就像是一件美好的事物被毁灭了。还有一块指路标牌则是"某年夏"。当然，小说重点讲述的那场自然灾害就发生在某年夏。但小说中其实还隐含着另一个"某年夏"，在这个"某年夏"，大学毕业生白小米被发配到平武来教书。小说多次写到了白小米的政治热情。这对于年轻人来说又何尝不是一种可贵的品质，它体现的是青春、热血和理想精神，它足可以让阿贝尔心目中的"金阁"辉煌夺目。但随着岁月的流逝，白小米逐渐以现实取代了政治热情，"当年属于发配，现在适应了，如鱼得水"，或者就像他解释他与外国文学女老师的交往是"身体改变政治"。我们其实从只言片语中，已经了解到，这一座最为金碧辉煌的"金阁"也在崩塌之中，但即使如此，作者还说了一句耐人寻味的话："那一夜，我们没有再谈什么，包括我们过去一见面三句话不离的政治。但政治一直都在那儿，鬼灯哥儿似的。"然而，无论是作为一个古老的民族的白马人，还是年轻人的政治热情，它们的消失同样会遵循着生生不息的法则，我们不必为此而悲观。我们要明白，"不灭"是没有意义的，而"灭"的意义需要我们去破解。

我们或许从这篇小说里还能获取更多的信息，因为它是作者一段经岁月浓缩了的体验，它在作者的笔下还没有完全化开，我们的阅读也是再一次融解的过程，说实在的，我很享受这样的过程。

好的文学就是一座精神寺庙

——读曹明霞的《色不异空》

多年前我说过一句话：好的文学就是一座精神寺庙。读了曹明霞的《色不异空》后，竟发现，我的这句话就是为这篇小说而准备的。

寺庙是人们宗教信仰的皈依之地，人们带着人生之困惑和精神之烦恼走进寺庙，祈拜神灵的保佑，也安顿自己的身心。《色不异空》可以说写的就是人们各自寻找寺庙庇护的故事。主人公君生姐妹四个，却有着不同的烦恼。君生是民俗馆的副馆长，她在工作上不愿与功利主义的同事们同流合污，在家庭生活中则与满足于平庸的丈夫形同陌路人，书和文字成了她的"寺庙"，"给她撑起了一片辽阔的天空"。君生的大姐君红是下岗工人，与丈夫一起开起了粥铺，"斤斤两两地算着每一分钱"，因此她唯一的信仰就是钱，她把钱当成了自己的"寺庙"。君生的二姐君琳曾是法院公职人员，退休后寂寞失落，便走进了佛教的寺庙，在香火缭绕中寻找寄托。君生的三姐君兰不满于丈夫儿子的无所作为，自己也找不到中意的工作，于是就把麻将当成了"寺庙"。

曹明霞冷眼看待这四姊妹，她们虽然各有生活的烦恼，但曹明霞并不想廉价地对她们施以同情，而是要通过她们的遭遇去探寻她们解决烦恼的途径是否正确。这四姊妹虽然有着各自的"寺庙"，但这些"寺庙"似乎并不能真正解决她们各自的烦恼。而且细究起来，她们的生活并没有出现多大的困境，她们不过是在自寻烦恼。她们不能以现实主义的勇气面对生活，于是要寻找一处"寺庙"来获得自我安慰和自我麻痹。就像君琳学佛了，尽管她说佛让她变得心宽敞亮，日子也不那么难过了，但事实上她总是摆脱不了内心的焦虑，常常被噩梦缠身。更有意思的是，君琳在学佛的过程中与一位居士碰撞出了爱情的火花，将家里的佛堂也变回了婚房，从此她也不再为地狱和噩梦而苦恼了。君兰沉湎于麻将和酒精中图一时的快乐，显然这更是一处靠不住的"寺庙"，因此，一次醉酒、一场打闹，就会将她打回冷冰冰的现实。她唯有从不变的姐妹之情中才能感受到一丝温暖。

曹明霞是否想要告诉读者，不要轻易地对生活失去信心，不要推卸自己在生活中的担当和责任。这大概也是这篇小说要用一句佛教用语的缘故吧。"色不异空"，包含着佛教对物质永恒和变异的一种辩证认识。色是指人们所看到的客观物质存在，人们会认为自己眼睛所看到的就是实实在在的，但佛教认为，所有的物质存在并没有实体性和自主性，因为每一个具体的物质存在都是由众多因缘条件造成的，会随着因缘条件的变化而变化，是离不开空性的。小说中姊妹四位的不同遭遇也在证明这一点，一个人如果把自己的现实固定在一种烦恼、失望的情境之中时，即使能够寻觅到一处"寺庙"，暂时逃避现实的烦恼，但终究也改变不了现实。

佛教不仅说"色不异空",也说"空不异色"。也就是说一切空性都离不开具体的物质存在。这自然涉及佛理对于物质与精神、客体与主体等方面的深奥看法。小说不是用来诠释佛理的,但小说提供的生动形象具有多解性和启迪性,这恰是曹明霞这篇小说的特点。就像小说所描述的几姊妹,她们在生活中有烦恼,她们也各自找到了摆脱烦恼的"寺庙",但"空不异色",如果你不能真正超脱心中的执着,也就不能获得真正的人生幸福。

这篇小说也是一篇关于人生信仰的小说。人不能没有信仰,信仰是一盏灯,它会照亮现实中黑暗的路。但我们是否找到了真正靠谱的信仰呢?这是值得每一个人扪心自问的。君生就是一位在不断地扪心自问的人。她最初试图躲在书与文字的世界里,但仍然无法治愈精神的痛。后来她走进了教堂,也从教堂里获得了一种温良和悲悯,但她因为对上帝的怀疑而告别了教堂。君生仍在继续寻找。其实寻找本身就是一种信仰。假如君生能够彻悟到这一点,她的内心一定会少了些世俗的挂碍。很可惜的是,君生没有找到文学,不然她应该知道,好的文学就是一座精神寺庙。

既向下沉潜，也仰望星空

——读李明春的《山盟》

李明春是一位扎根于基层的作家，他努力向下沉潜，因此，他的作品饱含土地的湿度和民间的温度；但他在向下的同时仍然不失仰望星空的眼光，因此，作品中具有清醒、明确的价值追求和时代意识。扎根基层的作家并不少见，仰望星空的作家同样也不少见，但能够将二者统一为一体就很难得了，这便是李明春的难得之处。中篇小说《山盟》是他的新作，这部作品充分体现出他在向下和向上的方向同时做出了努力，因而既给读者带来最新鲜的生活体验，也使读者从中获取切中时弊的思想启示。

《山盟》写的农村扶贫的故事。故事来自基层，有李明春最熟悉的场景和最熟悉的人物。他说他的家乡是就贫困县，以前就生活在贫困户中间，所以他对政府的扶贫工作有着一份特别的感情。《山盟》写的是当前农村正在开展的精准扶贫工作。石承是县里的一名干部，被安排去乡下扶贫。与以往的扶贫工作不一样的是，这次精准扶贫给他分配了两名帮扶对象，一名是卧病在床的冬哥，一名是游手好闲的凯子。石承必须让这两名帮扶对象脱贫了才算完成了精准扶贫的任务，尽管石承并不是心甘情愿地到乡下来做扶贫工作的，但他为完成任务仍想了很多办法，甚至把自己的家属都动员起来了。在大家的努力下，冬哥治好了腿疾，凯子也从游手好闲的状态中摆脱出来，成为乡下出名的知客事，让自己的才华可以大大施展一把了。故事很生动，也贴合了现实，但李明春并不满足于做一个现实生活的记录者，而是要在此基础上做一个现实生活的思考者。这就有赖于他的仰望星空的眼光。于是他把农村的扶贫工作放在革命历史的长河中来考量。他的眼光投注到了村头山坡大岩壁上的石刻，那是当年红军刻下的标语："共产党是给穷人找饭吃的政党！"也就是说，李明春是把扶贫与革命的宗旨紧紧联系在一起，山岩上的石刻是共产党对人民许下的承诺，扶贫是共产党为兑现革命的承诺而孜孜不倦做出的努力，只要人民还没有脱贫，革命就不能说成功！李明春看到了革命的承诺具有海誓山盟的庄重，因此，他给小说取名为"山盟"。李明春的历史眼光还体现在他揭示了承诺的分量在一代又一代的传递中被逐渐减弱的事实。石承的爷爷石新当年出去参加红军，让他想不明白的是为什么革命成功了家乡的人还受穷。石承的父亲石现尽管也没明白，但他为了实现红军的承诺要想尽办法带着乡亲们致富。到了石承这一代，只是将扶贫当成是一份艰巨的工作任务，还想以各种理由推掉这项工作。那么，到了石盟这一代还能不能延续革命的承诺呢？作者特意让他取海誓山盟的盟为名，就是希望年轻一代也能记住红军石刻。小说写到石承最终帮冬哥和凯子摆脱的贫困的处境，这两位帮扶对象还成了典型事例，但是因为帮扶对象的收入没有达标，所以石承还要接受处罚。但石承非常坦然，因为他"觉得贫困户脸上的笑容比奖状更好看"。

这一笔很精彩，表达了作者对扶贫工作更深刻的认识，他认识到扶贫不仅是要让贫困户在物质上脱贫，而且更重要的是要让他们在精神上也"脱贫"。小说主要是围绕精神"脱贫"来设置矛盾冲突。冬哥与凯子都有自己的尊严，他们宁愿承受物质贫乏的痛苦，也不愿意接受社会歧视带来的精神伤害。李明春通过《山盟》表达了自己对扶贫的理解，特别是关于精神"脱贫"的认识是非常值得那些正在进行扶贫工作的领导干部认真学习的。希望我们的扶贫工作能够把物质脱贫与精神脱贫结合起来。

《山盟》的故事很生动，也很鲜活，这完全得益于李明春的向下沉潜。这些完全来自生活的素材，不仅给人们提供了一个精准扶贫的典型事例，而且伴随着这一事例的蔓延，当下乡村社会的种种现象也一一呈现出来。比如乡村的空壳问题，基层的官民矛盾问题，教育不公问题，等等。难得的是，李明春在这篇以歌颂为主调的小说中丝毫不回避这些社会矛盾，而是忠实于生活，将其真实地反映出来。为此小说重点写了范镇长这个人物，范镇长工作似乎干得还不错，最后他领导的镇子还得到县上的通报嘉奖，但他公权私用也很厉害，他的儿子才上小学，就懂得权力的作用，凭借老子是一镇之长，在学校里仗势欺人。而学校明知道事情真相，也不敢惩恶扬善，就以转学的方式来息事宁人。尽管石承是县上派来的干部，尽管石现还是一位县领导都得尊敬的老模范，但他们也只能将这些现象当成是正常现象接受。我以为范镇长是大多数基层官员的真实写照，他们也会完成工作任务，也有一定的办事能力，同时也会利用公权谋点私利，上面抓得紧，他的尾巴就会夹得紧一些，社会风气一宽松，他的毛病又会多犯一些。这样的官员最关键的问题就是他们缺乏共产党的信仰和理想。学校在处理山仔与范龙打架一事上的各种表现也揭示出基层社会的伦理道德常态。实际上，校长和老师们都清楚谁是谁非，但他们也清楚如果公正处理的话，会给他们自己以及学校带来麻烦。而社会的种种矛盾就是在这种不了了之的状态下解决的。可以说，这篇小说尽管只是一个中篇的篇幅，却有着非常丰富的社会信息量。从这里也看出了李明春明确的民间立场，因此，他从民间获取的原汁原味的生活信息，不会在某种理念和禁忌的筛选下被过滤掉。这些生活信息不仅呈现出社会的复杂性，而且最重要的是，它使得小说关于扶贫的主题落到了实处，既增强了主题的可信度，也让人们理解到扶贫的难度。从这个角度说，这篇小说完全是向下沉潜和向上仰望星空有机的融合。

最后还想说说李明春的语言风格。从李明春的语言风格也可以看出他与民间的密切关系，他的语言充满着民间的智慧和民间的谐趣。这一点在他的一部长篇小说新作《半罐局长》中表现得尤为突出。民间智慧体现在他的小说中经常会出现一些警句格言式的文字，往往凝练着民间的人生哲理。而民间谐趣则体现在他的文字跳荡活泼，既有风趣的成分，也有解嘲的味道，无不触动着读者的快乐神经。从李明春的语言风格里似乎还能感受到他的一颗坚守文学理念的心。这也是许多生活在基层的作家的共同特点。他们多半不会被文学的聚光灯所照射，但他们热爱文学，坚守文学的信念，就像满山遍野灿烂的小花。因为他们的存在，文学的春天才会那么的温暖。李明春是生活在基层中一位具有代表性的作家。

对《出租车司机》的多层解读

薛忆沩被称为一个文学的"异类",他早期的一些作品无不是经过了很多波折才得以发表。据说有的文学编辑读了他的作品后表示看不懂,而最先对薛忆沩的作品给予高度赞赏的是一些思想界和学术界的专家学者。从这里传递出两个重要的信息,一是薛忆沩的小说具有鲜明的先锋性,二是他的小说具有较大的思想容量。因为先锋性,薛忆沩的小说不追求清晰的故事脉络,其小说意象包含有太多太复杂的能指,如果读者没有调整好阅读期待,很容易产生看不懂的感觉。但思想家们并不关注作为文学表层的故事性,更看重故事背后的能指,因此对薛忆沩充满了兴趣。但我在这篇文章里并不准备谈薛忆沩的先锋性,因为我们所要讨论的《出租车司机》恰好是他的一篇比较注重故事性的小说,这篇小说的先锋性退隐到了后面,却并没有因此减弱其思想容量。也许正是这一原因,增加了这篇小说的无穷魅力,人们可以反复阅读,每一次阅读都可能读出新的内容,就仿佛是在剥一个洋葱,每一次阅读剥去一层,一层一层地接近洋葱的核心。我就尝试着以剥洋葱的方式来把我的阅读体会与大家分享。

第一层是故事。这是一个非常简单也非常清晰的故事,结构也非常符合传统短篇小说的套路，即截取生活中的一个时间段。小说主人公是城市里的一名普通的出租车司机，他在这个城市开了十几年的出租车，他决定告别这个城市回家乡，小说写了他开出租车的最后一天的情景。准确地说，只写了这一天里他将出租车还给公司的前后几个小时。小说从出租车司机收车后将车开进地下车库写起。他走出地下车库，仿佛与过去紧张的生活彻底告别了，于是他来到一个意大利薄饼店，他需要"宁静"。坐在店里，他的思绪却活跃起来，记忆中的碎片纷至沓来。他想起了过去与女儿妻子坐在这里饮食的情景，也想起了最后拉的两批客人的情景。往事令他情绪激动，最后他激动得放声大哭起来。单纯从故事层面说，这也是一个非常地道的短篇小说。作者不靠情节的曲折和悬念去吸引读者，而是抓住一系列精彩的细节，精准地揭示出主人公的心理和情绪的演变过程，写出了一个刚刚因车祸而失去妻女的中年男子的悲伤和孤独的精神状态。作者能够很自如地把握叙述的色调。写主人公的现在情景时，叙述完全是黑白分明的单色调；写到主人公与妻女在一起生活的情景时，叙述则变为橙色的暖色调；写到主人公最后两次拉客人的情景时，叙述又变为以蓝黑为主的冷色调。不同色调的变换毫无过渡，造成尖锐的色调对比。

第二层是孤独的文学主题。孤独，是都市文学最基本的主题。但必须承认，《出租车司机》在表现城市的孤独感这一点上是非常出色的。作者选择了一个出租车司机作为表现对象，这个职业就有孤独的特征，司机一个人待在出租车的狭小空间里，车外的风景热闹非凡，但一切都与他无关；虽然不断有客人上车，但二者只是商业关系，几乎没有情感交流。薛忆沩强化了这一特征，他笔下的出租车司机性格内敛，更显孤独。这篇小说有不少对话，但主人公几乎没有开口说话，有限的两次说话也是礼节性地应酬。一次是在地下车库，当值班的老头告诉他事情时，他说了句"知道了，谢谢"。一次是在意大利薄饼店，因为他走神没有听到服务员接连三次请他付款，他说了声"对不起"。小说留给读者的印象便是，一个出租车司机虽然置身于这个嘈杂纷繁的世界，但他的心游离在外。薛忆沩笔下的出租车司机虽然生活在孤独之中，但他长年对此并无感觉，悖论式的都市生活已经使他神经麻木，直到一场车祸让他惊醒，"从前那些沉闷的生活一下子变得有声有色了"，他发现过去自己太粗心，忽略了生活的有声有色。于是这个曾经生活了十几年的城市也变得陌生起来。这是一种无意识的孤独感。这一点明显不同于其他表现孤独感的小说。

第三层是关于城市的思考。薛忆沩是在深圳生活了十三年后写的这篇小说的，表达他对这座城市的经验和认识是写小说的动机之一，而且可以说是一个很重要的动机。接下来他写了一系列与这座城市有关的小说，后来将这些小说结集出版，书名就叫"出租车司机"，并且还有一个副题"深圳人"。他的这些小说集中表达了他对城市的思考，而《出租车司机》这一篇可以说是他这一系列思考的导读。他把城市看成是人类历史发展的一个悖论，一方面，城市是人类文明进步的产物，另一方面，城市又导致文明的异化。他书写的就是在城市悖论中寻找自己人生方向的深圳人。在他看来，都市人与出租车司机没有两样，出租车司机不知道下一个客人是谁，更不知道要将这个客人载向何方。每一个都市人也像出租车司机一样对于未来是迷茫的，他们无法左右自己的未来，随时都可能遇到有形或无形的载客，指令你将自己的命运之车开向一个陌生的地方。城市的悖论还体现它既明朗又诡异，它纵横交错的道路上车水马龙，人来人往，你看上去对它非常熟悉，但实际上你与它有着巨大的隔阂，每一个人都带着不知晓的故事从你身边走过，每一幢楼房里面又隐藏着多少不可告人的故事。出租车司机拉两批客人的叙述就明显表达了这一层意思。无论是第一个女人在车上与人打的电话，还是第二次上来的一男一女在车上的对话，都让人感到话语里包含着复杂的故事。而出租车司机本人显然也是有故事的，他曾经从来不去体察家庭生活的情感交流，直到妻女车祸去世后，他才发现他是粗心的。一男一女两位客人在出租车上的对话既让人感觉到背后故事的复杂性，同时也在暗示城市的悖论：男的说，真的，一切都好像假的。女的反问道，真的怎么又会是假的。这就是我们的城市，亦真亦假。所以这个由悖论搭建起来的城市是"永远也不会懂的"。薛忆沩对于城市的思考显然带有经验性，融入了自己在深圳生活的切身体验，因而思考中伴随着愤激、失望的情感。多年后，薛忆沩的情感沉静了下来，他对于城市的思考更倾向于思辨性和哲理性，这体现在他写的另一个短篇小说《流动的房间》上。它也成为他另一部小说集的书名。这部小说集再一次将《出租车司机》收了进去，这既说明薛忆沩对这篇小说的重视，也证明了从《出租车司机》到《流动的房间》在思想脉络上具有连贯性。

  第四层是关于人的命运的思考。这一思考是从第二层思考延伸过来的。对于生活在城市里的人来说，他们的命运也充满了悖论。出租车司机把握着方向盘，似乎是在主宰自己的命运，但出租车司机的思想又被别人主宰着，他向你下达开车的指令。但薛忆沩并不是一个悲观论者，更不是一个宿命论者，他有精神倔强的一面。所以在这篇小说里，面对命运的悖论，他提出了逃离的主张，以逃离的方式来做一回自己命运的主宰者。因此，出租车司机意识到无论是车外的热闹还是车内载客身上的故事都与己无关后，他决定要逃离这个世界。他写下辞职报告，决定回到家乡去。小说结尾是一个具有象征意味的细节，出租车司机摆放在餐桌上的一排冰块全部融化了。它寓意着一颗被城市水泥浇铸的心终于融化了，于是出租车司机会"激动得放声大哭起来"。薛忆沩将出租车司机的这种感觉表述为"神圣感觉"，显然他是非常赞同出租车司机的逃离方式的，以逃离来抗争命运，并不意味着消极。何况在中国的现实场景中，城乡冲突和城乡差别还有着更为丰富复杂的社会和历史内容，这篇小说不过是将社会和历史内容置于背景后面了。薛忆沩将自己的倔强精神也赋予了出租车司机，他才会在那一瞬间产生一种神圣感觉。这种倔强精神就是对理想的坚守。薛忆沩的先锋性其实是他逃离现实、沉湎于理想的一种方式。他最早的作品是长篇小说《遗弃》，这部小说最突出的特点便是一种孤傲和反叛的精神。他有一篇以白求恩为素材的小说叫"通往天堂的最后那一段路程"，这个小说标题也许就是薛忆沩的文学写照。

短篇小说：铁凝的福地
——读铁凝的《飞行酿酒师》

　　《飞行酿酒师》是铁凝一本最新的短篇小说集，由人民文学出版社出版，书中收录了12个短篇小说，这是她自从担任中国作协主席后的五年间所收获的成果。在阅读这本书时，我突然发现，短篇小说对于铁凝来说具有特别的意义。在铁凝的人生遇到重要转折的时期，她在文学创作上往往会进入到短篇小说思维的状态，她更愿意在短篇小说这种文学形式中去调整自己的文学方向。

　　被选定为中国作协的主席，这显然无论是在创作上还是在生活上都会给她带来极大的改变，于是短篇小说成为她几乎唯一的选择。当然，这种选择并不排除因为作协主席的社会身份使她没有大量的个人创作时间这一原因。但是，回顾一下铁凝的创作经历，就能明白短篇小说是她的福地。新时期文学之初，年轻的铁凝就是凭着短篇小说《香雪》引起文坛瞩目。20世纪的90年代初，铁凝也有四五年的时间里基本上只写短篇小说。这同样是她人生面临的一次重要转折，是在一次大的政治风波之后。这之前的铁凝正处在文学创新的兴奋期，社会思潮的剧烈变化使她冷静了下来，她开始调整自己的思路，并选择了短篇小说来表达自己的思路。不妨列一个清单：1989年，写了一个短篇小说《遭遇礼拜八》；1990年，写了三个短篇小说《遭遇凤凰台》《哀悼在大年初二》《我和王君之间》；1992年，写了《孕妇和牛》《笛声悠扬》《砸骨头》《马路动作》《棺材的故事》《峡谷歌星》《大妮子和她的大披肩》《甜蜜的拍打》等八九个短篇小说。在这些短篇小说中，一个曾经充满善意看世界的铁凝，逐渐变得有些冷漠和无情了，她从小说的颜料盒里撤走了热情洋溢的暖色，以一种客观、冷峻的笔调描述她所观察到的社会人生。但是，铁凝的善良之心并没有变，只是她在寻找一种更稳妥的表达善良的方式。待她写《孕妇和牛》时，她终于找到了最稳妥的表达方式，一种恬静、温馨的田园诗意在她的心底升起，她要借助夕阳下的静穆的孕妇形象来传达她已经获取的静穆的精神境界。《孕妇和牛》可以说是一个标志，标志着铁凝思想上的成熟。铁凝对社会人生有了新的体认，这些新的体认孕育在她的内心，就像是孕育着新的生命。综上所述，铁凝90年代初的一段短篇小说写作期，帮助她顺利渡过了一次人生的转折，使她的文学创作迈向一个新的高度。《飞行酿酒师》则在告诉我们，新世纪以后，短篇小说依然是铁凝的福地，再一次帮她渡过了又一个人生的转折。从这样的角度来读这本短篇小说集，其中对于铁凝文学创作上的意义就彰显了出来。

铁凝的这一次人生转折是由中国作协主席的职务带来的。这意味着她的政治身份更加凸显，她的言行不仅代表着一名作家的个人心声，而且还要承担一名公众人物的社会责任。这二者之间有时候难以协调，甚至很可能还会发生冲突。因此她必须认真思索，应该如何处理这种二重性？她的思索结果在短篇小说创作中得到了验证。铁凝是在一个对话和交流的全球化时代接任中国作协主席的，这为她提供了具备世界性视界的可能性。铁凝意识到了这一点，因此在她就任中国作协主席之后，她便把加强对外文学交流作为自己的重要工作来做，也培育了一种自觉的世界文学意识。这种意识在她的短篇小说创作实践中得到了体现，她努力去表现"人类的心灵能够共同感受到的东西"。这就构成了《飞行酿酒师》这本小说集的基本主题。

这本小说集中的作品基本上写的是身边的日常生活和普通的人物，但铁凝在观察和处理日常生活时分明带着大世界的眼光。比如《咳嗽天鹅》就是一篇因为生态的忧思而有了创作冲动的小说。生态危机被认为是人类文明发展到今天面临的三大危机之一（另外两个危机是能源危机和精神危机），生态问题也成为当代政治和当代思想学术最前沿的问题。不少作家关注生态问题，书写生态题材的作品，生态叙述无论在中国还是在西方发达国家，都被看成是文学的积极姿态。铁凝这一阶段的小说中，不仅《咳嗽天鹅》涉及生态问题，另一篇小说《七天》更是将环境污染带来的恶果作为小说的核心情节。铁凝的小说中也有不少新知识带来的文学灵感。如《海姆立克急救》，其构思来自一个专业的医学术语；而《飞行酿酒师》则将大师的葡萄酒知识穿插在故事之中，变成了一个个情节发展的活扣。但铁凝并不是生硬地搬用新知识和新观念，而是融化在自己的文学体验中。比如铁凝的生态叙述就不是简单地追随生态主题，更不像国内某些生态小说那样唯生态而生态，与中国现实相去甚远。中国现实情景是：一方面生态意识被当成最先进的思想，另一方面，生态意识又与实践完全脱节。铁凝的小说虽然不是正面表现中国现实的生态问题，但她准确地把握了这一点,并以此来深化小说的主题。天鹅是国家一级保护动物,连最普通的村民都知道这一点,但出人意料的情节发生了,病天鹅到动物园以后反而遭遇劫难,而且杀它的竟是那位天天与天鹅相伴的、将天鹅馆收拾得像天鹅们的"天堂"的景班长。铁凝由此表达了比一般生态小说更见深刻的思索:从生态的忧思进入到人态的忧思。就是说,生态问题不仅仅依赖于人的理性来解决,它从本质上也是与人态相关的,人的情感状态、心理状态和精神状态如果没有与生态意识融洽起来,人们再多么有理性地认识到生态的重要,如果他的天性没有醒来,是不会真正与动物们成为朋友的。在另一篇以环境污染问题为核心情节的小说《七天》中,铁凝同样将生态的忧思引向人态的忧思。

　　铁凝无疑要表达出"人类心灵能够共同感受到的东西"的,但她尽量不去重复别人的表达,而是在学习经典的表达、在与世界对话的同时,寻找到自己的切入点。比如《1956年的债务》,写了一个吝啬人形象。在世界文学经典之林中,有不少吝啬人的典型形象一直为人们所津津乐道,如莎士比亚《威尼斯商人》中的夏洛克、巴尔扎克《欧也妮·葛朗台》中的老葛朗台、莫里哀《悭吝人》中的阿巴贡、吴敬梓《儒林外史》中的严监生。我相信,这些经典作品中的典型人物,铁凝也是熟悉的,她在写这篇小说时,显然会与这些典型人物进行对话,作为一种非常强大的参照系,铁凝可以从中学习到很多塑造吝啬人的诀窍。我们甚至可以从中发现学习的痕迹。比如小说一开头父亲临死前将还债的事托付给儿子的情节,特别是父亲托付完了之后,抬起身子向儿子张开两条胳膊的细节,会让我们联想起《儒林外史》中严监生临死前心疼两根点燃的灯草而举起两根手指的经典细节。这同时也说明了一个问题，这些文学经典不仅是参照系，也是一面高高的墙，你如果不能跳过去，你就只能在原地重复。铁凝面对这面高高的墙并没有退缩，她勇敢地超越了过去。是什么给予她超越的力量，应该是她对个人经验的自信。因为铁凝写的这个吝啬人是与中国特定时代相关的，是中国特定的饥饿年代铸就的一种吝啬性格。如果说以往的吝啬人形象多半是让人厌恶和反感的话，铁凝所写的这个吝啬人却是让人感到心酸。铁凝所写的这个吝啬人是小说中的父亲。父亲在1956年因为孩子的出生不得不向同事借五块钱渡过难关。但他一直没有能力还钱，为了这五元钱的债务，父亲在生活中变得越来越吝啬。穷困的生活摧毁了父亲的尊严，失去尊严的父亲就会在吝啬上越走越远，逐渐地，他竟还能从吝啬中尝出乐趣。但父亲终究要寻回自己的尊严，所以他在临死前要庄重地将还债的事托付给儿子。铁凝的立意并不在于写吝啬，她通过一笔债务，对比了两个时代的巨大差异，这种差异自然是物质上的，今天的物质丰富程度是当年的饥饿时代完全不可比拟的，然而在铁凝的叙述里却隐含着一个质问，质问今天的时代，虽然物质丰富了，却是不是遗漏了一些更重要的东西。这种质问正是铁凝在学习经典基础上开掘出最有力量的切入点。《风度》这篇小说的构思表面看上去比较一般化。小说中的几位老知青都成了今天的成功人士，因此，他们筹划的相聚显得特别有风度。这种题材的选择正在小说界流行，无论是知青聚会，还是同学聚会，其叙述方式和主题表达都大同小异。但铁凝的这篇小说仍能脱出窠臼，就在于她选择了一名当年与这些知青相处很好的农村青年程秀蕊的视角来看他们的"风度"，更在于铁凝内心所认定的风度与物质无关，而是与感恩、信诺有关。感恩和信诺不正是"人类心灵能够共同感受到的东西"吗?

铁凝相信文学是与人的心灵相关的,所以她致力于挖掘人的隐秘内心,将善良的光亮投射到幽暗的内心世界。比如《伊琳娜的礼帽》就突出地体现了铁凝的这一特点。这篇小说读起来有些许俄苏文学的韵味,或许铁凝对俄苏文学的经典有所偏爱,进而出神入化。仿佛是要与这种韵味相谐调,铁凝也把故事的发生地安排在了俄罗斯。铁凝再一次发挥她以小见大的特长。这一次的"小"专门用在对人物的观察上,小到一个眼神,一个手势,透过"我"的一双敏锐的眼睛,在飞机窄狭的空间里简直就在上演着一出惊心动魄的大戏!无论是当母亲的伊琳娜与陌生人瘦子的暧昧的亲热,三个年轻男女放肆的调情,还是一对衣冠楚楚的华丽男士在众目睽睽之下走进洗手间的龌龊,都集中在飞机这一特殊的空间里发生了。这个特殊空间就像一个临时组织起来的社会,这个社会很快又会解散,因此置身在这个空间里,人们会把平时的约束和禁忌置诸脑后,都想趁机让自己的欲望释放一把。但是,当飞机降落后,一切又恢复到常态,伊琳娜和瘦子尽管都十指相扣地握着手了,此刻又像是陌生人一样各走各的。读到这里,我们或许要对人的瞬息万变表示叹惜。但是,伊琳娜的礼帽出现了!伊琳娜礼帽这个小小的细节引导我们发现了人性的美好一面:瘦子拎着礼帽盒的追赶,"我"当机立断的夺过帽盒,还有小萨沙把笋尖般细嫩的食指竖在双唇中间,都可以看作是他们对一对恩爱夫妻的祝福。也许这就是铁凝要告诉我们的关于人生的发现:美好和善良总是持久的、常态的,我们不要被偶尔溢出来的非分欲望破坏了常态中的美好和善良。连伊琳娜也对自己一度溢出的欲望心生愧疚,她将礼帽扣在自己头上,企图用这个滑稽的举动遮掩住愧疚的表情。而铁凝则以一种宽容之心谅解了欲望的一时溢出，因为她相信善良的人们终究要回到常态中来。

　　铁凝在这本小说集的自序中说，她热爱短篇小说，她相信人生有可能是一连串的短篇。正如铁凝所言，短篇小说已经与她的生命密切联系在一起，每一个短篇都展示了她生命中的"生机和可喜"。

"审理"式的诗词鉴赏

——读王充闾的《诗外文章——文学、历史、哲学的对话》

王充闾的《诗外文章——文学、历史、哲学的对话》是一部鉴赏、品读中国古代诗词的散文著作,从先秦《诗经》起,直至近代,作者带领我们遨游在两千余年的诗词长河之中,领略古典诗词的哲思意蕴。这是作者长年研习古典诗词和传统文化的结晶。

阅读这部三卷本的著作,让我想起了另一位学者李元洛。他一直在做古代诗词的鉴赏工作,也出版了《唐诗之旅》等一系列诗词鉴赏之书。我发现,王充闾和李元洛堪称一北一南两位诗词鉴赏大家,但二者各有侧重,并形成了互补。如果说,李元洛侧重于"审美"的话,王充闾可以说是侧重于"审理"。"审理"是我读了王充闾著作后创造的一个新词,也许不太贴切,但我只是想强调,王充闾更看重的是古代诗词之"哲理"。这本书的简介中有一句话:"作者依凭近五百首历代哲理诗的古树",意思是说书中所鉴赏的五百首诗词都是哲理诗,我以为这句话并不准确,因为王充闾并没有刻意要去挑选哲理诗来鉴赏,在他的眼里,中国古代诗词就离不开哲理性,富有哲理性恰是中国古代诗词的一大特点。古人早就说过"诗言志,歌咏言",认为诗是用来表达人的思想襟怀的。诗歌固然具有抒情性,但是中国文人更加看重"诗言志"的功能。王充闾"审理"式的鉴赏正是从"诗言志"入手,抓住了中国古代诗词的灵魂:中国文人在写诗词的时候更看重表达自己对人生、对世界的理解以及自己的胸怀和志向,这一切都跟哲理发生关系。如《诗外文章》开首第一篇鉴赏的是《诗经》中的《蒹葭》:"蒹葭苍苍,白露为霜。所谓伊人,在水一方。"人们一般将其作为一首优美的情诗对待,表现了追求所爱而不及的惆怅和苦闷。但王充闾更愿意将其作为"一首美妙动人的哲理诗"来品读,认为"《蒹葭》中所企慕、追求、等待的是一种美好的愿景。诗中悬置着一种意象,供普天下人执着地追寻"。

我以为哲理性应该区分为两类,一类是超越世俗、高蹈玄奥、体现智慧极致的哲理性,这种哲理性可以是哲学家关在屋子里的冥思苦想,所想的问题多半是宇宙是什么、人为什么要有信仰等这类超越世俗的问题;另一类是与历史、人生、现实紧密相连的哲理性。王充闾更偏重于后一种哲理性。这可能跟王充闾一直的文学追求有关系,也跟王充闾的身份特征有关系。王充闾的文学追求承继着"五四"的启蒙精神,具有强烈的现实感和社会担当,谈到他的身份特征则不能不注意到他长年从政的经历。从这个角度来看,我以为可以将《诗外文章》看成是王充闾与古代士大夫的精神对话,这种精神对话更多会上升到哲理的层面。

士大夫是中国政治文化制度的特殊阶层,是知识分子和官僚的混合体,他们既是政治的直接参与者,又是文化艺术的创造者和传承者。"士"一般是指脱离生产劳动的读书人,春秋时期有"大夫士",是一种等级称号,大概指贵族的家臣,后来随着官僚制度的完善，大夫士变成了士大夫，特指那些文人官员，这一词语的变化显然意味着"士"在政治活动中的作用越来越大。士大夫是中国文人的一种身份，也是中国文人安身立命的一种方式，中国文人的理想往往希望通过士大夫的途径得以实现。中国古代诗词自然也是士大夫寄托情怀的重要方式，古代诗人大多数都有士大夫的身份。因此，从古代诗词中可以充分了解到士大夫精神的真谛。

王充闾乐于通过古代诗词与士大夫进行精神对话，还在于他本人就是一名当代的"士大夫"。士大夫最大的特点便是有强烈的政治情怀。中国现代知识分子虽然是在激烈反叛传统文化背景下接受西方现代思想的直接熏陶而成长起来的，但他们由于文化上的血缘关系，因而对士大夫的政治情怀具有天然的偏爱。因此，现代知识分子不仅热情宣传现代思想，也积极参与到现代政治运动中。在他们身上，我们能够看到古代士大夫的身影，可以称为当代的士大夫，如胡适、傅斯年、丁文江、瞿秋白、陈独秀，甚至包括当代的顾准。虽然他们各自的政治理念不同，但是他们身上表现出的一种忧国忧民的政治情怀却是共通的，这种政治情怀表现在他们是做学问与做人并重、文章与道德并重。丁文江有一个朋友曾评价他是"诗名应共宦名清"，我觉得这就是对士大夫极恰当的概括。王充闾在品读古代诗词时，也许内心的政治情怀自然而然地与诗词中流露出的政治情怀产生了共鸣，也就形成了与古代士大夫进行精神对话的姿态。《诗外文章》中所鉴赏的诗词也选入了一些并不有名的诗人的并非上乘的诗作，为什么会这样？因为王充闾选诗的标准并不是以文学性为唯一的标准，而是更在乎他在精神对话中能否有所感悟。比如他引了韩琦的一首诗

《小桧》，韩琦就是典型的士大夫，他并不以诗文名世，但是这首诗非常准确地体现了士大夫的政治情怀，因此王充闾说："诗人借吟咏庭前移栽的小小桧柏，展示一己的清风劲节的抱负、刚正不阿的品格。这里有自许，有标榜，有寄托，也有感慨。"李宗勉这个名字对于不是专门研究古代诗词的读者来说肯定也是陌生的，但王充闾也选了他的一首诗，而且很有意思的是，他干脆给鉴赏这首诗的文章取名为"官场中的恐高症"。吴隐之的《酌贪泉诗》很难说是艺术经典，但它被王充闾看中，一定是因为这首诗具有鲜明的现实意义，诗人是从为官清廉的角度来谈为人和为文的，贪与廉取决于人的资秉与精神境界的高下，同客观上是否饮用了贪泉并不相关，"试使夷齐饮，终当不易心。"王充闾由此获取一种共鸣，并解读出诗人对于环境与风气、欲望与操守、主观与客观等关系的理解。

对于那些名诗人的名作，他也更多的是侧重于从士大夫精神中去理解诗歌，挖掘诗词之中的哲理性。即使有些诗作广泛流传，形成定论，王充闾也不囿于定论，而是从现代士大夫的视角入手，往往能够发现别人难以发现的角度和内涵来。比如他谈苏轼的《骊山三绝句》："辛苦骊山山下土，阿房才废又华清。"王充闾说："寥寥二十八字，为历朝历代有国者提出了带有普遍性、现实性的严肃课题：如何在成功之后，能够居安思危，清慎自守，持盈保泰，过好胜利这一关？"这谈的分明是政治之大道。士大夫的核心就是文以载道，这个"道"是人间大道、人生大道。王充闾正是从"文以载道"的思路来读解苏轼的这首诗的。他觉得这首诗是苏轼对历朝历代更迭、衰兴发展的一种感慨，就是他从中发现古代的士大夫对政治大道的理解。苏轼的《撷菜》写的是生活小事，用王充闾的话说是写有趣生活的诗化纪实，是一首纪实的小诗，但即使是这首写生活小事的诗，王充闾也读出了苏轼的政治情怀。总之，《诗外文章》从哲理入手鉴赏古代诗词，但又不是泛泛地谈哲理，作者以与古代士大夫进行精神对话的方式来谈哲理，因此所谈内容具有非常突出的现实意义。

最后，我要特别说说《诗外文章》的文风。这是一种特别朴素的文风，朴素是与真挚相联系的，因此，朴素就无法遮掩和粉饰，就让真性情和真人格袒露在读者面前。这种朴素的文风在当前散文创作中也是非常难得的。当前的散文创作有不少问题都与文风有关，如矫情、卖弄、无病呻吟、夸大其词、巧言令色，等等。而王充闾的朴素文风就体现在不矫情、不卖弄、不无病呻吟、不夸大其词，也不巧言令色上，他给我们提供的都是实实在在的干货与真货。为什么朴素的文风被冷落？因为朴素的文风是建立在功力和积累的基础之上的，是靠自己的真性情来征服读者的。有些人没有干货与真货，便只好靠矫情、卖弄等花哨的文风来掩盖其内心的空虚了。我希望王充闾的《诗外文章》能取到匡正文风的作用。

漂移不定的灵魂以及火车与马

——读阿翔的诗

读阿翔的诗，同时也读到阿翔的创作年表。年表第一段写的是，阿翔两岁时"因发高烧误打链霉素造成耳神经中毒，从而影响了发音能力"[①]。我马上想到了德国著名的作曲家贝多芬。贝多芬比阿翔早出生整整二百年，他的音乐作品无疑是不朽的。贝多芬有一点与阿翔相似，他后来耳朵失聪。但即使如此，他仍没有放弃音乐，相反，他在耳朵失聪的情景下，还创作出了他最伟大的交响乐《第九交响曲》。我之所以从阿翔联想到贝多芬，是因为阿翔与贝多芬的创作都和声音有关。贝多芬所创作的音乐作品自然是听觉的艺术，而阿翔创作的诗歌应该是语言的艺术，语言的艺术难道也与声音有很大的关系吗？在我看来，的确如此。诗人不仅在用语言的意义进行创作，而且也在用语言的韵律和节奏进行创作。诗歌印在纸上并不意味着创作过程已经完成了，必须吟诵出来，让韵律和节奏在空气中振荡，才算走完了诗歌创作

[①] 阿翔：《少年诗》，第207页，黄河出版传媒集团阳光出版社2011年出版。

的全部行程。一般说来，有一个健全听觉系统的人更容易把握语言的韵律和节奏，但阿翔的诗，以及贝多芬的音乐，则在说明一个道理，人并非仅仅依靠耳朵获取外界的声音信息。在耳朵之外，我们的身体内部还藏着另一个听觉器官。阿翔虽然耳朵失聪了，但他的另一个听觉器官特别发达。他本人就说过："事实上我对声音也是敏感的，在心里捕捉声音的翅膀。反过来再看声音的环境，我有时候在寂静的夜里听到了莫名的声音。"[1] 不过，绝大多数的人都不会注意到身体内的另一个听觉器官，为什么呢？因为这个世界太喧嚣，我们的耳朵里每天都被各种嘈杂的声音所填满，哪里还能接受到另一个听觉器官的感知？也许正是这一缘故，丧失了耳朵的听觉功能后，无论是阿翔，还是贝多芬，反而能够专心地倾听另一个听觉器官的声音。另一个听觉器官不会受到世界喧嚣的干扰，它接收到的声音来自天籁，也来自文字。阿翔更善于倾听文字的声音。当他听到文字的声音时，会有一种惊喜和惶惑。他说："那些细微的，透明的，模糊的，陷入纸上的兽／发出低音／让我不知所措,落日缓慢。"[2] 我更欣赏他的另一句诗："纸的骨头／有如耳语。"[3] 将文字比喻为纸的骨头，诗便有了硬度，而硬的骨头却在诗人的耳边细语，又是如此的温柔。阿翔诗中的孤独、敏感、低沉、自尊，也许都与他的"耳神经中毒"有千丝万缕般的关系，都是纸的骨头对他耳语的声频。

　　我看重阿翔的非主流。非主流首先就体现在阿翔与诗歌现实的关系上。阿翔是从 1989 年开始在公开报刊上发表诗歌的。第

---

[1] 引自：刘莎莎：《诗歌是声音的完整表达》，《深圳特区报》2011 年 9 月 6 日。
[2] 阿翔：《妥协》，载《少年诗》，第 9 页。
[3] 阿翔：《错误》，载《少年诗》，第 12 页，以下所引阿翔诗均出自《少年诗》，不再一一注明。

一首诗歌发表在《诗歌报》上。90年代阿翔的诗歌就小有影响了，比如1993年阿翔的诗歌就相继在我国澳门、香港，菲律宾、美国、日本的报刊上发表。从此他每年都有不少诗歌在各类报刊上发表，也会入选各种诗歌的选本，几乎每一年都能在数十种报刊上看到阿翔的诗歌。比如据创作年表载："2009年在《星星》《特区文学》《文学与人生》《东京文学》《延安文学》《诗林》《诗歌月刊·下半月刊》《花城》《山花》《大家》《汉诗》《文学港》《中国诗人》《芳草》《安徽文学》《黄河文学》《诗江南》《上海诗人》、民刊《非非》《非非评论》《人行道》《诗》大型丛刊等发表作品，有诗被收入《二十一世纪文学大系：中国诗歌2008》（春风文艺版）、《2008中国新诗年鉴》（花城版）、《2008—2009年中国最佳诗选》（太白文艺版）、《2008—2009中国诗歌双年巡礼》（浙江文艺版）、《野外诗选》（浙江文艺版）、《中国当代诗歌前浪》（中英双语，青海人民版）、《深圳读本》（海天版）、《黄鹤楼诗会2010·本草集》（长江文艺版）等。"① 但阿翔的诗歌基本上没有在代表主流文学的刊物如《诗刊》《人民文学》等刊物上面发表，直到2010年，我们才在《诗刊》上见到阿翔的名字。当然诗歌现实的关系并不代表诗歌文本，它顶多说明阿翔的诗歌活动圈子与主流圈子没有多少交集。而主流或非主流，其本身并不意味着诗歌的优劣。但是，主流文学和非主流文学在叙述方式上是有差别的，对于诗歌而言，更会涉及诗歌的语法和意象。毫无疑问，主流文学是以现实主义为主干的，主流文学中的小说基本上是采取现实主义的叙述的。但我们不能以阐释小说的方式来阐

---

① 阿翔：《少年诗》，第211—212页。

释现实主义在诗歌中的表现，我以为最为突出的表现在于，诗歌的逻辑基本遵循现实日常情理的逻辑，当然它最直接的好处便是使得读者能够轻易地捕捉到诗人的思绪，更容易理解诗歌的意象。阿翔当他两岁"误打链霉素造成耳神经中毒"时，大概就注定了他不会加入到主流文学的大合唱之中。因为正常的耳朵收听到的多半都是按照现实日常情理逻辑发出的声音。必须注意到，现实日常情理逻辑在中国公共语境里的最强音也就是符合"政治正确"原则的声音。而他身体内的另一个听觉器官所收听到的声音信息，是完全处于现实日常情理逻辑的音频之外的。同样是据创作年表介绍，阿翔"1985年，初中时期，借到一本春风文艺出版社《朦胧诗选》，三个月后舍不得归还"。这说明阿翔正是从朦胧诗中，找到了释放内心声音的渠道。80年代兴起的朦胧诗潮，在我看来，最具革命意义的表现就在于，它挑战了诗歌创作中的现实主义原则，以违反现实日常情理逻辑的方式重新组合诗歌的句法和语法。朦胧诗使得阿翔的诗思开了窍，从此他内心的声音进入到了诗意表达的通道。阿翔后来曾回忆当时读到《朦胧诗选》的情景："那种奇妙的感觉，仿佛冲开了我内心的混沌，唤醒了沉睡的我。"[1]这正是诗思开窍的真实写照。自从接触到朦胧诗后，他获得了一种可以与内心声音对话的方式，于是，诗歌在他的内心开始生长，但这也同时注定了，成长起来的诗歌是一种非主流的诗歌，不能以日常情理逻辑来理解的诗歌。

从一定意义上说，阿翔可以成为一个阐释"非主流"的标本。必须承认，任何时候，文学都有一个主流，这个主流，可能是有

---

[1] 引自：刘莎莎：《诗歌是声音的完整表达》，《深圳特区报》2011年9月6日。

意形成,也可能是无意形成的,背后它是怎么推波助澜的,很复杂,但肯定会有一个文学主流。文学主流形成了强大的阵势,会推动文学朝着固定的方向前行。显然如果文学只有一种主流在推动的话,它有可能把文学全都变成同质化的产物,它还有可能把文学引向一个越来越窄小的方向。因此,文学在借助主流向前发展的同时,还不断地需要非主流的介入,从而开拓空间,打破同质化倾向,寻找新的方向。阿翔诗歌的非主流,首先得益于他的思维方式的非主流。这是因为听觉功能的退化,在一定程度上给他的思想装上了一层保护膜,因此他在诗歌创作中,被日常情理逻辑束缚的可能性就更小。这就使得他的诗歌在表达他的内心意识流动时更加不失真。也许一个具有正常听觉能力的人在以非主流的方式进行诗歌创作时,强大的主流意识所形成的思维定式或多或少地会干扰到他的诗歌思维,而阿翔能够将这种干扰降低到最低值。因此,阿翔诗歌中那种毫无羁绊的跳跃性的诗歌意象,会给人们带来极大的惊异,也启发人们如何沿着非主流的方向走得更远。当然,阿翔的诗也因此带来更大的理解障碍。不得不承认,现代诗的趋势就是在加大诗歌的理解障碍。理解障碍对于诗歌写作来说并不一定是件坏事,它以这种方式在重新整合人类的思维能力,也在拓宽诗歌的审美空间。理解障碍就将诗歌的魅力越来越多地交给了误读。误读的可能性越大,诗歌的魅力也就越大。我们读阿翔的诗能够充分体会到这一点。

对于阿翔的诗歌,可以有多种界定,如先锋性、实验性、不确定性、现代性,等等。这些都点出了他的非主流的特征。如果将这些界定具体化到阿翔的诗歌文本中,也许应该找到最贴切的诗歌意象,而给我印象最深的,是火车的意象。火车似乎是在阿翔诗中出现得最多的一个意象。比如,"只有火车才能到达的地方。但我看不见你的脸庞";又如,"就像我坐着火车去天堂,在梦中才能返回"。当说到时间时,阿翔想到的可能是火车:"可以忘记时间,以至于如此迅速,火车呼啸而去"(《醉生梦死》);爱情也与火车有关:"像往常一样,桌面上总是有一层灰尘,日落之前/火车把仅有的爱情拖远。"(《拟诗记,手语者说》)火车在他脑海里的意象有时又非常特别:"所以,我从不怀疑,今夜的火车/是一直在拐弯。"(《剧场,行者驿站,或名钢琴诗》)火车,大概象征着阿翔有一颗漂移不定的灵魂。他的诗歌总是处在颠簸之中,我们很难在阿翔的诗中找到如"相看两不厌,只有敬亭山"或如"明月松间照,清泉石上流"似的安静、恬淡的意境。从这个角度说,火车也象征着现代性,它当然与田园诗意无关。阿翔并不是说有一个非常清晰明确的火车意象,火车在阿翔的思绪里只是一种潜意识的驱动力,它像一个挥之不去的梦魇,会在不知不觉中跳出来,拉着阿翔的思绪开向另一条轨道,正如阿翔所说的:"压低的云朵从这里收拢,火车带着我正探出隧道。"有人在评论阿翔的诗歌时专门指出了阿翔诗歌意象的跳跃性,也有人将其描述为"非连续性的幻觉的集成"(赵卡语)[①]。的确,读阿翔的诗,会发现他的意象是跳跃的,断裂的,不连贯的。也就是说,即使以非主流的诗歌语法来衡量,阿翔多半也会溢出语法规则之外。那么能否说阿翔的诗思就是一种碎片式的、缺乏内在的相关性呢?当然阿翔对这样的问题会大不以为然,因为诗歌应该是个人性的,诗人以个人的逻辑组织起了诗歌的内在相关性,

---

[①] 引自:赵目珍:《不可探测的"飞翔"》,《宝安日报》2015年3月15日。

只不过是诗歌中的个人逻辑还没有被人们捕捉到罢了。我以为，阿翔诗歌的内在相关性就是靠这辆永不停息的火车建立起来的。阿翔是坐在火车窗口的一名沉思的乘客，他不时抬头看一眼窗外的风景，风景打断他的深思，沉思又把片断的风景结合到思路之中。仅仅看风景的话是片断的、跳跃性的，但如果看到背后还有行进中的火车，以及火车窗口前沉思的诗人，就明白这种片断的风景是与诗人火车行进中的视角有关。火车可以看成是阿翔的自我，一个始终处在精神游荡的自我，一个对世界充满怀疑然而又不放弃希望的自我。

在阿翔的诗歌中，还有另外一个也像火车一样在奔跑的意象，这就是马。也许从古典意境的角度看，马更适合来表现诗人漂移不定的灵魂。但阿翔的漂移不定的灵魂是安置在现代性的语境中，所以他自然选择了火车。而且对于阿翔来说，他选择的火车并不是经常被媒体炫耀的"和谐号"动车，而是发出咣当咣当声响的绿皮火车，因此，更多地带有一种对现代性的忧虑。但与此同时，阿翔也会生出马的意象，而且马出现的频率一点也不比火车低。这是很有意思的现象，说明在阿翔的潜意识里，还有一个与自我同样重要的角色，在左右着阿翔的诗思。我以为，阿翔诗中的马与爱情有关，或许它就是指涉阿翔理想中的恋人。因此，马的意象往往镶嵌在那些书写女性的诗中。阿翔有一首诗干脆就叫"她梦见了马"，阿翔写道："她就在树枝上睡着了／像孩子一样做梦／成群结队的马／天马行空的马／那么多马在树枝下蜷曲着身体／而她的口中正含着雪块。"《木刻书》写了一对恋人发生矛盾后的场景，他们在情绪激动之后仿佛和解了，而诗歌最后的意境便是"风吹着她身边的岩石、白马和灌木丛"。马的出现，让火车有了微妙的变化："风吹起她的白裙子／火车慢慢平息"，火车态度的转变当然是由一个女人的白裙子引起的，但在诗的最后阿翔还要点明，这一切其实都与马有关，所以诗的最后一句便落在"然后她看见了她的大马"。不妨把马的意象看成是承载阿翔理想和爱情的吉祥物。而马与火车相互补充，马指涉理想，火车指涉现实；有马与火车的共同奔跑，颠簸中的阿翔才不至于极度的疲惫和沮丧——尽管疲惫和沮丧的情绪也会在阿翔的诗中流露。但马的出现，会让阿翔的情绪得到安抚，"蔓延在马的身子／安睡如初。"（《弥漫》）

最后要说的是，阿翔对情感的处理是比较谨慎的，他在诗中更看重理性的思维，他把他对世界的理性思考转化为诗思。因此他也就偏爱写系列诗。在我读到的《少年诗》这本诗集中，就包含了"拟诗记"和"剧场"两个系列组诗。读这些系列组诗，我不由自主地又想起了阿翔的火车，这些系列组诗就像是一个火车头拉着一列列车厢，在一条由阿翔铺设的铁轨上行进着。一再拼贴的意象，大体上都来自阿翔的现实体验和历史记忆，这说明阿翔是敏感的。但另一方面，阿翔又是收敛的，这多半出于阿翔对自己灵魂的保护。我相信，现实对于阿翔来说并不是甜蜜的糖果。在现实面前，阿翔更愿意"蜷曲着身体"。蜷曲是阿翔特别爱用的一个词语。他说："一个人蜷曲，这是你惯用的比喻。"（《目睹》）"蜷曲着身体"的阿翔当然不会手舞足蹈地做出激情的表达，而是更适合去进行冷静的思索。理思，理念，理趣，这些才是阿翔诗歌中最值得咀嚼的意蕴。

读得懂的诗意

张守伦最新的一本诗集即将出版，他希望我能为其写序。但我犹疑再三，因为我毕竟读诗读得少，唯恐就不到点子上。适逢此时，听到了诺贝尔文学奖的新闻，今年的诺贝尔文学奖授予了美国摇滚歌手、行吟诗人鲍勃·迪伦，这条新闻即刻打消了我的犹疑，我甚至觉得就是应该为张守伦的诗歌创作说些鼓劲的话。

张守伦的诗歌显然不会给人带来新异感，而且也和目前最红火的、最时尚的诗歌不合拍。一句话，他的诗歌有些"旧"，像读七八十年代的诗。新与旧，最大的区别在哪里？在读得懂还是读不懂。一般来说，读得懂的诗歌会给人"旧"的感觉，而你要想成为新潮诗人，要想站在诗歌的最前沿，你写的诗歌就必须让人读不懂。但我得承认，不少读不懂的诗的确是好诗，所谓读不懂，当然主要还是指诗歌意象和诗歌表达的陌生感，这样的诗歌让你去琢磨，去体悟。甚至我还要承认，诗歌的"读不懂"是现代诗歌理念进步和突破的结果。现代诗的趋势就是在加大诗歌的理解障碍，理解障碍对于诗歌写作来说并不一定是件坏事，它以这种方式在重新整合人类的思维能力，也在拓宽诗歌的审美空间。理解障碍就将诗歌的魅力越来越多地交给了误读。误读的可能性越大，诗歌的魅力也就越大。那么什么是诗的误读呢，误读其实就是读不懂的另一种表达方式。说了这些"读不懂"的好话，问题则在于，"读不懂"是否要成为评价诗歌好坏的标准，"读得懂"的诗歌是否就该彻底否定。2016年的诺贝尔文学奖从一定程度上说回答了这些问题，因为它将诺贝尔文学奖授予了一位写"读得懂"的诗歌的诗人。鲍勃·迪伦首先是一位歌手，他的诗都是为他的歌曲而写的，或者说，他写的是歌词。歌词最大的特点就是要"读得懂"。鲍勃·迪伦证明了，一个人只要内心充满了诗意，脱口而出的一定是好诗。但当一个社会流行着一种对诗歌的误解时，就不会把鲍勃·迪伦这样明白晓畅而又富有诗意的歌词视为诗歌。诺贝尔文学奖的功绩就在于，它通过授奖的方式提醒人们，读得懂的诗歌仍然是好诗歌，把诗歌写得明白晓畅必须给以肯定。事实上，尽管如今读不懂的诗歌成为诗坛的主流，但仍有不少诗人在写读得懂的诗歌，比方张守伦就是其中的一位诗人，但他们却被诗坛边缘化了，也得不到应有的肯定。

好的诗歌不见得能作为歌词让人们歌唱，但好的歌词则一定是一首好的诗歌。歌词因为是要配合音乐传唱的，因此一般来说使用的是大众所熟悉的语言系统，在修辞上也基本不采用过于隐晦曲折的修辞法，当然歌词也比诗歌更讲究结构性和音乐性。从这些要求来看，把歌词写成好的诗歌也许要比单纯写一首诗歌还要难。张守伦写的是诗歌，但我发现，如果把他的诗歌谱上曲，是很适合传唱的。一方面，这是因为他的诗歌明白晓畅，另一方面，则是他的诗歌也很注意结构性和音乐性。比如这样的诗句："阳光拌着群山流出／炊烟拌着酒香流出／山歌拌着梦想流出"，既语意明快，又朗朗上口，这基本上构成了张守伦诗歌的基调。

"读得懂"的诗为什么会给人"旧"的感觉，是因为它使用的是过去的意象表达符号，正因为这一套意象表达符号是大家熟悉的，也才会让大家读得懂。现代诗歌之所以给人"读不懂"的印象，就在于现代诗人发现，过去那一套成系统的意象表达符号已经被前人使用到了登峰造极的地步，要用这套符号写出精彩的诗歌难上加难，于是他们宁愿抛开这套符号，创造新的意象表达符号。从这个角度说，今天仍然坚持写"读得懂"的诗歌的诗人，其实是敢于迎难而上的诗人。迎难而上是值得称赞的，但更重要的是，我们还希望这些迎难而上的诗人们能有所创造。在张守伦的诗歌中，我们接触到的无疑是人们所熟悉的意象表达符号，但张守伦总能借此表达出新意来。如水的意象，是与清洁联系在一起，张守伦正是围绕这一点来写泼水节，于是在他的想象中，泼水节便有了洗涤灵魂的功能，但他并不是静态地将泼水节比喻为洗涤灵魂，而是包含着一层质疑："人山人海／是纵情狂欢／还是来洗涤／污染了的灵魂。"《海》也是一首有新意的诗，诗的意象是人们再熟悉不过的了：眼睛。把大海比喻为地球的眼睛，可以说是很大胆的比喻，但人们一点也不会感到突兀。当然仅仅用好了眼睛这一意象，还不能说有所突破。张守伦的突破则在于，他将眼睛这一意象与海水的苦涩味连在一起，由眼睛想到了泪水："地球的眼睛／充满泪水／又苦又涩。"地球的眼睛为什么会流出泪水？诗人把这个疑问留给了读者，也许是无休无止的战争，也许是愈演愈烈的生态破坏……读者在这样的想象中也体会到了诗人的绵绵忧思。这些诗所蕴含的意义有很多，但因为所采用的是人们熟悉的意象表达符号，所以能够让更多的读者接收到。另一方面，这些诗也向人们证明了传统的意象表达符号仍有着不可低估的活力。

爱写短章小令，这是张守伦的一大特点。这可能与他的工作有关系，政务工作太繁忙，在空隙时间里突然有了诗的灵感，更适合组合成短章小令。这也形成了他的诗歌的另一风格：凝练隽永。比如《业拉山口》："云／在天上／山／在云上／人／在山上。"看得出来，张守伦受传统诗歌的影响比较大，其实当我说他的诗歌有些"旧"时，也是因为我从中看到了传统和古典的印记。尤其是他的短章小令，就有古代诗歌中绝句的韵味。比如绝句不仅有抒情，也有叙事的成分，但因为绝句篇幅短小，不适合按正常的方式叙事，而是从事件过程中剪取关键片断熔入诗意之中，有的专家将这种方式称之为"熔事"。张守伦的短章也擅长于"熔事"的技巧，这或许就是他从绝句中悟过来的。比如《山里小食店》，这也许是诗人某次乘车进山，路遇小食店，停车就餐后而写的一首诗，诗人便剪取了诸如店主人"热乎乎的耿直"、食材"原生态的美味"等事件片断入诗，最后抒写道"醉了黄昏／香了山风"。短章小令是张守伦的长处，但有时也会变成他的约束，约束了他将诗意的想象向纵深展开。短章是将诗歌定格在一个精彩的瞬间，犹如暗夜里一束火光迸现，便戛然而止，这火光会深深印在你的脑海里。但有时候短章的处理则像是翻开一页漂亮的画册，还没来得及辨认就匆匆地合上了。我想这二者的关键区别则在于短章是否凝练了丰富的内涵。

张守伦的内心还会不断生长出新的诗意，我希望他继续写明白晓畅的诗歌，用人们读得懂的文字将诗意表达出来。这样的诗歌也许目前在诗坛被边缘化了，但在大地上一定会行走得更广更远。

让粤商来阐释"中国经验"
——评杨黎光的《大国商帮：承载近代中国转型之重的粤商群体》

杨黎光是一位难得的报告文学作家，他写了一系列有影响的报告文学作品，似乎他有十拿九稳的把握，每写一个题材都会成功，事实也的确如此。这得益于他的两大优势。其一是强大的叙述能力，其二是深邃的思考能力。报告文学作家群体里普遍叙述能力有问题，这是不争的事实，因此在这个群体里，杨争光说得上是鹤立鸡群，他的叙述能力在小说写作上也游刃有余，如他所写的长篇小说《园青坊老宅》以不急不缓、条分缕析的叙述，营造了一个精致、玄奥的艺术世界，受到广泛好评。但我更看重杨黎光的思考能力，这使他的报告文学作品超越了纯粹对社会事件的报告，而具有丰富和深刻的思想内涵。《大国商帮：承载近代中国转型之重的粤商群体》是杨黎光最新的一部报告文学作品，在这部作品里，他的两大优势得到了淋漓尽致的发挥，从而在讲述粤商发展演变的基础上，尝试着梳理出中国现代化进程的清晰轨迹，对中国为什么会走出一条有特色的社会主义道路做出了具有说服力的回答。

杨黎光对道路充满了兴趣。在写这部报告文学作品之前，他曾写过一篇关于道路的报告文学作品《中山路》。他发现在中国的很多城市里，都有一条被命名"中山路"的道路，当然他的这部作品并不是展现这些道路的街景，而是一步步从具体的道路进入抽象的道路：中国革命所走过的道路。他通过"中山路"这一现象证实了一个道理：中华人民共和国是中国近代以来所有革命先贤求索奋斗的结晶，中国共产党继承了前辈们的所有精神遗产。《大国商帮》可以说是延伸了《中山路》的思考，杨黎光在这部作品中所要做的事就是进一步探寻这些精神遗产的实质性内容。因此可以说，这部作品仍然是杨黎光对"道路"的研究，即对有中国特色社会主义道路的研究。

这部作品的研究不乏新的见解。粤商可以追溯到明清之际，当时的商业发展是时代趋势，不仅形成了粤商，也有晋商、徽商，等等。我们有关于晋商、徽商等各种有关中国商业史的文学作品，但至今还没有一部能够像杨黎光的《大国商帮》这样，具有如此强烈的现实感。我以为，杨黎光之所以有了要为粤商写一部报告文学作品的冲动，完全缘于他对现实问题的敏感。这个现实问题就是总结"中国经验"的问题，其实这是一个宏大的世纪课题。中国近三十年来的现代化实践取得了令世界瞩目的成就，中国在探索一条繁荣和发展的独特道路的实践中积累了丰富的经验，人们欣喜地将其称之为"中国经验"。一些海外研究中国问题的学者还提出了"北京共识"的概念，表现出他们对中国经验的极大兴趣。毫无疑问，中国经验将为人类文明添加上精彩辉煌的一笔。中国经验不是照搬别人已有的模本，是我们自己在实践中一步步摸索出来的新路，那么，中国经验的具体内涵是什么，是需要我们在总结经验的基础上加以理论概括和阐释的。许多学者怀着极大的热情开始了这一研究工作，这也逐渐成为中外思想界的热点。杨黎光以一名报告文学作家的敏感目光关注到这一具有重大现实意义的热点，而且他找到了自己的思路。在他看来，"中国经验"尽管是我们自己的独创，但它不是凭空造出来的，既然它生长在中国大地上，就与中国的传统文化和中国以往走过的道路有着不可分割的联系。正是从这一思路出发，他找到了粤商与中国改革开放现实的联结点。广东是中国改革开放的前沿阵地，广东总是能够得风气之先，并不是偶然的，许多现代性的理念在粤商形成的过程中就同时铸就了。这首先利益于广东与海洋的关系，海洋培育了广东人的开放性的现代思维。《大国商帮》专门有一章讨论时间问题，就显出了杨黎光在这一点上的思考之深邃。因为现代性首先就是一种时间观念，从一定意义上说，时间是把握和调节现代精神的深层枢纽，现代机械制造业开启了资本主义的现代化，并生产出现代时间的计量工具——机械钟表，依据时钟实现了"时间标准化"，从此人类社会便以精确的时间刻度检测着现代化的进程，也建立起一种新的文明形态。正是从这种哲学和历史的高度，杨黎光告诉我们，粤商的起步是从接受"世界时间"开始的。围绕着现代性理念，杨黎光对粤商进行了细致的勘测。一些看似平常的现象，在杨黎光的细致勘测下，就成为最生动的论证材料。如他讲述被称为近代百货业之父的粤商马应彪在上海开创百货业，所秉持的是不同于传统贸易买卖的现代商业理念，其中引用了一个细节："先施、新新等四大公司率先在建筑外观上使用霓虹灯，成为'夜上海'的标志性景观。"因为传统商业只有"幌子"或招牌，霓虹灯的使用代表了一种新的设计理念，它是与现代百货业相吻合的。杨黎光紧紧抓住粤商"面向大海，对外开放"的性格来立论，梳理了粤商群体在中国社会经济转型的每个关节点上所发挥的重大作用。当改革开放的伟大时代来临时，粤商的优势更加得到充分的展示，粤商的精神遗产也就顺理成章地融入改革开放的整体设计蓝图之中。由此我们也更加有理由相信，改革开放的"中国经验"不仅是当代中国抓住了历史机遇，同时也具有历史的必然性。

  报告文学的写作是艰辛的，这种艰辛首先体现在作家为调查采访和搜集资料所付出的心血上，而像杨黎光这样的思想型作家，更体现在思考之艰辛上。从《大国商帮》中就可以看出他在思考上所下的功夫之深。他是以思想为钻头，对所书写的对象粤商进行深入的钻探，开采出最有价值的思想金矿。我也期待杨黎光继续钻探下去，因为以粤商为对象总结"中国经验"，这部作品只是画了一个分号，正如作者杨黎光在作品的结尾所说的，改革开放后新粤商在推动中国现代化进程中继续发展和贡献，这是另一部新的粤商发展史。我相信，当杨黎光为粤商再写续篇时，一定会对"中国经验"做出更加明细的阐释。

现代派的非虚构

——读宁肯的《中关村笔记》

宁肯是一位小说家,他的小说写得好,好就好在想象力丰富。但他最近写了一本非虚构的文本《中关村笔记》。我很惊奇。他有什么优势去写非虚构呢？他不像一些专业的报告文学作家,具有长年写作非虚构文本的经验；他也没有从事新闻记者的经历,从而培养起一种习惯性的新闻眼。他的优势无非就是现代派。他的小说得益于现代派的滋养,现代派也转化成了他的小说理念,这使得他的小说具有鲜明的现代精神。也许,现代派就是宁肯最大的优势,那么他凭着这一优势除了能写小说之外,还能干什么呢？还能写非虚构！没错,在我看来,《中关村笔记》就是一部现代派的非虚构。

《中关村笔记》是宁肯是辛勤采访和搜集资料的基础上完成的一部报告文学作品,他完全采用了非虚构的叙述方式,真实地记录了北京中关村地区在改革开放以后如何以科学技术引领时代潮流的经历。中关村曾经是北京市的一个普通的地名,有不少高校和科研机构都在中关村的统辖范围内。但自改革开放以来,这些高校和科研机构所蕴藏的科技能量得到充分的释放,从而让"中关村"这个普通地名也像美国的"硅谷""128公路"一样,成为一个代表时代精神的名词。这的确是中国改革开放的奇迹。据我所知,有不少书籍都写到了中关村的发展变化,写到了中关村涌现出的时代英才,也从各个方面总结中关村的经验。但即使这样的书籍汗牛充栋,也掩盖不了《中关村笔记》这本书的独特价值。它的独特价值在哪里?就在现代派上。宁肯是以现代派的方式来写非虚构的。

首先,宁肯采用了现代派的结构方式来结构全书。他不是像一般的纪实叙述那样,以叙述对象的客观逻辑作为基本的结构要素,而是从主观性出发,通过自己对中关村的重新认识来组织客观材料,既忠实于材料的真实性,又不停留于客观记录,凝聚了一位作家对于中关村的认真思考。

其次,也是最重要的,则是宁肯从中关村的发展中发现了现代派。现代派是在挑战传统秩序过程中创造出自己的辉煌的,它代表着未来,具有鲜明的先锋性。从这一点来看,中关村就是中国改革开放的现代派,他们的先锋性更是毋庸置疑。宁肯一旦深入到中关村,一定会在这一点上引起共鸣,于是他就像谈现代派一样地谈起了中关村的诞生。中关村第一个觉醒的人是陈春先,他从美国访问回来后就鼓动中关村的科技人员创新。宁肯说,那时候,"国人还在为'伤痕'文学所激动,为'十年浩劫'痛彻不已,还在挣脱'两个凡是'",陈春先的鼓动就像是一个"外星人"。这样的描述似乎就是在讨论现代派文学在20世纪80年代初的遭遇。宁肯看重的正是陈春先开办先进技术发展服务部的先锋性,因为它将传统体制撞开了一道裂缝,没有这一撞,就不会有以后的中国科技改革大步伐。中关村作为中国改革开放的现代派，特别体现在它所蕴含的现代精神上，正是这种引领时代潮流的现代精神，给在困境中寻找出路的中国社会带来光亮。宁肯因此将光亮作为主要的意象，贯穿在整个叙述之中。比如，王选在进行照排系统科研时，突然想到了激光，从而带来了照排系统的革命性变化，宁肯情不自禁地感叹道，王选眼睛里同样放出"激光"，这是"时代最奇异的光"。又如从光谱仪的光波，宁肯则认定鲍捷有一双能够把握光年的眼睛。也许只有从现代派的角度才能明白宁肯为什么要以伟大的数学家冯康作为《中关村笔记》的开头，因为数学可以说是科学领域里最古老的现代派，当宁肯接触到冯康的一切内容时，就被数学的神秘和无穷尽的解答所痴迷，无论是"有限元"，还是辛几何算法，宁肯就像列算式一样地演绎开来，它让我们感觉到，这些演绎具有美妙的现代审美效果。

　　《中关村笔记》的结尾落在网络约车上，这是别有一番深意的。当我们登上网约车时，中关村就不再是一个固定的地理概念了，它就成为一种流动的现代性力量，被成千上万辆网约车载着奔向了四面八方。如果没有一种现代性的前瞻眼光，程维、柳青们是不会以烧钱的疯狂来开拓"分享和共享"的事业。同样，如果没有一种现代性的前瞻眼光，宁肯也不会想到要以他们的"分享和共享"事业作为《中关村笔记》的结尾，要知道，至今网约车还没有完全合法化，但是宁肯也知道，"分享和共享"是一种现代性的理念，代表着未来。现代性的非虚构就是如此地自信。好吧，我们对此充满了期待。

秉承好男孩主义的翌平

——读"翌平新阳刚主义文学系列"有感

最初集中读翌平的小说是在电脑上读的电子版，当时最深刻的印象就是"阳刚"两个字，后来拿到河北少年儿童出版社出版的书，竟发现这套书被出版社命名为"翌平新阳刚主义文学系列"，当时就有一种英雄所见略同的欣喜。其实这并不关涉英雄不英雄，而是翌平小说中的阳刚之气太强大，我相信任何一个读者只要读进去的话都会感受到。这种阳刚之气既来自他的叙述，更来自他笔下的人物形象，特别是那些阳光可爱的男孩子形象。我发现翌平对男孩子情有独钟，他写得最多的是男孩子，写得最成功的也是男孩子。既然出版社将翌平的儿童文学命名为"新阳刚主义"，那么我也可以再给翌平加上一个主义，我觉得翌平在写作上秉承的是好男孩主义。我的文章就从好男孩主义说起。

是的，我要强调翌平写的是好男孩。翌平在小说中偏爱写男孩子，但凡读过他小说的人没有不承认这一点的，比如著名的儿童文学评论家汤锐就认为翌平写了"一批小男子汉形象"。我想既然已经有评论家谈过翌平小说中的男孩形象了，我就绕开这个话题谈点别的吧，但最终我发现还是绕不开，因为在翌平的小说中，男孩子太重要了。当然我还要特别强调翌平心目中的男孩不是一般的男孩，而是好男孩。请注意这个"好"的准确含义，好男孩不是乖男孩，不是听话的男孩，也不是爱干净、受宠爱的男孩。好男孩意味着健康，健康意味着符合生命理想和人性地成长。好男孩首先没有被社会所污染，保持着男孩的天赋。翌平似乎对男孩的天赋有非常敏锐的理解，他笔下的好男孩都是富有天赋的，男孩最起码的天赋就是充满自信，生机勃勃。所以读翌平的小说，不仅要关注他笔下的男孩子，而且还要关注他用什么样的标准来定位男孩子的"好"。翌平的标准肯定不是写在我们的教学大纲上的标准，也不是大人们普遍认定的标准。且以《流向大海的河》为例，小说写了三个男孩子在成长中的友谊，三个男孩都算得上是好男孩，因为他们就是在一种自然状态中成长的，因为他们就是在天赋的充分展开中结下了友谊的。小说一开始是"我"在假期间来到了海边，这是"我"的父亲的有意安排，因为住在海边的林伯伯会好好照料"我"的。林伯伯年轻时是个军官，现在成为守卫大坝的管理员，但他还保留着军人的品格，因此，他对孩子的照料就是给孩子们提供一个健康自由的成长环境，他才不会将孩子当成是宝贝捧在手心里哄着宠着呢！"我"刚寻到林伯伯的住所，迎接"我"的却是几只狗"警告式的吠叫"，这就是"我"来海边上的第一课。待另外一位孩子一声口哨解了围之后，林伯伯才带着慈祥的微笑从屋里走出来。因为林伯伯说了："有什么样的主人，就有什么样的狗。"自然"我"后来与这些狗都成了好朋友。"我"与果子、小满一起到河里下网捕鱼，捕到鱼也就能改善伙食了。当然，他们不仅捕到了鱼，而且还"捕"到了友谊，更"捕"到了对生活的理解,这是在学校里根本学不到的知识。

翌平所写的好男孩都不是在温室中长大的孩子,也不是只在孩子的小天地里生活的孩子。我得承认,有些儿童文学作品写的基本上就是生活在温室里或自我小天地里的孩子。也许有些作家认为,这样写可以突出孩子的天真和纯洁,我把这种现象称为儿童文学的"提纯",应该承认,从儿童文学的特殊性来考虑,这种"提纯"具有一定的合理性。但翌平从来不追求儿童文学的"提纯",他的小说从来不回避孩子所处社会的复杂纷乱,不回避孩子在与成人打交道时会遭遇到伤害孩子纯洁天性的情境。当然翌平采取了很聪明的写法,他只是把孩子在现实社会的真实处境呈现出来,但他并不去评价现实社会背后的复杂观念。比如《野天鹅》中的孩子们分别住在十三号楼和艺术楼。十三号楼里的家长都是粗犷的工人,艺术楼里的家长都是搞艺术的。这是现实社会中普遍存在的现象,不同的阶层和出身会形成各自的圈子,社会的不公平就是由不同阶层体现出来的,但翌平并不是要来探讨社会为什么有阶层的划分、为什么会造成不公平。他只是要真实呈现孩子们成长的复杂环境,而且他向人们证实,孩子们的天赋是向善向美的。他们虽然离不了捣蛋、打架,甚至还不得不卷入大人们见不得人的事情(比如不得不为了小天的上学去贿赂校长),但他们都会喜欢上木偶剧里的野天鹅,甚至会模仿木偶剧的服饰,创造出一种叫天鹅牌的独袖衬衣来。我最欣赏翌平的一点就是他从来不利用他的小说来教育孩子,大人们将这种做法还美其名曰寓教于乐。翌平不愿意用大人固定的价值标准来衡量孩子,更不愿意以这种价值标准来设定故事情节的发展方向。比方说,他写《野天鹅》就不去写住在不同楼里的孩子们最终因为被艺术和美所感染而团结起来了。《猫王》也是我特别喜欢的一篇小说，这篇小说写孩子们与一只猫的斗智斗勇。小说的故事可能涉及环境保护，涉及动物生态，涉及正义感，等等。但翌平对此都不感兴趣，甚至他笔下的男孩子在惩罚猫王时都有一种恶作剧的快感。然而翌平绝不是在赞美孩子的恶作剧，事实上，他写的仍是好男孩，写这些孩子们在与猫王的斗智斗勇中也在欣赏猫王的狡黠和勇敢，所以当猫王最终离去以后，他们感到了一份失落。

我发现，翌平心目中的好男孩都带有一点野性。"野天鹅"这个词语用来形容翌平所写的男孩子，真是再贴切不过了。好男孩有点"野"，因为他们不甘于在顺利安逸的文明环境里按照统一的模式生长，他们乐于到野外去，接受大自然的调教，他们也敢于在现实中闯一闯，在困苦中经历磨炼。但他们又不是野孩子，因为他们身上有着"天鹅"般的高贵气质，这是他们的天性。从这个角度看，翌平的儿童文学作品也应该让大人们都来读一读。因为大人们并不见得都懂什么才是好男孩。在大人的眼里，乖男孩才是好男孩，他们按照乖的标准去调教男孩子，调教的结果就是将男孩变成唯唯诺诺、奶声奶气。大人们并不喜欢真正的好男孩，因为好男孩有时脾气倔，有主见，敢冒险，也就是说，好男孩身上有那么一点野性。可是很多大人以为这点野性不好，就想尽办法要除掉男孩身上的野性，其结果就变成了《野天鹅》中关在动物园里的天鹅，这些天鹅因为被人挑断了翅膀中的筋，再也飞不起来了。翌平写《野天鹅》不就是想提醒大人们吗？如果你还希望男孩子以后能够展翅高飞，有所出息，就让男孩子保留身上的野性吧。

翌平的好男孩主义有着非常强烈的现实意义。今天，我们面临一个难觅好男孩的现实，有人因此发出了"男孩危机"的感叹。男孩危机是国际化的现象，世界上许多作家和思想家都针对这一现象发言。比如美国的作家伊丽莎白·吉尔伯特就悲观地说，最后的美国男人只生活在阿巴拉契亚山的帐篷里。但人们也清醒地认识到，男孩危机的现象并非是男孩本身有问题，而是我们的教育出了问题。比方有一本书《男孩的脑子想什么》就尖锐地指出，被大自然赋予力量、勇气和活力的男孩，本应通过狩猎、保护家人、耕作、大量的实践等身体力行的方式进行学习，而工业革命后产生的工业化教育模式——学校，却开始通过印刷品、书面文字和讲授等方式教育男孩。这样的教育方式丝毫不尊重男孩天性。翌平的小说仿佛就是专门针对"男孩危机"而写的。无论是出版社所说的"新阳刚主义"也好，还是我所说的"好男孩主义"也好，都是期待中国的男孩子能够按照男孩子的天性健康成长，成长为顶天立地的男子汉。

  翌平的小说很有吸引力，有一个很重要的原因，就是翌平本人就是一个长不大的好男孩，他永远保持着男孩的热烈、阳光、好奇和调皮。他写好男孩的时候一定也把自己投射到了人物身上，所以他的小说特别率真、自然。我相信对于这一点是那些小读者，尤其是那些男孩子读者会感受得更直接一些。据我了解，翌平的小说在青少年读者中大受欢迎，这既是文学的魅力，也是翌平——这位长不大的好男孩的魅力。

陈晓明文学批评的理论空间

陈晓明是当代卓有成就的文学批评家,他从 20 世纪 80 年代开始,始终站在文学的前沿,发出他犀利的批评声音,具有举足轻重、一言九鼎的作用。他不仅因为批评的洞见而成为文学界关注的对象,而且也因为批评的成就而获得各种文学的荣誉。这是 2002 年他获得首届华语文学传媒大奖文学批评家奖时颁奖者给予的授奖词:"陈晓明是当代文学话语变革最为敏感而深刻的见证者之一。他以自己广博的理论视野,超凡的艺术洞察力,激情、雄辩而优雅的语言风格,强有力地证明,文学批评也是一种创造性的写作。他不仅善于对新兴的文学势力做出准确的命名,更善于在复杂的文化境遇里,建构起自己独特的理论视界和观察方式;即便是在最为矛盾和困惑的领域,陈晓明也能迅速清理出一条明晰而可靠的道路,把文学带回语言和心灵的身旁。"这段授奖词可以说比较准确地概括了陈晓明文学批评的特点,特别是"广博的理论视野"这一点,我以为恰恰是陈晓明在文学批评上能够获得很大成就并形成自己的批评个性的关键。显然,陈晓明是一名理论型的批评家。在他身上,有着深厚和广博的理论积累,他在进行文学批评时,具有鲜明的理论思维。事实上,陈晓明从主观上也很重视文学批评的理论性。他认为："中国的文学批评不是理论太多，而是太缺乏理论。"有意思的是，陈晓明最初的学术志向并不是文学批评而是文学理论，他似乎天生就具有太多理论的基因。他自己也承认："我早年喜好理论，读到父亲作为下放干部的政治读物《反杜林论》。那时我只有十一岁，根本看不懂，但端着那本书就觉得有一种欣慰。"① 他进入大学之后，就把全部志趣都放在文学理论上。他的硕士学位论文是《论艺术作品的内在决定性结构——情绪力结构》，在这篇论文里，陈晓明的理论领悟力和创造力得到了充分展示，他将一些西方现代理论如结构主义、存在主义、现象学等神奇地拼贴在一起，仿佛是一幅炫目的理论幻景。要知道这些西方理论刚刚被引进到中国内地，人们还来不及消化，也难怪当时参加论文答辩的一些学者坦言读不懂，但他们同时表示能感受到论文的分量。正是这样一种理论的天赋以及在理论上的扎实准备，铸就了锋利的理论武器，当陈晓明凭借这支理论武器进入文学批评的阵地时，人们就从中感受到了理论的力量。

陈晓明的文学批评具有强烈的理论性，人们都看到了这一点，但仅仅强调这一点，还没有抓住陈晓明最突出的个性。事实上，重视理论性，是当代文学批评发展到20世纪90年代以后的趋势，因此也是陈晓明这一代批评家的共同特点，尤其是有着大学教育经历的批评家，对理论性具有一种亲和感。甚至后来发展起来的所谓学院派批评，其理论性都成为被人们诟病的一个原因，因为他们过分强调理论性，他们为了保持理论的完整性，不惜对文学

---

① 术术、陈晓明：《云谲波诡的60年文学——关于陈晓明新著〈中国当代文学主潮〉的访谈》，引自 http://www.literature.org.cn/Article.aspx?id=46547。

批评对象进行肢解和曲解。陈晓明也应该被归入学院派批评的行列里，但他的批评并没有学院派容易犯的毛病，这是因为陈晓明文学批评的理论性并不是单一的和线性的，而是多元的和立体的。概而言之，也就是说，他具有一个完备且广阔的理论空间。

严格来说，空间是一个物理概念，在物理学中，质量所充满者即为空间。如果把空间的一切物体都移走，是否空间就不存在了呢？现代物理学的回答是否定的。在现代物理学看来，移走空间的一切物体带来的并不是空无一物的结果，因为空间本身就是一种事物，而且作为一种事物，它具有一些不易觉察的特性。因为空间的作用，处在空间里的物体会发生各种变异和运动，比如扭曲、弯曲、震荡，等等。从空间作为一种具有特殊作用力的事物角度来看，陈晓明的文学批评的确存在着这样一个理论空间。在这个理论空间里，不仅容纳下多种理论资源，有些理论资源也许本来具有排斥性的，但因为空间的作用，它们找到了各自存在的位置和方式，从而它们会在文学批评中发挥各自的理论作用。另一方面，陈晓明有广博的理论修养，但毫无疑问，这是他学习的结果，他的可贵之处是不把自己钉死在某一理论学派或某一理论体系上，他能广泛吸收古今中外的理论，固然这里他会有所侧重，但他不会因为侧重就对其他的理论产生拒绝和否定的态度。那么，众多的理论汇聚在一起又不会造成杂乱无序的状态，这就在于他建构起了一个良好的理论空间，将众多理论有序地容纳起来。

陈晓明在文学批评中具有一种自觉的理论意识，他曾将自己的理论意识形容为"蓝色指针"，这一美丽的形容来自博尔赫斯的诗句。他说他"一向乐意于摆弄那'轻盈的蓝色指针'"，他所钟情的"蓝色指针"是指"由新的知识、思考以及面对新文学创作经验而产生的瞬间碰撞形成的致思方式","这就是我的理论思考、批评解读所持有的知识立场和态度"。[①] 我要补充的是,陈晓明的这枚"蓝色指针"置于理论空间强大的磁场中,它受制于空间磁场的作用,会指向不同的精神向度。我在这篇文章里尝试着去发现,陈晓明的理论空间是怎样调动这枚"蓝色指针"的。

作为"原住民"的现实主义

陈晓明的理论空间居住着众多的理论"居民",但这些"居民"的身份是不一样的,有的是长期住户,有的是临时过客。既然如此,就应该有"原住民"的存在。谁是这个理论空间的"原住民"呢?让我们从陈晓明的理论偏爱说起。陈晓明偏爱西方文艺理论,特别是对现代西方文艺理论情有独钟。他曾经是中国新时期以来最早研究西方后现代主义理论权威德里达的批评家之一,为此他还获得了"陈后主"的雅名。的确,在陈晓明的理论空间里,西方文艺理论占据着相当大的地盘,而且后现代主义理论也处在非常重要的位置。但如果查阅它们的档案,就会发现它们都属于"移民"——尽管有的是早期的移民,比如像陈晓明自己所回忆的"我20岁时开始读西方文论,从伍蠡甫那套《西方文论选》读起,后来读别车杜,是无尽的喜欢,一天能读十几个钟头"。[②] 这些"移民"来到陈晓明的理论空间时,就遭遇到了空间里的"原住民"——

[①] 陈晓明:自序,《追寻文学的肯定性》,台湾秀威资讯科技有限股份公司2015年出版,第9页。

[②] 转引自:舒晋瑜:《我的学术还没有真正开始——访北京大学中文系主任陈晓明》,《中华读书报》2017年2月15日第5版。

现实主义。

也许这是50年代出生的文学批评家共同的教育经历：当你的文学莽荒之地还没有开垦时，一个现实主义的庞然大物就抢先占据了所有的空间。也就是说，20世纪五六十年代的中国基本确立了现实主义一统天下的格局，现实主义几乎成了文学的普遍真理。因此，在这个时代成长起来的人，如果以后从事文学事业（无论是创作还是批评），都将面临一个如何重新处理现实主义的问题。从后来的情景看，每一个作家和批评家有着不同的处理方式，同时也深刻影响到他们的文学观和文学存在方式。陈晓明对待现实主义并不是简单地采取拒绝或接受的方式，他有一个广阔的理论空间。正如我在前面所指出的，空间并非只是一个容纳物体的场所，空间本身就是一个具有运动规律的事物，因此，陈晓明的理论空间在接纳了越来越多的新理论资源后，对于作为"原住民"的现实主义就产生了一系列伟大的"物理运动"。其一，作为"原住民"的现实主义，随着现代主义和后现代主义理论的源源不断地涌入，完全丧失了主导的地位。陈晓明天然对现代主义和后现代主义有一种亲近感，因此，当他一接触到现代主义和后现代主义理论时，就迫不及待地学习起来。他敞开空间，欢迎新的理论"移民"，当然他也并没有因为寻到了"新爱"而抛弃"原住民"，这缘于他有一个能够兼容的理论空间，每一种理论都能调整到合适的位置上。其二，在理论空间的作用力下，他对现实主义进行了重新认识，使其恢复到本真的状态之中。他认为："'真实性'是现实主义文学最重要的美学范畴，现实主义文学之所以有如此顽强的生命力，在于它在人们的意识中形成的根深蒂固的观念：它能'真实地'乃至于逼真地反映人类的生活。"①"真实性、主体性这是文学现实主义一对相依为命的范畴。"②他曾花了很大的精力去梳理现实主义理论在现当代中国的演变历史,并发现中国的现实主义最大的问题就是"现实性的缺席"。他说,中国的现实主义试图创建起自己的理论纲领,但它"是一个过分理想化和概念化的东西,它不能面对历史和现实存在的真实","它始终不能确立它的最基本的美学范畴——'真实性',它恰恰是在作家面对历史真实,面对个人感受的直接现实时面临解体的危机。"③

陈晓明对现实主义所做的厘清工作,对于他的批评活动来说非常重要。因为他的批评对象正是在中国式现实主义的强大气场下诞生出来的,如果放弃现实主义的视角,就不可能对批评对象有完整的了解。而陈晓明之所以对于当代文学的批评能够切中要害,有的放矢,是与他一直具有自觉的现实主义视角分不开的。所谓现实主义视角,是建立在把握现实主义理论的本质特征的基础之上的,他敏锐地发现了本真现实主义的理论要求与中国式现实主义的文学实践之间所构成的张力,而不是简单地因中国式现实主义的缺陷而对在这种理论笼罩和影响下的当代文学加以否定。相反,他看到了文学现实主义的"真实性"和"主体性"这一对相依为命的范畴在政治和意识形态的激流下面是如何顽强地呈现的。比如他在分析梁斌的《红旗谱》时,在确认了这是"一部典型的革命历史叙事的作品",完全吻合"革命文学经典性的

---

① 陈晓明:《追寻文学的肯定性》,台湾秀威资讯科技有限股份公司2015年出版,第84页。

② 陈晓明:《追寻文学的肯定性》,台湾秀威资讯科技有限股份公司2015年出版,第88页。

③ 陈晓明:《追寻文学的肯定性》,台湾秀威资讯科技有限股份公司2015年出版,第94页。

叙事纲领"和"意识形态的设定"后，又进一步追问："在主体隐匿的客观化历史建构中，是否文学写作就不再有作者个人起作用的空隙了呢？"①陈晓明带着这一追问，便发现了在"历史叙事的客观化运动"中"写作主体的痕迹"。由此他公正地指出，不应忽视《红旗谱》中的"文学的品性"。他说："文学写作总有一种内在特质无法被完全历史化，即使像《红旗谱》这样典型的小说，即使处于那种特别的历史时期，也依然有某种属于文学性的东西，它与作家个人的独创性相关，是作家个人记忆的呈现，是文学性字词的本能记忆方式。"②

主宰空间的理论矢量

陈晓明在文学批评是建构起一个理论空间，这使他能够将自己的批评活动纳入一个整体性的理论框架之中，使得他在零散的、即时的批评实践中能够始终贯穿着一条思想主线。因为当他进行批评实践时，他的整个理论空间都处在运动中，随着批评对象的改变，其空间的理论矢量也在进行相应的调整，从而使得理论的针对性和合理性达到最佳状态。

理论矢量的变化与中国社会和当代文学的特殊性密切相关，这是陈晓明始终注意的一点，因此，他也比较自觉地建立起一个整体性的理论框架。在相当长的一段时间里，陈晓明将这一整体性的理论框架确立在现代性上。这是基于他对中国社会现代化进程的整体判断。他认为，尽管自现代以来，后现代性的人文思潮

---

① 陈晓明：《中国当代文学主潮》，北京大学出版社2013年出版，第125页。
② 陈晓明：《中国当代文学主潮》，北京大学出版社2013年出版，第127页。

几乎成了现代艺术的主导力量,"但中国的社会主义革命文学却竭尽全力为现代性激进变革提供审美和情感的依据,在这一意义上,它几乎是一个例外。正因为此,只有从现代性的角度,我们才能真正论述清楚中国当代文学中政治的和历史的内涵,以及它在美学上的时代意义。"但空间的理论矢量并非一成不变。事实上,在20世纪八九十年代之交,陈晓明空间的理论矢量不是现代性而是后现代性。这正是一批年轻作家尝试先锋文学的艰难时期,先锋文学步履蹒跚,特别需要理论和批评来为其壮行。陈晓明勇敢地站了出来。当然,这首先是因为他从先锋文学试验中敏锐地觉察到了文学的新质,这种新质恰好与他当时正在钻研的西方后现代理论相呼应,于是他以后现代性作为理论基点,对中国的先锋文学进行了有效的阐释。他的那本系统分析八九十年代先锋文学潮流的专著《无边的挑战》,就是以"中国先锋文学的后现代性"作为副题的。但他同时清醒地指出:"就先锋派文学的'后现代性'这一点而言,显然是在那个特定的历史时期,这种理论表达才得以成立,才成为可能。"① 后现代性,对于还处在冲破前现代束缚的中国社会来说,似乎只是一种文化上的奢侈,但这也赋予它的前卫性,与后来中国社会在消费主义的影响下广为流行的具有平民主义和时尚潮流特征的后现代文化,不能相提并论。陈晓明准确抓住了先锋文学后现代特征中的精英主义,以及它对现存文学秩序的反叛效应,对其作了充分的阐发。八九十年代先锋文学对于中国当代文学的革命性意义,在后来的发展进程中日益得到彰显,由此也可以看出陈晓明当时就非常自信地把握住了

---

① 陈晓明:《无边的挑战》,中国人民大学出版社2015年出版,第3页。

历史发展的脉络。这一点，应该得益于他的理论矢量与历史发展逻辑的重合。也许正是这一原因，《无边的挑战》这部当时被视为在理论上具有明显反叛性的著作后来还获得了具有强烈主流色彩的鲁迅文学奖的理论评论奖。评委之一的郜元宝是这样评价《无边的挑战》的："陈晓明对先锋文学的许多开创性说法，尤其是他从先锋文学的研究出发，对整个中国文学从新时期到新时期以后一些关键性转折点的分析，今天读来，仍觉可贵——尽管很不幸，先锋文学作为一种运动，并没有和陈晓明的先锋文学研究一样历久常新，不过这似乎也从另一方面衬托出那种认为批评只是创作的附庸的传统说法是多么狭隘。《无边的挑战》属于新时期以来中国文学批评界少有的收获之一。"①

还得注意到，陈晓明理论矢量的变化，勾画出了中国当代文学理论批评的发展轨迹。他的理论矢量的变化简略地说，是由本真的现实主义——后现代性——现代性。这是一条由解构到建构的轨迹。也许有人看到我给陈晓明归纳出的这条轨迹后会产生一点疑惑：为什么是先有后现代性，而后才有现代性呢？这不是颠倒了先后顺序吗？的确，现代性和后现代性，都是从西方引进的概念，反映了西方思想文化发展的轨迹，现代性思潮在其发展中逐渐显露出局限和问题，这才导致了后现代性思潮的兴起，后现代性试图超越现代性，解决其无法克服的困境。但陈晓明的理论矢量的变化并不是刻板地步西方理论的后尘，而是应答中国社会和文化的发展。中国自改革开放后，打开国门，现代性思潮和后现代性思潮几乎是同时涌进了中国，但中国社会的现代化是一个

---

① 郜元宝：《鲁迅文学奖理论批评奖评选感言》，《南方文坛》2008年第1期。

漫长的过程，其发展不可能与现代性思潮和后现代性思潮同步。陈晓明的理论矢量之所以首先指向后现代性，是因为后现代性为先锋文学提供了一种冲破文学旧格局的途径。但是，毕竟后现代性与先锋文学从内涵上说并不完全一致，它终究无法在中国当代文学中扎下根来，这也意味着中国的现代化事业远远没有完成，从建构的角度说，还需要回到现代性上来。因为陈晓明认为，现代性可以在更为宽阔深远的历史背景中重新整理和展开文学叙述，使当代文学寻找到一个描述20世纪总体性或者重写文学史的整体性的最恰当的理论框架。他说："也许，我们面临的是更为复杂的历史／文化建构，这就是，在后现代的语境中重建现代性的那些基础，在现代性的基础上建构后现代的未来。既不必用后现代性全盘颠覆现代性，也不必用现代性论说压制后现代性话语。在当今中国，把二者结合起来考虑问题，可能更具有思想的包容性。"[①] 因此，由后现代性向现代性的矢量变化，也意味着由解构向建构的变化。比如在新世纪之初他评论魏微的小说《拐弯的夏天》时，就试图由此阐发"促使后现代的思想视野介入现代性空间的意义"。[②] 也就是说，陈晓明具有非常明确的自觉意识开始了由解构向建构的转变。不妨将他自21世纪以来的批评文字都看成是努力建构这一理论框架的实践。但是，建构比解构要艰难得多，陈晓明将它比喻为"向死而生"。所以他将他在这一段时间内所写批评文章的集子命名为"向死而生的文学"。[③]

[①] 陈晓明：《追寻文学的肯定性》，台湾秀威资讯科技有限股份公司2015年出版，第128页。

[②] 陈晓明：《追寻文学的肯定性》，台湾秀威资讯科技有限股份公司2015年出版，第127页。

[③] 该书由吉林出版集团2009年出版。

他深谙其艰难,但他对建构更是充满了乐观,因为这是时代赋予的使命。他曾感叹道:"现代以来一直就有一种要摆脱既定秩序和文学史制度的文学,那是文学自我更新渴望的神话式的超越,那是在任何时候文学都不可磨灭的生命冲动。就是在今天,反倒没有多少理由去颂扬这样的一些事件,这些事件如今被掺杂太多的虚假意识,今天,不同的诗人、作家身份意识同样地要建构,文学史也是如此,庶民的胜利意味着另一种文学史要被书写。"[1]

理论的合力

陈晓明的理论空间内是丰盈的,意味着他对各种理论和知识的广泛吸收;同时,又要注意到,空间是始终处在运动之中的,物理学家告诉我们,空间能够伸缩,能够弯曲,空间的运动会造成物体的扭曲,带来时空凹陷。这一切原理也都体现在陈晓明的理论空间里,因此,他的理论空间又是一个活的空间,进入到空间的理论都处在运动的状态,而动力之源则是文学性。也就是说,陈晓明是把文学性作为文学批评的终极目标,因此,在理论空间里,各种理论形成一股合力,使批评更好地抵达文学性的目标。合力的作用是多方面的,但在这一部分里,我想就谈一个方面,即在合力的作用下,现实主义理论如何焕发出它应有的光辉的。

如上所述,现实主义理论是陈晓明理论空间的"原住民",又在理论空间的作用下,恢复到本真的状态。这从一定意义上说,现实主义在陈晓明的理论思维中是处在不断更新和发展的状态之

---

[1] 陈晓明:《向死而生的当今文学》,《长城》2007年第4期。

中的，同时，现实主义也构成了他的世界观的一部分。但人们几乎忽略了陈晓明与现实主义理论的关系，唯一强调他是现代主义和后现代主义的，甚至称他为"后现代主义批评家"，仿佛在他的理论体系里完全摒弃了现实主义，在他的理论思维里也完全拒绝现实主义。也因为这一缘故，人们对陈晓明的文学批评产生了种种误解。事实上，陈晓明的理论空间是开放和宽容的，现实主义在这里不仅处在合理的位置，而且能够恢复到它的本真面貌。这就使得他的理论思维与建立在强大现实主义传统基础之上的中国当代文学不会产生隔膜，也对中国现实主义文学语境认识得更加透彻。而且，在陈晓明的理论空间里，现实主义与现代主义并不构成冲突。他对于中国文学的发展有一个基本的观点，即认为，从1979年以来的中国文学历经各种历史变动，经历多种多样的潮流和高潮，其根本性的变动则是从现实主义到现代主义艰难转化的趋势，这一转化尚未完成，可能从未真正开始，也未真正停息。他的这一观点对于现实主义的认识至少包含两层意思，其一是说现实主义至今仍在发挥着巨大的作用；其二是说现实主义与现代主义是一种转化的关系，转化不是取代，不是舍弃，转化意味着现实主义的内涵将融入现代主义之中。

中国现当代文学基本上是以现实主义为主潮，甚至一度处于唯我独尊的位置。在这样的文学环境里，现实主义演变出千姿百态，有的作家只不过将现实主义作为一张免检的通行证，输送自己非现实主义的主张。面对中国文学现实主义的复杂性，只有以本真的现实主义理论正面进入，才能对其做出合理的解释。在陈晓明的批评实践中，经常能看到他如何巧妙地运用现实主义理论的视角，抓住了作家作品的要害。比如他在评论李锐时敏锐地发现，李锐是受过"现代派"洗礼的作家，但他有一种自觉意识要走出"现代派"的阴影。李锐表示"我们需要的是自己生命的真实记录者"，陈晓明充分肯定了李锐对生活真实的追求，认为李锐是在"致力于写出中国本土的那种坚硬存在的生活"，"追求一种客观化的绝对真实效果"，"这或许是一种'后山药蛋'或'后乡土'文学，它使'新写实主义'具有回到真实的生活中去的那种倔强性。"显然，陈晓明所肯定的，正是李锐创作中回归本真状态的现实主义精神，因此他会针李锐与"山药蛋"派联系起来，因为构成二者一脉相承的纽带只能是现实主义，更准确地说，是现实主义的真实性这一最重要的美学范畴。[①]陈晓明有一篇对德国汉学家顾彬所著《二十世纪中国文学史》的书评，正是从中国现代化的本土性视野出发看到了顾彬观点的周全性，这也突出体现在顾彬处理"现实意识"的双重态度上。比如顾彬在论述鲁迅时，"一直在困难地把鲁迅从'对中国的执迷'的境况中剥离出来"，陈晓明进而从顾彬对鲁迅作品的精彩分析入手推导出，顾彬所推崇的鲁迅精神，也就是一种"现实意识"，也就是一种"对中国的执迷"，同时也是"在呈现一个更为真实和丰富的中国"。在这里，现实主义的视角无疑发挥了重要的作用。事实上，顾彬也许缺乏的正是一种本真的现实主义眼光，因此，当他观照当代中国时，会看不到真实的一面。所以陈晓明认为，顾彬从现代性入手来展开文学史叙事是一个正确的选择，但他的难点在于，"如何有可能把'新中国'以来的文学经验视为一种新型的异质性的现代性经验"。在陈晓明看来，"中国当代文化及其文学，只有

---

① 参见陈晓明：《追寻文学的肯定性》，台湾秀威资讯科技有限股份公司2015年出版，第208页。

在现代性的激进化的意义上来理解才能够得到积极的阐释。"①事实上,陈晓明正是以这一原则书写他的中国当代文学史专著《中国当代文学主潮》的。这一原则有效地将现实主义理论与现代性理论结合起来,从而成功地建构起当代文学史的整体性。

　　陈晓明的理论空间给我们非常有益的启示。文学批评确实需要理论的支撑,但如果仅仅依赖某一种理论来进行批评,理论与文本之间难免存在着不谐调之处,批评起来就会有捉襟见肘的尴尬。一个文学批评家应该建立起自己的理论空间,他不是靠一种理论打天下,而是有着广博的理论视野,并通过理论空间的整合,使不同的理论知识形成一种合力。这样,我们的批评才有力量。

---

　　① 陈晓明:《追寻文学的肯定性》,台湾秀威资讯科技有限股份公司2015年出版,第320页。

一头认真的批评"大象"

——读王春林的《中国当代文学现场》

大象在动物界以体格庞大著称,在当代文学批评界也有一头大象,这就是王春林,每一次我见到他,心里就在说,你真像一头大象呀!我不仅是指他的体格,而且也指他的批评方式。据说大象每天绝大部分时间都在进食,大象牙齿的任务就是昼夜不停地咀嚼杂草、芦苇、果实、树叶和树枝等。我们的批评"大象"王春林大概也把自己的绝大部分时间用来"进食"了,他"吃"进去的是一部又一部的文学作品。他也没有辜负大量的"进食",在"进食"的同时,他写出了关于"进食"的报告——一篇又一篇对于当下文学创作最即时的批评文章。《中国当代文学现场(2015—2016)》就让我们见识了这头批评"大象"的威猛。这只是王春林从2015年底到2016年10月不到一年时间内所阅读的部分作品的笔记式批评。我粗粗统计了一下,一共涉及77部作品,其中仅长篇小说就有三十余部之多,这让我惊叹不已,我推想王春林一定是在昼夜不停地"咀嚼"小说的情节、人物、语言和主题了。当然,在这里令我感动的不仅是他的阅读量,而且更是他阅读的认真和负责。他认真地阅读作品，也认真地写出了他的批评文字。

　　从王春林的批评文字里可以看出他的热心肠。所谓热心肠，是指他对文学的一份热爱之心，对批评的一股善良愿望。他自己曾说过："要想成为一名合格的批评家，还必须是文学与文学批评事业的真正热爱者。"王春林就是这样一位热爱者。热爱文学，就因为在王春林眼里，文学是净化人们心灵的神圣事业。如果一个批评家不是把文学当成神圣事业来对待，他写出的批评文章也不可能具有公信力。这也就成了王春林阅读文学的基本出发点，他充满热情地去发现文学作品中的亮点，让文学的净化作用更充分地彰显出来。王春林的批评还是无隔膜的批评。所谓无隔膜，是指他始终站在文学现场发声，与文学批评对象进行零距离的接触。无隔膜自然与认真的文本细读有关。文本细读是语义学派进行语义分析的重要手段，也是学院派倡导的批评方法，但王春林的文本细读很有特点，他不是拘泥于语义分析，也不是像学院派那样抱有某种理论期待，而是力图跟随作者的思路进入到小说情境之中，入乎其内再出乎其外，站在批评家的立场对作者的思路进行评点。王春林的批评还是一种讲义气的批评。他讲义气的对象不是某个人，而是文学这个神圣的事业。所以在他批评的视野里有很多正在成长中的作家或被边缘化的作家，因为从他们的作品里他发现了可贵的文学新质。他的讲义气体现在他对文学标准的严格要求上。他说："小说是一种关乎人性的艺术。一部小说中，作家对于人性世界的挖掘与勘探能够抵达何种程度，或者说，小说是否具备了足称丰富复杂的人性内涵，乃是我们勘定评价小说作品优劣与否的一个重要标准。"以这样的标准进行批评，有好说好,有坏说坏,坦坦荡荡。比如他评论著名作家严歌苓的小说《护士万红》,这部作品当时反响比较大,王春林并没有受社会反响的干扰,而是有自己的主见。他既认为作者是在为"英雄"招魂正名,肯定其对"英雄"内涵与外延的拓展,但又直率地批评作者在情理设计上的粗疏,认为让一个鲜活的人不离不弃地"爱"上一个素未谋面的植物人,"是极其不合乎人性逻辑的一件事情"。

王春林是一名大学的教授,他的专业是中国现当代文学。他在这个专业领域从教和从事研究已有三十余年,同样他以直面现场的方式进行文学批评也有三十余年。这是很不容易的选择。因为在大学体制内,文学批评是不被重视的,甚至被看成是不务正业。但王春林长年坚持这样的"不务正业",就在于他认识到了文学批评对于当代文学学科建设的重要性。当代文学专业具有其特殊性,它与当代文学创作具有密不可分的关系,当代文学创作是当下正在进行中的行为,因而具有动态性、不确定性、发展的无限可能性等特点,这些特点与学术研究的相对稳定性、确定性、体系性等性质表面上看是相冲突的,但实质上具有内在的一致性,研究二者的关系,正是这一专业必不可少的内容。当代文学最具学术价值、最有学术创新性的要素也许正是从二者的关系中产生的。创作实践不断地产生新的文本、新的因素,始终处在活跃的状态中,这些正是当代文学学科研究的学术增长点,创作实践处在没有终止的延伸状态中,这是学科研究最具诱惑力的未知数,理论的意义就在于对未知的破解。从这个角度看,当代文学研究也是当代文学创作实践的一部分,当代文学研究以其学术研究参与到当代文学历史发展进程中,以其学术力量影响、推动乃至左右当代文学发展的方向。所以当代文学研究是活的学科,是最具生命力的学科。王春林以自己的批评实践证实了这一点。他不断拓宽当代文学专业的疆域,也在逐步形成自己的学术风格。无论是从文学批评来说,还是从当代文学学科建设来说,像王春林这样的批评"大象"应该多一些才好。

揭示中国现代文学的开放性和世界性
——评邹理的《周立波与外国文学》

今年是著名作家周立波诞生110周年，邹理的专著《周立波与外国文学》适逢其时出版了。周立波被认为是中国现当代文学史上具有代表性的乡土作家，人们更加关注周立波文学创作中的民族性和本土性，从而忽略了周立波与外国文学的关系。事实上，周立波与外国文学的关系非常密切，他自己就翻译了不少外国文学作品，他的文学创作也深受外国文学的影响。邹理的这部专著第一次系统地梳理周立波与外国文学的关系，使我们对周立波文学世界的了解更趋全面。同时也能够使我们对中国现当代文学的了解更趋全面。

中国现代文学是在"五四"新文化思潮的激荡下诞生的新文学，以反封建、反传统的鲜明姿态，担当起启蒙、救亡和建设新文化的社会责任。既然是一种全新的文学，就不可能以旧的文学作为基础，先驱者们纷纷从外国文学中寻找思想养分。因此伴随着新文学的兴起是翻译文学的热潮。有人做过统计，开启中国现代文学的刊物《新青年》从创刊起就刊登文学作品，五年内刊登了148篇文学作品，其中原创作品68篇，而翻译作品占了80篇。现代文学运动最早的一批作家如鲁迅、茅盾、郭沫若、冰心、周作人、瞿秋白、巴金、徐志摩等，在创作的同时，也翻译了许多外国文学作品。外国文学特别是翻译文学对中国现代文学的影响是深远的，也是决定性的，它不仅为中国现代文学输送了新的思想，也直接影响了中国现代文学的文学思维、文学形式乃至文学语言结构。当年鲁迅先生对此有一系列精彩论述，他说："中国原有的语法是不够的"，因此中国人不但要从外语输入新字眼，还要输入新语法；要通过翻译，让汉语"装进异样的句法"，"后来便可以据为己有"。正是从这个意义上，著名学者贾植芳认为："如果没有外国文学的引进与借鉴，很难设想会有'五四'文学革命和由此肇始的中国新文学史。"他甚至提出，中国现代文学史除了诗歌、散文、小说、戏剧以外，还应该包括翻译文学。今天我们重新检索中国现代文学进程，越来越感觉到，中国现代文学的现代性生成，完全离不开外国文学和翻译文学。因此，完全应该将现代文学史上的翻译文学视为中国现代文学的重要组成部分，应该将现代作家对于外国文学的接受史和翻译史视为中国现代文学的传统之一。

邹理以翔实的材料和中肯的分析，充分证明了在周立波的创作生涯中，外国文学和翻译文学起到了非常重要的作用。这其实是一个比较难啃的学术"骨头"。因为周立波作为一位乡土文学的代表性作家，其外国文学的印记不是显性的。他少年时代刚刚接触文学时，对外国文学很感兴趣，但他后来奔赴延安，成为一名革命作家，对待外国文学的态度发生了根本的转变，他曾自我反省道："我们小资产阶级者，常常容易为异国情调所迷误，看不起土香土色的东西。"他自觉地到民间，到乡村，追求民族化的风格。因此在周立波创作的中后期，外国文学对他的影响主要是一种隐性的存在。邹理不仅发现了这种隐性的存在，而且论述了这种隐性存在的重要性。比如西方象征主义对周立波的影响，就是一种相当隐性的存在。周立波从来没有公开说过他对象征主义的态度，也没有发表过对象征主义的见解。但邹理通过周立波早期诗歌创作以及诗论的分析，认为他的诗歌理念与象征主义诗歌主张有相通之处。在周立波的诗歌中能够发现他有选择地借鉴了艾略特的"荒原"象征手法。在《山乡巨变》中，周立波的象征技艺更加成熟，邹理具体分析了这部作品的一系列景物描写的象征内涵，认为"乡间和平安宁的生活才是周立波理想中的社会主义生活，他以清新自然的抒情性描写来对抗和平时期剑拔弩张的权利斗争，正是在这个意义上，他的景物描写具有了象征性，而这种象征隐藏在了看似传统的抒情描写当中"。这样的解读是新颖的，同时也是对周立波的精神世界非常贴心的把握。邹理通过研究对周立波有了新的认识，她认为："周立波是一位将外国文学因素内化于自我创作的作家，外国文学已成为他'个人风格'的有机组成部分。"这种认识的价值不仅在于将周立波文学创作中长期被遮蔽的因素挖掘了出来，而且还在于邹理的研究路径抓住了中国现当代文学史一个被忽略的核心：中国现当代文学与外国文学无法分割的关系。从这一研究路径进入，展示在我们面前的是中国现当代文学充满开放性和世界性的丰富内涵。

在谨慎的反思中守护诗意

——李生滨《宁夏文学六十年》序

我非常欣赏宁夏的作家和文学。我曾说过,宁夏是一个特别的文学福地,这里的作家似乎不太被文学时尚之风所迷乱,始终坚持着自己的文学追求,也形成了宁夏独特的风格,这是一种宁静、安详的风格。将宁夏文学置于中国当代文学的整体格局中,便显示出其独有的精神价值。既然如此我们就应该认真研究宁夏的文学。因此,当我读到李生滨的研究专著时感到特别兴奋。李生滨几乎把自己的全部精力都投入到对宁夏当代文学的研究工作之中。最早读到李生滨的研究成果是他与田燕合著的《审美批评与个案研究:当代宁夏文学论稿》。这是第一部全面研究当代宁夏文学的学术专著,具有开阔的学术视野。两位作者以史为经线,以作家作品为重点,将史论与个案研究结合,深刻揭示了当代宁夏文学"在冲突中坚守,在滞后中创新,在乡土情怀坚守与现代性突围中踽踽前行"的独特品质,是一部集文学史、文本细读、审美批评于一体的成功之作。李生滨在此基础上又完成了另一部新专著《宁夏文学六十年(1958—2018)》,更加系统、全面地梳理了宁夏当代文学自1958年成立宁夏回族自治区以来的发展脉络，并分别从文学地理生态和文学分体两大部分论述了宁夏文学六十年来的成就和特色。

宁夏属于大西北，以经济的眼光来衡量，大西北基本属于中国的落后地区。所谓落后，当然是指现代化的程度落后。虽然我们现在说现代化应该是物质文明和精神文明的全面发展，但落到实处，现代化最后还是化作了一系列的经济和物质的数据。比如GDP，比如人均收入，甚至比如高速公路新修了多少公里。我们习惯于以进化理论来描述历史，按照进化的观点，人类社会总要迈向现代化的进程，而现代化之前的社会就被称作为前现代社会。西方的发达国家觉得自己的现代化已经发展得过头了，就称之为后现代社会。中国是一个后发国家，真正进行现代化建设要比西方晚了很多，后发国家有个好处，就是可以把别人的成功经验搬过来，发展起来更加快。虽然我们通过这种搬用能够加速经济的发展，但同时也加速了现代化弊端的蔓延和放大。历史已经证明，现代化不是完美无缺的。生态环境的破坏，精神价值的贬值，人际关系的冷漠，都是现代化带给我们的弊端。我以为，现代化的弊端从根本上说是因为现代化以一种粗暴的和极端的否定态度处理前现代社会的文化所造成的。所以，后现代的思想家们往往把目光投向前现代，表现出一种复古的倾向，通过接续起人类文明的链条来纠正现代化的弊端。中国的现代化是在全球化的背景下强行启动的，从内部来看条件尚不充分，但后发的特点又使得我们能很快地效仿现代化最先进的范式，因此，中国构成了多重社会形态和文化形态，前现代、现代和后现代共存于一体。中国的前现代社会形态和文化形态还很强大，大量的农村，以及许多不发达地区的城市，都应该说是还处在前现代。大西北则是前现代的大本营。这是中国走一条更具独特性的、更为健康的现代化道路的重要条件。西方的思想家为解决现代化的弊端要与前现代接续起文明的链条，但前现代对他们来说只是一种历史，他们只能通过历史去寻找精神资源。但中国的前现代不仅仅构成历史，而且仍是强大的现实存在，这就决定了它不会像西方那样，成为被现代化所否定的对象，而是直接嵌入了中国现代化进程，中国的现代化无论是在策略上、政策上还是制度上都得考虑到它的存在，因而它牵制着、调整着、校正着中国的现代化实践。

李生滨正是将宁夏文学放在中国社会现代化进程的大背景下来考察的，他由此提出了"后乡土时代"的概念，认为"后乡土时代"造就了宁夏文学特殊的语境："各种乡土文化中道德的潜隐悖反，导致我们亟待一种已经离去却又熟悉的乡村情景图——甚至包括这种情景中的苦难、贫困和温情习俗。"而李生滨所要做的就是紧密追踪宁夏作家在这样一种语境中是如何体验世界、施展想象的。我理解李生滨的"后乡土时代"，正是强调了宁夏文学在现代化进程中如何处理和转化乡土文化传统的。这也意味着宁夏作家能够以一种正面的、正常的心态去吸收前现代文化的精华，去延续文学的传统。在这部专著中，李生滨令人信服地论述了宁夏文学的丰富内涵。他以自己敏锐、细致的观察和缜密的学理分析，发现了宁夏作家"坚守乡土的精神和情感"，认为这种精神和情感是"塞上平原、黄河岸边风吹雨打的心性砥砺"所生成的，是"宁夏乡土作家的本分和矜持"。他也不会忽略宁夏年轻一代作家在"外来之风"的浸染下对传统和保守心理情感的撕裂，他也会毫不犹豫地将一些作家搁置现代性批判的乡土写作首肯为"一种清高的回避"。他概括了宁夏文学的两个重要传统,其一是注重文化、注重现实的创作态度和审美精神。其二是坚守纯文学的编辑思想和创作立场。李生滨始终带着问题意识进入宁夏文学的现场,他认为,乡土温情与现代性冲突的有意调和,是萦绕在宁夏文学发展进程中的根本问题,他说:"乡土诗意与现代性滥觞,形成了人性内在生活的直接冲突,回避和面对都是非常艰难的挣扎。"他同时从这一问题入手,探询文学是如何去照亮生活的,他把自己的研究称为"谨慎的反思",他期望在谨慎的反思中能够守护文学的诗意和人的本真。这是一个充满人文情怀的学术目标。

我曾在一篇文章中概括了宁夏文学在精神上的特征:其一,神圣感。宁夏的作家多多少少都怀有一种宗教情怀,他们以一种虔诚的姿态对待写作,因此在他们的文学叙述中流露出神圣感来。他们对待自己的写作对象充满了神圣感,自然、人民、土地、生命——这些足以令我们敬畏的内容自然就成了他们描写的主要对象。其二,纯净的心灵。宗教的情怀使他们的心灵变得纯净、澄清。他们往往是怀着一种善意去面对世界的。我从李生滨的研究著作中同样也感受到了这种神圣感和纯净的心灵。这也许就是宁夏大地赋予他的。

美学热：新时期文学批评的理论准备

新时期文学是指中国政治经历粉碎"四人帮"并宣告"文革"结束之后的文学，新时期文学最初是作为政治的同盟军而恢复活力的，因此，新时期之初的文学批评基本上是一种政治批评，当时的文学批评所依凭的文学理论基本上是现实主义文学理论，这个现实主义理论主要是以苏联的社会主义现实主义理论为蓝本的，在经历"文革"之后已经变得面目全非。随着文学逐渐走向正常化，文学批评也需要从政治批评转向正常的、以文学性为主旨的文学批评，但由于它所依凭的理论无法支持其实现这一转向，这就需要有一个理论准备的阶段。然而有意思的是，文学批评所卷入的以"拨乱反正"为目标的政治斗争处在激战正酣的态势中，人们顾不上从文学的角度进行理论的建设，也就是说，当时的文学环境还没有为理论建设提供适当的条件。所幸的是，与此同时，在社会上兴起了"美学热"的思潮，恰是"美学热"为文学批评转向提供了必要的理论准备。

一 美学成为文学理论的避风港

美学热是中国当代文化的特殊现象。从中华人民共和国成立后,社会科学和思想文化打上了鲜明的党派和阶级的印记,新中国制定的文学政策则明确强调,文学应该成为政治的工具,与其相呼应的主流文学理论和批评政治色彩更加浓厚,文学批评以及文学批评所遵循的理论,很难绕开党派和阶级的立场、政治意识形态的规约,因而也就难以对纯粹的文学性问题进行讨论和思考。但文学批评家和文学理论家们不可避免地要涉及这些问题,他们便伺机将这些问题挪移到合适的思想空间里,美学成了容纳这些问题的学术空间。美学作为哲学的一个分支,具有较强的抽象力,与现实距离较远,因此容易避开政治意识形态的规约。另一方面,美学又因其艺术的本质性,能够承载文学性的内涵。50年代曾经也有过短暂的美学争鸣,并逐渐形成了四大流派。即以朱光潜为代表的美是主客观统一派,以蔡仪为代表的美是客观派,以李泽厚为代表的美是社会性与客观性统一派,以高尔泰为代表的美是主观派。但这次美学争鸣很快被敏感的政治意识形态嗅出了越轨的气味,在政治批评武断的干预下,争鸣便草草收场。

70年代末期,粉碎"四人帮"并开始"拨乱反正"的思想清理时,思想文化界寻求理论突破的冲动就按捺不住了,于是人们再一次找到了能够绕开政治意识形态规约的美学作为思想通道。美学热的兴起就是一个迟早的问题了。50年代的那场美学争鸣中所形成的四个派别也借美学热的东风再次亮出了各自的观点,他们基本上坚持旧见,并有所发展。美学热中另一重要的现象,便是对马克思《1844年经济学——哲学手稿》的推崇。《1844年经济学——

哲学手稿》是马克思早期的著作，包含着马克思的一系列重要的理论观点，这些理论观点在过去正统的马克思主义宣教中多半是被忽略、被遮蔽的，如关于人是依美的规律来建造的思想、关于自然的人化以及人的感觉的社会化的思想、关于异化劳动的思想，等等。学习《1844年经济学——哲学手稿》，仿佛让人发现了一个新的马克思形象，从而也对过去关于马克思主义的宣教产生了质疑。这种质疑的思想倾向显然助长了在理论上寻求突破的思想冲动。从1978年起，逐渐复刊的学术刊物也开始发表美学论文，这一年就有《外国文学研究》发表的朱光潜的《研究美学史的观点和方法》，《复旦大学学报》发表的丘明正的《试论共同美》，《社会科学战线》发表的克地等人的《美、美感和艺术美、不同阶级也有共同的美》和程代熙的《试论黑格尔和费尔巴哈的"人化的自然"》等。美学热的兴起大致上是从1979年开始的，标志性的事件是中国当代第一份专门研究美学的学术刊物《美学》创刊。《美学》是由中国社会科学院哲学研究所美学研究室编辑、上海文艺出版社出版的大型丛刊。首期刊发的20篇论文分别涉及形象思维、西方美学、悲剧和灵感范畴、门类艺术理论以及对姚文元美学的批判。

　　刚刚兴起的美学热与当时热火朝天参与"拨乱反正"的文学批评仿佛是两股道上跑的车，互相之间并没有交汇。当美学热津津乐道于美是否能够超越阶级，人类是否具有共同美的问题，进而对马克思原著中出现的新词"异化"以及"人化的自然"这类新鲜概念充满理论兴趣时，文学批评正围绕伤痕文学作品的评价而展开了关于"歌颂"还是"暴露"的直接厮杀。1979年在伤痕文学蔚成大潮之际，4月15日的《广州日报》发表了一篇《向前看呵，文艺》（作者黄安思），把伤痕文学称之为"向后看"的文艺。同年第6期的《河北文艺》所发表的《"歌德"与"缺德"》（作者李剑）一文，强调"文学艺术的党性原则和阶级性"，要歌无产阶级之德，认为伤痕文学是"用阴暗的心理看待人民的伟大事业"。由此而展开了一场关于"歌德"还是"缺德"的争鸣。但这场争鸣更多地还是立足于政治姿态，立论于"文革"的评价，因此受到政治人物的直接干预，争鸣基本上变成了一边倒的趋势。这场争鸣属于典型的"拨乱反正"，它为建立正常的文学秩序进行政治上的"清场"，从文学批评理念的角度看，并没有提供什么新的思想空间。倒是美学热中的理论探讨，正在一点点地撕开了僵化的文艺思维定式，为后来的现实主义文艺理论的深化以及突破，悄悄地作了理论铺垫。事实上，"文革"之后即刻兴起一场美学热，远不是美学自身的原因，它折射出在意识形态上的思想危机。因此，有不少意识形态战线的学者和领导者也参与到美学热的讨论之中。

二 美学热中的代表性学者及其对文学批评的影响

美学热中的代表性学者，我主要选择朱光潜、钱锺书和李泽厚这三位学者加以介绍，因为这三位学者对于文学批评的影响比较典型。

朱光潜是"文革"后最早发表美学论文的理论家之一。他以其深厚的西方哲学和美学理论修养，奠定了他的扎实的美学基础，他的美学思想能够清晰地看到西方理论的影响和脉络。他不仅在介绍西方文艺理论和美学思想方面做了大量的工作，而且朱光潜重新翻译的马克思《1844年经济学——哲学手稿》（片断）在1980年《美学》第2期上发表，刊物同时还发表了一组《1844年经济学——哲学手稿》美学思想研究论文。马克思《1844年经济学——哲学手稿》在后来形成了"手稿热"，朱光潜可以说是将"手稿热"这一思想炮仗的引信点燃的人。早在20世纪50年代的美学大讨论中，朱光潜就注意到了马克思《1844年经济学——哲学手稿》的思想价值，特别是受到马克思关于劳动实践是人的本质力量对象化的思想的启发，他将"实践"概念作为解释审美活动的立论基点，认为人是通过劳动实践，才对世界产生了真正的审美关系，艺术审美与劳动生产具有同源性，都是人的本质力量对象化过程。新时期以后，朱光潜深化了"实践"概念，这使他跳出中国美学界所拘囿的美是主观还是客观的问题域，而在社会、历史等更广阔的背景下思考审美问题，建构起独立的实践美学形态。他认为，马克思的实践观点"必然要导致美学中的革命"①。他为美学的实践性特征总结了三个要点：其一，人通过实践创造了一个对象世界。这种实践创造活动不仅包括物质的生产活动，还包括精神上的生产活动，如科学、哲学、文艺等。从实践性出发，朱光潜主张既反映自然又体现人的主观能动性的现实主义文艺观。其二，这两种实践活动表明人是有自我意识的存在，即人的创造能够服务于整个人类特种的需要，因此，文艺具有社会性的功用。其三，人能够按照美的规律来生产，这就意味着，在文艺创造中，作者要遵循创作素材、方法、媒介的规律，以及作家与作品、观众与作品、创作与时代和社会类型、创作与

---

① 朱光潜：《朱光潜美学文集》第3卷，上海文艺出版社1983年版，第486页。

传统之间的规律关系等。朱光潜的实践美学观对文艺批评具有较重要的理论启示。由于实践是具有历史性的活动，因此，我们在进行审美活动以及进行文艺批评时就应该拥有历史性的眼光。另外，将审美活动纳入实践范围，也为理论界关注日常生活中的美学问题提供了理论基础。从审美实践观出发，朱光潜对文艺批评中普遍存在的机械论提出了批评，认为这种文艺批评往往忽略具体的美学实践活动，而是对概念生搬硬套。"事情本来很复杂，你能把它简单化成一个'美的定义'吗？就算你找到'美的定义'了，你就能据此来解决一切文艺方面的实际问题吗？"[1] 因此，给美下抽象、枯燥定义的做法无助于人们真正把握审美问题，"现实生活经验和文艺修养是研究美学所必备的基本条件"。[2]

朱光潜是新时期之后最早重提人道主义的批评家。1978年，他在《社会科学战线》第3期上发表了《文艺复兴至十九世纪西方资产阶级文学家艺术家有关人道主义、人性论的言论概述》，虽然是对西方言论的概述，但对"人道主义、人性论"的倡导意图不言而喻。第二年，他又在《文艺研究》第3期上发表了题为《关于人性、人道主义、人情美和共同美的问题》的文章，文章以讨论美学问题为入口，再一次提出具有政治敏感性的人性与人道主义问题，显示出朱光潜的思想勇气，也为现实主义的文学批评在思想上突破提供了思想资源。人性论、人道主义在左翼文艺理论里一直是一个非常暧昧的话题，进入当代文学历史阶段，基本上就被打入了冷宫，极左思想最为流行的时期，人性论和人道主义甚至成了一条宣判作家思想反动的罪证。"文革"后的"拨乱反正"

---

[1] 朱光潜：《谈美书简》，北京出版社2004年版，第10页。
[2] 朱光潜：《谈美书简》，第14页。

也包括了为人性论和人道主义正名。朱光潜对于为人性论和人道主义正名不遗余力。朱光潜从马克思主义的原典中寻找人性论的依据。他指出："马克思《经济学——哲学手稿》整部书的论述，都是从人性出发，他证明人的本身力量应该尽量发挥，他强调的'人的肉体和精神两方面的本质力量'便是人性。马克思正是从人性论出发来谁无产阶级革命的必要性和必然性，谁要使人的本质力量得到充分的自由发展，就必须消除私有制。"[①]朱光潜认为，马克思的实践理论将人的本质力量的对象化作为人性，人性是普遍存在、人所共有的。作家要真正创造出优秀的文艺作品，就必须打破人性论的禁区，走出抽象概念的苑囿。对于人道主义，朱光潜认为它虽然是西方历史的产物，但其核心思想始终不变，即"尊重人的尊严，把人放在高于一切的地位，因为人虽是一种动物，却具有一般动物所没有的自觉心和精神生活。人道可以说是人的本位主义"。[②]朱光潜针对新时期刚刚开始的文学作品过于追求思想主题，缺少人情味，提出文艺作品应该加入群众喜闻乐见的东西，对爱情的细腻描写等，强调文艺作品要有人情味。朱光潜的这一系列观点有当时都具有冲破思想"禁区"的效果，因为当时的思想斗争仍很激烈，他本人也知道说这些话的"风险"，但他说："如果把冲破禁区理解为'自由化'，我就不瞒你说，我要求的正是'自由化'！"[③]朱光潜这一时期修订重版的《西方美学史》影响甚大，《西方美学史》第一版出版于1963年，被认为是中国研究西方美学的发轫之作，1979年修订后的第二版

[①] 朱光潜：《关于人性、人道主义、人情美和共同美的问题》，《文艺研究》1979年第3期。
[②] 朱光潜：《谈美书简》，北京出版社2004年版，第54页。
[③] 朱光潜：《谈美书简》，北京出版社2004年版，第57页。

由人民文学出版社出版，给当时的美学和文学理论提供了丰富的西方美学知识参照系。

严格说来，钱锺书既没有参与"美学热"，也没有直接参与当代文学批评，他是一位学养深厚的学者，其治学方向主要是中国古代文学和比较文学。但他的学术思想、治学方法对当代文学批评具有较大的影响，也因为其疏离现实政治的治学姿态而在"美学热"中同样被人们热捧的一位学者。由于这一缘故，在讨论"美学热"这一社会性潮流如何为文学批评进行理论准备时，有必要将钱锺书也纳入到视线之内。新时期初，钱锺书的两本体现其学术思想的代表作相继出版。一是《管锥编》，一是《谈艺录》（增订本）。《管锥编》是钱锺书在"文革"中开始写作的古文笔记体著作，全书有一百余万字，钱锺书对《周易正义》等十种古籍进行了详细缜密的考订、诠释和论述，打通时间、空间、语言、文化和学科的壁障，引述四千位著作家的上万种著作中的数万条书证，所论除了文学之外，还兼及多个领域的社会科学和人文学科，不乏创新之见。《谈艺录》是钱锺书在民国时期写作的诗文评论的结集，钱锺书在《谈艺录》中既继承了传统诗话的长处，又广泛吸收西方文艺思想的精粹，充分体现了作者的渊博和睿智。钱锺书的这两部著作出版后不仅引起学界的重视，而且也在文学界风靡一时。钱锺书对于新时期的文学批评来说，具有一种"典范"的作用，这两本书充分显示出钱锺书丰厚的知识和学养，也显示出钱锺书学术上的开阔眼光及胸襟，更重要的是，这两本书无论是思维方式还是语言叙述，与经历了"文革"十年极端的思想压迫下所形成的以"政治正确"为原则的公共化的思维方式以及语言叙述模式，毫无一点相似之处。新时期以后最先出版的钱锺书的书是《旧文四篇》，这是钱锺书应出版社的诚恳邀约，从他过去未曾收入集子里的文章里挑选出四篇涉及文艺理论的文章结为一集出版。《中国诗与中国画》一文写于1940年，《读〈拉奥孔〉》《通感》和《林纾的翻译》均写于20世纪60年代。虽是旧文，但文章涉及文艺理论的一些基本问题，其思维方式迥异于当时占主流的政治意识形态化的思维方式，给人耳目一新的感觉，因此，该书一出版，就受到罕见的欢迎。人们既惊叹于钱锺书在知识上的渊博和学术上的真知灼见，同时也从中受到启发，原来文学理论和文学批评还可以这样去做。当时就有人撰文称这本很单薄的书"分量是很重很重的"。①《旧文四篇》出版后便迎来了美学热。美学热与当时在文学批评界如火如荼进行的"拨乱反正"思想批判并没有发生直接的关系，而《旧文四篇》表现出作者深厚的美学造诣，仿佛就是在为纯粹的艺术分析的文学批评正名，也证明了美学以及文艺学的理论对于文学批评的基础性作用。因此，钱锺书的这四篇文章无形中为人们开启了一条沟通的渠道，使美学热的抽象理论探讨对于着力于具体论争的文学批评有所影响。随着钱锺书的学术著作《管锥编》和《谈艺录》等陆续出版，人们对于钱锺书的重理论、重语言和艺术分析的学风逐渐有了比较全面的认识。

钱锺书的影响并不是立竿见影式地见效于当时的文学批评。事实上，作为"典范"的话，钱锺书对于很多人来说是高不可及的"典范"，很难效仿。如以钱锺书的知识积累而言就令人赞叹不已。钱锺书的论著纵贯古今，沟通中外，包括了数种语言，对

---

① 黄宝生：《钱锺书先生的〈旧文四篇〉》，《读书》1980年第2期。

数以万计的作家和作品了如指掌。美国汉学家夏志清也称誉钱锺书为"当代第一博学鸿儒"。但尽管人们难以达到钱锺书如此渊博的程度，钱锺书的学术成就还是让文学批评界逐渐树立起重知识、重理论的风气。当时有不少年轻人热衷于做钱锺书的"粉丝"，更有一些严肃的学者积极倡导钱锺书的学术成果。厦门大学教授郑朝宗先生，早年留学于英国剑桥，与钱锺书交情笃厚。50年代因为发表赞扬钱锺书学术的言论而招致被打成右派。他在80年代初率先提出"钱学"，并在大学课堂上开设了钱锺书研究的课程。舒展、陆文虎等作家、学者也相继在报刊上撰文提出"普及钱锺书"①"刻不容缓地研究钱锺书"②等主张，从而将钱锺书的纯学术纳入了80年代的具有广泛群众性的文化复兴的运动之中。

钱锺书在80年代始终与现实和政治意识形态保持着距离，也基本上未直接参与到80年代的文学批评和文学论争之中，但钱锺书的这种姿态，恰好契合了文学批评界追求独立品格的情绪，如同一种无声的言说，为人们提供了不受政治意识形态约束的范例。钱锺书虽然不对现实发言，但他的叙述语言完全不同于文学批评界流行的话语方式，对于长期受政治化批评八股困扰的文学批评现实来说，其实是最有效的干预。从根本上说，钱锺书并不是一位逃避现实的学者，他对现实有着清醒的认识，并对现实保持着批判的精神。80年代是反思历史最热火的时期，特别是中年一代的知识分子，成为批判历史的主力。钱锺书对此却有着不一样的看法。他在为夫人杨绛的《干校六记》所写的序文中表达了

---

① 参见舒展：《普及"钱锺书"》，《文艺学习》1986年第1期。
② 参见舒展：《文化昆仑——钱锺书——关于刻不容缓研究钱锺书的一封信》，《随笔》1986年第5期。

对反思热的看法，他说："至于一般群众呢，回忆时大约都得写《记愧》：或者惭愧自己是糊涂虫，没看清'假案''错案'，一味随着大伙儿去糟蹋一些好人，或者（就像我本人）惭愧自己是懦怯鬼，觉得这里面有冤屈，却没有胆气出头抗议，至多只敢对运动不很积极参加。也有一种人，他们明知道这是一团乱蓬蓬的葛藤账，但依然充当旗手、鼓手、打手，去大谈'葫芦案'。按道理说，这类人最应当记愧。"① 钱锺书显然是有感而发的。那些积极批判"文革"历史的人们都是从那段历史过来的，也是那段历史的参与者，现在却在批判中把自己撇开，丝毫没有半点自我批判的意思。钱锺书对此很不以为然。

80年代的李泽厚叱咤风云，无疑是思想解放运动中，一代青年的思想领袖。最早显示李泽厚的思想锋芒是在80年代前夕发生的形象思维大讨论中。李泽厚相继发表了《关于形象思维》《形象思维续谈》，② 李泽厚论述了形象思维和逻辑思维的区分、先后、优劣，认为形象思维是文艺创作的客观规律。李泽厚发现了形象思维讨论中的致命问题，认为讨论的双方所立论的前提都是一致的，即把文艺看作是认识。李泽厚最早质疑了这一被认为是最正统的普遍真理。他认为，所谓形象思维并不是一种独立的思维方式，而是指艺术想象，"是包含想象、情感、理解、感知等多种心理因素、心理功能的有机综合体，其中确乎包含有思维——理解的因素，但不能归结为、等同于思维。我也不认为它只是一种表现方式、表现方法，而认为它是区别于'理论地掌握世界'的'艺

---

① 钱锺书：《〈干校六记〉小引》，《干校六记》，三联书店1981年版，第1页。
② 《关于形象思维》发表于《光明日报》1978年2月11日，《形象思维续谈》发表于《学术研究》1978年第1期。

术地掌握世界'的方式。"① 在美学热讨论中，其他几位朱光潜、蔡仪、王朝闻，都比李泽厚年长，学术名望也是让青年人顶礼膜拜。但都没有李泽厚那样深深吸引青年一代。因为李泽厚富有思想激情，他打开了西学的更宏阔的大门，他的思想有当代性并且有现实感，并且能把马克思主义与中国当下的问题结合起来。从1977年起，李泽厚主持了美学译文丛书的翻译与出版，短期内将数十种西方美学名著介绍给中国读者。李泽厚的《康德的美学思想》成为1979年创办的大型丛刊《美学》的最重头的文章。这篇文章是李泽厚专著《批判哲学的批判——康德述评》中的一部分，该专著也在同一年出版。这部专著已经显现出李泽厚超前的思想。在其后的两三年内，他陆续出版了《美学论集》《中国近代思想史论》和《美的历程》。李泽厚的这些著作都是"美学热"中最基本的思想资料。当时《人民日报》的一篇文章的标题就是："请听北京街头书摊小贩吆喝李泽厚、弗洛伊德、托夫勒……"追逐美学热的年轻人几乎人手一本《美的历程》。《美的历程》并不是一部严谨的美学史，主要还是对中国历代审美风格和审美趣味的描述。80年代末期李泽厚出版的《华夏美学》才真正代表了他的中国美学史的理论见解。但《美的历程》在思想方法上具有革命性的影响。人们发现，正统的历史还可以这样来叙述：讲哲学可以不讲唯物主义和唯心主义；讲文艺可以不讲现实主义浪漫主义。因此，李泽厚的意义不仅仅在于他给"美学热"中的基本群众提供了最实用的弹药，还在于他亲手接通了"美学热"与"拨乱反正"文学批评这两条本来不相干的轨道。李泽厚采取了

---

① 李泽厚：《形象思维再续谈》，《文学评论》1980年第3期29—40页。

完全不同于钱锺书的对现实保持距离的治学姿态，他对现实充满了热情。因此，他对美学的研究也不是将其作为纯粹的艺术哲学来研究，而是更看重美学的思想价值。从他在做美学史研究的同时也在进行思想史研究的这一点上也鲜明地体现了他的学术思路的特点。因此，在他的美学理论中包含着他对现实和历史的认知。他说他写《美的历程》就是要把"思想史和美学接连起来"。[1]李泽厚在这部著作里，以人类学本体论的美学观来描述中国文化的历史进程，完全颠覆了正统的历史观，在当时引起极大的反响。也就是在美学热最红火的时刻，李泽厚逐渐显露出了他的思想高度和理论的力度。他从根本上说是一位思想家，美学只是他全面展开思想批判的一个切入口。

正因为李泽厚的思想批判的深度和力度，他对新时期文学批评的突破起到了思想引领的作用。李泽厚对于文学批评最深远的影响是他的"启蒙与救亡的双重变奏"，亦即"救亡取代启蒙"的历史评价和他的"主体论"哲学。20世纪80年代的思想解放，被视为是延续"五四"时期的启蒙运动。在这种新启蒙的冲动之中，1986年李泽厚在《走向未来》创刊号上发表了《启蒙与救亡的双重变奏》一文，集中表达了他对中国近百年来思想演变的核心观点。他认为，中国知识分子在启蒙与救亡这两重同等紧迫的使命之间徘徊，从一个极端跳到另一个极端，似乎永远不得解脱。而在相当长的历史时段，救亡之呼声始终压抑着启蒙之诉求，"启蒙与救亡（革命）的双重主题的关系在五四以后并没有得到合理的解决，甚至在理论上也没有予以真正的探讨和足够的重视……

---

[1] 李泽厚：《与台湾学者蒋勋关于〈美的历程〉的对谈录》，李泽厚《走我自己的路》（增订本），安徽文艺出版社1994年版，第437页。

终于带来了巨大的苦果。"①这一核心观点在新时期之初就已成型，李泽厚1979年发表在《鲁迅研究月刊》第1辑上的《略论鲁迅思想的发展》一文中，提出了"近现代六代知识分子"的概念，试图通过对六代知识分子的交替，梳理出中国知识分子"通过传统转换走向世界"的心路历程。这种关于"二十世纪"的整体思路和"走向世界"的现代化脉络，在李泽厚的论文得到反复的强调，也直接影响到80年代文学批评和文学史界对于中国现代文学以及现实主义的反思。其后，无论是人们提出"二十世纪中国文学"，还是重写文学史的思潮的兴起，都可以发现它们与李泽厚在新时期初期的思想的逻辑关系。李泽厚的"主体论"是他在长期研究康德哲学的基础上，以康德哲学的主体论和马克思的唯物史观构建起"主体性实践哲学"。在李泽厚看来，主体性是一个比"人"更有内涵的概念，研究人性必须研究的主体性。作为主体的"人"既能够进行客观的物质实践，又能够进行主观的精神活动，从而在客观的社会历史实践中不断发展和丰富人的"本质力量"，并通过自己的实践来肯定、确证、发展和创造自己。李泽厚的"主体论"的提出，为80年代文学的个人觉醒和个性张扬提供了最有力的思想依据，也给文学是人学的时代主题注入了理论深度。《美的历程》可以看成是李泽厚以"主体性实践哲学"对中国美学史的一次具体理论实践。他在书中所提到的"有意味的形式""积淀说""自然的人化"和"人的自然化"等，都是主体性实践哲学的具体展开。李泽厚在这部专著中体现出的反传统的思想见解和独辟蹊径的研究方法，对当时文学批评突破陈规陋习具有极大

---

① 李泽厚：《中国现代思想史论》，天津社会科学院出版社2003年版，第43页。

的示范作用。尽管《美的历程》因为叛逆性强而引起较大争议，学界很少有人写书评推荐，但它却成了一本少有的畅销的学术著作。十年间重印了8次，还有不少盗版本。有人说，80年代的青年都是读着朦胧诗和《美的历程》成长起来的。

李泽厚对新时期文艺中出现的新现象充满了热情，他为朦胧诗辩护，称朦胧诗是"新文学第一只飞燕"。① 也对明显追随西方现代派的"星星画展"表示支持，指出："它所采取的那种不同于古典的写实形象、抒情表现、和谐形式的手段，在那些变形、扭曲或'看不懂'的造型中，不也正好是经历了十年动乱，看遍了社会上、下层的各种悲惨和阴暗，尝过了造反、夺权、派仗、武斗、插队、待业种种酸甜苦辣的破碎心灵的对应物么……它们传达了经历了无数苦难的青年一代的心声。"②

三 文学批评转向的理论成果：以刘再复为例

在"美学热"的启发下，一些文学批评家和文学理论家开始注意从文学自身来寻找批评的视角和话题，从而带来批评转向的趋势。这种趋势当时被有的批评家描述为文学"向内转"。"向内转"的提法首先出自鲁枢元的一篇文章，他在1986年10月18日《文艺报》上发表了《论新时期文学的"向内转"》一文。在这篇文章中，鲁枢元认为：长期以来，中国文学一直处在"外向"的注重反映现实的发展流向之中。进入新时期，却忽然来了个180度

---

① 引自李泽厚为李黎《诗与美》所作的序言，该序言以《读〈诗与美〉》为题，发表于《读书》1986年第1期。

② 李泽厚：《画廊谈美》，《文艺报》1981年第2期。

大转弯,开始倒流"向内转",返归心灵"内宇宙",题材的心灵化、语言的情绪化、描述的意象化等成为难以遏制的趋势,它使文学又回到"自身运转的轨道上来","冲刷着文学的古老峡谷","是一个文学创世纪的开始"。鲁枢元虽然说的是文学创作的"向内转",但他说话的角度和立场已经在表明,文学批评同时也在"向内转"。文学批评的转向首先在关于现实主义的讨论中露出端倪。人们认为纠正"文革"的错误,必须恢复"现实主义"的传统,但如何理解现实主义,理论界却发生了严重的分歧。一种观点认为,新时期文学应该走十七年文学的革命现实主义之路,即"社会主义现实主义"或"革命现实主义与革命浪漫主义相结合"的创作道路。另一种针锋相对的观点认为,必须对十七年的"社会主义现实主义"和"两结合"的创作方法,作批判性审视、思考,必须还原现实主义的本来面目。新时期初期的"现实主义"讨论,持续时间长,参与人数多,论争的主题在于现实主义的真实性、关于生活和形式透明性等问题,但这些论争基本上仍停留在"文革"以前的理论水平,人们感觉到,迫切需要有新的理论来拓展。于是,文学批评在全面清理与批判反思的基础上向其自身回归,文学批评走向自觉,并呈现出多元探索的发展格局。在文学主体性的批评、文学批评方法的突破创新、对文学形式的批评、对现实主义与典型问题的批评、对审美意识形态理论的批评这五个方面取得了全方位、多角度、多层次的重大突破。从这些重大突破中能够看到"美学热"的身影。这里就以刘再复为例作一些分析。

以李泽厚在新时期之初提出的"主体性实践哲学"为标志,"主体性"成为80年代一个最具原创力的文化热点,它对应着中国文化走向世界的主体精神的超级想象。在美学界,李泽厚从"主体性"出发,提出了"积淀说"。刘再复则是将主体性引入文学批评,并对其进行了系统化的理论阐释。1985年末到1986年初,《文学评论》分两期刊载了刘再复的长文《论文学的主体性》。刘再复认为,强调文学的主体性,是因为"文艺创作要把人放到历史运动中的实践主体地位上,即把实践的人看作历史运动的轴心,看作历史的主人"。也因为"文艺创作要高度重视人的精神的主体性,这就是要重视人在历史运动中的能动性、自主性和创造性"。① 刘再复的文学主体性理论在当时就被认为是"抓住了文学观念变革的纲纪"。② "文学主体性"从思想资源上说是直接承接了50年代关于"文学是人学"的理论成果。新时期之后,刘再复敏锐地感受到了时代精神的变革趋势,他借批判"四人帮"文艺观之机,提出文学批评首先应当用美的标准来划分文学与非文学的界限,认为"艺术批评,作为一种审美判断,应在美学范围内进行,不应质变为政治评论"。③ 对于文艺理论和批评应该如何变革,他也有非常清晰的思路,他认为应在两方面施以变革,"一是以社会主义人道主义的观念代替'以阶级斗争为纲'的观念,给人以主体性的地位;一是以科学的方法论代替独断论和机械决定论。"④ 如果说,阶级性是五六十年代的现实主义批评的理论基石,那么,主体性可以说是新时期初期的现实主义批评深化的理论入口。主体性经过李泽厚与刘再复从哲学到文学的传递,从理论上有力地支持了80年代文学对人的发现和向人的回归的

---

① 刘再复:《论文学的主体性》,《文学评论》1985年第6期。
② 何西来:《中国文学研究年鉴(1986)》前言,中国文联出版公司1988年版,第1页。
③ 刘再复:《论文艺批评的美学标准》,《中国社会科学》1980年第6期。
④ 刘再复:《文学研究应以人为思维中心》,上海《文汇报》1985年7月8日。

创作主潮。主体性理论第一次在文学理论中把人的精神主体作为独立的对象来研究，因此一些人对其理论合法性表示了质疑，认为刘再复主体性理论否定了马克思主义观点、方法和指导思想，歪曲了中国革命文艺以来的文学发展的实际，对马克思主义文艺原理进行了错误的概括，这是"直接关系到如何对待马克思主义基本原理的问题，是关系到社会主义的命运的问题"①。作家姚雪垠则认为刘再复主体性理论把作家和作品中人物的主观能动性"作了无限夸张"，"违背了历史科学"，"包含着主观唯心主义的实质"，"基本上背离了马克思主义"。②刘再复引用马克思在《1844年经济学——哲学手稿》等著作中的论述反复论证，主体性问题是马克思主义的题中应有之义，是马克思主义在文学活动问题上的具体运用。尽管文学主体性的理论在逻辑上还有不完善之处，但"作为一种与'社会主义现实主义'不同的文学观念，即主体性文学观念还是让人们充分意识到，文学主体性理论对单纯认识论文艺学的批评有某种程度的合理性，标志着不同于认识论文艺学的主体性文艺思想的出现，这对于中国文艺学的变革与发展是有重要意义的"。③

刘再复在文学主体性的理论基础上，又提出了二重性格组合论，这可以看作是他在现实主义批评深化上所做的一次精彩演示。刘再复1984年首先在《文学评论》上发表《论人物性格的二重组合原理》一文，认为"每个人的性格，就是一个独特构造的世界，都自成一个独特结构的有机系统……任何一个人，不管性格

---

① 陈涌：《文艺学方法论问题》，《红旗》1986年第8期。
② 姚雪垠：《继承和发扬祖国文学史的光辉传统（续）——再与刘再复同志商榷》，《红旗》1987年9期29—40页。
③ 童庆炳：《新时期文学理论转型概说》，《江西社会科学》2005年第10期。

多么复杂,都是相反两极所构成的","是性格世界中正反两大脉络对立统一的联系"。① 两年后,刘再复又出版了学术专著《性格组合论》。刘再复的关于性格的二重性和性格组合论,完全突破了以往现实主义典型论的理论樊篱。以往现实主义典型论是建立在反映论的基础之上的,但在五六十年代,在阶级斗争为纲的政治干扰下,逐渐萎缩成片面和机械的反映论,以致发展到"文革"时期的"三突出"理论。刘再复的性格组合论,以主体性取代阶级性,从文学的外部转向文学的内部,恢复了文学的主体位置,并以人为思维中心尝试建构起一个宏大的理论体系。刘再复说:"我提出了人物性格二重组合原理,正是试图踏进人的本体研究,促使我们的文学创作向人性的深层挺进,更辉煌地表现人的魅力。"② 刘再复的性格组合论,其实是试图从人的角度来驳正社会历史的发展变化,以人为本来研究文学、解读文学。但刘再复的理论观点还有不尽完善之处,如他认为矛盾对立的性格组合是一条普遍适用的"原理",因此当时围绕刘再复的性格组合论曾引起较大的争鸣。

90 年代以后,刘再复不断深化文学主体性的研究,他相继提出了"文学的自性"和"主体间性"的概念。自性涵盖主体性,又比主体性的内涵更深广,所谓自性化也就是充分心灵化。所谓主体间性就是主体与主体的关系。刘再复通过主体间性理论,试图把世界当成交流的主体,建立自然界和精神界的生态平衡,使社会成为尊重各方主体权利的主体间性的社会,使文学成为真正的文学。刘再复的理论深化也体现在他对古代文学经典《红楼梦》

---

① 刘再复:《论人物性格的二重组合原理》,《文学评论》1984 年第 3 期。
② 刘再复:《性格组合论》,上海文艺出版社 1986 年版,第 7 页。

《水浒传》等的研究以及对于莫言、高行健等当代作家的文学批评上。

刘再复80年代对具体作品的评论并不多，但他从文学主体性的理论出发，能够比较精准地宏观把握文学形势和文学现象。如在总结新时期文学十年的文学主潮时，刘再复认为，这十年的文学意义就在于，恢复和发展了"五四"以来我国进步文学的现实主义传统，走向艺术的自觉与批评的自觉，从政治性的反思到文化性的反思，文学的人道主义本质的恢复与深化。他期待文学未来的走向应该把人道主义作为神圣旗帜高高举起。① 他也特别推崇那些张扬文学主体性的文学作品。如他对韩少功《爸爸爸》的批评。他敏锐地发现了丙崽这个形象的象征意义。他说："丙崽正是一种符号，既是历史的，又是现实的；既是民族的，又是个人的，荒诞却又真实的象征符号，这种'非此即彼'的二值判断思维方式，是普通的文化现象，它蕴含着一种深刻的悲剧性。"② 刘再复是把"寻根文学"看成是"五四"启蒙精神的延续，同时他也努力发现这些作品对传统的突破。

---

① 刘再复：《论新时期文学主潮》，《文学评论》1986年第6期。
② 刘再复：《论丙崽》，《光明日报》1988年11月4日。